D1732566

Colm Tóibín

Die Geschichte der Nacht

Roman

Aus dem Englischen von
Giovanni und Ditte Bandini

Carl Hanser Verlag

Die Originalausgabe erschien erstmals 1996
unter dem Titel *The Story of the Night*
bei Picador in London.

1   2   3   4   5   03   02   01   00   99

ISBN 3-446-19786-9
© Colm Tóibín 1996
Alle Rechte der deutschen Ausgabe:
© Carl Hanser Verlag München Wien 1999
Satz: Satz für Satz. Barbara Reischmann, Leutkirch
Druck und Bindung: Clausen & Bosse, Leck
Printed in Germany

in memoriam
Gerry McNamara

Erster Teil

*I*n ihrem letzten Lebensjahr entwickelte meine Mutter eine Manie für die Symbole des Empire: den Union Jack, den Tower of London, die Queen und Mrs. Thatcher. Während das Licht in ihren Augen zu schwinden begann, tapezierte sie die Wohnung mit Fremdenverkehrsplakaten vom Buckingham Palace und der Wachablösung und Zeitschriftenfotos von der königlichen Familie; ihr Akzent wurde gespreizter, und ihr Gesicht nahm die Miene einer ältlichen Herzogin an, die ein langes Exil erduldet hatte. Sie war einsam und traurig und distanziert, als das Ende nahte.

Ich bin jetzt wieder in ihre Wohnung gezogen. Ich schlafe in ihrem Bett, und ich benutze, mit besonderem Genuß, die schweren Baumwollaken, die sie immer für irgendeinen besonderen Anlaß aufgespart hatte. In all den Jahren seit ihrem Tod habe ich die Vorhänge in diesem Zimmer kein einziges Mal aufgezogen. Das Fenster, das mittlerweile sehr schmutzig sein muß, geht auf die Lavalle hinaus, und ich stelle mir vor, wenn ich es öffnete, könnte ohne weiteres irgendein verbliebener Teil meiner Mutter, der in den Schatten dieses Zimmers umherhuscht, hinaus- und über die Stadt wegfliegen, und das will ich nicht. Soweit bin ich noch nicht.

Sie starb im Jahr vor dem Krieg, und so blieben mir ihr verrückter Patriotismus und ihre Dummheiten erspart. Ich weiß, daß sie einen Union Jack aus dem Fenster geschwenkt hätte, daß sie jedem, der es hätte hören wollen, Parolen entgegengeschrien hätte, daß die Aussicht auf eine Flottille, die von England herunterkam, im Namen der Gerechtigkeit und der Zivilisation um die halbe Welt fuhr, um die Barbaren von den Falklandinseln zu vertreiben, sie überglücklich gemacht hätte. Der Krieg wäre ihre schrille Rache an jedermann gewesen, an meinem Vater und seiner Familie und an dem Leben, das sie hier unten, so fern von der Heimat, zu führen gezwungen worden war. Ich kann sie jetzt hören, wie sie mit kreischender Stimme den Krieg und das Empire bejubelt. Ich kann mir vorstellen, wie ich versuche, sie zum Schweigen zu bringen, versuche, ihr zu entfliehen.

Ihre spröden alten Knochen ruhen fest verschlossen in der Familiengruft, zusammen mit den angejahrten Gebeinen meines Vaters und den Gebeinen meiner Großeltern und den Gebeinen eines Onkels und den kleinen, weichen, zarten Gebeinen einer Cousine, die schon als Baby starb. Neuerdings verspüre ich einen Widerwillen dagegen, mich zu ihnen zu legen, in diese klamme Unterwelt unter dem protzigen Engel und dem steinernen Kreuz. Ich kann mir den vagen Gestank von Ahnen vorstellen, der trotz allem, obwohl sie schon so lange tot sind, noch immer anhält. Wenn mir genug Geld übrigbleibt, werde ich mir eine eigene Ruhestätte besorgen.

Ich war der kleine englische Junge, der an einem Sonntagmorgen an der Hand seiner Mutter aus der anglikanischen Kirche an der Calle Rubicón trat, während meine Mutter den Angehörigen der britischen Kolonie zulächelte, meine Mutter ihre guten Sachen und zuviel Schminke trug und ihren besten Akzent und das seltsame schiefe Lächeln produzierte, das sie bei solchen Anlässen immer aufsetzte. Sie liebte meinen Namen, Richard, seine *Englishness*, und sie konnte es nicht ausstehen, wenn jemand die spanische Form verwendete, Ricardo. In späteren Jahren sah sie es gern, wenn ich, fern von ihr, still in irgendeiner Ecke der Wohnung saß und ein Buch las. Sie mochte den Gelehrten in mir; vor dem Anzug aus englischem Tweed, den ich mir von einem Schneider auf der Corrientes eigens hatte anfertigen lassen, schmolz sie förmlich dahin. Sie mißverstand meine Zurückhaltung und Distanziertheit. Sie hielt sie für echt, und sie begriff nie, daß es Angst war. Es gefiel ihr, daß ich an der Universität unterrichtete, selbst wenn es nur zwei Stunden die Woche in einem sogenannten Sprachlabor waren. Und als ich diesen Lehrauftrag verlor und nur noch am Instituto San Martín arbeitete, wo ich ewig gleiches Englisch unterrichtete, kam sie nie wieder darauf zu sprechen, hob sich aber den Gedanken daran als einen weiteren bitteren Aspekt des allgemeinen Niedergangs für die Stunden auf, die sie allein in ihrer Stube mit Betrachtungen zubrachte. Sie war enttäuscht.

Vielleicht ist es das, was noch immer über ihrem Schlafzimmer hängt, ihre Enttäuschung und all die Zeit allein, die sie hatte, sie auszukosten und in allen Einzelheiten zu durchdenken. Etwas von dieser dumpfen Energie ist dort haftengeblieben, und ich kann sie spüren, wenn ich das Zimmer betrete, und ich nenne sie noch immer Mutter.

Sie wünschte sich, daß ich Freunde hätte, daß ich in Cliquen herumzöge, aber auf irgendeine subtilere Weise, die ich nie begriffen habe, lehrte sie mich, den Menschen zu mißtrauen, das Bedürfnis zu entwickeln, mich davonzuschleichen und mich mit mir selbst zu beschäftigen. Sie konnte es nicht ausstehen, wenn ich allein ins Kino ging. Hast du denn keinen Freund, fragte sie immer. Während meines ersten Jahres an der Universität hatte ich tatsächlich einen Freund: Er studierte Wirtschaftswissenschaften und sprach mich eines Tages an und bat mich, ihm Englisch beizubringen. Seine Eltern würden bezahlen, sagte er. Wir trafen uns dreimal die Woche zum Unterricht. Er hieß Jorge Canetto, und er wurde wichtig für mich, weil ich mich in ihn verliebte und ununterbrochen an ihn dachte. Ich liebte seine Erscheinung, wie groß und stark er war und wie seltsam blau seine Augen gegen sein dunkles Haar und seine dunkle Haut abstachen. Ich liebte sein behagliches Lächeln, sein sanftes Gemüt.

Meiner Mutter fiel auf, daß ich glücklicher war, und sie fragte mich, ob ich eine Freundin hätte. Ich sagte nein. Sie lachte, als ob die Möglichkeit ihr unendliche Freude bereitete, und sagte, doch, doch, sie wisse, daß ich eine hätte, und sie würde es bald herausfinden, jemand würde ihr den Namen des Mädchens schon verraten. Bald, sagte sie, würde sie Bescheid wissen. Ich sagte ihr noch einmal, daß ich keine Freundin hätte.

An drei Tagen die Woche traf ich mich mit Jorge um fünf Uhr in einem leeren Vorlesungsraum und unterrichtete ihn in Englisch. Ein paarmal kam er zu mir, und ich gab ihm die Stunde im Wohnzimmer, während sich meine Mutter in der Diele herumdrückte. Ich brachte ihm bei, Fragen im Präsens zu bilden, ich ließ ihn Vokabeln lernen. Und ich lauerte auf irgendwelche Anzeichen dafür, daß er vielleicht verstand. Das ist das Wort, das man hier benutzt. *Entender*. Verstehen. Es gibt auch andere Ausdrücke, aber dieser ist noch immer gebräuchlich. Man konnte *entiendes*? fragen, und das bedeutete dann: Magst du? Bist du? Willst du?

Manchmal verkrampfte ich mich vor Sorge, daß ich damit herausplatzen könnte, den Mut aufbringen könnte, ihn nach dem Unterricht, wenn ich ihn hinausbegleitete, zu fragen. Es würde nur einen Augenblick erfordern, es zu sagen. »Da ist etwas, was ich dich fragen möchte. Mir ist aufgefallen, daß du nie so von Mädchen sprichst, wie das die meisten Männer hier tun, und du schaust nie einer Frau auf der Straße nach, und da wollte ich dich was fragen, du kannst dir vielleicht denken, was es ist ... Verstehst du. *Entiendes*?« Und wenn er ja gesagt hätte, hätte ich ihn vielleicht nicht mehr so sehr begehrt wie in dieser fragwürdigen Zeit, als ich ihm Englisch beibrachte und nicht über ihn Bescheid wußte. Vielleicht wollte ich gerade das von ihm, was nicht verfügbar war. Vielleicht hätte ich ihn verachtet, wenn er verstanden hätte. Vielleicht bin ich jetzt zu hart.

Damals waren die Generäle an der Macht, und niemand

blieb lange draußen, auch wenn die Cafés und Bars in den Straßen ringsum geöffnet blieben und gespenstisch darauf warteten, daß der einsame Gast, der seine Bahn verpaßt hatte, austrank und ging, oder daß die Zeit verging, oder daß etwas passierte. Aber es passierte nichts. Oder, wie wir später erfuhren, es passierte eine ganze Menge, aber ich bekam nichts davon mit. Es war so, als ob die berühmten Verschleppungen, von denen wir jetzt so viel hören, in einer Geisterstadt stattgefunden hätten, einer Schattenversion der unsrigen, und in den Stunden nach Mitternacht, wo alles geräuschlos geschah und keinerlei Spuren hinterließ. Ich kannte – so dachte ich jedenfalls – niemanden, der in diesen Jahren verschwunden war, niemanden, der festgenommen worden war, niemanden, dem eine Festnahme gedroht hatte. Ich kannte damals niemanden, der mir erzählt hätte, er kenne jemanden, der ein Opfer war. Und es gibt andere, die darüber geschrieben haben und zu dem Schluß gelangt sind, daß niemand verschwunden ist, oder zumindest weit weniger verschwunden sind, als man uns glauben macht. Aber das ist nicht der Schluß, den ich daraus ziehe.

Meine Schlußfolgerung basiert auf unserem seltsamen Mangel an zwischenmenschlichem Kontakt hier. Das ist nicht nur mein Problem, es ist ein wesentliches Merkmal dieses entlegenen Ortes, an den unsere Ahnen – der Vater meiner Mutter, meines Vaters Großvater – auf der Suche nach weitläufigem Land kamen: Wir haben hier einander nie vertraut oder Umgang miteinander gepflegt. Es gibt keine Gesellschaft hier, nur eine schreckliche Einsamkeit, die uns alle niederdrückt, und jetzt mich niederdrückt. Es ist möglich, daß ich zusehen könnte, wie jemand vor meinen Augen fortgeschleift wird, und ich würde es nicht erkennen. Ich würde irgendwie das Wesentliche übersehen, und vielleicht habe ich, und haben andere wie ich, während dieser Jahre genau das getan. Wir sahen nichts, nicht weil nichts gewesen wäre, sondern weil wir uns dazu erzogen hatten, nichts zu sehen.

Ich erinnere mich nicht, wann genau ich mir angewöhnte, direkt von der Universität nach Hause zu gehen. In diesen Jahren war man vorsichtig; ohne zu wissen, warum, nahm man sich in acht. Es war etwas Atmosphärisches, etwas Unausgesprochenes und Allgegenwärtiges, nichts, was in den Zeitungen gestanden hätte oder im Radio gebracht worden wäre. Man vermied es, nachts allein auf der Straße zu sein. Aber trotzdem ging ich mit Jorge nach der Stunde oft noch einen Kaffee trinken. Und ich wartete auf irgendein Zeichen von ihm. Ich war darauf gefaßt, daß er eine Freundin erwähnen würde. Wenn Mädchen vorübergingen, beobachtete ich ihn nach Anzeichen von Verlangen oder Interesse, aber es kam nichts. In diesen Jahren trug er eine altmodische und förmliche Kleidung. Das gefiel mir an ihm. Ich stellte ihn mir in einem dieser altmodischen Badeanzüge vor, die auch den Oberkörper bedeckten, und ich dachte an die Figur, die er dabei machen würde, und das erregte mich.

Ein paarmal gelang es mir, mich in der Stadt zu vergnügen. Es fing immer auf die gleiche Weise an: ein scharfer Blick auf einen vorübergehenden Unbekannten, eine Wendung des Kopfes, und dann das Beobachten und Abwarten, während er vor einem Schaufenster stehenblieb und die Auslage betrachtete und ich lässig auf ihn zuschlenderte. Und dann das Ansprechen, das Abklären, ob man zu ihm konnte, und dann der Aufbruch: Verschwörer, beladen mit Verlangen. Weil ich groß und hellhäutig und blond bin und blaue Augen habe, wollten sie oft wissen, wo ich her sei, und ich sagte dann, ich sei Halbengländer, und das war dann etwas, worüber wir uns auf dem Weg nach Hause unterhalten konnten.

Ich erinnere mich an eine solche Begegnung, nicht wegen des Sex, den wir hatten, sondern wegen eines Geräusches, das ins Zimmer drang, während wir uns liebten, das Geräusch von immer wieder aufheulenden Automotoren. Ich fragte meinen Partner – ich erinnere mich an einen dunkelhaarigen Mann in den Dreißigern mit weißer Haut –, was das für ein Lärm sei. Er führte mich ans Fenster und zeigte mir das Polizeirevier gegenüber und die Autos davor, ohne Fahrer, aber mit hochtourig laufenden Motoren, von denen Kabel in den Keller des Gebäudes führten. Sie brauchen Strom, sagte er, aber ich verstand immer noch nicht. Sie brauchen zusätzlichen Strom für die Elektrostäbe, sagte er. Ich weiß immer noch nicht, ob es stimmte, was er sagte, ob das wirklich eine der Stellen in der Stadt war, wo die Leute hingeschafft wurden, und ob wir uns gegenseitig liebkost hatten und im Abstand von wenigen Augenblicken voneinander zum Orgasmus gekommen waren, während im Hintergrund Motoren aufheulten, die die Folterwerkzeuge mit Strom versorgten. Damals spielte es keine Rolle, da ich nicht allzusehr auf das achtete, was er sagte, und mehr als alles andere ist mir das Vergnügen in Erinnerung geblieben, mit ihm am Fenster zu stehen und mit den Händen abwärts über seinen Rücken zu streichen.

Erst jetzt, Jahre danach, erscheint es mir bedeutsam: der vielleicht einzige Hinweis auf das, was um mich herum geschah, der mir je zuteil wurde. Ich erinnere mich nicht mehr an den Namen meines Liebhabers, des Mannes, mit dem ich an dem Abend am Fenster stand, aber ich habe mich oft gefragt, woher er wußte oder zu wissen glaubte, oder ob er sich nur vorstellte, was das Aufheulen von Automotoren damals in unserer Stadt bedeutete.

Eines Freitags begleitete mich Jorge nach der Stunde ins Zentrum. Wir gingen zusammen in eine Bar und tranken ein Bier. Er fragte mich, ob ich mal in England gewesen sei, und ich sagte nein, aber ich hätte schon häufig mit dem Gedanken gespielt. Ich würde gern dort leben, sagte ich, zumindest glaube ich, daß ich das gern würde, obwohl ich dort keine Verwandten habe. Ich glaube, dort könnte man sich frei fühlen, sagte ich. Ich glaube, die Leute sehen alles längst nicht so verkrampft, zum Beispiel, was Sex angeht. Ich bemerkte, daß er die Augen vom Tisch hob und mich ansah, während ich sprach. Ich spürte, wie mein Herz hämmerte. Ich würde es tun. Ich war jetzt soweit. Alles ist einfacher, sagte ich. Ich meine, wenn man Lust hätte, mit einem anderen Mann ins Bett zu gehen, eine Affäre mit ihm anzufangen, dann würde sich niemand besonders aufregen. Man könnte es tun. In Argentinien wäre das schwierig. Er nickte und schaute weg, und dann nahm er einen Schluck von seinem Bier. Er sagte nichts. Ich wartete.

Ich meine, sagte ich, kennst du irgend jemanden hier, der lieber Männer als Frauen mag, ich meine, einen Mann, der lieber Männer als Frauen mag? Kaum hatte ich das gesagt, wäre ich am liebsten aus der Bar gerannt. Ich hatte versucht, es beiläufig klingen zu lassen, aber es war mir nicht gelungen. Ich wünschte mir, er würde ja sagen, er kenne jemanden, und dann zu verstehen geben, daß er es war, von dem er redete. Oder vielleicht wünschte ich mir, er würde es beim Schweigen belassen, alles in der Schwebe lassen. Du meinst Schwule, sagte er. Nein, sagte er, er kenne niemanden von der Sorte. Er klang so, als sei er sich seiner Sache sicher. Die meisten Männer mögen Frauen, sagte er, in England genauso wie in Argentinien. Und ob ich auch Frauen mochte, fragte er. Ich spürte ein furchtbares Gewicht auf meiner Brust. Ich hätte mich am liebsten in irgendeine dunkle Ecke verkrochen. Nein, sagte ich, nein, ich mochte sie nicht.

Weiß sonst noch jemand davon, fragte er. Weiß es deine Mutter? Hast du es ihr nie erzählt? Ich mußte ihm sagen, wie sehr ich ihn begehrte, wie oft ich von ihm geträumt, wie viele Hoffnungen ich an ihn geknüpft hatte und daß nun alles anders werden würde. Aber er wollte über meine Mutter reden. Ich wünschte mir, er würde gehen und mich allein lassen.

Ich glaube nicht, daß deine Mutter es im Leben leicht gehabt hat, sagte er. Er sah aus wie die Karikatur eines verantwortungsbewußten Halbwüchsigen, wie er da saß und versuchte, sich mit mir über meine Mutter zu unterhalten. Und vielleicht sah ich auch wie die Karikatur von irgend jemandem aus: von einem Homosexuellen, der dumm genug war zu glauben, der Mann, der es ihm angetan hatte, sei auch homosexuell. Du solltest es ihr sagen, sagte er, und vielleicht ließe sich da etwas machen. Ich fragte ihn nicht, ob er damit meinte, daß ich, wenn ich lange genug darüber redete oder ärztliche Hilfe in Anspruch nahm, anfangen könnte, den Mädchen auf der Straße nachzuschauen, anstatt Kommilitonen peinliche Anträge zu machen. Ich wollte ihm gerade sagen, ich sei schon als Baby homosexuell gewesen, als ich mich im Kinderwagen sah und lachen mußte.

Er fragte mich, worüber ich lachte, und ich sagte, alle hätten immer Mitleid mit meiner Mutter, aber das seien normalerweise ältere Leute. Ich hätte nie erwartet, daß er auch in den Kanon einstimmen würde, und ich fände es komisch, daß er es getan hatte. Ich sagte ihm, vielleicht könnte er es ihr ja selbst erzählen, und vielleicht könnte er ihr jeden Tag zuhören, und er könnte überhaupt bei ihr einziehen, und ich könnte zu ihm nach Hause, in die Vorstadt, zu seinen reichen Eltern ziehen.

Wir setzten unsere Englischstunden fort; ich war froh über das Geld. Immer häufiger kam er zum Unterricht in die Wohnung. Meine Mutter machte ihm oft Tee. Oft fragte ich mich, ob er insgeheim anfing, sich für mich zu interessieren, aber außerstande war, es sich selbst oder mir einzugestehen.

Aber wie ich später erkannte, machte ich mir etwas vor. Ich erzählte ihm, wie leicht es sei, einen Mann auf der Straße aufzugabeln. Ich forderte ihn auf, bei Gelegenheit in die Bahnhofstoiletten zu gehen, wenn er mir nicht glaubte, und selbst zu sehen, ob ihm nicht etwas auffiel. Er fing an, sich meinetwegen Sorgen zu machen. Was, wenn ich erwischt wurde? Wenn ich einmal mit dem Falschen nach Hause ging? Wenn es ein Polizist war, der mir eine Falle gestellt hatte? Das würde sie umbringen, sagte er. Das würde deine Mutter umbringen. Und was ist mit mir, fragte ich. Er schüttelte den Kopf und sagte, ich müsse mich vorsehen.

Allmählich verschlechterte sich der Gesundheitszustand meiner Mutter. Die meiste Zeit saß sie abgeklärt und still in einem Sessel in der gefliesten Diele und musterte, ganz so, wie ich es jetzt tue, den Himmel und die Rückseiten der Häuser und die Katzen, die die Simse und Dachfirste entlangbalancierten. Wenn sie mich manchmal ansah, wirkte sie alt und verängstigt.

Die Diele sah mit ihrem riesigen Fenster, das tagsüber durch eine verglaste Trennwand Licht in das Wohnzimmer einließ, wie eine Veranda aus. Meine Mutter saß gern zwischen diesen zwei Glasscheiben; oft schalteten wir abends eine Lampe ein, bis alles nur wie Spiegelung und Schatten aussah. Eines Abends, als wir so da saßen, fragte sie mich über Jorge aus, sie sagte, daß sie ihn gern habe und sich frage, ob es mir Freude mache, ihm Englisch beizubringen. Ich sagte ja. Ob ich Näheres über ihn wisse, fragte sie. War ich schon mal bei ihm zu Hause gewesen, oder hatte ich seine Familie kennengelernt? Ich sagte, bei ihm zu Hause sei ich noch nicht gewesen, aber ich wisse, daß seine Familie reich sei, daß sie einen eigenen Tennisplatz und Swimmingpool hätten und daß sein Vater mit Perón zu tun gehabt habe.

Ob mir noch nie der Gedanke gekommen sei, daß er homosexuell sein könnte? Ich hatte sie das Wort noch nie vorher in den Mund nehmen hören, und sie sprach es so aus, als habe sie es erst kürzlich gelernt. Sie sah mich scharf an. Ich blickte geradeaus in das Glas des Fensters und sah ihre Gestalt im Sessel. Nein, sagte ich zum Glas, nein, der Gedanke sei mir noch nie gekommen. Nun, ich glaube, daß er das ist, sagte sie, und ich meine, das ist etwas, was du bedenken solltest, bevor du dich zu sehr mit ihm anfreundest.

Ich stand auf und ging ins Badezimmer. Ich schloß die Tür hinter mir, als ob mir jemand folge. Ich machte mir die Hände und das Gesicht naß und starrte in den Spiegel. Ich richtete mich auf. Ich atmete schwer. Ich sah meine Augen an, und dann drehte ich mich um und öffnete die Tür. Ich blieb nicht stehen, als ich zu sprechen anfing; sie beobachtete mich mit herausfordernder, furchtloser Miene, ihrem Herzoginnenblick, und das machte die Sache einfacher. Ich hatte ihr erhabenes Getue satt.

Jorge ist nicht homosexuell, sagte ich und äffte dabei ihren Akzent nach. Ich bin derjenige, der homosexuell ist, und ich bin es schon immer gewesen. Sie zuckte nicht mit der Wimper; sie hielt meinem Blick stand. Ich blieb regungslos stehen.

Wie du, sagte ich, dachte ich, er sei es auch, ja ich hatte gehofft, er sei es. Aber wir haben uns beide getäuscht, nicht wahr? Inzwischen stand ich direkt vor ihr, am ganzen Leib zitternd. Ich hätte mich am liebsten hingekniet und mein Gesicht in ihrem Schoß vergraben, aber ich brachte es nicht fertig. Sie lächelte, und dann schüttelte sie den Kopf in grimmiger Belustigung. Irgendwo in ihrer Miene lag reine Verachtung. Sie seufzte und schloß die Augen und lächelte noch einmal. Ich habe es so schwer gehabt, sagte sie, und jetzt das, jetzt das, jetzt das. Sie starrte sich im blanken Glas des Fensters stoisch an. Ich stand schweigend da.

Na dann erzähl mir davon, sagte sie. Setz dich her, sie klopfte auf den Sessel, der neben ihrem stand, und erzähl mir alles. Vielleicht sollten wir heute abend lange aufbleiben.

Es gab Dinge, die ich nicht sagen konnte, Dinge, die zu intim waren, Einzelheiten, die zu eindeutig waren. Sie wollte wissen, ob es irgend etwas gebe, was sie hätte tun können, ob es irgend etwas gebe, was wir jetzt tun könnten. Ich sagte nein, es sei schon immer dagewesen und es würde niemals weggehen. Und wann hat es angefangen, fragte sie.

Ich betrachtete sie im Glas, während ich sprach, ich erzählte ihr, was ich konnte, und manchmal stellte sie eine Zwischenfrage. Was ich sagte, rückte von uns ab, als läse ich aus einem Buch vor oder referierte eine Geschichte, die man mir erzählt hatte. Wir waren Schauspieler in dieser Nacht, in der alten Diele, ich, der ich redete, und meine Mutter, die sich die schmutzigen Geschichten eines verkommenen Sohnes anhörte, unendlich geduldig, aber ohne irgendeine Reaktion zu zeigen, klar zu verstehen gebend, daß sie erst alles wissen mußte, bevor sie ein Urteil fällen konnte.

Ich erinnere mich an einen dunklen Abend in Buenos Aires, als ich fünf oder sechs gewesen sein muß. Ich war mit meinem Vater auf der Straße, ich griff nach seiner Hand. Er war mit mir beim Zahnarzt gewesen. Ich erinnere mich, daß ich mit offenem Mund dagelegen und vor Schmerz und Angst geweint hatte; alles, was der Zahnarzt tat, schien die Sache nur noch schlimmer zu machen, und mein Vater, der mich zu beruhigen versuchte, dastand und mich festhielt und mir sagte, es sei schon gut, es würde bald vorbei sein, der Zahnarzt müsse nur noch ein kleines bißchen weitermachen. Ich glaube, ich erinnere mich deswegen daran, weil es das erstemal war, daß jemand Spanisch gesprochen hatte, um mich zu trösten und zu beruhigen. Normalerweise war es meine Mutter, die mit mir sprach, wenn ich krank oder ängstlich war oder aus irgendeinem Grund weinte, und sie sprach immer Englisch. Ich habe auch das Gefühl, daß es das erstemal war, daß mein Vater mich wirklich zur Kenntnis nahm, das erstemal, daß er mir glaubte, daß ich aus gutem Grund weinte oder nach Aufmerksamkeit verlangte. Ich weiß noch, daß ich versuchte, nicht zu weinen, weil ich ihn nicht beunruhigen wollte, und mich dann nicht mehr beherrschen konnte, und er meine Hand festhielt und versuchte, mich abzulenken.

Ich erinnere mich, wie wir die Straßen entlanggingen, die zu unserer Straße führten; ich muß gespürt haben, wie erleichtert er war, daß das Drama des zahnärztlichen Eingriffs vorüber war. Er kaufte mir Pflaumen. Ich konnte sie nicht essen, weil mein Mund wund war, aber es war schön, sie zu haben. Ich muß darum gebeten haben, und noch heute liebe ich das glatte straffe Violett von Pflaumenhaut und das feste saftige Fleisch darunter.

Sie waren seit zehn Jahren verheiratet, als ich geboren wurde. Meine Mutter hatte in den ersten Jahren ihrer Ehe zwei oder drei Fehlgeburten gehabt, und dann nichts mehr. Sie war dreiundvierzig, fast vierundvierzig, als ich geboren wurde, und er war fünfzig. Seine Familie, die Garays, besaß eine kleine Reederei, mit der es langsam bergab ging, und er war der dritte Sohn. Meine Mutter war die englische Sekretärin der Firma, und ich glaube, seine Familie betrachtete die Heirat als einen weiteren Beweis für meines Vaters Mangel an Phantasie und Unternehmungsgeist. Nicht daß sie feindselig oder skandalisiert gewesen wären, jedenfalls soweit ich weiß, aber sie schenkten meiner Mutter nicht allzuviel Beachtung.

Meine Eltern behandelten mich, so weit ich zurückdenken kann, wie ein kleines erwachsenes Mitglied der Familie. Wenn ich mich im Dunkeln fürchtete, oder wenn es mir schlechtging, oder wenn ich nachts aufwachte, konnte ich leise, ohne zu weinen, in ihr Bett kommen, mich zwischen sie beide oder neben meine Mutter legen und wieder einschlafen. Mein Vater beklagte sich dann, daß ich morgens zu früh aufwachte und singen oder eine Geschichte vorgelesen bekommen wollte, während er zu schlafen versuchte. Ich weiß nicht, in welcher Sprache ich mit ihnen redete. Es wird wohl Spanisch gewesen sein. In späteren Jahren war es jedenfalls Spanisch. Aber mit mir sprach meine Mutter immer Englisch, und in der Schule sprach ich Englisch, und wegen meiner Hautfarbe habe ich immer geglaubt, ich sei Engländer.

Meine Mutter war mit ihrem Vater und ihrer Schwester Matilda Anfang der zwanziger Jahre, unmittelbar nach dem Tod ihrer Mutter, nach Argentinien gekommen. Als kleiner Junge wollte ich die Geschichte von der Schiffspassage immer wieder von vorn hören. Tage und Tage auf See, nie Land in Sicht, die See platt und eintönig und unendlich. Die Geschichte von dem Mann, der starb und dessen Leichnam über Bord geworfen wurde. Und der Sturm, der einmal aufkam. Und der Augenblick, als sie den Äquator überquerten, und die Seekrankheit und das furchtbare Essen. Und das Schiff, das schaukelte und schaukelte, und die Passagiere der ersten Klasse. Und dann der Hafen von Buenos Aires, das lange Warten, bis man von Bord durfte, und diese neue Sprache, und daß sie kein einziges Wort von dem verstanden, was irgend jemand sagte. Ich kannte diese Geschichte so gut, als seien ihre Details realer und unmittelbarer als alles, was sich während der Jahre meiner Kindheit in unserer Wohnung oder in der Schule oder in unserem Leben zugetragen hatte.

Und schon damals wußte ich, daß für sie alles eine Enttäuschung gewesen war. Die Geschichte rief Erwartungen von künftigem Reichtum und Romantik und Abenteuer wach. Die Geschichte hätte der Beginn von etwas sein sollen, aber das war nicht der Fall. Ich war noch nicht geboren, als ihr Vater starb, aber sie erzählte einmal die Geschichte seiner letzten Tage: Gesprochen habe er nur Englisch, Spanisch habe er bis zuletzt nicht richtig verstanden, und sie und ihre Schwester hätten ihn auf einem neuen Friedhof am Stadtrand begraben, und sie habe das Gefühl, von dem Augenblick an, als er in dem neuen Land angekommen sei, habe er wieder heimgewollt, und jetzt sitze er für immer in Argentinien fest.

Ich weiß nicht, wann genau ich mich von meinen Eltern getrennt zu fühlen begann, wann ich aufhörte, sie unbefangen berühren und in meiner Nähe spüren zu können, ab wann ich eher bereit war, in der Dunkelheit meines Zimmers zu bleiben, als in ihr Zimmer zu gehen und mich in ihr Bett zu legen. Es wäre einfach, wenn ich das mit der Pubertät und dem erwachenden Bewußtsein meiner Sexualität in Verbindung bringen könnte, aber es hängt mit etwas anderem zusammen. Es hängt damit zusammen, daß ich in einem bestimmten Alter anfing, die Welt als von mir getrennt zu betrachten, anfing zu spüren, daß ich mit nichts, was mich umgab, etwas zu tun hatte. Ich trat innerlich zurück und beobachtete, wie meine Eltern von einem Zimmer ins andere gingen oder der Lehrer an die Tafel zeichnete, und ich fühlte mich abgesondert. Vielleicht entstand damals in mir das Gefühl, daß mich niemand liebte, vielleicht ist es das, wovon ich rede, und vielleicht war alles, was danach geschehen ist, lediglich der Versuch, dazuzugehören. Ich war schon immer überrascht, wenn ich feststellte, daß jemand mich mochte oder etwas von mir hielt, und ich bin immer bereit gewesen, alles Erforderliche zu tun, um nahe bei demjenigen bleiben zu dürfen.

Ich fing an zu merken, wie alt meine Eltern im Vergleich zu anderen Eltern waren, wie langsam sie sich bewegten, wie sehr Lärm sie störte, wie trist ihre Kleidung und wie seltsam das glatte graue Haar meiner Mutter wirkte. Ich erinnere mich, wie ich einmal in ihr Schlafzimmer kam, ich weiß nicht, wie alt ich da war, und meinen Vater sah, der mit dem Rücken zu mir nackt im Raum stand. Da spürte ich auf eine Weise, die mir noch vollkommen gegenwärtig ist, wie abgesondert er von jedem anderen war, wie allein auch er in seinem haarigen Körper war und seinem Fleisch, ebenso wie ich allein war, der ihn beobachtete, und daß wir mit niemand anderem etwas gemein hatten, wir alle in unseren Körpern abgesondert waren, alle füreinander nichts und alles für uns selbst.

Und das erklärt vielleicht, wie ich empfand, als er anfing im Bett zu bleiben und nichts mehr hinunterbekam und dann ins Krankenhaus ging und dann wieder nach Hause kam. Ich hatte das Gefühl, daß es mich nicht betraf. Manchmal saß ich in seinem Zimmer, weil meine Mutter sagte, ich solle es tun, und mir war klar, daß er Schmerzen hatte, aber ich blieb distanziert. Vielleicht ist das die einzige Weise, wie man damit fertig werden kann, seinem Vater beim Sterben zuzusehen, und vielleicht erfordert es eine innere Anstrengung, auch wenn es sich damals nicht so anfühlte, und die Auswirkungen dieser Anstrengung bleiben in einem zurück und beeinflussen alles weitere Verhalten. Aber ich weiß nicht, ob irgend etwas davon der Wahrheit entspricht.

In all den Jahren hatten wir die zwei Brüder und die Schwester meines Vaters nicht allzu häufig gesehen. Ich erinnere mich, daß wir eines Tages seine Schwester auf der Straße trafen und ich sie nicht wiedererkannte. Aber jetzt tauchten sie in all ihrem gemessenen Ernst im Haus auf, und sie unterhielten sich im Flüsterton.

In diesen Tagen ging ich ein paarmal in das Schlafzimmer meiner Eltern; es war dunkel darin, weil die Vorhänge zugezogen waren, aber ich konnte trotzdem erkennen, daß die Gestalt im Bett abgemagert war und daß ihr Gesicht jetzt das Gesicht eines alten Mannes war. Ich wollte ihn nicht berühren oder zu nah herangehen, und ich war froh, als meine Mutter mir sagte, ich dürfe dieses Zimmer nicht mehr betreten. Ein Arzt kam und ging, und dann tauchte eine Krankenschwester auf und saß im Zimmer und kam heraus und flüsterte etwas. Ich sah sie an, aber ich hörte nicht, was sie sagte. Ich habe es als eine Zeit fast völliger Lautlosigkeit in Erinnerung: leise Schritte, gedämpfte Stimmen, Türen, die geräuschlos geöffnet und geschlossen wurden. Ich ging tagelang nicht in die Schule, wanderte nur durch die Wohnung oder blieb in meinem Zimmer. Ich durfte kein Radio hören. Ich glaubte nicht, daß mein Vater da drinnen wirklich lebendig war. Er redete nicht, und er konnte nichts essen. Manchmal hieß es, er schliefe, aber ich wußte nicht, was er tat, wenn er wach war. Er war Teil einer Welt, die ich mir nicht vorstellen konnte; sein Körper schwand in einem verdunkelten Zimmer dahin, während seine Familie bei ihm wachte. Ich dachte damals überhaupt nicht über ihn nach.

Er muß während der Nacht gestorben sein. Am Morgen kam meine Tante und teilte mir flüsternd die Neuigkeit mit und sagte, ich dürfe nicht weinen oder sonst Lärm machen. Ich solle nur leise aufstehen und mich anziehen. Ich war nicht weiter überrascht. Ich hoffte, sie würden ihn begraben und wir könnten dann nach Hause gehen. Ich malte mir aus, wie wir die Treppe ohne ihn wieder hinaufsteigen würden, in die leere Wohnung kommen und die Vorhänge im Schlafzimmer aufziehen und das Essen vorbereiten und das Radio einschalten und weitermachen würden, als ob er nie existiert hätte.

Aber ich wollte, daß diese Tage vorbei waren. Ich wollte die Wohnung wieder für mich haben. Ich haßte die gedämpften Stimmen. Ich versuchte mir vorzustellen, was sie jetzt wohl tun würden. Würden sie ihn nackt ausziehen? Wie würde er von hier in die Kirche und ins Grab kommen? Wie schnell würden sein Körper verwesen und seine Zähne ausfallen? Ich war gerade zwölf geworden, und ich wuchs und wuchs. Mein Onkel ging mit mir in die Stadt, neue Sachen für mich kaufen. Ich mußte in der Diele an meiner Mutter vorbei, aber sie war von Leuten umringt und hielt sich ein Taschentuch an die Nase. Mein Onkel und ich schlichen uns an ihr vorbei und verließen auf Zehenspitzen die Wohnung.

Es ist seltsam, wie rasch und einfach bestimmte Handlungen ablaufen. Ich sah, wie der Sarg in die Wohnung hereingetragen wurde, und dann ging ich mit meiner Tante und meinem Onkel in die Küche, und als ich wieder herauskam, lag mein Vater im Sarg und sie trugen ihn schon durch die Tür hinaus. In zwei oder drei Minuten hatten sie den Sarg die Treppe hinuntergetragen, und abgesehen von seinen Sachen und ein paar Büchern und Zeitungen war es so, als habe mein Vater nie hier gewohnt. Ich dachte, daß es ohne ihn schon gehen würde; bald, stellte ich mir vor, würden wir uns daran gewöhnt haben.

In den Tagen nach der Beerdigung verlor meine Mutter jedes Interesse an der Hausarbeit. Ich sah ihr zu, wie sie auf einer alten Schreibmaschine, die plötzlich auf dem Eßtisch aufgetaucht war, Briefe tippte und anschließend zerriß. Ich glaube nicht, daß sie überhaupt ein Auge zumachte, und es gab keine richtigen Mahlzeiten. Ich glaube nicht, daß ihr klar war, daß die Familie meines Vaters verschuldet war und daß der Anteil meines Vaters am Geschäft keinerlei Wert besaß. Sie war sicher, daß es Geld geben mußte, aber es gab keines. Es gab den Erbpachtvertrag für die Wohnung, der eine niedrige Miete garantierte, aber sie hatte keinerlei Einkommen. Vielleicht hatten meine Onkel und meine Tante Geld angelegt. Sie war sicher, daß es so sei, und sie fing an, ihnen zu schreiben und sie anzuschreien, sie sollten ihren Anteil herausgeben, wenn schon nicht um ihretwillen, dann zumindest meinetwegen.

Ich war bei dem abschließenden Treffen mit ihnen dabei. Zwei nichtlächelnde Onkel und eine finster blickende Tante, und die Stühle in der Diele aufgestellt, als erlaubte sie ihnen nicht, einen Schritt weiter zu gehen. Sie fragte sie, ob sie sie völlig mittellos dastehen lassen würden, ob es das sei, was sie vorhätten. Wenn die Firma meinem Vater sein Gehalt hatte zahlen können, dann könne sie ihr auch eine Rente zahlen. Wollten sie, daß sie Fußböden schrubben ging? Wollten sie, daß sie auf der Straße bettelte? Das wird nicht nötig sein, sagte meine Tante. Wie kannst du es wagen, mir zu sagen, was nicht nötig sein wird, sagte meine Mutter. Ich werde mit Richard vor eurem Geschäftshaus stehen, und ich werde betteln. Sie beugte sich vor und packte meinen Arm. Ich werde euch alle beschämen, sagte sie.

Ein kleiner Geldbetrag, sagte mein Onkel, würde für meine Schulgebühren und mein Studium beiseite gelegt werden, und der Erbpachtvertrag für die Wohnung würde auf meine Mutter überschrieben werden, obwohl die Erbpacht strenggenommen der Familie gehörte und einen potentiellen Wert darstellte. Aber mehr sei an Geld nicht da; selbst die Ausgaben für die letzten Tage meines Vaters und seine Beerdigung würde die Familie spüren. Vielleicht sei es meiner Mutter nicht bewußt, sagte er, aber der Warenverkehr zwischen Argentinien und England sei zurückgegangen und die Firma mache Verluste, und wenn die Schiffe verkauft werden sollten, was in naher Zukunft geschehen müsse, werde das Geld zur Begleichung von Schulden aufgewendet werden. Wenn sie gedacht hätte, sie heiratete Geld, sagte meine Tante, dann hätte sie den falschen Mann geheiratet. Aber wir haben durchaus Freunde in Buenos Aires, sagte mein Onkel, und wir könnten dir helfen, Arbeit zu finden, und vielleicht könntest du mit ein paar Leuten aus der englischen Gemeinde sprechen, möglich, daß sie von irgendeiner Arbeit wissen.

Mit Anwälten werde ich sprechen, sagte meine Mutter, und wir werden uns alle vor Gericht wiedersehen. Ich werde beweisen, daß ihr uns Geld schuldet, und euer Name wird in der ganzen Stadt verrufen sein. Und eher werdet ihr mich nicht wiedersehen. Dann stand sie auf und bat sie zu gehen. Sie hatte ihnen weder Tee noch Kaffee, noch Alkohol angeboten. Sie saßen da und sagten nichts, und da ging sie zur Tür und öffnete sie. Leise gingen sie einer nach dem anderen hinaus und die Treppe hinunter. Sie schloß die Tür und stellte sich mit dem Rücken dagegen, als rechne sie damit, daß sie zurückkehren würden, und als wolle sie ihnen den Weg versperren.

Eine halbe Stunde später hatte sie ihre Schreibmaschine auf dem Tisch und tippte einen Brief an ihre Schwester Matilda, die auf einem Gut in einem Ort namens Molino, in La Pampa, wohnte. Ich hatte schon Fotos von dem riesigen Haus gesehen, in dem die Gutsbesitzer wohnten. Ich wußte, daß Tante Matilda und ihr Mann in einem kleineren Haus wohnten, und ich wußte, daß sie zwei Jungen hatten, die älter als ich waren, aber ich hatte sie nie kennengelernt. Ich glaube, meine Mutter hatte ihre Schwester seit über zehn Jahren nicht mehr gesehen. Sie schrieb ihr, teilte ihr in groben Zügen mit, was passiert war, und bat sie um Hilfe oder um Obdach, oder um Rat. Ich weiß nicht genau, worum sie bat, aber sie wartete sehr ungeduldig und nervös auf die Antwort.

Mittlerweile ging ich wieder in die Schule, und ich erinnere mich, wie ich eines Nachmittags heimkam und meine Mutter mir eröffnete, daß wir die Stadt verließen, zumindest fürs erste. Möglicherweise ließe sich in Molino leichter Arbeit finden – sie sagte nicht, was für eine Art von Arbeit –, und das Leben würde billiger sein, und wir könnten bei Matilda wohnen. Ich sagte nichts. Ich war sicher, daß sie mehr meinte, als sie sagte, und ich lauerte auf irgendwelche Anzeichen dafür, daß wir die Wohnung aufgeben und alles zusammenpacken würden. Als ich eines Tages von der Schule heimkam, stellte ich fest, daß sie alle Kleider meines Vaters und ein paar von ihren eigenen Sachen und ein paar von meinen alten Sachen herausgeräumt hatte. Vor der Wohnungstür standen abholbereit Kartons voller Kleider. Ich wußte nicht, ob sie sie verkaufte oder verschenkte. An einem dieser Abende, als sie von Packen sprach und was wir mitnehmen und was dalassen würden, erinnerte ich sie daran, daß meine Onkel und meine Tante sich bereit erklärt hatten, für meine Ausbildung zu bezahlen. In was für eine Schule würde ich in Molino denn gehen? Wenn ich zu lange von meiner englischen Schule wegbliebe, würde ich meinen Platz verlieren. Ich wußte, daß es in Molino keine englische Schule gab, also in was für eine Schule würde ich gehen, fragte ich sie, und wie sollte ich mich an den Unterricht in Spanisch gewöhnen?

Wenn sie jetzt am Leben wäre und ihre Version der Sache erzählen könnte, würden meine Einwände darin vielleicht gar nicht vorkommen. Es ist möglich, daß sie die ganze Zeit nur an mich dachte, daß sie jede Entscheidung im Hinblick auf mich traf. Aber ich glaube es nicht. Ich glaube, daß der Tod meines Vaters sie so sehr erschüttert und hilflos gemacht hatte, daß sie nichts um sich herum wahrnahm und sie überhaupt nicht wußte, was sie tun sollte. Sie war vollständig in sich eingesponnen. An dem Tag sprach ich voll Bedacht, ich legte mir genau zurecht, was ich sagen würde. Und ich erinnere mich, daß sie wenige Minuten später zu meinem Schlafzimmer kam und an der Tür stehenblieb.

»Willst du damit sagen, daß du nicht nach Molino willst, daß du hierbleiben willst? Hier ist für uns nichts zu holen.«

»Ich will nicht auf eine spanische Schule gehen.«

»Warum probieren wir es nicht einfach aus? Warum sagen wir der Schule nicht, daß wir für kurze Zeit wegfahren?«

»Wie lange?«

»Ich weiß nicht, wie lange.«

»Und lassen wir unsere Sachen hier? Ich meine, alles, was uns gehört?«

»Ja, das können wir tun.«

»Als würden wir in Urlaub fahren?«

Wir nahmen den Bus nach Santa Rosa, und dort warteten wir auf dem Omnibusbahnhof auf einen Abendbus nach Molino. Ich fand die Fahrt vom ersten Augenblick an herrlich, der Sitz war bequem, und die Luft war warm. Ich schlief bald ein, und als ich aufwachte, lehnte ich mich zurück und schloß die Augen und hoffte, daß der Bus nie mehr anhalten würde, daß ich träumen und dösen und wieder aufwachen könnte und einen Schluck aus der Thermosflasche nehmen, die meine Mutter mitgenommen hatte, und aus dem Fenster starren und dann wieder eindösen, und daß nichts irgendwelche Folgen haben und daß die Zeit stillstehen würde. Im zweiten Bus war es kalt, und ich war jetzt müde und wäre gern in meinem Schlafzimmer gewesen, mit ausgeschaltetem Licht, aber bei offener Tür, so daß ich das Licht in der Diele sehen konnte. Meine Mutter schwieg. Jetzt begreife ich, daß sie sechsundfünfzig und völlig mittellos war, in einem Land, das sie nicht verstand, und neben einem Sohn saß, der eigentlich alt genug war, um sich Lösungsmöglichkeiten auszudenken, und der seine Erektion vor ihr verbarg, während der Bus auf Molino zudonnerte.

Tante Matilda holte uns an der Busstation ab. Sie hatte den jüngeren ihrer zwei Söhne dabei, Pedro, einen großen mageren Jungen, der nicht lächelte. Tante Matilda sprach mit

uns Spanisch, obwohl meine Mutter sie und Pedro auf englisch angeredet hatte. Wir mußten am Straßenrand warten,
bis ein Laster kam. Meine Mutter und ich und unser Gepäck
wurden auf die Ladefläche gehievt. Dann hob Pedro seine
Mutter hoch und sprang selbst hinauf und sagte uns schroff,
wir sollten uns festhalten. Mir war nicht klar gewesen, und
ebensowenig meiner Mutter, daß Tante Matilda arm war.

Wir fuhren aufs dunkle Land hinaus und dann eine lange
von Bäumen gesäumte Auffahrt hinauf auf ein großes Haus
zu. Als wir näher kamen, drehte ich mich um und betrachtete
meine Mutter, wie sie argwöhnisch das Haus beäugte, als be-
wege sie sich im Wasser Schritt für Schritt vorwärts und
prüfe dabei jedesmal den Grund. Der Laster fuhr um das Haus
herum und hielt. Pedro und der Fahrer halfen uns hinunter.
Wir nahmen jeder eine Tasche und marschierten im Dunkeln
los, über ein Feld auf ein fernes Häufchen kleiner Lichter zu.
Meine Mutter mußte wegen ihrer Schuhe bei jedem Schritt
aufpassen. Sie redete die ganze Zeit Englisch, aber Matilda
redete nur Spanisch; Pedro redete überhaupt nicht.

Zu guter Letzt kamen wir an die Tür eines kleinen Holz-
häuschens mit Wellblechdach. Wir traten direkt in eine Art
Küche. Ein großer unrasierter Mann, Tante Matildas Ehemann, saß auf einem Stuhl. Er redete mit seiner Frau, ohne
von unserer Anwesenheit Notiz zu nehmen. Mir fielen die
Sachen meiner Mutter auf, wie elegant sie jetzt aussahen,
und ihre Schminke und der Kamm in ihrem Haar. Mein Onkel
stand auf und nickte uns zu. Er nahm eine Laterne, die über
der Tür hing, und zündete sie an. Ich sah mich im Zimmer um
und fragte mich, ob es noch eine zweite Küche gab. Ich
konnte keinen Kühlschrank sehen und auch keine Spüle mit
Wasserhähnen; in der Ecke stand allerdings ein kleiner alt-
modischer Herd. Mein Onkel sagte, wir sollten ihm folgen
und unser Gepäck mitnehmen. Wir gingen um das Haus

herum, bis wir an einen Schuppen mit einer Tür und einem Fenster kamen. Er stieß die Tür auf; es gab weder Klinke noch Schloß. Innen stand ein altes Eisenbett, bezogen und gemacht, und daneben ein kleineres Feldbett. Der Fußboden war nackter Zement. Es gab einen Tisch mit einer Waschschüssel darauf und neben der Schüssel ein Stück Seife. Mein Onkel zeigte meiner Mutter, wo die Toilette war, gab ihr die Lampe, machte die Tür hinter sich zu und ließ uns da stehen.

»Über das hier unterhalten wir uns morgen«, sagte meine Mutter. »Jetzt ist es vielleicht besser, wenn wir uns schlafen legen.«

Sie gab mir meinen Pyjama, der zuoberst in einer der Taschen lag, und dann führte sie mich beim Licht der Laterne nach draußen und zeigte mir das Klosetthäuschen. Ich sagte nichts. Ich wußte, daß ich nichts zu sagen brauchte.

Als ich am nächsten Morgen aufwachte, war ihr Bett leer. Ich schloß die Augen und versuchte wieder einzuschlafen, aber ich mußte auf die Toilette, und ich wußte, daß ich dazu aufstehen und mich anziehen mußte. Ich wußte nicht, wie spät es war. Im staubigen Licht des Zimmers sah alles sogar noch schäbiger aus, als es letzte Nacht ausgesehen hatte.

Meine Mutter saß in der Küche und trank Kaffee und aß Brot. Ich setzte mich und bekam einen Becher Kakao und etwas Brot. Tante Matilda war da und mein anderer Cousin, Paco; er war genauso groß und mager wie sein Bruder. Seine Mutter sagte, er sei fünfzehn, aber er sah älter aus. Ich fragte mich, wie es wohl sein mochte, so groß und so mager zu sein. Tante Matilda sagte, ich solle mir ältere Sachen anziehen, hier würde alles schmutzig werden, aber meine Mutter sagte auf englisch, daß diese Sachen fürs erste gehen würden. Ich verstand nicht, wozu wir hierhergekommen waren, und ich wünschte mir, meine Mutter würde Tante Matilda erklären, daß wir in Buenos Aires in einer großen Wohnung in einem schönen Haus wohnten und daß wir an so etwas nicht gewöhnt waren, aber ich vermutete, daß Tante Matilda das an unserer Kleidung und daran, wie wir am Tisch saßen, vielleicht schon selbst erkannt hatte.

Am zweiten Tag nahm Paco mich mit auf den Hof hinter den Wirtschaftsgebäuden und dann weiter durch die Felder bis zu einer Stelle, wo viele Jungen versammelt waren. Die meisten waren um die vierzehn oder fünfzehn, aber ein paar waren jünger. Einige hatten eine sehr dunkle Haut. Sie teilten sich und bildeten zwei Mannschaften, um auf einem Stück Brachland Fußball zu spielen. Paco wählte mich in seine Mannschaft. Ich erklärte ihm nicht, daß Sport in meiner Schule kein Pflichtfach war und ich es immer vorgezogen hatte, nachmittags heimzugehen, statt dazubleiben und Fußball zu spielen. Außerdem hatte ich die falschen Schuhe an.

Kaum hatte das Spiel angefangen, merkten sie, daß ich zu nichts nütze war. Ich versuchte ein paarmal, einen gegnerischen Spieler anzugreifen, aber er wich mir ohne jede Schwierigkeit aus und ließ mich da stehen. Ein paarmal rannte ich hinter dem Ball her und versuchte, mir darüber schlüssig zu werden, in welche Richtung ich ihn kicken sollte, aber ich bekam ihn fast sofort wieder abgenommen. Einmal kam es zu einer Prügelei zwischen zwei Spielern; ich sah, wie wild und stark sie waren, und hielt mich zurück. Ich konnte es nicht erwarten, daß das Spiel zu Ende war. Obwohl ich mich kaum beteiligt hatte, war mir heiß, und ich schwitzte; mir wurde klar, daß niemand die Zeit stoppte, daß sie einfach so lange spielen würden, bis sie zu erschöpft waren, um weiterzumachen.

Hinterher legten wir uns auf einen Fleck, wo weiches Gras wuchs. Es war Spätfrühling, aber das Wetter war noch immer kühl. Ein paar von den Jungen schlenderten nach Hause, ein paar kickten weiterhin den Ball hin und her, und dann gingen ein paar von uns vier, fünf Felder weiter zum Fluß hinunter. Einer der Jungen, stämmiger als die anderen und ein paar Jahre älter als ich, erklärte mir, daß alle ihre Väter auf dem Gut arbeiteten, einem der größten in der Region, Abertausende von Hektar Land. Der Gutsbesitzer benutze oft einen Hubschrauber, um sein Land zu inspizieren. Ihm gehörten alle Häuser, ihm gehöre sogar die Schule im Dorf, und er kontrolliere alles.

Am Fluß zogen ein paar von den Jungen Schuhe und Socken aus und wateten im Wasser herum, aber mir war es zu kalt. Ich setzte mich ins Gras und sah ihnen zu. Ein paar Tage später schien die Sonne, und ich ging mit Juan, dem stämmigen Jungen, und zwei anderen Jungen, mit denen ich Fußball gespielt hatte, wieder zum Fluß. Wir wateten im Wasser herum und bespritzten uns gegenseitig, und dann gingen wir über die Felder zu einer großen Holzscheune. Es begann als Spiel; und vielleicht fing es an, weil ich blond war und Sommersprossen im Gesicht hatte und sie sehen wollten, wie ich mit nichts an aussah. Anfangs war ich nervös und weigerte mich. Ich wollte nach Hause gehen. Ich versprach, niemandem zu sagen, was sie da taten. Juan bat mich zu bleiben, es sei schon in Ordnung, sagte er, sie täten das ziemlich oft.

Die beiden anderen Jungen waren jung und zarthäutig und erst halb entwickelt; sie hatten eine drahtige Figur, die mich nicht interessierte – bereits in dem Alter muß ich bestimmte Vorlieben gehabt haben. Es wurde vereinbart, daß wir uns alle gleichzeitig ausziehen würden, aber die zwei Jungen waren viel langsamer, so daß Juan und ich schon in Unterhosen dastanden, als sie noch immer an ihren Schuhen herumnestelten. Noch immer wollte ich es nicht tun, und ich stand da und sah ihnen zu. Einer von ihnen trug keine Unterhose, so war er als erster nackt. Mach schon, du, sagte

Juan zu mir, aber ich rührte mich nicht. Der andere Junge zog seine Unterhose herunter; er hatte eine kleine Erektion. Wir machen es genau gleichzeitig, sagte Juan. Jetzt, jetzt tun wir's. Er trug eine weiße Baumwollunterhose, und ich konnte erkennen, daß er eine Erektion hatte. Er zog die Unterhose herunter, aber ich tat immer noch nichts. Sein Penis war viel größer, als ich erwartet hatte, länger und mit einer riesigen Kappe oben. Als ich ihn ansah, begriff ich, daß ich keine andere Wahl hatte: Ich zog meinen Slip herunter, und alle drei sahen mich an, kamen herüber und berührten mein Schamhaar und streiften meine Vorhaut zurück.

Ich legte meine Hand an Juans Gesäßbacken, ich spürte, wie stark er war. Ich steckte die Hand zwischen seine Beine und befühlte seine Eier. Ich wußte, daß ich ihm nicht allzuviel Beachtung schenken durfte. Einer der anderen Jungen fing an, mich zu masturbieren; ich wußte nicht, was das war, aber ich ließ ihn machen. Ich legte meine Hand auf Juans Penis und fühlte die straffe, glatte Haut seines Bauches. Plötzlich fing ich an zu kommen. Ich begriff nicht, was passierte. Ich schloß die Augen und schlang meine Arme um Juan und lehnte mich gegen ihn. Einer der Jungen war zu jung für das Ganze, aber der andere Junge und Juan fingen fieberhaft an zu masturbieren. Als sie kamen, war ich schon wieder dabei, mich anzuziehen.

Meine Mutter saß am Küchentisch in Tante Matildas Haus und ging alles durch, was passiert war, während Tante Matilda in der Küche herumwirtschaftete. Jedesmal, wenn ich ins Haus kam, saß meine Mutter auf genau demselben Stuhl und erzählte die Geschichte vom Tod meines Vaters und von seiner Beerdigung und vom Arzt und der Krankenschwester und von seinen Brüdern und seiner Schwester. Manchmal fiel ihr ein, daß sie ein Detail aus einem früheren Teil der Geschichte ausgelassen hatte, und dann kehrte sie wieder dahin zurück, aber meine Tante kam dann durcheinander und begriff nicht, daß das in der Woche vor meines Vaters Tod gewesen war und nicht am Tag nach der Beerdigung. Meine Mutter redete, als ob die ganze Geschichte zu erzählen, jeden Augenblick dessen, was sich zugetragen hatte, durchzukauen, sie plötzlich aus ihrem gegenwärtigen Elend herausheben und in eine neue strahlende Zukunft versetzen könnte. Sie führte ihre Auseinandersetzungen mit meinen Onkeln und meiner Tante szenisch vor, während ihre Schwester weiter in der Küche wirtschaftete. Während der ganzen Zeit, die wir da waren, habe ich Matilda nicht ein einziges Mal sitzen sehen.

Während der Mahlzeiten wechselte meine Mutter ins Spanische und erzählte meinem Onkel und meinen Cousins alles, was sie bis dahin Matilda erzählt hatte. Einen Teil der Zeit hörte ich zu. Ich mochte die Geschichte, weil ich wußte, was als nächstes kam; einiges davon hatte ich selbst miterlebt. Meine Mutter ließ nichts aus und dichtete nichts hinzu. Mein Onkel beachtete sie gar nicht, unterbrach sie mitten im Satz, wenn er noch etwas zu essen haben wollte, oder um eine banale Frage zu stellen, und stand am Ende der Mahlzeit auf und ging hinaus. Meine Cousins hielten den Kopf gesenkt und standen vom Tisch auf, sobald sie fertig gegessen hatten. Meine Mutter saß am Tisch und bot sich nie an, bei der Vorbereitung der Mahlzeiten oder anschließend beim Spülen und Aufräumen zu helfen. Sie tat, als sei das ganz natürlich, als gehöre es zur Abmachung, die sie mit ihrer Schwester hatte, und so merkten weder sie noch ich etwas von dem Groll, der sich gegen uns aufbaute.

Am Tag nach der Episode in der Scheune suchte ich nach Juan, aber er tauchte nicht auf, und ich wußte nicht, wo er wohnte, und meine Cousins wollte ich nicht fragen. Aber als ich am darauffolgenden Tag das Feld überquerte, traf ich ihn. Er hatte einen kleinen Handball dabei; wir spielten eine Weile damit und zogen dann weiter in Richtung Fluß. Wir setzten uns ins trockene Gras und unterhielten uns. Er erzählte mir, daß er bald von der Schule abgehen und wahrscheinlich anfangen würde, auf dem Gut zu arbeiten. Am Anfang würde es seine Aufgabe sein, das Vieh zusammenzutreiben. Er würde gern Lastwagen fahren lernen, sagte er. Ich erzählte ihm von Buenos Aires und von meiner englischen Schule. Er fragte mich, wie man verschiedene Dinge auf englisch sagte, und ich sagte es ihm, und er lächelte. Als wir aufstanden und uns auf den Rückweg machten, fragte ich ihn, ob wir zur Scheune gingen. Er sah mich verständnislos an und fragte, was ich damit meinte. Ich wußte nicht, was ich sagen sollte, aber als wir ein Stück weitergegangen waren, spielte ich auf das an, was wir am Tag davor gemacht hatten, und er sagte, wir würden ein andermal wieder da hingehen. Ich hatte angenommen, unser Zusammentreffen und der Spaziergang zum Fluß und das Ballspiel und unsere Unterhaltung seien alles nur ein Vorspiel dazu gewesen, daß wir zur Scheune gehen würden.

Als ich am nächsten Tag mit meinem Cousin Pedro am Fluß entlangging, sah ich Juan mit einem der anderen Jungen, die in der Scheune dabeigewesen waren, da sitzen. Wir setzten uns dazu und redeten, und dann wollte Pedro gehen. Ich sagte, ich würde noch ein bißchen am Fluß bleiben. Ich wußte, sobald Pedro ging, würden die anderen zwei mit zur Scheune kommen. Wir gingen in die entsprechende Richtung los, ohne zu sagen, warum wir da hingingen. Diesmal zogen wir uns nicht aus, sondern ließen nur die Hose herunter. Ich spielte mit dem anderen Jungen und tat so, als interessierte ich mich für ihn, weil ich wußte, bald würde ich mich umdrehen und mich mit Juan beschäftigen können. Er hielt sein

Hemd hoch und ließ uns beide mit seinem Schwanz und seinen Eiern spielen. Ich vergrub mein Gesicht in seiner Halsbeuge, während ich meine Hände über seinen Körper gleiten ließ. Als ich meine Lippen den seinen näherte, wandte er sich ab. Ich schenkte wieder dem anderen Jungen mehr Beachtung, und dann wandte ich mich erneut Juan zu, aber er wollte nicht, daß ich seinen Körper berührte, und als ich vorschlug, wir könnten uns hinlegen, lehnte er ab. Er sagte, ich führte mich wie ein Schwuler auf. Keiner von uns sprach ein Wort, während wir über die Felder zurückgingen.

Ich hatte die Regeln gelernt. Es mußte noch jemand anders dabeisein, aber keiner von meinen Cousins oder von den Älteren, und ich durfte mich nicht an ihn lehnen oder mich mit ihm hinlegen oder allzu interessiert wirken. Er mochte es, wenn ich ihn berührte, und er zog mich sichtlich allen anderen vor, obwohl wir nie, nicht einmal andeutungsweise darüber sprachen. Inzwischen begann ich zu spüren, daß meine Mutter Spannungen in Tante Matildas Küche verursachte, und wenn ich im Haus ein und aus ging, fiel mir oft ein Schweigen auf. Aber meine Mutter rührte sich noch immer nicht von ihrem Stuhl. Wenn sie nachts in unser gemeinsames Zimmer kam, tat ich so, als schliefe ich schon. Ich wußte, daß etwas passieren würde, aber ich wußte nicht, was.

Eines Tages kam ich nach Hause und fand in der Küche eine neue Atmosphäre vor. Meine Mutter hatte aufgehört, über sich selbst zu reden, und redete jetzt über jemand anders. Sie war wegen irgend etwas wütend; immer wieder sagte sie, das könne unmöglich wahr sein. Tante Matilda ging mit geschlossenem Mund und fest zusammengebissenen Zähnen in der Küche hin und her. Ich setzte mich auf einen Hocker und hörte zu. Offenbar hatte mein Onkel meiner Mutter eine Stelle als Bedienstete im Haus des Gutsbesitzers verschafft. Sie würde bei Tisch bedienen und eine

Uniform tragen; sie würde dafür zu sorgen haben, daß das Eßzimmer sauber blieb. Als mein Onkel hereinkam, hörte meine Mutter auf zu reden. Niemand sprach ein Wort. Meine Cousins kamen herein. Noch immer sprach keiner ein Wort. Mir schien klar zu sein, daß sie über uns geredet hatten oder daß irgendwann vorher etwas passiert war, was ich nicht mitbekommen hatte.

Sobald das Essen auf dem Tisch stand, fragte mein Onkel meine Mutter, ob sie bereit sei, mit der Arbeit anzufangen. Meine Mutter sagte, sie habe keine Erfahrung darin, Leute bei Tisch zu bedienen, und sie habe noch nie eine Uniform getragen. Wie willst du dir deinen Lebensunterhalt verdienen, wenn du diese Stelle nicht annimmst, fragte mein Onkel. Meine Cousins hielten die Köpfe gesenkt. Ich bin keine Dienstmagd, sagte meine Mutter. Aber Matilda ist offenbar eine, daß sie dich von früh bis spät bedient, sagte mein Onkel. Kann Matilda nicht für sich selbst sprechen, fragte meine Mutter. Nein, ich werde für sie sprechen, sagte mein Onkel. Und ich habe dem Hausverwalter gesagt, daß du die Stelle annimmst, und jetzt besteht die Möglichkeit, daß du ein eigenes Häuschen bekommst, was vielleicht für alle Beteiligten besser wäre.

Willst du damit sagen, sagte meine Mutter, daß ich in einem dieser Häuser wohnen und als Bedienstete arbeiten soll? Ja, sagte mein Onkel, und ich wüßte nicht, was du sonst tun könntest. Was hast du damit gemeint, fuhr meine Mutter fort, es wäre vielleicht für alle Beteiligten besser, wenn ich mein eigenes Haus hätte? Ich habe gemeint, sagte mein Onkel, daß ich genug davon habe, dir zuzuhören und dich zu sehen. Danach sprach niemand ein Wort. Ich dachte, meine Mutter würde vielleicht anfangen zu weinen oder vom Tisch aufstehen. Statt dessen aß sie, was sie auf dem Teller hatte, und trank ein wenig Wasser. Matildas Zähne waren jetzt noch fester zusammengebissen als zuvor. Mein Onkel hielt den Kopf erhoben und sah in die Runde. Er fing für einen Moment meinen Blick auf, aber ich schlug sofort die Augen nieder. Ich wußte, das bedeutete, daß wir nach Buenos Aires zurückkehren würden, aber mir war klar, daß wir bis zum Morgen würden warten müssen.

Meine Schwester, sagte meine Mutter, ist der einzige Mensch, den ich auf der Welt habe, und ich habe geglaubt, sie würde mir vielleicht helfen. Niemand sagte etwas. Ich sah Matilda an, aber sie war mit essen beschäftigt. Ich hoffte, meine Mutter würde nicht anfangen zu weinen. Ich fragte mich, ob meine Mutter erwartet hatte, für den Rest ihres Lebens auf diesem Stuhl in dieser schmuddeligen Küche zu sitzen, während ihre Schwester Wäsche wusch und Essen kochte und Sachen wegräumte. Aber ich glaube nicht, daß meine Mutter sich bei irgend etwas, das sie während dieser Zeit tat, irgend etwas dachte.

Sie blieb den Rest des Abends schweigend sitzen, und als allmählich Schlafenszeit war, fragte sie Matilda, ob sie ihr das Geld für die Rückfahrt nach Buenos Aires leihen würde. Und da wurde mir etwas klar, was ich bis dahin nicht gewußt hatte – meine Mutter hatte überhaupt kein Geld, nicht einen Pfennig. Tante Matilda sagte, sie würde ihren Mann fragen und meiner Mutter am nächsten Morgen Bescheid geben. Ich ging ins Bett, und als meine Mutter mit der Laterne ins Zimmer kam, vergrub ich mein Gesicht im Kissen. Ich fragte mich, wo wir unser Essen herbekommen würden, wenn wir wieder in Buenos Aires waren. Ich dachte an die Einmach-gläser und Dosen, die es in der Küche gab. Aber ich glaubte nicht, daß die lange reichen würden.

Mein Onkel kam und weckte uns in aller Frühe. Er sagte, ein Lastwagen führe in die Stadt, und wenn wir jetzt packten, könnten wir etwas frühstücken und dann mitfahren. Wir würden rechtzeitig dasein, um den Bus zu erreichen. Als er gegangen war, sagte meine Mutter, sie fände es unmöglich, wie er einfach so ins Zimmer hereingekommen sei, während sie noch im Bett lag. Er sei ein Schwein, sagte sie, ganz einfach ein Schwein, und er hause in einem Schweinestall. Ich machte vom Bett aus ein Grunzgeräusch, und plötzlich fingen wir beide an zu lachen. Er hat Schweinsäuglein, sagte meine Mutter, und wir lachten noch lauter. Ich lag mit den Händen hinter dem Kopf und grunzte. Ein fettes Schwein, sagte meine Mutter.

Als wir den Feldweg entlang zum wartenden Lastwagen gingen, wurde mir bewußt, daß meine Mutter sich in den drei oder vier Wochen, die wir dagewesen waren, nicht umgezogen hatte. Vielleicht hatte sie ihre Unterwäsche und ihre Strümpfe gewechselt, aber nicht ihre Bluse oder ihren Rock, oder ihre Strickjacke, oder ihre Schuhe. Pedro und meine Tante kamen mit, um das Gepäck zu tragen, und als man uns auf den Lastwagen hinaufhalf, fiel mir auf, daß meine Tante und meine Mutter den gleichen verkniffenen Mund und die gleiche leidgeprüfte Miene hatten. Ich wußte, daß meine Mutter genug Geld bekommen haben mußte, um die Busfahrkarten zu bezahlen, und sie hatte auch eine Tasche mit Lebensmitteln dabei, aber ich hoffte, daß sie zusätzlich noch etwas Geld für die erste Zeit in der Stadt hatte. Und ich hoffte, daß sie einen Plan hatte. Sobald sich der Bus nach Santa Rosa in Bewegung gesetzt hatte, fing ich an, wie ein Schwein zu grunzen, und meine Mutter legte ihren Arm um mich und schüttelte sich vor Lachen. Gestunken hat er auch wie ein Schwein, sagte ich, nicht? Meine Mutter nickte. Ja, gestunken, sagte sie, das hat er wirklich.

Zögernd öffneten wir die Wohnungstür. Kaum war ich eingetreten, merkte ich, daß ich die Tränen nicht zurückhalten konnte. Zum erstenmal verspürte ich wirklich Kummer darüber, daß der Körper meines Vaters in der dunklen Erde lag, und ich erschrak bei der Vorstellung, daß seine Augen geschlossen waren und sein Körper langsam verweste. Ich lief ins Schlafzimmer meiner Mutter und schlang die Arme um sie. Ich schluchzte jetzt. Sie hielt mich fest und sagte, daß sie Kakao machen würde, und dann würde ich mich ins Bett legen und sie würde bei mir sitzen, bis ich eingeschlafen sei.

Am Morgen kam sie in mein Zimmer und flüsterte, sie müsse weggehen, aber sie würde bald zurückkommen, und ich könne im Bett bleiben, oder ich könne auch aufstehen, und auf dem Eßtisch stünden Sachen zum Frühstücken. Ich fragte nicht, wo sie hinging, und ich erfuhr es erst, als Mr. Walters, der anglikanische Geistliche, den ich von der Sonntagsschule und der Kirche her kannte, am selben Tag zu uns in die Wohnung kam und sich mit uns zusammensetzte. Er war ein dünner grauhaariger Mann mit einer großen Unterlippe. Wir hätten uns schon viel früher an ihn wenden sollen, sagte er, und natürlich seien er und seine Gemeinde nur zu gern bereit zu helfen. Es sei eine kleine Kolonie, sagte er, und es lasse sich bestimmt etwas arrangieren. Er ließ meine Mutter einen Umschlag voll Geld da.

Bald kehrte ich zur Schule zurück, und wenn wir jetzt sonntags in die Kirche gingen, kamen Leute auf uns zu und redeten mit uns und lächelten uns an. Verwelkte alte Damen und schnurrbärtige Männer schüttelten uns die Hand und fragten, ob alles in Ordnung sei. Mr. Walters besorgte meiner Mutter Arbeit in einem kleinen englischen Hotel in San Telmo, das The Home Counties Hotel hieß. Ihre Aufgabe bestand darin, Reservierungen entgegenzunehmen und an der Rezeption zu sitzen, den Gästen ihre Schlüssel zu geben und die Rechnungen auszustellen. Es sei ein sehr gediegenes Hotel, sagte Mr. Walters, und meine Mutter hatte Spaß an der

Arbeit und hatte nicht allzuviel zu tun. Die Bezahlung sei nicht gut, sagte Mr. Walters, aber wenn meine Mutter haushielte, dann würde sie damit schon auskommen. Und wenn sie zusätzlich etwas für Kleidung oder Schulbücher oder irgendeinen Notfall brauche, dann würde die englische Gemeinde von Buenos Aires gern aushelfen. Dessen sei er sicher.

Wenn ich von der Schule heimkam, war meine Mutter noch bei der Arbeit. Ich legte meine Schulbücher und meine Hefte auf den Eßzimmertisch. Ich war da allein, wenn man von einigen gespenstischen Überresten meines Vaters absah, die in Ecken lauerten, und von gewissen Aspekten meiner selbst, die ich nicht begriff, Wünschen und Sehnsüchten, die nicht zur alltäglichen Welt zu gehören schienen, die bei den Mitgliedern der anglikanischen Gemeinde, die uns nach dem Sonntagsgottesdienst beim Verlassen der Kirche begrüßten, kein Verständnis gefunden hätten. Manchmal, wenn ich durch diese leeren Zimmer wanderte, träumte ich, ich sei eine Frau, kein Mädchen, sondern eine Frau wie meine Mutter. Ich öffnete ihren Kleiderschrank und berührte ihre Sachen, sah, daß mir die meisten davon passen würden. Ich stellte mir vor, ich sei sie. Ich verriegelte die Wohnungstür, damit sie mich, falls sie früher heimkäme, nicht dabei überraschen würde, wie ich ihre Kleider anzog. Ich zog mich aus und tat so, als sei ich eine Frau; ich zog ihre Unterwäsche an, ihren Büstenhalter und dann ihren dunklen Rock und ihre dunkle Bluse und Jacke. Ich setzte mir einen ihrer Hüte auf und spazierte durch die Wohnung.

Ich fand ein altes *Life*-Heft, das ihr jemand geschenkt hatte, mit seitenweise Fotos von Kennedys Begräbnis, von Staatsoberhäuptern, die dem Trauerzug folgten, aber vor allem von Jackie Kennedy, die, ganz in Schwarz gekleidet, mit einer Mantilla angetan, tränenüberströmt hinter dem Sarg herging. Ich träumte, ich sei sie, ich fand in einem staubigen alten Schrankkoffer meiner Mutter eine Mantilla, und ich schritt langsam durch die Wohnung, als folgte ich dem Sarg meines Mannes. Ich sah mich im Spiegel an, meine Erscheinung, und versuchte mir vorzustellen, wie es wäre, verheiratet zu sein, mich vor meinem Mann auszuziehen, mit ihm ins Bett zu gehen, von ihm genommen zu werden. Ich tat das nicht jeden Tag. Manchmal ging ich zum Hotel und wartete in der Lobby auf meine Mutter. Aber an anderen Tagen ging ich nach Hause und verwandelte mich in eine Frau, betrachtete mein Gesicht im Badezimmerspiegel und bildete mir ein, es sei ein Frauengesicht. Wenn mich die Leute fragten, was ich einmal werden wollte, fiel es mir schwer, darauf zu antworten. Ich hatte keine Vorstellung von einer realen Zukunft, an der ich teilhaben würde, in der ich eine Arbeit finden und eine Familie gründen würde. Ich wollte eine Frau sein, ich wollte eine Tragödie erleben und Schwarz tragen.

Abends unterhielten meine Mutter und ich uns über die Gäste des Hotels, wo sie herkamen und wie lange sie blieben. Über meinen Vater oder seine Familie, oder meine Tante Matilda, oder was uns in Molino widerfahren war, redeten wir nicht. Als ich größer wurde, sagte sie zu mir, ich sollte anfangen, mit Freunden auszugehen, vielleicht einem Club beitreten. Ich sagte, es sei schon in Ordnung so, und langsam gewöhnten wir uns daran, miteinander zu leben, die Mutter und ihr heranwachsender Sohn. Sie war damals zufrieden, glaube ich, und voller Hoffnung für meine Zukunft.

Wir lebten zusammen, und wir wurden uns vertraut. Meine Mutter sagte, sie könne es an meinem Schritt erkennen, wenn ich unten auf der Straße ginge. Sie könne es an meinem Schritt erkennen, wenn ich die Treppe heraufkäme. Es gab Zeiten, da redeten wir nicht viel miteinander; wie ein älteres Ehepaar verhielten wir uns so, als könne eine ganze

Menge als selbstverständlich vorausgesetzt werden. Gäste, die länger als nur ein paar Tage im Hotel blieben, schloß sie nicht selten in ihr Herz; sie referierte mir dann alle Informationen, die sie den Betreffenden jeweils entlocken konnte. Und sie war traurig, wenn sie abreisten und nach England zurückfuhren oder in einen anderen Teil Argentiniens. Sie fing an, England als den Ort zu betrachten, an dem sie am liebsten gewesen wäre, aber es war, glaube ich, ein England irgendwo in ihrer Phantasie.

Auf eine Weise, die ihr selbst nicht begreiflich oder bewußt war, gefiel ihr dieser neue Gedanke, daß ich schwul war. Ich glaube, sie dachte, mein Schwulsein bedeutete, daß ich sie nicht verlassen würde; daß keine andere Frau Anspruch auf mich erheben würde; daß sie mich ganz für sich allein hatte. Ich glaube, es hätte ihr gefallen, wenn ich Ingenieur oder Architekt oder Arzt geworden wäre; es hätte ihr Freude gemacht, jedem, der ins Hotel kam, von mir zu erzählen. Statt dessen hatte ich angefangen, Englisch zu studieren. Im Seminar war ich jedem gegenüber weit im Vorteil, einschließlich dem Lehrpersonal, aber trotzdem gab es immer welche, die besser als ich abschnitten. Das Lernen fiel mir schwer. Eine Zeitlang konnte ich mich mit etwas beschäftigen, aber bald fing ich an, mich zu langweilen. Die vorgeschriebenen Texte zu lesen fiel mir leicht – ich verstand jedes Wort –, aber es fiel mir schwer, anschließend über die Ereignisse und die Personen eines Romans oder die Stimmung und den Aufbau eines Gedichts zu schreiben oder sie zu interpretieren. Jeder Satz, den ich in diesen Jahren an der Universität schrieb, schien nur zum Teil zu stimmen.

Eines Tages, ich gab Jorge mittlerweile seit über einem Jahr Stunden, rief seine Mutter meine Mutter an und erzählte, er habe vorgehabt, die Ferien mit einem Freund in Spanien, in Barcelona zu verbringen, aber der Freund sei abgesprungen. Die Flugtickets seien gekauft, sagte sie, und die *pensión* sei schon bezahlt; sie hätten sich möglicherweise das Geld erstatten lassen können, aber es seien Studententickets. Sie wollte nicht, daß Jorge allein reiste, da es im vergangenen Jahr wegen Francos Tod Krawalle und politische Unruhen gegeben hatte. Sie habe sich überlegt, ob ich nicht mitfahren könnte, und sie würden die Tickets und die *pensión* bezahlen. Dies versetzte meine Mutter in Unruhe. Sie wollte nicht, daß ich das Gefühl hätte, ich würde als Jorges Diener oder als sein bezahlter Gesellschafter mitreisen. Es behagte ihr auch nicht, mich zu weit aus den Augen zu lassen. Sie sagte Jorges Mutter, ich sei momentan nicht zu Hause, aber sie würde mit mir reden, sobald ich heimkäme, und sie dann zurückrufen. Sie kam in die Küche, wo ich gerade Kaffee kochte. Sie sah besorgt und niedergeschlagen aus. Es wäre ihr viel lieber, wenn ich nach England führe, sagte sie. Aber wenn ich fahren wolle, würde sie mir Geld geben, und ich könne auch etwas von dem Geld nehmen, das ich durch Jorges Stunden verdient hatte. Allerdings müsse ich ihr versprechen, vorsichtig zu sein. In Spanien, sagte sie, könne ich mir alle möglichen Krankheiten holen. Aber der Urlaub würde mir guttun. Ob Jorge über mich Bescheid wisse, fragte sie. Ich sagte ja. Er sei der einzige, der Bescheid wisse. Sie schüttelte halb besorgt, halb verwundert den Kopf und ging wieder zum Telefon und rief Jorges Mutter an, um ihr zu sagen, ich würde mit größtem Vergnügen nach Barcelona mitfahren.

Sie bereitete sich auf meine Reise vor, als würde sie selbst mitfahren. In Barcelona würde es Winter sein, also schickte sie mich los, mir eine Lederjacke und einen Wollpullover zu kaufen. Sie bügelte und faltete Hemden. Sie machte sich Gedanken darüber, was für Schuhe ich anziehen sollte. Wir würden nur drei Wochen weg sein, aber vor unserer Abreise machte sie sich wochenlang Sorgen darüber, ob ich die rich-

tigen Sachen zum Anziehen, ob ich genug Geld dabeihaben
würde. Sie wollte nicht, daß sich Jorges Familie verpflichtet
fühlte, mich abzuholen und zum Flughafen mitzunehmen.
Sie erreichte bei dem Geschäftsführer eines der großen Hotels, daß mich deren Zubringerbus umsonst nach Ezeiza mitnehmen würde. Ich würde ungefähr eine Stunde zu früh dort
ankommen, aber das sei wohl nicht so schlimm, sagte sie.

Mir gefiel die Vorstellung, daß das Flugzeug durch die
Nacht um die halbe Welt fliegen würde. Ich sagte mir, daß es
in Flugzeugen keine Mütter gab. Ich dachte, daß ich vielleicht die Nacht durchschlafen würde, und ich hoffte, auch
Jorge habe vor zu schlafen. Ich sah ihn zusammen mit seinen
Eltern die Abflughalle betreten. Seine Mutter schien sich
über seine Reise sogar noch mehr Gedanken zu machen als
meine. Sein Vater sah sich im Flughafen um, als überlege er,
ob er ihn kaufen sollte. Sein Vater sagte, wir würden in Barcelona die größten Jungen sein. Er sei vor drei Jahren dagewesen, auch in Madrid und Sevilla, und alle, die er getroffen
habe, seien kleiner als er gewesen. Sie sind klein, allesamt,
sagte er. Franco war ein kleiner Knirps, sagte er. Und er vermute, daß der neue König genauso klein sei. Das Essen dort
ist grauenhaft, sagte er, deswegen sind sie alle so klein. Jorge
und seine Mutter lachten. Ich lächelte. Ich wünschte mir,
seine Eltern würden uns jetzt allein lassen, so daß wir ein-
checken und auf das Flugzeug warten könnten, ohne seinem
Vater zuhören zu müssen. Ich fragte mich, wie mein Vater
gewesen wäre, wenn er mich zum Flughafen begleitet hätte.
Er wäre älter, viel älter gewesen. Ich sah ihn als einen hage-
ren verblaßten Geist, der jetzt fast gegenwärtig war, ganz in
meiner Nähe. Ich sah Jorges Eltern an: Sie waren sich ihrer
Stellung in der Welt so sicher, sie lächelten so unbeschwert.
Ich konnte mir nicht vorstellen, wie es gewesen wäre, solche
Eltern zu haben.

Ich saß am Fenster, und wir vereinbarten, im Lauf der Nacht die Plätze zu tauschen, aber dann blieb Jorge gern in der Mitte sitzen, neben einem spanischen Mädchen, das nach einem Besuch bei ihrem Onkel und ihrer Tante wieder nach Hause fuhr. Ihre Eltern hätten sie angerufen, erzählte sie, um ihr mitzuteilen, daß es in Barcelona große Demonstrationen und Unruhen gegeben habe. Nach dem Essen schlief ich ein, und als ich aufwachte, war die Beleuchtung eingeschaltet, und es kam eine Durchsage, daß wir in einer halben Stunde landen würden. Als ich die Blende am Fenster hochschob, stellte ich fest, daß es hell war; über dem Horizont lag eine reine Bläue, und wir segelten durch frisch gewaschene Wolken dahin. Das spanische Mädchen sagte uns, daß wir vom Flughafen aus einen Bus zur Plaza de España nehmen könnten und von da die Metro oder ein Taxi zu unserer *pensión*.

Ich weiß nicht, wie ich mir die Stadt vorgestellt hatte: Vielleicht erwartete ich alte, weißgetünchte Häuser, aber der Teil, durch den wir an dem Morgen fuhren, sah aus wie Buenos Aires, nur schmutziger und geschäftiger. Wir kamen an einer Busladung Polizisten vorbei; einige Polizisten saßen im Bus, andere standen auf der Straße mit Gewehren und, wie es aussah, Gummigeschoßflinten in der Hand. Jorge stupste mich an, und wir sahen beide vom Fond unseres Taxis zu ihnen hinaus. Wenn man in Buenos Aires solche Polizisten sah, bedeutete es, daß es Ärger geben würde, eine Razzia in einer Wohnung oder einem Büro. Aber hier schienen die Polizisten einfach nur dazustehen und sich umzusehen.

Die *pensión* befand sich im ersten Stock eines alten Hauses in einer kleineren Querstraße der Ramblas. Es gab zwei schmale Eisenbetten und einen gefliesten Fußboden und, soweit wir sehen konnten, keine Heizung. Das Badezimmer lag am Ende des Flurs. Unser Fenster ging zur Straße hinaus, und selbst jetzt, um neun Uhr morgens, drang ungewöhnlich viel

Lärm herein: Rolläden, die hochgezogen wurden, Autos und Motorräder und Stimmen. Wir beschlossen, uns zu duschen und zu rasieren und uns umzuziehen und dann auszugehen und einen Spaziergang durch unsere neue Stadt zu machen. Ich glaube, wir fühlten uns beide von dem Ort eingeschüchtert. Wäre Jorge nicht dabeigewesen, hätte ich mich ein wenig ins Bett gelegt und hätte jede Erkundung Barcelonas auf später verschoben.

Ich kam nicht darauf, wodurch sich die Stadt von Buenos Aires unterschied: Sicher, die Geschäfte waren heller, verführerischer, sie zu betreten glich eher dem Betreten eines Territoriums, das man bereits besaß, als einem unbefugten Eindringen; in den wenigen Cafés, in die wir an diesem ersten Vormittag gingen, hörte man mehr laute Gespräche; die Leute auf der Straße musterten sich gegenseitig mit einer Offenheit, die uns neu war; und wenn zwei Leute Seite an Seite gingen, konnten sie in aller Öffentlichkeit eine Intimität ausstrahlen, wie wir es noch nie erlebt hatten. Wie wir außerdem im Laufe der nächsten paar Tage feststellten, sprachen manche Leute Katalanisch. Anfangs dachten wir, es seien nur ältere Leute, Frauen auf dem Markt, Leute in den Läden, aber bald merkten wir, daß auch junge Leute es sprachen. Jorge fing an, ihren Akzent nachzuahmen.

Ich war gern mit ihm zusammen. Es gefiel mir, morgens aufzuwachen und ihn im anderen Bett vorzufinden. Ich wußte, daß er sich ständig meiner Anwesenheit bewußt war: Es machte ihm Spaß, nur mit einem Handtuch um die Hüften von der Dusche zurückzukommen und das Handtuch fallen zu lassen und nackt dazustehen und frische Sachen aus dem Koffer herauszusuchen. Er war schöner, als ich ihn mir vorgestellt hatte, seine Haut war vollkommen glatt, und wenn er sich im Zimmer bewegte, wirkte sein Körper zugleich kräftig und zart. Am Abend bummelten wir die Ramblas hinauf und hinunter, sahen uns die Passanten an, kehrten gelegentlich auf ein Bier ein, schlenderten Seitenstraßen entlang. Eines Abends, es war vielleicht unser dritter oder vierter in der Stadt, fing es an zu regnen. Wir stellten uns in einer Bar unter, und als wir wieder herauskamen, spürten wir, daß die Luft viel kälter geworden war. Allmählich machte sich die Belastung, ununterbrochen in Gesellschaft des anderen zu sein, bei uns beiden bemerkbar. Ich hatte Schwierigkeiten damit, die ganze Nacht mit jemand anderem in einem Zimmer zu verbringen. Es war erst neun Uhr abends. Wir gingen in ein Lokal an der Ecke eines alten Platzes, die Casa José, aßen dort zu Abend, ohne viel zu reden, und schlenderten dann zurück zur *pensión*. Keiner von uns beiden, glaube ich, amüsierte sich momentan besonders gut.

Im Aufenthaltsraum der *pensión* stand ein Fernseher, und wir gingen aus Neugier hinein; es war zu früh, um ins Bett zu gehen. Im Zimmer saßen fünf oder sechs Leute, alle unter dreißig, der Fernseher lief, aber keiner sah hin. Jorge ging hinaus zum *portero* und holte uns beiden ein Bier. Wir setzten uns nah vor den Fernseher und sahen uns irgendeine französische Komödie in spanischer Synchronisation an. Wir hörten beide, daß die Stimmen um uns herum südamerikanisch klangen. Zuerst dachte ich, es seien Peruaner, aber dann erkannte ich, daß es Chilenen waren. Jorge fragte sie, wo sie her seien, und ich hatte recht, es waren Chilenen. Wir sagten, wir seien Argentinier, und sofort bezogen sie uns in das Gespräch ein. Sie wohnten alle in der *pensión*. Drei der Mädchen waren weißhäutig und sehr hübsch; ein anderes Mädchen und einer der Jungen waren dunkler, vom Typ her eher indianisch; und ein Junge war sehr groß, und seine Kleidung und seine Art erinnerten mich an einen Priester. Dann gab es noch einen Jungen mit sehr dunklen Augen.

Ich hatte das Gefühl, daß etwas Merkwürdiges an ihnen

allen war, es dauerte eine Weile, bis ich mir Klarheit darüber verschaffen konnte, während sie über Santiago und Barcelona und Buenos Aires redeten. Ich begriff, daß sie hier lebten, nicht im Urlaub waren, und als sie von Schweden sprachen und der Zeit, die sie dort verbracht hatten, wußte ich sofort, daß sie Flüchtlinge waren.

Es lag etwas Eigentümliches in ihren Augen und ihrer ganzen Art, und die Intensität, mit der sie auf uns reagierten – sie nahmen uns zu schnell in ihre Welt auf –, erweckte in mir den Eindruck, daß sie Heimweh hatten und hier nichts anderes zu tun hatten, als darauf zu warten, daß etwas passierte. An dem Abend fühlte ich mich in ihrer Gesellschaft unbehaglich, und ich muß halb gespürt haben, wie aufgeregt Jorge war, diese gutaussehenden Mädchen kennengelernt zu haben; als ich mein Bier ausgetrunken hatte, stand ich auf und sagte Jorge, daß ich den Schlüssel in der Tür steckenlassen würde.

Ich war froh, unser Zimmer eine Weile für mich allein zu haben. Es kam mir wie Monate vor, seit wir mit Jorges Eltern im Flughafen herumgestanden hatten. Ich ließ das Licht an und las die Zeitung: In mehreren Artikeln war von der möglicherweise bevorstehenden Legalisierung der kommunistischen Partei die Rede, und das überraschte mich. Die Namen der Politiker, selbst der wichtigsten, die in dem Artikel vorkamen, sagten mir nichts; da dachte ich, daß wir versuchen sollten, mehr darüber in Erfahrung zu bringen, was im Land vor sich ging. Dann schaltete ich das Licht aus und dachte über die Leute nach, die wir gerade kennengelernt hatten. Ich hielt es nicht für ausgeschlossen, daß der dunkeläugige Junge oder der eine, der wie ein Priester aussah, homosexuell war. Dann schlief ich ein. Ich hörte nicht, wie Jorge hereinkam, und wachte erst am Morgen wieder auf.

Jorge war schon wach, und er wollte sich über die Chilenen unterhalten. Er fragte, was ich von ihnen hielte. Sie schienen nett zu sein, sagte ich, aber es sei ein bißchen so, als platze man in ein Familientreffen hinein. Sie schienen sich alle gegenseitig sehr gut zu kennen. Alle, sagte ich, vielleicht mit Ausnahme des großen Jungen, der wie ein Priester aussah, sahen gut aus. Er sei lange aufgeblieben, sagte Jorge, weil er gehofft habe, eines der Mädchen würde auch bleiben, aber der Junge mit den dunklen Augen sei bis ganz zum Schluß dageblieben, so als bewache er die Mädchen. Die drei Mädchen wohnen in einem Zimmer, sagte er, und die drei Jungen in einem anderen. Ich sagte, ich hielte sie für Flüchtlinge, und er setzte sich im Bett auf und schnippte mit den Fingern: Das sei es, sagte er, genau das seien sie, das erkläre alles.

Gegen zehn Uhr an dem Morgen rief uns einer der Jungen durch die Tür zu, daß sie frühstücken gingen. Wir waren beide erst halb angezogen, und wir fragten sie, wo sie hingingen und sagten, wir würden in ein paar Minuten nachkommen. Wir trafen sie in einem Café um die Ecke. Ein paar von ihnen studierten an der Universität, aber nur als Gasthörer. An dem Morgen sahen wir verwundert zu, wie der Priester, wie ich ihn getauft hatte, und der Junge mit den dunklen Augen, der Raúl hieß, und eines der Mädchen die Morgenzeitungen verschlangen, sich gegenseitig Seiten zum Lesen reichten, sich verbissen auf das Gedruckte konzentrierten.

Über Argentinien stand an dem Morgen nichts darin, aber am nächsten Morgen brachte die Zeitung einen Bericht über von Amnesty dort aufgedeckte Menschenrechtsverletzungen. Sie gaben ihn uns, bevor sie ihn selbst lasen, weil das unser Land war und wir ebenso begierig sein mußten, Nachrichten von dort zu lesen, wie sie die Nachrichten aus Chile und die neue Politik in Spanien verfolgten. Wir lasen beide und nickten; keiner von uns beiden sagte etwas. Ich begriff, daß sie von Anfang an, seit dem ersten Abend, als wir sie in der *pensión* kennengelernt hatten, gedacht hatten, wir seien auch irgendwie politische Dissidenten. Und auch als sie erfuhren, daß wir hier lediglich Urlaub machten, änderte sich ihre Haltung nicht. Da wir jung und freundlich waren, gingen sie davon aus, daß wir die Verletzungen der Menschenrechte und die Möglichkeit einer Veränderung in Argentinien und Chile mit dem gleichen Interesse verfolgten wie sie. Und was wir lasen, interessierte uns zweifellos. Ich war gegen die Polizei und ungesetzliche Verhaftungen und Folter, und von Jorge nahm ich das gleiche an. Aber es schien alles so weit weg zu sein. Daß die Zeitungen nicht zensiert waren, wunderte mich.

Bald merkten wir, daß Raúl immer dabei war. Gewöhnlich sagte er nichts, lächelte aber, wenn jemand einen Witz machte, und tat gern Dinge wie Kaffee nachbestellen, wenn jemand welchen wollte, oder das Geld einsammeln, um die Rechnung zu bezahlen, oder Zigaretten holen. Der Priester war der zurückhaltendste, er ließ sich einen großen Teil des Tages gar nicht blicken, und abends ging er oft früh schlafen. Die anderen waren alle Mitglieder der Filmoteca, eines Filmclubs in der Nähe der Kathedrale; sie hatten sich alle eine Saisonkarte gekauft und redeten uns zu, so daß wir uns auch eine kauften. Sie sahen sich täglich einen oder zwei Filme an. Der spannendste Teil der Woche war für sie, wenn das neue Programm der Filmoteca herauskam. Sie fragten uns, welche Filme in Argentinien verboten seien, aber wir wußten es nicht. Sie gingen eine Liste mit uns durch, aber die meisten Titel waren uns unbekannt, also nahmen wir an, daß sie bei uns verboten waren. Wir merkten, daß die Mädchen sich offenbar über uns unterhalten und beschlossen hatten, zwei von sich mit uns beiden zu verkuppeln, aber die Rechnung ging nicht auf, weil Jorge Elena, die nach den ersten paar Tagen anfing, sich immer neben ihn zu setzen, nicht so hübsch fand wie Maria José, während mir zwar alle gefielen, aber längst nicht so gut wie Raúl oder der Junge mit den indianischen Zügen. Wir überlegten uns, ob wir es ihnen sagen sollten; Jorge vertrat die Ansicht, das würde ein größeres Umdenken ihrerseits nach sich ziehen und möglicherweise zur Folge haben, daß er sich mit Maria José unterhalten konnte. Ich sagte, ich sei mir nicht sicher, ob es mir recht sein würde, wenn sie von meinem Schwulsein wüßten.

Ich hatte mir in der Stadt einen Schnupfen geholt, und das war eine gute Ausrede, um im Zimmer zu bleiben und Jorge mit seinen Problemen allein fertig werden zu lassen. Raúl brachte mir Tee und Limonade und setzte sich aufs Bett und erzählte mir, in welchen Filmen sie gewesen waren. Er fragte mich, wie alt ich sei. Ich sagte ihm, ich sei einundzwanzig. Er sei fünfundzwanzig, sagte er, aber er wisse selbst, daß er jünger aussehe. Er sah mich an und lächelte; sein Verhalten hatte etwas seltsam Sanftes und Kindliches. Über ihn wurde ich mir einfach nicht schlüssig. Er fragte mich, ob ich schon mal in Chile gewesen sei, obwohl er bestimmt wußte, daß ich noch nie da gewesen war. Ich glaube, er wollte sich nur unterhalten, ohne daß das Gespräch zu persönlich wurde. Als ich ihn fragte, ob er gern dahin zurückkehren würde, seufzte er und sah mich an, als müßte ich die Antwort doch wissen. Er erzählte mir, wie er und die Mädchen einmal eine Telefonzelle gefunden hätten, die defekt war, so daß sie umsonst mit Chile telefonieren konnten. Sie nutzten das ein paar Tage aus, bis sie alle gesprochen hatten, die sie kannten, und dann wurden sie alle so traurig, daß sie einen Tag lang nicht anriefen, und als sie wieder hingingen, war die Telefonzelle repariert worden. Ich fragte ihn, ob seine Eltern noch am Leben seien, und er sagte ja. Als ich den Tee und die heiße Zitrone ausgetrunken hatte, trug er die Gläser hinaus und ließ mich schlafen.

In dieser Nacht kam Jorge kurz vor Mitternacht in unser Zimmer und bat mich, das Licht auszuschalten und so zu tun, als ob ich schliefe. Es bestünde die Möglichkeit, sagte er, daß es ihm gelänge, Elena mit aufs Zimmer zu nehmen, da Raúl schlafen gegangen sei. Wenn ich wach sei, sagte er, könne sie das in Verlegenheit bringen. Ich dachte, dir ist die andere lieber, sagte ich. Schh, er legte den Finger an die Lippen. Ich hatte tagsüber geschlafen und war nicht müde genug, um wieder einzuschlafen. Ich lag im Dunkeln da, lauschte auf die Schritte und die anderen Geräusche auf der Straße und die Glocken der Kathedrale, die alle fünfzehn Minuten schlugen. Ich schlief schon fast, als sie ins Zimmer kamen. Sie ließen das Licht ausgeschaltet. Ich bewegte mich im Bett, als sei ich im Schlaf leicht gestört worden, und dann blieb ich still liegen. Ich lag mit dem Gesicht zum anderen Bett. Jorge schloß die Tür ab. Ich konnte sie flüstern hören. Dann war es still. Ich fragte mich, was sie da taten. Ich durfte mich nicht nach ihnen umdrehen. Dann gingen sie auf die andere Seite des Zimmers und legten sich aufs Bett, wo ich ihre Umrisse ausmachen konnte.

Langsam fingen sie an, sich zwischen Kußpausen auszuziehen. Lange lagen sie auf dem Bett und bewegten sich nicht; dann hörte ich Jorge etwas flüstern. Er streckte eine Hand zum Nachttisch aus, und ich begriff, daß er ein Kondom überstreifte. Dann hörte ich sie die Luft plötzlich einziehen und den Atem anhalten, als er in sie eindrang. Da war ich sicher, daß es bald vorbei sein würde, denn seine Stöße wurden immer härter, bis das Bett anfing, gegen die Wand zu knallen. Er und Elena mußten sich zur Mitte des Bettes zurückziehen. Ich konnte sie stöhnen hören und nahm an, daß sie gerade einen Orgasmus hatte. Es war kaum zu glauben, aber Jorge vögelte sie noch immer weiter. Er führte sich auf, als wollte er das die ganze Nacht so weiter treiben. Als er endlich kam, hatte ich das Gefühl, ich müßte mich eigentlich im Bett aufsetzen und applaudieren, aber ich blieb da liegen und schloß die Augen, und bald schlief ich ein, und als ich aufwachte, war es noch dunkel, aber Jorge lag allein im Bett.

Als ich am Morgen das gebrauchte Kondom im Papierkorb fand, sagte ich Jorge, er sollte es besser verschwinden lassen, bevor die Wirtin es entdeckte. Er lächelte und sagte, schon allein dafür habe es sich gelohnt, um die halbe Welt zu fliegen. Als wir frühstücken gingen, fiel mir auf, daß Raúl und der Priester uns finster entgegensahen. Die Mädchen waren noch im Bett. Wir setzten uns und lasen mit ihnen die Zeitungen, und später zogen wir los und bummelten durch die Stadt und kamen erst nach sechs wieder zurück. Ich wünschte mir, wir wären in eine andere *pensión* gezogen oder in eine andere Stadt. Ich wäre gern nach Madrid oder Sevilla gefahren. Aber ich wußte, daß Jorge glücklich war, und ich glaubte zu wissen, was ihn beschäftigte. Wenn es sein mußte, würde er wieder mit Elena schlafen, aber was er jetzt wirklich wollte, war, mit Maria José schlafen.

Als wir wieder in der *pensión* ankamen, trafen wir die drei Mädchen, die gerade vom Kino zurückgekehrt waren. Sie redeten über eine Demonstration, die am folgenden Sonntag stattfinden sollte. Die Parole, sagten sie, laute Amnestie, Freiheit und Autonomie. Anführen würden sie katalanische Aktivisten, aber es könne auch sonst jeder, der wolle, mitmarschieren. Alle glaubten, daß es die größte Demonstration seit Francos Tod werden würde, sagte Elena. Sie selbst würden alle hingehen, sagten sie, und sie dachten, wir würden vielleicht auch mitkommen. Jorge nickte und sagte, das sei eine gute Idee. Bei der ersten großen Demonstration, sagte Elena, sei die Polizei mit Schlagstöcken auf die Leute losgegangen, aber die letzten seien friedlich verlaufen.

Sobald wir unsere Zimmertür geschlossen hatten, sagte

Jorge, wir würden sehr vorsichtig sein müssen. Ich verstand nicht, was er meinte. Wir können auf keine Demonstrationen gehen, sagte er. Warum nicht, fragte ich. Ich hatte keine Ahnung, wovon er eigentlich redete. Es bräuchte nur ein einziger Fotograf dazusein, sagte er, oder nur eine Aufnahme ins Fernsehen zu kommen, oder nur einer zuzusehen. Und was dann, fragte ich. Er sagte, er sei sicher, daß die Botschaft beobachtete, wer an der Demonstration teilnahm. Es gibt keine Botschaft in Barcelona, sagte ich, und es würde uns ohnehin niemand erkennen. Er drehte sich um und sah mich scharf an, während er sprach. Manchmal, sagte er, bist du der naivste Mensch, den ich kenne.

In der Nacht sagte er mir wieder, ich solle das Licht ausschalten und so tun, als schliefe ich. Ich glaube, ihm gefiel die Vorstellung, daß ich da im anderen Bett neben ihm lag und jedes Geräusch mithörte, das er und Elena machten: der Sexualathlet neben dem Eunuchen, der Zeuge seiner Leistungsfähigkeit wurde. Ich fing an, die lange Zeit, die er zum Kommen brauchte, all das Gekeuche und Geächze, als eine Form von Dummheit zu betrachten, aber ich bin sicher, daß ich einfach eifersüchtig war oder mir überflüssig vorkam und daß mein Urteil darauf zurückzuführen war. Als ich am nächsten Morgen aufwachte, wünschte ich mir, ich wäre zu Hause, in meinem eigenen Bett, mit dem Tag zu meiner eigenen Verfügung. Statt dessen mußte ich aufstehen und Jorges Kumpel sein. Ich fühlte mich nicht wie sein Kumpel. Über die Demonstration wurde nicht mehr geredet, und die Chilenen gingen davon aus, daß wir mit ihnen mitkommen würden. Ich fragte mich, was Jorge tun wollte, um ihnen am Sonntag nicht über den Weg zu laufen.

Als wir durch die Stadt schlenderten und in ein Restaurant gingen, um zu Mittag zu essen, erzählte er mir, Raúl sei nach dem Putsch in Chile gefoltert worden. Von den anderen war keiner gefoltert worden, obwohl zwei oder drei von ihnen verhaftet worden waren. Aber die anderen waren gefährdet, weil sie Mitglieder der kommunistischen Partei gewesen waren. Der Priester, sagte er, war ein wichtiges Mitglied. Zunächst waren sie alle nach Schweden gegangen, und eine schwedische Organisation hatte die Zimmer bezahlt. Bald würden sie entscheiden, ob sie nach Stockholm zurückkehren und die schwedische Staatsbürgerschaft beantragen oder in Barcelona bleiben würden, oder vielleicht abwarten, ob sich die Lage in Chile änderte – obwohl das momentan sehr unwahrscheinlich war –, oder vielleicht in irgendein anderes lateinamerikanisches Land gehen, Mexiko etwa.

Ob Raúl schlimm gefoltert worden sei, fragte ich Jorge. Er sagte, er wisse es nicht, er habe nicht viele Fragen gestellt. Elena habe ihm das alles vorigen Abend ganz von sich aus erzählt. Die Chilenen hätten nichts zu verlieren, wenn sie an der Demonstration teilnahmen, sagte er, aber für uns sei das etwas anderes. Etwas scheinbar völlig Harmloses könne einem das ganze Leben ruinieren, sagte er. Elena hatte gesagt, Raúl sei nicht sehr politisch; sie meinte, der Armee sei ein Fehler unterlaufen, als sie ihn abholen ließ. Er wolle wieder zurück, hatte sie gesagt, aber das sei jetzt unmöglich, weil er gegen das Regime ausgesagt hatte.

Der folgende Tag war der Sonntag der Demonstration, und Jorge weckte mich früh und sagte, wenn wir jetzt losgingen, könnten wir den Zug nach Gerona erreichen und den Tag dort verbringen. Wir hüteten uns, das Badezimmer zu benutzen, um die Chilenen nicht aufzuwecken. Wir verließen die *pensión* so leise wie möglich, als wollten wir uns heimlich davonmachen, ohne die Rechnung zu bezahlen. Ich schlief im Zug, und den Rest des Tages wanderte ich wie in Trance durch Museen und Kirchen. Wir setzten uns in eine Bar auf dem Platz am Fluß und tranken Bier und bestellten *tapas* und lasen die Zeitungen, bis es ungefähr vier war, und dann gingen wir zum Bahnhof zurück und fuhren nach Barcelona. Wir sahen uns einen Film in einem der modernen Kinos auf dem Paseo de Grácia an und kamen erst gegen halb elf wieder in die *pensión* zurück. Wir waren hungrig und gingen mit Elena und Maria José und dem dunkelhäutigen Jungen, Enrique, in ein billiges Restaurant. Sie waren ganz aufgedreht von der Demonstration, voll von Geschichten über die Polizisten, die mit Schutzschilden und Gummigeschoßflinten herumgestanden und zugeschaut hatten, während die Menge sie als Faschisten verhöhnte. Elena glaubte, sie hätten Befehl gehabt, nicht auf die Demonstranten loszugehen, aber es müsse ihnen schwergefallen sein. An der Demo hätten die verschiedensten Leute teilgenommen – katalanische Nationalisten, Sozialisten, Gewerkschaftler, Kommunisten, ganz normale Leute. Sie sei wirklich sicher: Jetzt würde die Regierung freie Wahlen durchführen müssen.

Ich wartete schon darauf, daß sie uns fragen würden, wo wir gewesen waren, aber weil sie so aufgeregt waren und ununterbrochen redeten und weil wir mit einer Miene zuhörten, als interessiere es uns brennend, wie die Demonstration abgelaufen war, fiel ihnen überhaupt nicht auf, daß wir den Tag über verschwunden gewesen waren. Elena fragte uns, ob wir auf der Demonstration gewesen seien, und Jorge sagte, nein, weil wir nicht gewußt hätten, wem wir uns hätten anschließen sollen; statt dessen hätten wir uns den Protestmarsch angesehen, sagte er, und nach unseren Freunden Ausschau gehalten, aber wir hätten sie nicht gesehen. Sie nickte und lächelte.

Am nächsten Morgen frühstückte ich mit Raúl und dem Priester. Die Zeitungen brachten Berichte über die Demonstration mit Fotos von Straßen voller Menschen. Ich sah mir einige der Gesichter an und fragte mich, ob diese Leute sich jetzt wohl Sorgen um ihre Zukunft machen würden, aber ich glaubte es nicht. Es wirkte alles so ruhig und entspannt. Ich hatte versucht, über Raúls Folterung nachzudenken, aber ich hatte es nicht geschafft. Ich sah ihn jetzt an und begriff, daß diese Art Unschuld, die mich an ihm verblüfft hatte, vielleicht Schmerz und Verletztheit war. Aber ich konnte mir trotzdem nicht vorstellen, wie er gefoltert wurde, wie jemand den Wunsch haben konnte, ihn zum Schreien zu bringen oder überhaupt leiden zu lassen. Ich versuchte, den Gedanken daran aus meinem Kopf zu verbannen.

Zwei Nächte später brachte Jorge Maria José mit ins Zimmer. Er ging inzwischen wie selbstverständlich davon aus, daß ich jeden Abend zu einer bestimmten Zeit den Aufenthaltsraum der *pensión* verließ und ins Bett ging. Spätestens eine halbe Stunde später schaltete ich das Licht aus und tat so, als würde ich schlafen. Wenn er allein ins Zimmer kam, dann schaltete er das Licht ein, und wir unterhielten uns eine Weile, oder ich las ein Buch – ich hatte in einem Buchladen in der Nähe der Ramblas die Penguin-Paperbackausgabe von Graham Greenes *The Honorary Consul* gefunden –, während er sich im Spiegel betrachtete und sich die Zähne putzte und sich auszog, dabei seine Sachen ordentlich faltete, und noch eine Weile nackt im Zimmer herumtänzelte, bevor er sich ins Bett legte. Ich weiß nicht, wie er Maria José ins Zimmer gelockt hatte. Als ich sie vorher verlassen hatte, waren Elena und Raúl auch noch dagewesen. Ich weiß nicht, was er ihr gesagt haben konnte. Er schien allerdings zu wissen, was er wollte, denn sie warfen sich beide im Bett herum, unentwegt wimmernd und keuchend, und wechselten andauernd ihre Stellung. Die Glocken der Kathedrale hatten schon zwei Uhr früh geläutet, als er endlich in sie eindrang. Diesmal blieb ich bis ganz zum Schluß wach, und ich sah sie lautlos aus dem Zimmer huschen. Ich fragte Jorge, ob es schön gewesen sei, aber er lag bäuchlings mit dem Gesicht im Kissen und sagte nichts.

Am Morgen ließen wir uns beim Frühstück beide nicht blicken. Ich wußte beim besten Willen nicht, was ich Elena hätte sagen sollten, und Jorge lag im Bett und rührte sich nicht. Ich duschte und zog mich dann leise an und schlich hinaus und fuhr mit der Metro drei Haltestellen weiter. Ich hatte keine Lust, irgend jemandem über den Weg zu laufen. Es gab ein Café direkt hinter der Station. Ich hatte eine Zeitung gekauft, aber ich warf kaum einen Blick hinein. Ich bestellte Kaffee und ein Croissant und ließ die Zeit verstreichen und sah die Leute an, die ein und aus gingen. Ich wollte zurück nach Hause. Mir wurde bewußt, daß wir noch eine ganze Woche vor uns hatten. Ich schlenderte durch die Stadt zur *pensión* zurück.

Jorge war nicht da. Er hatte mir einen Zettel hinterlassen, auf dem stand, er und Maria José seien für ein paar Tage weggefahren. Bis dann, schrieb er. Von den Chilenen war keiner zu sehen, weder in der *pensión* noch in irgendeiner Bar oder einem Café in dem Viertel. Ich nahm an, daß sie ins Kino gegangen waren. Plötzlich gefiel mir das Alleinsein nicht mehr, und ich wußte nicht, was ich tun sollte.

Ich ging hinüber zur Filmoteca und wartete im Foyer auf das Ende der Vorstellung; als sie alle herauskamen und rauchend herumstanden, fühlte ich mich leichter und besser. Ich glaube, sie wußten, daß ich nicht in Jorges Verführungspläne verwickelt war. Sie lächelten alle und wollten noch etwas trinken gehen. Ich fand, daß Elena schön aussah. Ich verspürte den Wunsch, Raúl zu umarmen. Niemand ließ ein Wort über Jorge oder Maria José fallen. In diesem Teil der Stadt war ich, außer in der nächsten Umgebung des Kinos, noch nie gewesen; es gab winzige Bars in finsteren Gäßchen und ein Labyrinth von Straßen, die die Chilenen alle zu kennen schienen. Sie sprachen über mehrere Bars, als seien es Musterbeispiele des Jugendstils und der Art deco, aber sie erwiesen sich als verräucherte Pinten mit schlecht eingestellten Fernsehern und alten Männern hinter der Theke, die unterschiedlich zwielichtigen Gestalten Getränke ausschenkten. Jedesmal wenn sie eine Bar betraten, lachten die Chilenen; sie kannten die Besitzer beim Namen, und sie schienen sich in diesem Viertel wie zu Hause zu fühlen. Ich hielt die Gegend nicht für gefährlich, aber schmuddelig war sie. In jeder Bar tranken wir ein Bier – die Preise waren unglaublich niedrig –, und dann zogen wir weiter. Sie wurden allmählich alle betrunken, aber ich blieb nüchtern. Das Bier hatte bei mir keine Wirkung.

Erst als ich anfing, Brandy zu trinken, wurde auch ich betrunken. Ob in den Bars oder auf der Straße, ich dachte ununterbrochen an Raúl. Ich stellte mir vor, daß er in unser Zimmer kam und sich in Jorges Bett legte und dann, nachdem wir uns lange unterhalten hatten, zu mir ins Bett herüberschlüpfte. Ich stellte mir seine warme Haut vor und seine Lippen, und ich sagte mir immer wieder, daß ich vorsichtig sein mußte, daß ich ihm keinerlei Avancen machen durfte. In einer der Bars setzte ich mich dicht neben ihn, und wir unterhielten uns über dieses Viertel und über den Barrio Chino auf der anderen Seite der Ramblas, und wenn er redete, lächelte er immer, und im Laufe der Nacht schien seine Haut dunkler zu werden und seine Züge schienen sich zu verändern, so daß ich sehen konnte, daß er indianisches Blut in den Adern hatte, was mir vorher noch nie aufgefallen war. Ich konnte nicht aufhören, ihn anzusehen.

Um zwei oder halb drei, als die Bars alle schlossen, waren die anderen schon nach Hause gegangen, und es waren nur noch Elena, Raúl und ich übriggeblieben. Wir spielten mit dem Gedanken, zum Drugstore auf den Ramblas zu gehen, aber wir waren zu betrunken. Ich legte einen Arm um Raúl und den anderen um Elena, und wir schlenderten langsam wieder zurück zur *pensión*. Ich dachte, daß Raúl es vielleicht darauf angelegt hatte; vielleicht wußte er, woran ich die ganze Zeit dachte. Ich schloß die Zimmertür nicht ab. Ich legte mich ins Bett und lag da, noch immer betrunken, mit den Händen hinter dem Kopf, und fragte mich, wann Jorge zurückkommen würde, fragte mich, ob Raúl zu mir ins Zimmer kommen würde.

Als ich am Morgen aufwachte, war ich allein im Zimmer und hatte einen Kater. Ich drehte mich um und versuchte wieder einzuschlafen, aber ich blieb nur so liegen und rührte mich nicht. Ich dachte, wenn ich mich nicht bewegte, würde es mir vielleicht bald bessergehen. Ich drehte mich um und sah zur Tür und bemerkte, daß sie abgeschlossen war. Ich mußte sie im Laufe der Nacht abgeschlossen haben. Es war elf Uhr vormittags. Ich wartete auf irgendwelche Geräusche auf dem Gang.

Als Raúl an die Tür klopfte und sagte, er gehe jetzt einen Kaffee trinken, bat ich ihn hereinzukommen. Ich öffnete ihm die Tür und legte mich dann wieder ins Bett. Er sagte, er fühle sich schlecht. Er lächelte und ging hinüber zum Fenster und sah hinaus. Er trug ausgebeulte Jeans und einen marineblauen Pullover. Er kam zurück und setzte sich auf Jorges Bett und lehnte den Kopf an die Wand. Zuviel Bier ist gar nicht gut, sagte er. Zuviel Brandy auch nicht, erwiderte ich. Er schloß die Augen und lehnte sich wieder zurück. Eine Zeitlang sagte keiner von uns beiden ein Wort, und dann bemerkte er das englische Buch, das auf dem Nachttisch lag. Er hob es auf und sah es sich an, verstand aber kein Wort, wie er sagte; von Graham Greene habe er allerdings schon gehört. Ich erzählte ihm, daß meine Mutter Engländerin war. Das bedeutet, sagte er, daß du in England leben könntest. Ich nickte. Er sagte, zur Zeit sei es schwierig, nach England hineinzukommen.

Uns war zu übel, um etwas essen zu können. Wir tranken Wasser auf der Plaza del Pino und beschlossen, wieder ins Kino zu gehen. Es laufe ein Western, sagte Elena, und das bedeute, daß wir keine Probleme damit haben würden, dem Gang der Handlung zu folgen. Weißer Mann hat Technologie, Verstand und Ansprüche, sagte sie, während der Indianer ohne Sattel reitet und Ärger macht und am Ende verliert. Raúl lachte und sagte, sie sei immer gut im Redenschwingen.

Ich verschlief einen Teil des Films und ging vor dem Ende hinaus. Ich wartete draußen auf sie, und dann gingen wir zurück zur *pensión*. Wir vereinbarten, uns um neun wieder zu treffen. Bis dahin würden wir uns hinlegen. Ich wartete eine Weile in meinem Zimmer, und dann ging ich zur Metrostation und fuhr vier oder fünf Haltestellen weiter. Wieder fand ich ein Café und saß allein vor meinem Kaffee. Später ging ich zurück zur *pensión* und duschte und versuchte zu schlafen. Als ich auf dem Gang an Raúls Tür vorbeikam, stellte ich ihn mir vor, wie er da lag und schlief, die Augen geschlossen, das Gesicht entspannt. Ich hätte ihn so gern berührt, oder über ihm gestanden und ihn angeschaut.

Ich traf Elena wie verabredet um neun Uhr. Sonst komme niemand, sagte sie, sie seien alle zu verkatert. Ich sagte, ich bräuchte ein Bier, und sie sagte, sie würde auch eins trinken, und wir gingen in eine Bar in der Nähe der Ramblas. Und dann gingen wir zur Kathedrale und schlenderten durch die seltsamen dunklen Straßen des gotischen Viertels, bis wir ein Sims fanden, auf das wir uns setzen konnten. Sie fragte mich, wann Jorge wohl zurückkommen würde. Ich zuckte die Achseln. Ich wußte es nicht. Ich fragte sie, ob es ihr etwas ausmache, daß er so mit ihrer Freundin durchgebrannt sei. Sie sagte, daß es ihr unter normalen Umständen etwas ausgemacht hätte, aber nicht hier und jetzt. Sie habe gelernt, sich nichts zu Herzen zu nehmen.

Sie fragte mich, ob ich begreifen würde, was hier ablaufe, und ich sagte nein. Sie waren zuerst alle in Schweden gewesen, sagte sie, und hatten eine viele Wochen dauernde Gruppentherapie gemacht. Sie wußten eine ganze Menge voneinander, und bald würden sie sich entscheiden müssen, wo sie künftig leben wollten. Die Schweden kamen noch für sie auf, aber bald würde es mit diesem Geld vorbei sein. Ein paar von ihnen spielten mit dem Gedanken, nach Chile zurückzukehren, aber für einige andere war das unmöglich. Letzten Endes, sagte sie, würde es auf eine Entscheidung zwischen Spanien und Schweden hinauslaufen. Sie wußten, daß sie sich irgendwo niederlassen mußten, sich zum Bleiben entscheiden, um nicht noch länger – es ging schon seit mehr als drei Jahren so – staatenlos, heimatlos, ohne Zukunftsperspektive dahinzuleben. In der Gruppendynamik, die sich zwischen Menschen entwickelt, die entwurzelt worden sind und Angst vor der Hoffnung haben, sagte sie, kommt es eben vor, daß deine Freundin den Wunsch verspürt, mit dem Mann zu schlafen, mit dem du gerade geschlafen hast, und du schaust einfach zu, wie es passiert, und läßt es geschehen, willst beinahe, daß es geschieht, du willst auf einmal, daß sie sich so schlecht wie irgend möglich benimmt, damit du dir gut vorkommen kannst.

Ich fragte sie nach Raúl: Was würde er tun? Raúl ist das Problem, sagte sie, Raúl ist der Grund, warum sich keiner entscheiden kann, was er tun soll. Er ist der einzige, der gefoltert worden ist, alle anderen haben Angst ausgestanden und alles verloren, mußten bei Nacht und Nebel abreisen und konnten von Glück sagen, daß sie entkommen sind, aber mit ihm ist es anders. Er wurde drei oder vier Monate lang festgehalten, zuerst im Stadion in Santiago, dem berühmten Stadion, und dann in einem Lager in der Nähe von Valparaíso. Äußerlich hat er sich nicht verändert, sagte sie, er war schon immer so. Er war freundlich und umgänglich, er lächelte oft. Manche fanden, er sähe aus wie Bob Dylan, und ein bißchen stimmte das auch, und er spielte Gitarre, wenn auch nicht besonders gut. Aber er war immer dabei, wenn etwas los war, er rauchte gern Dope und trank gern, und er mochte Mädchen. Er glaubte, in einem freien Land zu leben. Im Lauf der Zeit begann er, sich mehr für Politik zu interessieren, aber er war nie Kommunist, auch wenn viele seiner Freunde welche waren. Jedenfalls, sagte sie, holten sie ihn in der Nacht des Putsches ab, es war kein Problem, ihn zu finden, und er hatte nie geglaubt, im mindesten gefährdet zu sein.

Ich weiß alles, was ihm passiert ist, sagte sie, jedenfalls alles, woran er bereit ist, sich zu erinnern, ich weiß es von jedem einzelnen Tag, weil ich in Stockholm mit ihm in der Therapie war – ich hatte mein Psychologiestudium fast abgeschlossen, und man bat mich, an den Sitzungen teilzunehmen, um ihm helfen zu können. Er hat alles gesehen. Er hat all die Morde und Verstümmelungen mit angesehen. Er hat tagelang gewartet, bevor sie ihn holten, er hielt sich im Schatten und glaubte, sie würden ihn laufenlassen oder sie würden ihn vergessen. Aber sie vergaßen niemanden. Sie machten es ihm mit elektrischem Strom, überall an seinen Genitalien, sie steckten ihm eine Elektrode in den Penis, und er hat ihnen alle Namen verraten. Das gilt unter uns nicht als Schande, sagte sie, es ist nichts Schlimmes daran. Es ist heraus. Zuerst gab er ihnen die Namen seiner Großeltern, sie waren schon gestorben, und sie ließen ihn ein paar Tage lang in Ruhe, während sie das nachprüften, und dann nahmen sie ihn sich wieder vor, und er glaubt, daß sie ihn einen ganzen Tag lang gefoltert haben, und da hat er ihnen richtige Namen gegeben. Sie haben ihn auf ein Bett ohne Matratze gelegt, und dann haben sie ihn ins Krankenhaus gebracht, und dann in ein Lager, wo er schlimm verprügelt wurde, aber keine Elektrofolter mehr. Und als sie ihn freigelassen haben, hat er im italienischen Konsulat in Valparaíso um Asyl gebeten, und sie haben ihn außer Landes geschafft, und in Schweden haben sie ihn operiert. Er hat noch immer Probleme.

Er ist außerstande, irgendeinen von uns nah an sich herankommen zu lassen, sagte sie, und trotzdem braucht er uns um sich herum, und wir verstehen das alle. Er weiß, daß er nie wieder richtig gesund werden wird, nicht nur körperlich, nicht nur, was Träume und Erinnerungen anbelangt, sondern daß er nie wieder imstande sein wird, wem auch immer allzusehr zu vertrauen, und er fühlt sich schuldig, und ich glaube, er steht noch immer unter Schock. Er erinnert sich an die Tage und Wochen der Angst, aber von der eigentlichen Folter wird er sich wohl nie wieder erholen. Bald werden wir alle unsere eigenen Wege gehen, aber keiner von uns weiß, was aus ihm werden soll. Ich glaube, er wird nach Schweden zurückkehren, und er wird immer eine Gruppe von Menschen um sich brauchen, die mit ihm umzugehen weiß. Natürlich lieben wir ihn alle. Ich weiß nicht, was wir tun werden.

Nachdem sie mir das erzählt hatte, gingen Elena und ich wieder durch das gotische Viertel zurück. Wir waren beide hungrig; wir gingen in ein chinesisches Restaurant auf der Calle Fernando. Wir einigten uns darauf, daß ich Raúl nichts davon sagen würde, daß ich seine Geschichte kannte.

Jorge und Maria José kamen vier Tage vor unserer planmäßigen Abreise in die *pensión* zurück. Als ich mit Elena, Raúl und den anderen vom Kino zurückkam, lag er auf dem Bett. Er sagte, er habe noch etwas Geld übrig und er habe die Wirtin gefragt, ob ich ein Einzelzimmer haben könne. Er habe sich mit ihr geeinigt. Maria José würde zu ihm ins Zimmer ziehen. Er hoffe, das sei in Ordnung. Ich sagte, mir sei es recht, und fing an, Sachen in meine Reisetasche zu packen. Nein, nicht heute nacht, sagte er, morgen früh, das Zimmer wird erst dann frei. Ich legte mich aufs Bett und fragte ihn, wo er gewesen sei. Sie seien nach Madrid gefahren, sagte er, und es habe ihnen dort ausgezeichnet gefallen, da sei viel mehr los als in Barcelona. Und ist etwas passiert, fragte er, während wir weg waren? Nein, sagte ich, nichts.

Jorge und Maria José gingen uns die nächsten paar Tage aus dem Weg. Ich sah sie händchenhaltend auf der Straße. Raúl fragte mich, ob ich wisse, was ihm in Chile passiert sei; ich zögerte erst, dann sagte ich ja. Er sagte, manchmal wünsche er sich, daß es niemand wisse, dann wieder, daß es alle wüßten. Ich kann mich nicht entscheiden, sagte er, vielleicht ist es so am besten. Vielleicht werde ich es mit der Zeit vergessen. Ich nickte, aber ich glaubte es nicht.

Am letzten Morgen kam Jorge in mein Zimmer und sagte, er wolle etwas klarstellen. Wir werden wegfahren, sagte er, und sie werden unsere Adressen haben wollen. Er hatte vor, ihnen eine falsche Adresse zu geben, und er meinte, ich solle das gleiche tun. Das klingt vielleicht dumm, sagte er, aber sie könnten nach Chile zurückkehren oder nach Argentinien kommen, und sie könnten wieder verhaftet werden, und unsere Namen und Adressen könnten bei ihnen gefunden werden, und bei der jetzigen Lage der Dinge könnte das echte Probleme bedeuten. Sei nicht so ein Idiot, sagte ich. Ich sagte ihm, er sei ein Arschloch. Er ging aus dem Zimmer.

Elena und Raúl wollten mich zum Flughafen begleiten, während Maria José mit Jorge getrennt fahren wollte. Ich lud Elena zu einem Kaffee ein und sagte, es sei vielleicht besser, wenn wir uns hier verabschiedeten. Ich gab ihr meine Adresse, und sie gab mir eine Kontaktnummer in Schweden.

Ich rechnete nicht damit, daß sie mir schreiben oder besonders oft an mich denken würde. Es war Jorge, an den sie sich erinnern würde; es war Jorge, an den sie sich alle erinnern würden. Jorge und Maria José wollten mit dem Taxi zur Plaza de España fahren und von da den Bus zum Flughafen nehmen. Ich sagte, wir würden uns dann da treffen. Elena und Raúl begleiteten mich zur Metro. Raúl trug meine Tasche. Ich glaube, es machte ihnen Freude, einen letzten Kaffee mit mir zu trinken und mich zu verabschieden. Es war etwas Normales und Alltägliches; ihr Leben hing nicht davon ab. Ich umarmte sie beide und winkte zurück, als ich durch das Drehkreuz ging.

Als ich aus Spanien zurückkam, hatte sich meine Mutter verändert. Als habe sie nur darauf gewartet, bis ich weg war und sie Zeit für sich und den nötigen Freiraum hatte, um altern und ein verbrauchtes Aussehen annehmen zu können, ohne daß sie jemand dabei beobachtete. Sie war erst Mitte Sechzig, aber sie sah aus wie eine alte Dame. Es fiel ihr schwer, zur Arbeit zu gehen. Sie begriff, daß alles vorbei war und daß nichts mehr kommen würde. Ich glaube, sie traf nie Entscheidungen, alles, was sie ihr Leben lang getan hatte, hatte sie instinktiv oder aus einer Laune heraus getan. Sie engagierte sich stärker im Hotel; die Gäste schienen sie zu mögen. Sie war immer pünktlich und gut angezogen; im Maschineschreiben war sie perfekt, und sie vergaß nie einen Namen. Und zeitweise, wenn sie die Energie dazu hatte, widmete sie sich mir. An den Wochenenden, freitags oder samstags abends oder am Sonntagmittag, kochte sie eine reichliche und anspruchsvolle Mahlzeit, suchte den Wein mit Bedacht aus und behandelte mich wie jemanden, der kurz vor der Abreise steht oder gerade zurückgekehrt ist. Mich störte das, und ich merkte, daß ich danach den ganzen Tag an nichts anderes dachte als daran, wie ich auf der Straße einen Sex-partner finden könnte.

Sie achtete darauf, nicht in die Rolle der herumspio-nierenden Mutter zu verfallen und stellte mir daher keine Fragen, sondern erzählte selbst, als würde sie in einer dieser langen Fernsehsendungen über ihr Leben interviewt. Ich glaube, daß sie sich, angeregt durch ihre Mahlzeiten mit mir und durch ihre englischen Hotelgäste, in diesen Jahren selbst neu erfand, als eine Engländerin von der vornehmen Sorte.

Eines Abends erzählte ich ihr einiges von dem, was in Barcelona passiert war. Ich gab Jorge weiterhin Stunden, und inzwischen auch zwei Maschinenbaustudenten, aber sie wußte, daß ich ihn seit unserem gemeinsamen Urlaub weni-ger mochte, und eines Abends kam mir der Gedanke, daß es uns vielleicht helfen könnte, die nächste Stunde herumzu-bringen, wenn ich versuchte, ihr zu erklären, woran das lag. Ich war so daran gewöhnt, Dinge vor ihr geheimzuhalten, daß dieser Bericht über mich und Jorge in Barcelona eine Er-leichterung bedeutete. Ich erzählte ihr von den Chilenen in der *pensión*, und dann beschloß ich, ihr zu erzählen, wie Jorge zwei von den Mädchen mit in unser Zimmer gebracht und mit ihnen Sex im Bett neben mir gehabt hatte, während ich so tat, als schliefe ich. Sie bekam große Augen vor Empörung. Die Argentinier sind Barbaren, sagte sie, ich weiß nicht, was für ein Blut in ihren Adern fließt, daß sie so sind, aber sie sind Barbaren, sie schrecken vor nichts zurück. Und das wurde ihr Thema für die folgenden Monate: daß sie nie hätte herkommen sollen, und wie vornehm die Engländer doch seien, wie höflich und wie zivilisiert, und daß ihr Vater nach dem Tod ihrer Mutter besser in England geblieben wäre, daß er noch einmal hätte heiraten können. Vergleich doch die Generäle, sagte sie, oder Isabelita Perón mit der Queen von England. Vergleich das gelassene Lächeln der Queen, ihre Anmut, ihre natürliche Wärme, ihre Bescheidenheit, ihr Familienleben mit den barbarischen Mischlingen, die Argentinien regieren.

Vielleicht war es in diesen Jahren besonders leicht, sich ein vollständig neues Sortiment politischer Ansichten auszudenken und sie stolz in seinen eigenen vier Wänden zu verkünden. Zeitungen bekamen wir nur zu sehen, wenn Dinge, die wir kauften, in Zeitungspapier eingeschlagen wurden. Wir hatten einen alten Fernseher, aber wir schalteten ihn nie ein. Wir hörten uns manchmal Musik im Radio an, aber wenn die Nachrichten kamen, hörten wir nicht hin. Wir glaubten nicht an die Nachrichten. Ich weiß, daß die Fußballweltmeisterschaft 1978 in Argentinien ausgetragen wurde, aber ich kann nicht sagen, daß ich auch nur eines der Spiele gesehen oder gewußt hätte, wann oder wo sie stattfanden oder wer gewann. Ich erinnere mich an Menschenmassen auf den Straßen, Männer, die jubelten und Fahnen schwenkten, und ich erinnere mich, daß ich mich durch Nebenstraßen schlug, um ihnen aus dem Weg zu gehen. Wir kümmerten uns um nichts Öffentliches; wir lebten in einem engumgrenzten Raum.

An ihren arbeitsfreien Tagen blieb Mutter im Bett. Das Treppensteigen machte ihr Mühe, und sie ging nicht aus dem Haus, wenn sie nicht unbedingt mußte. Sie machte sich Sorgen, wenn ich nach der Universität nicht sofort heimkehrte. Manchmal, wenn ich nachts heimkam, saß sie in einem Sessel und schlief, den Kopf zur Seite, den Mund geöffnet. Ich wußte, daß sie bald nicht mehr imstande sein würde zu arbeiten, und ich begriff, daß ich mir nach meinem Abschluß einen Job würde suchen müssen. Ich schrieb an meine alte Schule, ich stünde kurz vor dem Examen, und sie antworteten, sie hätten eine Stelle zu besetzen, aber sie bräuchten einen Mathematiklehrer, keinen Englischlehrer. Meine Mutter konnte nicht begreifen, warum ich nicht der Beste in meinem Jahrgang war. Sie deutete an, daß ich für mein Studium mehr tun müsse. Ich fing an, alle Einkäufe und den größten Teil der Hausarbeit zu erledigen.

Ich rechnete damit, daß man mich eines Tages vom Hotel aus anrufen und mir mitteilen würde, meine Mutter sei zusammengebrochen oder an der Rezeption eingeschlafen, aber so kam es nicht. Eines Morgens, als ich gerade zu einer meiner Abschlußprüfungen aus dem Haus gehen wollte, bat sie mich, ihr die Treppe hinunterzuhelfen, und mir wurde klar, daß sie ihre Knie nicht beugen konnte. Ich mußte ihr jede Stufe einzeln hinunterhelfen und dann losgehen und ihr ein Taxi besorgen. Als sie an dem Abend zurückkam, klingelte sie, und ich ging hinunter und half ihr die Treppe hoch. Und so ging es von da an jeden Tag. Ich sagte ihr, daß ich bald einen Job haben würde, sie könne ihre Arbeit im Hotel aufgeben, aber sie schüttelte den Kopf und sagte, sie werde weitermachen. Ich ging mit ihr zum Arzt, demselben alten Mann, der meinen Vater aus dem Leben hinausbegleitet hatte, und er gab ihr Pillen, aber sie blieb weiterhin steif und schwach. Er sagte mir, sie brauche Ruhe. Ich hütete mich, ihn anzusehen.

Der Wahlsieg Mrs. Thatchers versetzte sie in Hochstimmung. Das ist eine Frau, sagte sie, die weiß, was richtig und was falsch ist. Und das ist es, was wir hier brauchen, sagte sie. Sie zeigte mir Mrs. Thatchers Gesicht in einer Zeitschrift, zeigte auf sie und sagte, wie leid es ihr tue, jetzt nicht in England zu sein. Sie frage sich, wie die Queen und Mrs. Thatcher miteinander auskämen. Beiden, sagte sie, stehe Blau so gut.

Im Anglistischen Seminar bereiteten sie einen neuen Kurs in gesprochenem Englisch vor, und man bot mir zwei Wochenstunden im Sprachlabor an, um mit den Studenten an ihrer Aussprache zu arbeiten. Ich ließ die Studenten Fragen stellen, so daß ich ihr H verbessern konnte, das sie so hart wie das spanische J aussprachen. Damals erschien mir Englisch wie eine klare und kalte Sprache, in der die Menschen sagten, was sie meinten; und die Laute, die Spanischsprecher artikulierten, erschienen mir voller Emotionalität und Starrsinn. Ich verbesserte die Studenten mit eisiger Präzision und Geduld und ließ sie wiederholen und wiederholen und wiederholen, bis alle Wörter ihre Bedeutung verloren. Wenn sie lernten, »have« richtig auszusprechen, dann, so versuchte ich zu suggerieren, würden sie auch einiges andere intus haben, etwa ein gewisses Maß an Haltung und Anstand. Aber als die Resultate der Abschlußprüfungen bekanntgegeben wurden, stellte sich heraus, daß ich, mit Ausnahme von elementarer Sprachkompetenz, in allem schlecht abgeschnitten hatte, und ganz besonders schlecht in Linguistik, und so teilte man mir mit, vorläufig könne ich noch mit den Studenten weiterarbeiten, aber bald würde ich ausgetauscht werden, und hier gebe es keine Zukunft für mich. Ich beschloß, meiner Mutter davon vorerst nichts zu erzählen.

Schließlich konnte sie sich überhaupt nicht mehr bewegen, und es hatte keinen Sinn, so zu tun, als würde sie je wieder ins Hotel zurückkehren, trotzdem rief ich den Geschäftsführer an und sagte ihm, sie habe die Grippe. Ihre Mutter war an der Grippe gestorben, und vielleicht forderte es das Unglück heraus, eine solche Ausrede zu gebrauchen. Ich besorgte ihr aus der Bibliothek für *Cultura Inglesa* Bücher über die Geschichte der königlichen Familie und ihre derzeitigen Mitglieder. Eines Tages beging ich den Fehler, ihr eine Biographie von Gladstone mitzubringen. Sie erklärte mir säuerlich, Gladstone interessiere sie nicht.

In dem Sommer begann ich, am Instituto San Martín zu unterrichten: Um mich loszuwerden, hatte das Anglistische Seminar mich dort empfohlen, und so machte ich die Bekanntschaft von Señor und Señora Sanmartín. Ich arbeitete dienstags und donnerstags jeweils drei Stunden. Ich wußte, daß sie mich mochten und daß ich mehr zu tun bekommen würde, sobald der reguläre Unterricht wieder anfing. Sie wollten, daß ich mich in die Stunden der anderen Lehrer setzte und anschließend über deren Leistungen und Sprachkenntnisse Bericht erstattete. Eine der Lehrkräfte, eine junge Frau namens Ana, die in Nordamerika studiert hatte, machte in ihrem Englischunterricht elementare Fehler, aber die Kinder hörten ihr alle zu. Ich sagte Señora Sanmartín, sie sei bemerkenswert gut. Ich wußte beim besten Willen nicht, was ich sonst hätte sagen sollen.

In den letzten zwei Lebensjahren meiner Mutter war ich der Ernährer. Sie schaffte es irgendwie, sich langsam und mühsam vom Schlafzimmer in die Diele zu schleppen, zu ihrem Posten neben dem Telefon. Sie saß den ganzen Tag in ihrem Sessel, schlief zwischendurch, las ihre Bücher und irgendwelche Zeitschriften, die sie von Nachbarn bekam. Sie aß tüchtig, und das ließ mich glauben, daß sie ewig leben würde. Ich war nicht glücklich. Ich fand sie schwierig. Ich konnte es nicht ausstehen, jedesmal wenn ich mich zum Gehen fertigmachte, gefragt zu werden, wo ich hinging. Ich wußte, daß ich sie jetzt unmöglich verlassen konnte, und sie konnte noch weitere zwanzig Jahre leben. Abends setzte ich mich nicht zu ihr. Ich legte mich mit einem Buch auf mein Bett oder blieb im Eßzimmer oder in der Küche sitzen. Und dann kam ich heraus und fand sie schlafend vor, und dann tat sie mir leid.

Ich erinnere mich nicht, wann das Unterrichten mich zu langweilen anfing; in diesen ersten zwei Jahren fand ich es interessant. Ich unterrichtete Anfänger, und es machte mir Freude, ihre Kenntnisse zu überprüfen, sie Sätze wiederholen, neue Vokabeln lernen, Fragen bilden zu lassen. Ich gab auch Privatstunden, und ich war oft müde, wenn ich nach

Hause kam und meine Mutter, munter wie ein Vogel, der auf seine Atzung wartet, in ihrem Sessel saß und sich beklagte, sie sei den ganzen Tag allein gewesen und jetzt freue sie sich auf ein bißchen Gesellschaft. Jetzt verwaltete ich das Geld und war mir dessen bewußt, daß wir, sollte ich einmal krank werden, nichts haben würden. Wir hatten keinerlei Ersparnisse, nichts, worauf wir hätten zurückgreifen können.

Sie muß in diesen Tagen schwächer geworden sein, aber ich merkte nichts. Sie hörte vorübergehend auf zu lesen und starrte bloß aus dem Fenster. In ein paar Kleinigkeiten war ich ihr ähnlich geworden. Ich teilte manche ihrer Gefühle. Wenn sie nachts wach lag, lag ich auch wach. Vielleicht wurde während dieser Zeit auch in mir etwas schwächer. Ich hatte mit ihr das Englische gemeinsam, und das grenzte uns von allen anderen ab. Auf englisch gibt es mehr Wörter, sagte sie gern, und mehr Dinge, die man beschreiben kann. Ich sagte ihr, das sei Unsinn, aber sie sagte, ich sei noch nie in England gewesen, also könne ich es auch nicht wissen. Sie lachte über ihre eigenen Witze, und ich sah ihr gern zu, wie sie da in den Schatten der Diele vor sich hin meckerte.

Ich wußte, daß sie am Sterben war, aber ich dachte, es würde sich lange hinziehen. Es war leicht, den Gedanken daran zu verdrängen: Ich hatte den Unterricht, und dann mußte ich einkaufen und kochen und die Wohnung sauberhalten. Ich haßte es, Laken zu waschen und sie dann mühsam außen am kleinen Küchenbalkon zum Trocknen aufzuhängen. Ich fragte sie, wie sie das all die Jahre gemacht habe, und sie schnurrte in ihrem Sessel, als machte ich ihr Komplimente, anstatt mich zu beklagen.

Sie wollte nicht, daß ich ihretwegen den Arzt rief. Obwohl sie geistig abbaute, wußte sie, daß wir wenig Geld hatten. Gelegentlich hatte sie gute Tage, an denen sie so tat, als sei alles in Ordnung. Dann zog sie ihre Hotelsachen an und legte etwas Make-up auf und saß so in ihrem Sessel. Manchmal ertappte ich mich dabei, daß ich mich in der Wohnung umsah und dachte, wie still und friedlich und einfach es wäre, wenn ich hier allein wohnte und sie tot wäre. Ich hatte wegen dieser Gedanken ein schlechtes Gewissen, ich wußte nicht, daß sie eine Art Selbstschutz waren vor dem, was sich da anbahnte.

An dem Morgen, als sie ihren ersten Schlaganfall hatte, rief ich meine Onkel und meine Tante an und erzählte ihnen, daß sie krank war. Den Arzt hatte ich schon gerufen. Sie lag im Bett und gab unverständliche Laute von sich. Der Arzt meinte, daß sie in einem Pflegeheim vielleicht besser aufgehoben wäre. Ich erklärte ihm, daß wir kein Geld hatten. Er sah mich an und sagte, daß sie dann eben hierbleiben müsse. Die schlichte, ungeschminkte Wahrheit zu sagen befriedigte ihn und bereitete ihm ein wohliges Gefühl. Ich fragte ihn, ob er den Namen der Krankenschwester wisse, die meinen Vater gepflegt hatte. Er sagte, seine Sprechstundenhilfe habe ihren Namen und ihre Telefonnummer, aber ich solle bedenken, daß eine Schwester nicht billig sei, und ich dürfe keine Rechnungen auflaufen lassen, die ich nicht bezahlen könne. Ich fragte ihn, ob es wahrscheinlich sei, daß meine Mutter die Sprache wiedererlangen würde. Er sagte, das könne man nicht wissen.

Am späteren Abend kam meine Tante an. Sie sah sich in der Wohnung um, als gehöre sie ihr, und zog die Luft argwöhnisch durch die Nase ein. Ich sagte ihr, meine Mutter schlafe und es habe keinen Sinn, zu ihr ins Zimmer zu gehen. Ich bereute es jetzt, sie in der ersten Panik angerufen zu haben. Ich erzählte ihr, was der Arzt über das Pflegeheim gesagt hatte, aber sie bot nicht an, die Kosten für den Aufenthalt meiner Mutter zu übernehmen. Sie fragte mich, ob wir Geld hätten. Ein bißchen, sagte ich. Genug, um ein bis zwei

Wochen über die Runden zu kommen, aber nicht genug für eine Schwester oder Medikamente.

Ich kann keine Krankenschwester bezahlen, sagte sie. Ich erwiderte nichts. Ich bemühte mich, die Kraft aufzubringen, ihr nichts mehr zu sagen. Wir saßen im Wohnzimmer am Tisch. Ich bot ihr nichts an. Ich kann nicht den ganzen Tag hiersein, sagte ich, ich muß arbeiten. Ich stand auf und ging den Korridor hinunter zum Schlafzimmer meiner Mutter. Als ich hineinsah, lag sie mit offenen Augen auf dem Rücken. Sie sah mich nicht. Ich ging zurück und setzte mich wieder zu meiner Tante an den Tisch und sagte, sie schlafe noch immer. Sie kann nicht den ganzen Tag über, während ich arbeite, allein gelassen werden, sagte ich. Aber wie lange wird das so weitergehen, fragte sie. Ich sagte ihr, daß ich das nicht wisse.

An demselben Abend rief mich mein Onkel an, um zu sagen, sie hätten eine Frau namens Leonora gefunden, die wochentags, wenn ich arbeiten mußte, kommen würde. Sie sei keine Krankenschwester, aber sie könne die Hausarbeit erledigen und ein Auge auf meine Mutter haben und dafür sorgen, daß alles sauber blieb. Als er ausgeredet hatte, wurde mir bewußt, daß ich gegen die Wand starrte und kein Wort herausbrachte. Bist du noch da, brüllte er ins Telefon. Die Lautstärke seiner Stimme ließ mich aufschrecken. Ich sagte, ich sei noch da und es sei in Ordnung, Leonora könne am nächsten Morgen kommen. Ich würde einen Schlüssel für sie machen lassen. Um ein Haar hätte ich ihn gefragt, wie viele Schiffe er würde verkaufen müssen, um sie zu bezahlen, aber ich tat es nicht. Ich dankte ihm und legte auf.

Der Arzt kam noch ein paarmal und sagte, es sei keine Besserung bei ihr festzustellen. Aber es war das Verhalten Mr. Walters', des Geistlichen, als er kam und ging, das mir verriet, daß es schlecht stand. Er hatte mit dem Arzt und mit meiner Tante und meinen Onkeln gesprochen. Er kam mit einem Gebetbuch und setzte sich zu ihr ans Bett, aber ich glaube nicht, daß er das Gebetbuch aufschlug. Es ist möglich, daß seine Trauermiene ihr einen gewissen Trost spendete. Aber als ich bei ihr saß, begriff ich, daß keinerlei Trost möglich war. Ihr Leben war vorüber, bevor es angefangen hatte: Sie hatte sich nie vorgestellt, daß es für sie so enden würde, fast völlig mittellos in einem fremden Land.

Leonora kannte sie nicht, betrachtete sie als eine jämmerliche alte Dame, die nicht reden konnte, und ging grob mit ihr um. Ich glaube nicht, daß ich bis dahin je in Wut geraten war, aber als ich eines Tages heimkam, sah ich, daß sie meine Mutter in ihrem Schlafzimmer auf einen Stuhl gesetzt hatte, während sie die Laken wechselte. Meine Mutter hatte offenbar das Bett genäßt. Leonora redete mit ihr, als sei sie ein unartiges Kind, drohte ihr fast. Sie war so sehr darin vertieft, meine Mutter auszuschimpfen, daß sie mich nicht kommen hörte. Als sie mich in der Tür stehen sah, war sie überrascht. Ich bat sie, sich mit dem, was sie tat, zu beeilen und dann ins Wohnzimmer zu kommen. Ich sagte ihr, sie müsse mit meiner Mutter respektvoll reden und sie solle jetzt augenblicklich zurückgehen und sich bei ihr entschuldigen, und ich würde draußen stehen und zuhören. Sie sagte, sie habe nichts Unrechtes getan. Ich sagte ihr, sie könne sich entschuldigen oder gehen, sie habe die Wahl. Verlegen ging sie hinüber ins Schlafzimmer und sagte zu meiner Mutter, es tue ihr leid, daß sie so mit ihr gesprochen habe.

Meine Mutter starb an einem Samstagabend gegen halb elf. Im Zimmer brannte das Licht, und die Tür war geschlossen. Ich hatte seit einigen Stunden bei ihr gesessen. Es war nicht leicht; sie versuchte verzweifelt zu sprechen und nach etwas zu greifen. Ich sagte ihr, sie solle ihre gesunde Hand bewegen, wenn sie Schmerzen habe, und sie ruhig halten, wenn nicht. Ihre Augen richteten sich auf mich, aber ich glaube nicht, daß sie mich hörte. Sie lallte. Wie sie die Lippen und das Kinn bewegte, hatte etwas Heftiges an sich. Sie bereitete sich nicht darauf vor zu sterben, sie sträubte sich gegen alles, was in ihrem Inneren geschah, was immer es sein mochte. Ich kann nicht behaupten, ich hätte gewußt, daß sie im Sterben lag. Ich dachte, sie würde vielleicht bald einschlafen, und ich wollte mich vergewissern, daß die Laken trocken waren. Ich hatte sie bis dahin nie säubern und waschen müssen, und ich hoffte, es würde mir auch weiterhin erspart bleiben. Wäre ihre Stimme stark genug gewesen, das spürte ich, dann hätte sie geschrien. Ich hielt ihre Hand und sagte ihr, daß ich da sei, aber sie durchlebte wieder oder bewohnte gerade einen anderen Teil ihres Lebens, etwas, das sie, wie es schien, beinah zu fassen bekam, das ihr dann aber wieder entglitt.

Ich konzentrierte mich auf sie, versuchte mir vorzustellen, wie es jetzt wohl für sie war, woran sie vielleicht gerade dachte. Ich hatte sie nie richtig gekannt; ihr Leben lang hatte sie Wege ersonnen, die Leute daran zu hindern, sie kennenzulernen. Ich glaube zum Beispiel nicht, daß ihr England das mindeste bedeutete. Ebensowenig glaube ich, daß mein Vater ihr etwas bedeutete. Was ihr etwas bedeutete, waren die Jahre zwischen fünfundzwanzig und vierzig, wie schnell sie zerronnen waren, wie schlimm es war, daß sie sie nicht zurückverlangen konnte. Und ich bedeutete ihr etwas, und sie muß gewußt haben, sie muß gewußt haben, daß ich im Zimmer war, daß ich ihre Hand hielt. Irgendwann während dieser Tage, bevor sie starb, muß sie mich wiedererkannt haben, muß sie mich gesehen haben, aber nichts an ihr deutete darauf hin. Alles kam aus ihrem Inneren, aus Träumen und Erinnerungen und seltsamen Antrieben, die ihren Atem beschleunigten und ihren Körper erzittern ließen. Ich wünschte, sie wäre eines friedlichen Todes gestorben, aber so war es ganz und gar nicht. Was immer in ihr eingesperrt war, wurde nie losgelassen, es starb nicht mit ihr, und es verbleibt in den Schatten dieser Wohnung; es verbleibt in mir, und ich weiß nicht, wie ich es loswerden kann.

Eine halbe Stunde lang zitterte sie heftiger, und dann entspannte sie sich. Ich gab ihr etwas zu trinken und die zwei Pillen, die sie dreimal am Tag nahm, aber sie konnte nicht schlucken. Sie fing fast an, zusammenhängend zu reden, aber ich verstand nur Bruchstücke. Etwas wie »sie weg« oder »sie Weg«, aber mehr Grunzlaute als Worte. Und dann starb sie. Es war schwer zu erkennen, in welchem Moment es geschah, wann noch Leben da war und wann nicht mehr. Ihr Mund stand offen und ihre Augen wirkten lebendig, aber es war kein Atem mehr da und kein Puls. Vielleicht konnte sie noch hören und ich hätte etwas sagen sollen, vielleicht hätte ich ihr sagen sollen, daß ich sie liebte und ihr dankbar war und ich schon zurechtkommen würde, aber ich behielt meinen Finger und Daumen an ihrem Puls, um zu sehen, ob er wiederkommen würde. Er kam nicht wieder. Es war nicht schwer, ihr die Augen und den Mund zu schließen.

Ich wußte nicht, wie lange es dauern würde, bis ihr Körper erstarrte. Ich beschloß, noch eine Weile bei ihr zu bleiben. Ich wollte neben ihr liegen. Ich hielt ihre Hand fest. Ich sah in ihr Gesicht und versuchte, mich zu vergewissern, daß ich mich immer erinnern würde, wie sie ausgesehen hatte. Im Zimmer war es vollkommen still. Ich hatte Angst, die Tür zu öffnen, in die reale Welt zurückzukehren. Ich wollte jeden nächsten Schritt hinausschieben, ich wollte die Minuten verstreichen lassen, Minute für Minute für Minute, während die Seele aus meiner Mutter heraussickerte, bis nichts mehr dasein würde. Ich ließ Zeit vergehen.

Sobald ich die Tür öffnete und in die Diele trat, fing ich

an zu weinen. Ich ging in mein Zimmer und legte mich bäuchlings aufs Bett. Ich war jetzt allein, es gab niemanden auf der Welt, der mich kannte oder der mich liebte. Ich hatte den einzigen Anker verloren, den ich in der Welt gehabt hatte: Nichts, was ich tat, hatte für wen auch immer die geringste Bedeutung. Ich ging zum Telefon und rief Mr. Walters an. Er hatte offenbar einen Apparat am Bett, denn er nahm sofort ab und sagte, er würde sich so schnell wie möglich anziehen und kommen.

Ich dachte an die Menschenmassen, die jetzt durch die Straßen der Stadt schlenderten, aus den Kinos strömten, den Bars, den Restaurants, Menschen, die nach Hause fuhren, Taxis heranwinkten, auf Busse warteten. Die ganze helle geschäftige Welt. Und meine Mutter, die tot in einem verdunkelten Zimmer lag. Ich ging hinüber und saß bei ihrem Leichnam, bis Mr. Walters kam.

Wir bestatteten sie an einem warmen Frühlingstag neben meinem Vater in der Familiengruft. Mr. Walters feierte den Gottesdienst auf englisch. Es kamen viele von der englischen Gemeinde. Sie schüttelten mir höflich die Hand und ließen mich allein mit meiner Tante und meinen Onkeln und ein paar Cousins auf der vordersten Kirchenbank. Jorge und seine Eltern kamen; Señor und Señora Sanmartín; ein paar Nachbarn. Ich schrieb Tante Matilda, aber ich warf den Brief erst nach dem Begräbnis ein. Meine Tante und meine Onkel kamen mit zurück in die Wohnung; sie sagten mir, daß sie die Erbpacht auf meinen Namen umschreiben lassen würden und ich dann die Wohnung auf Lebenszeit hätte. Ich konnte es nicht erwarten, daß sie gingen. Mr. Walters und seine Frau hatten mich zum Abendessen eingeladen und ein Bett hergerichtet, so daß ich die Nacht bei ihnen verbringen konnte. Die Gemeinde löse sich allmählich auf, sagten sie, am Ende bleibe man immer allein. Sie wüßten, wie es sei. Aber ich sei jung, sagte Mr. Walters, und Argentinien sei meine Heimat. Am Morgen ging ich wieder zur Arbeit. In die Wohnung kehrte ich erst am Ende des Tages zurück. Ich ließ die Tür zum Schlafzimmer meiner Mutter geschlossen, und ich ging nicht hinein. Ich werde eine Weile warten, dachte ich, warten, bis ich soweit bin.

Ich brach den Bann, als ich den ersten Mann mit in die Wohnung nahm. Monatelang nach ihrem Tod und diesen ganzen Sommer hindurch fühlte ich mich, als habe jemand alle meine Nerven betäubt. Ich empfand nichts, kein Verlangen, keinen Hunger, keinen Durst, nicht einmal Müdigkeit, nur die Fähigkeit, jedem Tag gelassen zu begegnen, ohne etwas zu erwarten.

Ich verschenkte die Kleider meiner Mutter. In ihrem Schlafzimmerschrank fand ich in einer alten plattgedrückten Handtasche fünfhundert Dollar in bar. Ich steckte die Banknoten, die zu klein erschienen, um so viel Geld wert zu sein, in die Brusttasche des Jacketts von dem Anzug, den ich auf ihrer Beerdigung getragen und seitdem nicht wieder ausgezogen hatte, und dann wechselte ich den größten Teil davon und gab es langsam aus. Im Sommer hatte ich weniger Unterrichtsstunden. Ich stand spät auf, ich duschte, ich ging für eine Weile durch diese paar Straßen, ich duschte noch einmal, ich kochte mir mein Mittagessen, ich ging wieder aus, ins Kino, oder schlenderte noch etwas herum. Ich redete mit niemandem. Ich wäre gern an einen Strand gefahren, aber es klappte nie; jeden Nachmittag hatte ich ein paar Stunden Unterricht, und am Wochenende war alles überfüllt. Ich erinnere mich, damals zufrieden gewesen zu sein, nachsichtig mit mir selbst, nicht direkt glücklich, aber wie jemand, der gerade von etwas genesen ist, dessen Bedürfnisse bescheiden sind. Ich glaubte, so würde es immer bleiben.

Aber als der Herbst kam, änderten sich die Dinge: Ich wachte morgens auf und lag da und dachte an Sex. Ich fing wieder an zu masturbieren und von Männern zu träumen. Ich wurde auf einen neuen Schüler aufmerksam, er saß in der letzten Stunde, die ich jeden Abend gab, und ich merkte, wie er mir zuhörte und mich ansah. Ich stellte fest, daß ich an ihn dachte, wenn ich morgens wach wurde. Manchmal trat ich aus dem Schulgebäude, und eine Gruppe von Schülern stand vor der Tür und redete und lachte. Ich merkte, daß seine Augen auf mir ruhten, und dann nickte ich und lächelte und machte mich auf den Heimweg. Ich glaube nicht, daß auch nur einem von ihnen klar war, daß ich auf dem Weg in eine leere Wohnung war und den Rest des Abends in einem alten Sessel in der Diele verbringen würde, die Augen unverwandt auf das Fenster gerichtet. Ich bemühte mich, kompetent und selbstsicher zu erscheinen.

An einem dieser Abende bog ich auf dem Weg nach Hause in die Lavalle ein und bemerkte eine Gestalt, die mich vom Kiosk an der Ecke aus beobachtete. Es war nur ein Augenblick, ein Aufblitzen von Augen, und der Kontakt war hergestellt. Es war fast ein Jahr her, daß ich etwas Ähnliches getan hatte. Ich war mißtrauisch, und weil ich mißtrauisch war, war ich erregt. Ich entfernte mich langsam von ihm, und dann drehte ich mich um und sah zurück, und er stand reglos da. Er hatte braunes Haar und eine helle Haut; er war in den Zwanzigern. Ich sah mir Wollpullover in einem Schaufenster an. Als er herankam, sprachen wir miteinander. Er sagte, er wohne bei seiner Familie; ich sagte, ich wohne auch bei meiner Familie. Wir standen da und wußten nicht, was wir tun sollten. Erst als ich befürchtete, er könnte mich da stehenlassen, sagte ich, meine Wohnung sei leer, es sei niemand da. Ob ich auch sicher sei, daß meine Familie nicht zurückkommen würde. Ich sagte ihm, ich sei sicher. Ich sagte ihm, daß ich gerade um die Ecke wohnte. Er warf mir einen Blick zu, der zu besagen schien, daß ihm die Sache nicht ganz geheuer sei, daß er es sich noch überlegte, aber trotz seiner Bedenken mitkommen würde. Dann ging er mit mir zum Haus, in dem ich wohnte, und wir stiegen die Treppe hoch, und ich öffnete die Tür, als ob mir die Wohnung gehörte.

Das war, glaube ich, die erste Veränderung, die Nacht, in der ich wieder anfing, Gelüste zu verspüren. Und im Laufe des folgenden Jahres stellte sich ein neuer Rhythmus ein. Ein Mann, den ich kennenlernte, erzählte mir von einer Sauna in der Stadt, nicht weit von da, wo ich arbeitete. Anfangs meinte ich, ich könne da unmöglich hingehen, aber er sagte, das sei kein Problem: dort verkehrten nicht nur Schwule, und man könne einfach herumsitzen und sich die Sache ansehen. Es vergingen mehrere Monate, bevor ich es ausprobierte, und anfangs tat ich nichts, ich lernte, die Zeichen zu deuten, und mit der Zeit gewöhnte ich mir an, ein- bis zweimal die Woche dort hinzugehen. Damals mußte man vorsichtig sein, aber die Zeichen waren im allgemeinen unmißverständlich.

Zwei Straßen weiter gab es ein Restaurant, in dem ich oft allein essen ging. Ein paarmal traf ich Freunde von der Universität oder ging mit Lehrerkollegen zu einem Drink aus, oder trank einen Kaffee mit Schülern, aber meistens war ich allein, und ich war soweit ganz zufrieden. Ich kaufte mir nie eine Zeitung, außer wenn ich wissen wollte, was im Kino lief, ich schaltete den Fernseher selten ein. Jeder lernte zu ignorieren, was in der Öffentlichkeit vor sich ging, als habe es nichts mit ihm zu tun. Es herrschte ein Klima der Angst, das vermutlich jeder spürte, aber die Angst war wie eine Unterströmung: Sie gelangte nie an die Oberfläche, und man redete nie über sie. Und niemand glaubte, daß sich je etwas ändern würde.

Ich erinnere mich, wie ich eines Morgens hinunterging, um einen Kaffee zu trinken, und am Kiosk in einer Zeitung die Schlagzeile las, wir hätten die Malvinas besetzt. Aber ich kaufte die Zeitung nicht, und ich dachte nicht weiter darüber nach. Entweder war die Meldung falsch – es gab immer wieder Gerüchte, die Malvinas sollten besetzt werden –, oder sie war unwichtig. Erst als ich zur Arbeit ging, begann ich allmählich zu begreifen, daß etwas Ernstes passiert war. Einige Lehrer waren mir gegenüber unsicher, da ich Halbengländer war und sie meinten, ich könne die gewaltsame Inbesitznahme der Inseln durch Argentinien verurteilen. Ich hatte diesbezüglich keine Meinung. Ich ging in meine Klasse und unterrichtete meine Schüler wie immer. Keiner von ihnen erwähnte die Malvinas.

Ich erinnere mich, daß meine Mutter lachte, als ich als Kind mit meinem ersten Atlas nach Hause kam. Die Malvinas seien zu groß, sagte sie. Sie seien winzige Fleckchen Erde, die niemanden interessierten, und doch waren die Inseln auf den Seiten dieses argentinischen Atlas, die Argentinien zeigten, bedeutende Landmassen im Südatlantik. Meine Mutter sah darin ein weiteres Beispiel für das mangelnde Gefühl für Proportionen und die extreme Albernheit, die Argentinien wesenhaft kennzeichneten.

Am Abend der Invasion ging ich nach Hause und schaltete den Fernseher ein. Einer der Generäle hielt gerade eine Ansprache. Sie war so voller Klischees und schwülstiger Phrasen über Argentinien und dessen Größe, daß ich wieder ausschaltete. Ich weiß nicht, wann ich begriff, daß es zu einem Krieg kommen würde. Mit Sicherheit noch nicht am nächsten Tag. Zu Mittag aß ich in dem Restaurant, wo man mich inzwischen kannte; gewöhnlich nahm ich ein Buch zum Lesen mit, aber diesmal kaufte ich die Morgenzeitung und las sie, während ich auf mein Steak wartete. Ich glaubte nicht, daß die Engländer etwas anderes tun würden als diplomatischen Lärm zu schlagen. *La Nación* schien sicher zu sein, daß wir die Inseln halten würden. Das Foto von der argentinischen Flagge auf den Malvinas, das quer über die ganze erste Seite ging, ließ mich kalt. Auf dem Heimweg sagte ich mir, daß die Invasion ein Teil jener Phantasiewelt war, die dem Heer und der Marine und der Luftwaffe das Gefühl von Wichtigkeit verlieh, aber daß sie für niemanden sonst von Belang sein würde. An dem Abend schaltete ich den Fernseher nicht ein.

Doch bald fing die Sache an mich zu fesseln. Ich merkte, daß ich mir auf einmal die Nachrichten im Radio anhörte, daß ich alle Zeitungen kaufte, einschließlich des *Buenos Aires Herald*, und sie während des Frühstücks aufmerksam durchlas. Mir war jetzt klar, daß die Briten uns den Krieg erklären würden, aber ich glaubte weiterhin nicht, daß ihre Drohungen ernst zu nehmen waren: Die Inseln waren zu klein und zu weit von ihnen entfernt. Ich dachte, daß die Generäle zuletzt zu einer Einigung mit den Briten kommen würden und daß die Inseln eine Zeitlang von beiden Ländern verwaltet werden und dann an Argentinien zurückfallen würden. In der Schule wurde auch an diesem Tag nicht viel über die Malvinas geredet.

Aber in der Atmosphäre der Stadt machte sich ein Wandel bemerkbar, ein realer und klarer und unmißverständlicher Wandel. Auf einmal wurden die Zeitungen und das Radio und das Fernsehen interessant, als sei unsere Welt um eine zusätzliche Dimension erweitert worden und als hätten die Menschen wieder Kontakt zum öffentlichen Leben aufgenommen. Niemand brauchte mehr verschlüsselt zu reden oder zu schweigen, oder das Gespräch auf Auslandsreisen und künftige Inflationsraten zu beschränken. Jetzt konnten wir sie beim Namen nennen, konnten im Lehrerzimmer oder im Klassenraum die Wörter Galtieri oder Lami Dozo aussprechen. Niemand war gegen die Invasion: Es war offensichtlich, daß die Inseln zu Argentinien gehörten, man brauchte sich nur die Landkarte anzusehen, um das zu erkennen, und jetzt hatte es die ganze Welt erkannt.

Meine Schüler fragten mich, ob ich für Argentinien sei, und ich sagte, natürlich sei ich das. Ich sagte, der Niedergang des britischen Empire habe sich Schritt für Schritt immer nur so vollzogen, daß man die Briten zu gehen zwang. Die Iren hatten das getan, ebenso die Inder und ebenso doch wohl auch die Nordamerikaner. Die Briten würden sich nie zu Verhandlungen bewegen lassen, sagte ich, außer durch Gewalt. Ich versuchte, wieder zum Lehrstoff zurückzukehren, aber dazu waren die Nerven zu angespannt. Niemand konnte von etwas anderem reden. Das Alleinsein machte mir jetzt zu schaffen.

Eines Abends in der ersten Woche des Konflikts schloß die Schule vorzeitig, weil nur eine Handvoll Schüler erschienen war. Es war warm, und ich ging nach Hause und duschte und ging wieder auf die Straße. Ich dachte, ich könnte in eine Bar gehen und dann in ein Restaurant, aber statt dessen begann ich ziellos durch die Stadt zu schlendern. Alles hatte sich verändert; wie die Menschen gingen und sich gegenseitig ansahen, hatte jetzt nichts Angespanntes mehr. Es war nicht so, daß ich bewußt einer Gruppe gefolgt wäre, und ich glaube nicht, daß die Leute erkennbar in eine Richtung strömten. Aber nach einer Weile hörte ich Geschrei, und ich begriff, daß vor der Casa Rosada eine Demonstration stattfand. Als ich näher kam, klangen die Schreie wie gewaltige hallende Explosionen, und dann sah ich die Menschenmassen und die Gesichter, etwas, was ich nie zuvor gesehen hatte und mir nie hätte vorstellen können, den Ausdruck von Betroffenheit in jedem Gesicht und die Sprechchöre, *Las Malvinas Son Argentinas*, alle Stimmen zusammen, alle Stimmen, die zum

Balkon hinaufschallten. Ich stand da und sah ihnen zu und staunte über das unbegreifliche Wunder, daß wir zusammen da waren – Menschen, die bis dahin außerstande gewesen waren, mit ihren Nachbarn zu reden, die sich auf der Straße gefürchtet hatten, und die korrupten Generäle, die unsere Feinde gewesen waren, alle gehörten wir in diesen Tagen zusammen, stolz auf unser Land, froh, einander nah zu sein, und schrien mit einer einzigen Stimme. Hinterher vergaßen alle diese Gefühle, und Beschämung machte sich breit, aber während dieser Tage erlebten wir in der Stadt eine Art von Freiheit, die wir nie zuvor gekannt hatten. In dieser gewaltigen ersten Woge nationaler Begeisterung vergaßen wir alles.

Ich schob mich durch das Gedränge, bis ich Galtieri auf dem Balkon sehen konnte. Ich wußte, daß ihn eine amerikanische Delegation aufgesucht hatte. Ich wußte, daß Alexander Haig irgendwo hinter ihm im Zimmer stand, und ich schrie mit allen anderen, die Malvinas gehörten uns. Ich ließ meine Stimme mit der meiner Landsleute in der Dunkelheit aufsteigen. Nach all diesen Jahren nahmen wir diesen Platz, diese Straßen endlich wieder in Besitz. Was danach auch passierte – ich glaube nicht, daß irgend jemand, der an diesen Demonstrationen teilnahm, es je bereut hat. Wenn man in dieser Nacht zufällig neben einer Gruppe von Leuten herging, konnte man mit ihnen reden. Es war etwas Neues und Ungewohntes, und ich habe es nie vergessen.

Als alles vorbei war, ging ich durch die Stadt zurück. Ich war in Hochstimmung, ich hatte das Gefühl, die ganze Nacht so weitergehen zu können. Ich war auf dem Weg zu meinem Restaurant, um dort zu Abend zu essen, und kam an meinem Haus vorbei, als ich Jorge und seinen Vater an der Tür klingeln sah. Sie waren auch bei der Demonstration gewesen und hatten befürchtet, man würde mich mißhandeln, weil ich Engländer war. Ich sagte ihnen, es habe keine Probleme gegeben, und wie wir da herumstanden, bekam ich allmählich das Gefühl, daß sie vorbeigekommen waren, weil sie das Bedürfnis hatten, mit jemandem zu reden, daß ihre eigene Gesellschaft ihnen in dieser Krise nicht genug war. Als sie mich einluden, zum Abendessen zu ihnen mitzukommen, sagte ich, es sei zu spät, aber sie bestanden darauf und meinten, bis zum Abendessen würde es noch eine Weile dauern und es würden auch noch andere Leute kommen. Ich ging mit ihnen zu ihrem Wagen, und wir fuhren zu ihnen hinaus nach San Isidro. Sie waren beide aufgeregt; sie glaubten noch, wie jeder andere auch, daß die Briten zwar drohten, eine Flottille zu entsenden, es dann aber doch nicht tun würden, und daß wir die Weltöffentlichkeit und insbesondere Nordamerika auf unserer Seite hätten. Sie wußten, wir alle wußten, daß in dieser Nacht im öffentlichen Leben Argentiniens etwas aufgebrochen war, das sich nicht so leicht wieder zuschütten ließ: Selbst wenn wir den Krieg gewonnen hätten, glaube ich nicht, daß die Generäle sich noch lange hätten halten können, aber das wußten wir damals nicht. Das einzige, was wir wußten, war, daß wir das Bedürfnis hatten zu reden, und dieses Bedürfnis und die Möglichkeit, die Freiheit, es zu befriedigen, war etwas so Neues für uns, daß wir den Wunsch verspürten, bis in die frühen Morgenstunden aufzubleiben.

Am Tor ihres Hauses stand eine bewaffnete Wache, die uns passieren ließ, als sie den Wagen erkannte. Das Haus war neu und weiß gestrichen – ich weiß nicht, warum ich ein altes erwartet hatte –, mit einem flachen Dach und einem langen Rasen davor mit Bäumen und Sträuchern. Als ich Jorges Vater fragte, ob er das Haus gebaut habe, nickte er mürrisch und sagte, als er das Grundstück gekauft habe, habe darauf ein viel kleineres, sehr heruntergekommenes Haus gestanden.

Im Kamin des Wohnzimmers kam gerade ein Holzfeuer in Gang, und der Tisch war für zehn bis zwölf Personen gedeckt. Señora Canetto kam ganz geschäftig mit einem Krug Eiswasser herein; die Invasion hatte auch sie verändert, ihre Bewegungen waren abgehackt und ihr Gesicht gerötet. Sie sagte, sie habe sich meinetwegen solche Sorgen gemacht, als sie in *La Nación* oder *Clarín* oder irgendeiner Zeitschrift einen antienglischen Artikel gelesen habe. Sie meinte, in einer solchen Zeit sollten die Menschen zusammenhalten, und sie sei froh, daß ich in ihrem Haus sei. Bald kam eine Reihe von Männern in den Fünfzigern an, ehemalige Kollegen Señor Canettos aus seiner Zeit an der Militärakademie, und dann ein älterer Mann, ein General im Ruhestand, dessen Name mir entfernt bekannt vorkam. Der Exgeneral strahlte eine Würde und Gravität aus, die auf uns alle übergriff, als wir uns, wie Schauspieler in einer großen hehren Tragödie, zu Tisch setzten.

Als wir alle saßen, richtete Señor Canetto einige förmliche Worte an den Exgeneral. Señora Canetto war nicht dabei, und sie tauchte auch den ganzen Abend nicht wieder auf. Es saßen nur Männer am Tisch. Señor Canetto dankte dem Exgeneral für sein Kommen, erklärte, alle Anwesenden hätten sein vollstes Vertrauen, und fragte ihn, was jetzt, nach unserer Besetzung der Malvinas, weiter geschehen würde. Der Exgeneral sprach langsam, als habe er seinen Text nur mit Mühe einstudiert. Er genoß die allgemeine Aufmerksamkeit. Er sagte, es gebe einige Dinge, von denen die Briten und die Amerikaner nichts wüßten: Die argentinische Luftwaffe und die Marine seien mit den modernsten Waffen ausgerüstet. Keine Flottille habe eine Chance, auch nur in die Nähe der Inseln zu gelangen. Er glaube, daß zwischen den Briten und den Generälen schon jetzt durch die Regierung der Vereinigten Staaten vermittelte geheime, informelle Verhandlungen im Gang seien, und das in ein bis zwei Wochen zu erwartende Resultat werde sein, daß die Kriegsschiffe umkehren und die

Briten einwilligen würden, Argentinien zu einem noch festzusetzenden künftigen Zeitpunkt die vollständige Kontrolle über die Inseln zu überlassen; bis dahin würden sich die Briten und die Argentinier die Macht teilen. Er begreife durchaus, sagte er, daß die Briten ein strategisches Interesse an den Inseln hätten, denn wenn sie die Kontrolle über die Malvinas verlieren würden, hätten sie keinerlei Anspruch mehr auf die Ausbeutung eventueller Bodenschätze in der Antarktis, und er glaube, daß die Argentinier ihnen eine der kleineren Inseln als dauernden Außenposten anbieten würden. Aber was er hier vor allem hervorheben wolle, sei, daß die Briten unmöglich einen militärischen Sieg erringen könnten.

Was er sagte, klang logisch und wohldurchdacht. Er schien zu wissen, wovon er redete. Nachdem er gesprochen hatte, aßen wir schweigend. Später, beim Dessert, sagte er, sein eigener Sohn werde, falls die Briten zu nah herankommen sollten, an dem Luftwaffenangriff teilnehmen, und der Gedanke erfülle ihn, wie seinen Sohn, mit tiefstem Stolz. Man habe nicht oft die Chance, für sein Vaterland zu kämpfen, sagte er, und dem pflichteten alle bei. Ich stellte mir seinen Sohn vor, in Uniform, so ernst wie sein Vater, aber die Idee als solche war mir unbegreiflich. Später, als Jorge mich zum Bahnhof fuhr, fragte ich ihn, ob er den Wunsch verspüre, für die Malvinas zu kämpfen. Er lachte und sagte, er schlafe gern in seinem eigenen Bett und hasse es, seine Schuhe selbst zu putzen. Er glaube daran, daß die Inseln uns gehörten und daß man sie jetzt wohl werde verteidigen müssen, aber das könne jemand anders tun, etwa der Sohn des Exgenerals, der ein netter Bursche sei. Er fragte mich, auf wessen Seite ich wirklich stünde. Ich sagte ihm, ich sei für Argentinien. Ich wollte, daß Argentinien gewann.

In den folgenden paar Wochen, als die Diplomatie scheiterte und die britischen Kriegsschiffe langsam immer weiter nach Süden vorstießen, war ich häufig bei den Canettos. Anfangs riefen sie an und luden mich ein, und dann gaben sie mir zu verstehen, daß ich jederzeit unangemeldet zum Essen vorbeikommen könne. Die meisten Männer, die ins Haus kamen, waren Peronisten der einen oder anderen Schattierung; alle waren früher in der Armee gewesen. Die meisten von ihnen waren reich. Einige brachten ihre Söhne mit, so auch der Exgeneral, dessen Sohn viel jünger war, als ich erwartet hatte, und der mit einer leicht fassungslosen Miene am Tisch saß, während sein Vater über Logistik sprach. Während der Mahlzeit redeten nur die älteren Männer; weder Jorge noch ich sagten je ein Wort. Anschließend löste sich die Gesellschaft in kleinere Grüppchen auf. Señor Canetto und seine Freunde waren über die redaktionelle Linie, die der *Buenos Aires Herald* vertrat, entrüstet, und an jedem Abend, an dem ich dorthin kam, übersetzte ich für sie Zeitungsartikel. Die Anspielungen auf die Menschenrechtsverletzungen der Regierung empörten sie. Was blieb der Regierung denn anderes übrig, fragte einer von ihnen, angesichts der marxistischen Bedrohung? Als ich einen Artikel übersetzte, der die Invasion auf die Malvinas als einen rechtswidrigen Akt verurteilte, fing er an, mich anzuschreien. Señor Canetto mußte ihm sagen, daß ich den Artikel nicht geschrieben hatte, sondern lediglich für sie übersetzte.

Sie hatten ein neues Spielzeug, das Krieg hieß und ihnen einen Grund gab, sich abends zu treffen. Ich verspürte das Bedürfnis, da hinauszufahren und bei ihnen zu sein, auch wenn ich mit manchen Dingen, die sie sagten, nicht einverstanden war. Manchmal hörten wir uns die Nachrichten oder sahen uns Interviews im Fernsehen an. Irgendwann im Laufe dieser Wochen fingen wir alle an, uns vor Thatcher zu fürchten: Sie hatte etwas Grausames und Unerbittliches an sich, und ihr Land hatte die Welt erobert und zwei Kriege gewonnen, und sie hatte recht, wenn sie sagte, unsere Invasion sei ein Verstoß gegen das Völkerrecht gewesen. Außerdem war sie gewählt worden, und das war etwas, was keiner von uns wirklich nachvollziehen konnte. Er verlieh ihr so etwas wie eine zusätzliche Macht, die ihr half, die meisten Länder der Welt, einschließlich der Vereinigten Staaten, gegen uns einzunehmen.

Trotz ihrer Angst vor Thatcher, die mit dem Nahen des Winters und dem Näherkommen der Flottille immer mehr zunahm, waren die Männer im Raum absolut sicher, daß die Premierministerin die Inseln nicht zurückerobern konnte. Die Briten waren zu verwundbar, meinten wir einhellig. Aber wenn wir uns in diesem langgestreckten Raum im Canettoschen Haus einen Bericht im Radio anhörten oder eine Fernsehsendung ansahen, gab es Augenblicke, da jeder Anwesende Angst verriet, da jeder ahnte, daß das, was von Norden her auf uns zukam, die Niederlage war. Der Krieg war unser Traum: der Traum, wir könnten uns die Inseln schnappen und uns dann stolz und stark und gemeinschaftlich verbunden fühlen; er war eine Selbsttäuschung, ein absurdes Theaterstück, in dem wir während der Monate zwischen Invasion und Kapitulation Tag und Nacht bereitwillig mitspielten.

Der Exgeneral erzählte uns von Spannungen zwischen dem Heer, der Marine und der Luftwaffe. Er war gut informiert. Diese Auskünfte gaben uns das Gefühl, Insider zu sein, eingeweiht in die Machenschaften unserer Führer; sie verliehen unseren Treffen eine Aura von Wichtigkeit. Ich war dort, als Jorges jüngerer Bruder, der in den Vereinigten Staaten lebte, eines Nachts anrief und sein Vater mit ihm redete, als ob er selbst das Oberkommando führte und von jedem Schritt wüßte, der gerade unternommen wurde. Wir würden siegen, versicherte er seinem Sohn, wir würden die Briten davonjagen.

Und als er das sagte, ging mir auf, was für eine wunderbare und unglaubliche Vorstellung es doch war, daß wir Großbritannien schlagen und die Flottille in Schimpf und Schande nach Norden zurückschicken könnten. Es hätte unser Land auf eine Weise verändert, die ich mir noch immer nicht vorstellen kann. Mir fiel auf, daß Jorges Vater und seine Freunde anfingen, mehr zu trinken, als die Tage vergingen und die Heizung höher gestellt wurde. Mir fiel auch auf, daß ich nachts optimistisch und aufgekratzt war, aber wenn ich am Morgen aufwachte, begriff ich, daß wir uns etwas vormachten, daß wir nicht siegen würden.

Als die Briten San Carlos einnahmen, hätten wir es wissen müssen, aber der Exgeneral betonte, daß unsere Soldaten noch immer auf der Insel seien und bereit dazu, den Briten weiter zuzusetzen und sie auf dem unwegsamen Gelände zu bekämpfen, an das wir gewöhnt seien und sie nicht. Sein Sohn, sagte er uns eines Abends, bereite sich auf den Einsatz vor, er habe vom Bischof einen besonderen Segen empfangen.

In der Stadt herrschte hier und da eine gewisse antibritische Stimmung. Die Plaza Británica wurde umbenannt und ihr Turm verunstaltet, aber die Englischschüler vom Instituto San Martín erschienen weiterhin zum Unterricht, und in der Klasse kehrten wieder normale Verhältnisse ein. Nachts waren mehr Leute auf der Straße, und die Atmosphäre war freundlicher. Als ich ein paarmal einen Mann mit nach Hause nahm, war zwischen uns nichts von der gewohnten Nervosität und Verstohlenheit zu spüren. Alles war ungezwungener.

Bald war uns allen klar, daß wir den Krieg verlieren würden, auch wenn niemand es aussprach. Nach der Versenkung der *Belgrano* stellte der Exgeneral seine Besuche bei den Canettos ein, und das war ein Zeichen. Wie Jorge mir später erzählte, hatte sein Sohn einige Einsätze geflogen und war kurz nach dem Krieg unversehrt zurückgekommen. Ich war froh darüber, denn er war der einzige Mensch, den ich kannte, der gekämpft hatte, und ich hätte mir ungern vorgestellt, daß er in Gefangenschaft geraten oder verletzt oder gefallen war. Es war schon schlimm genug, wenn wir an all die jungen Wehrpflichtigen dachten, von denen einige in dieser ersten Nacht auf dem Platz mitgejubelt haben mußten, die, allesamt unschuldig, auf einem großen Schiff untergegangen waren. Die englischen Matrosen und Soldaten stellte ich mir schmalgesichtig und häßlich vor; ich wollte, daß wir sie besiegten, es hätte mich nicht gestört, wenn wir eines ihrer Schiffe versenkt hätten. In den letzten Tagen des Krieges gab es widersprüchliche Meldungen, und die Männer, die zu Señor Canettos Haus kamen, waren bis zum Ende und sogar noch danach überzeugt, unsere Streitkräfte seien die besseren.

Keiner von uns konnte die Vorstellung ertragen, daß wir kapitulieren würden, daß unser Aufenthalt auf den Malvinas mit einer Katastrophe, einer Demütigung für jeden einzelnen von uns enden würde. Wir redeten nicht darüber; wir blieben stumm, wenn die Nachrichten düster klangen, und wir gingen früh auseinander. Jorge fuhr mich wortlos zum Bahnhof, und ich ging nach Hause, ohne auf der Straße jemanden anzusehen. Unser Land war jetzt gleichbedeutend mit Schwäche und Dummheit, und für keinen von uns gab es hier eine Zukunft. Als die endgültige Kapitulation bekanntgegeben wurde, brach ich in Tränen aus. Vielleicht hätte ich Wut darüber verspüren müssen, von der Regierung und den Männern, die in Señor Canettos Haus kamen, irregeführt worden zu sein, aber ich empfand keine Wut, ich empfand nur Scham und Ohnmacht, und ich spürte, daß ich mir etwas vorgemacht hatte, und ich wußte nicht, wie wir je wieder imstande sein sollten, der Welt ins Gesicht zu sehen.

Ohne es zu merken, waren Jorge und ich uns wieder na-hegekommen, und seine Eltern sahen mich gern bei sich zu Hause. Ich kam pünktlich an und blieb nie zu lange; meine Tischmanieren waren, nehme ich an, akzeptabel. Ich hörte Jorges Vater respektvoll zu; ich bedankte mich bei seiner Mutter höflich für das Essen. Aber ich weiß immer noch nicht, warum sie mich eigentlich dabeihaben wollten. Es kann sein, daß niemand außer mir das Aufgeblasene und Pompöse dieser Treffen ertragen hätte.

Nach dem Krieg begann ich mich für das zu interessieren, was vor sich ging. Ich hörte Señor Canetto zu, wenn er von Perón und der Bedeutung von Peróns Bewegung sprach. Ich war in diesem Haus, als alle wichtigen Dinge passierten: als die Wahlen ausgerufen wurden, als Alfonsín und die Radika-len die ersten Wahlen gewannen, als den Generälen der Pro-zeß gemacht wurde. Immer häufiger beteiligte ich mich an Diskussionen. Es war eine interessante Zeit. Mittlerweile war mir meine Arbeit zunehmend verhaßter geworden, und ich hatte keine anderen wirklichen Freunde in der Stadt. So be-gannen mich die täglichen Nachrichten im Radio und Fern-sehen und in den Zeitungen zu faszinieren. Es war vielleicht die gleiche Faszination, die das Briefmarkensammeln auf ein Kind ausübt. Ein Nachbar der Canettos war an vielen dieser Abende da, er schien weitreichende Beziehungen in der Stadt zu haben. Er sagte mir, ich sollte kein Englisch unterrichten, ich sollte einen besseren Job haben. Ich sollte als Übersetzer arbeiten, sagte er zu Señor Canetto, und der nickte. Sollte er von jemandem hören, der einen Übersetzer brauchte, würde er sich melden, sagte er. Er kam wiederholt darauf zu sprechen.

Wir sahen zu, wie die Inflation immer weiter stieg und die Arbeiterunruhen sich verschärften. Es war uns klar, daß Alfonsín keinen Erben und kein politisches Vermächtnis hin-terlassen würde. Und wer immer nach ihm kommen würde, dessen waren sich Señor Canetto und seine Freunde sicher, brauchte eine Basis im Peronismus, ohne antiamerikanisch zu sein, mußte rechtsorientierter sein als Alfonsín, durfte keinerlei Verbindungen zu den Generälen haben, die den Krieg geführt hatten, brauchte aber trotzdem Verbündete in der Armee. Darüber wurde oft bis tief in die Nacht diskutiert. Ich hatte schon früh begriffen, daß Señor Canetto selbst politische Ambitionen hatte, jetzt wurde mir klar, daß seine Freunde diese Ambitionen unterstützten. Solche Treffen, nehme ich an, fanden in jenen Jahren überall in Argentinien statt.

Ich habe nie geglaubt, daß Señor Canetto auch nur im mindesten die erforderlichen Fähigkeiten besaß, aber er selbst glaubte es, und ebenso einige seiner Freunde – jedenfalls genug, um sich umzuhören, sich kundig zu machen, wie sie Unterstützung erhalten könnten. Er erfuhr durch seinen Nachbarn, daß es der amerikanischen Botschaft nahestehende Leute gebe, die in Argentinien seriöse demokratische Parteien finanzieren wollten, damit bei den nächsten Wahlen ein ordnungsgemäßer Machtwechsel von Alfonsín zu einem Zivilisten stattfinden konnte. Die Reagan-Regierung, so glaubte man, wollte nicht noch mehr Diktatoren in Südamerika; sie wollte christlich-demokratische Parteien finanzieren und unterstützen. Ich weiß nicht, was für Nachforschungen angestellt wurden, aber Señor Canetto rief mich an und sagte, zwei Leute, die er für amerikanische Diplomaten hielt, würden eine Reihe von Empfängen geben. Sie bräuchten Kontakte zu englischsprechenden Personen, die mit ihnen über Möglichkeiten der Demokratisierung reden könnten. Er habe eine Einladung für mich, sagte er. Und so lernte ich Susan und Donald Ford kennen.

Zweiter Teil

*I*rgendwo im riesigen unterirdischen Archiv eines ihrer Gebäude – vielleicht in Washington, oder wo sie sonst derartiges lagern – muß es eine Akte über meine ersten Zusammentreffen mit den Fords geben. Ich stelle mir Neonbeleuchtung und Schatten und graublaue Metallregale vor. Während ich die engen Gänge zwischen den Gestellen entlangwandere, rieche ich förmlich den neutralen trockenen Geruch von Papier. Und dort irgendwo muß – als geheim gekennzeichnet oder mit dem Vermerk versehen, nicht vor einem bestimmten späteren Datum zu öffnen, oder in einem Code verschlüsselt, den nur wenige verstehen – ihr Bericht von mir und anderen abgelegt, verwahrt sein. Ist er in ihrer runden, klaren, schönen Handschrift abgefaßt? Hat er ihn auf der kleinen elektrischen Schreibmaschine getippt, die immer auf dem rechtwinklig an seinen Schreibtisch stoßenden Tisch stand? Wußten sie, daß sie mir Selbstvertrauen schenkten und daß sie in mancherlei Hinsicht mein Leben veränderten?

Ich wußte, daß ich ihnen von Señor Canettos Nachbarn empfohlen worden war. Er rief an, um mir mitzuteilen, das sei eine gute Chance für mich. Er habe ihnen gesagt, daß ich die Szene kannte und zwei Sprachen sprach und ihnen nützlich sein könnte. Ich hatte also zweierlei Gründe für meine Anwesenheit: um Arbeit als Übersetzer oder Helfer vor Ort zu finden und um sie für Señor Canettos Kandidatur zu interessieren. Ich erinnere mich, daß ich mich an dem Tag sorgfältig kleidete: Ich trug einen Anzug und Schlips, ich hatte mir die Haare schneiden lassen und war rasiert, ich hatte meine guten Schuhe auf Hochglanz poliert. Aber ich bin sicher, daß ich trotzdem befangen und fehl am Platz wirkte, als ich allein mit einem Drink herumstand, nachdem ich mit einem Taxi angekommen war und an der Tür gewartet hatte, während ein anderer Gast mit dem Wagen ankam und einem uniformierten Wachmann die Schlüssel gab, damit er ihn für ihn parkte. Eine Hausangestellte in einer weißen Uniform führte mich zu einem großen quadratischen Zimmer mit hohen Fenstern auf drei Seiten. Ich sah kein einziges mir bekanntes Gesicht. Jeder dort muß etwas gewollt, muß einen geheimen Grund für seine Anwesenheit gehabt haben. Zweifellos sind auch ihre Namen archiviert, und vielleicht existiert ein Code, mit dem sich ihre Motive beschreiben lassen. Ich habe keinen von ihnen je wiedergesehen, und ich achtete in diesen ersten paar Minuten auf jedes Gesicht. Ich weiß nicht, ob sie Grund hatten, in dieses Haus zurückzukommen, ob es mehr Partys gab, auf denen Leute sich ruhig unterhielten und lächelten und Gesten andeuteten, als reproduzierten sie ein Zeremoniell, das sie aus einem Handbuch oder einem Film gelernt hatten.

Ein Bediensteter kam mit einem Tablett voller Drinks vorbei, und ich griff mir einen zweiten Whisky und gab etwas Eis und Wasser hinzu, obwohl ich meinen ersten erst halb ausgetrunken hatte. Damit gewann ich Zeit für mich selbst, eine kurze Gelegenheit, mich zu konzentrieren. Aber als ich den Kopf hob und einen Schluck von meinem Drink nahm und den Blick noch einmal durch den Raum schweifen ließ, erlebte ich eine oder zwei Sekunden reiner Gelassenheit. Ich spürte, daß ich soweit war, wofür auch immer. Und in einem dieser Augenblicke geschah es: Ich wurde von Donald Ford und Susan, seiner Frau, angesprochen. Sie arbeiteten, wie ich schon wußte, für eine Organisation, die sich Institut für wirtschaftliche Entwicklung nannte, aber sie standen der Botschaft nahe, und ich denke, ihre Position war jedem der Anwesenden klar, auch wenn, solange ich mit ihnen zu tun hatte, die Buchstaben CIA kein einziges Mal ausgesprochen wurden. Ich erinnere mich an die weißen Zähne der beiden, an ihr blondes Lächeln und ihre zarte Gestalt neben seiner robusten, durch und durch maskulinen Freundlichkeit. Es war nicht schwer, das Lächeln zu erwidern, einen festen Händedruck anzubieten, auf eine Weise zu reden, die seltsam verbindlich wirkte. Es war so, als hätte ich für diese erste Begegnung ein Double engagiert, jemanden, der nichts anderes kannte als Gewißheit und Optimismus, der seine Worte mit Bedacht wählen konnte, sein Glas ungezwungen hielt, während er sich vorstellte und ihnen erklärte, an wessen Wahlkampagne er arbeitete.

Ich wußte, wie wichtig sie waren. Ich glaube noch heute, daß sie mit jedem einzelnen Cent, den die Vereinigten Staaten in den Wahlkampf Carlos Menems und vielleicht auch anderer Kandidaten steckten, irgendwie zu tun hatten. Ich weiß nicht – vielleicht wußten sie es selbst nicht, so undurchsichtig war die Befehlskette –, wieviel Macht sie wirklich besaßen. Aber sie konnten mit Sicherheit Entscheidungen treffen, ohne irgend jemanden zu fragen. Ich habe sie nicht ein einziges Mal unterschätzt.

Mir war nicht klar, daß sie mein Leben verändern und dann verschwinden würden. Ich war begeistert von ihnen, von der Vorstellung, daß sie einen geheimen Auftrag hatten, von der Vorstellung, daß sie Außenseiter waren. Aber am Ende gab es nichts Geheimes: Sie waren beide einfacher und freimütiger, als ich sie mir je vorgestellt hatte, die vollkommenen Diplomaten. Ich verklärte sie in meinen Gedanken, ich konnte mir ein Leben ohne sie nicht vorstellen, sie erfüllten meine Tage. Mit der Zeit erkannte ich, daß ich keine dramatischen Ereignisse erleben würde, sondern Effizienz, ruhig erledigte Arbeit, und dann würden sie sich davonmachen und heimfahren.

Nach einer Weile, nachdem wir über meine englische Abstammung mütterlicherseits und meinen Akzent gesprochen hatten, entfernte sich Donald und gesellte sich zu einer anderen Gruppe. Erst als er uns allein gelassen hatte, fragte mich Susan, ob es während des Krieges für mich schwierig gewesen sei, ob ich mich in einem Loyalitätskonflikt befunden habe. Sie hörte zu, als wollte sie sich jeden meiner Sätze einprägen. Ich erklärte ihr, durch den Krieg sei mir klar wie nie zuvor geworden, daß ich Argentinier sei. Während des Malvinas-Krieges habe es keinerlei Loyalitätskonflikt für mich gegeben. Ich sagte ihr, daß wir hier zwar zur Zeit politische Probleme hätten, aber daß das Recht auf unserer Seite sei. Sie verengte die Augen, erkannte, daß es ernst gemeint war. Ich stand da und sah, wie sie mir Glauben schenkte. Sie wußte, daß ich Jorges Vater vertrat, der Peronist war und noch immer Beziehungen zur Partei hatte, und sie wußte, wie wichtig es für ihr Land war, mit dem verletzten, glühenden Nationalismus Argentiniens ins reine zu kommen. Ich wußte, wie ich da stand, daß ich ihr etwas anbieten konnte, daß ich ihr von Nutzen sein, sie näher zum Kern der Dinge bringen konnte. Es war eine Frage der Sprache und Gestik, der Beherrschung verschiedener Codes. Es war letzten Endes eine Frage des Englischkönnens.

Donald nahm mich mit ans andere Ende des Raums und stellte mich verschiedenen Amerikanern vor, die alle im Ölgeschäft tätig waren. Unter ihnen befand sich ein kleiner Argentinier in den Vierzigern, der Englisch zu reden versuchte und manche Wörter mit einem ausgeprägten britischen Akzent aussprach, aber nicht genügend Grammatik und Vokabeln beherrschte, um sich verständlich machen zu können. Die Amerikaner schienen ihn als lästig zu empfinden und zeigten geringes Interesse an dem, was er sagte. Sie nippten an ihren Drinks und sahen sich im Raum um, als warteten sie geduldig darauf, daß die Party zu Ende ging.

Ich fand, daß es Zeit war zu gehen. Ich sah nicht, daß sich an diesem Abend noch etwas ergeben konnte, das Señor Canetto in irgendeiner Weise genutzt hätte. Ich fing Susans Blick ab und machte ihr ein Zeichen. Sie kam auf mich zu.

»Haben wir Ihre Adresse, Ihre Privatadresse?« fragte sie. Ich griff in meine Tasche und reichte ihr eine Visitenkarte. Sie warf einen Blick darauf und las meinen Namen vor: Richard Garay. Sie übergab die Karte einem der Männer, die Tabletts mit Drinks herumtrugen, und bat ihn, sie auf den Tisch draußen vor ihrem Arbeitszimmer zu legen. Wir standen beide an der Tür und ließen den Blick durch den Raum schweifen. Ich fühlte mich mutig und selbstsicher.

»Wo haben Sie diese ganzen Leute aufgetrieben?« fragte ich.

»Also, ein paar von ihnen haben wir gemietet.« Es klang wie ein Satz aus einem Film, etwas Auswendiggelerntes und Einstudiertes. Sie wölbte die Augenbrauen und sah sich noch einmal im Raum um.

»Haben Sie mich auch gemietet?« fragte ich.

»Um die Formalitäten hat sich mein Mann gekümmert. Möchten Sie, daß ich mich erkundige?« Sie bedachte mich dabei mit einem künstlich arroganten, dann amüsierten Blick.

»Jetzt nicht, vielleicht wenn ich weg bin, wenn Sie daran denken.«

Als ich in die Nacht hinaustrat, erhellten Scheinwerfer plötzlich die ganze Front des Hauses. Eine Gestalt trat aus den Schatten auf mich zu; es war der uniformierte Wachmann, der die Wagen geparkt hatte. Ich bat ihn, mir ein Taxi zu rufen. Er bedeutete mir zu warten. Während ich da stand, fragte ich mich, wie viele weitere Augenpaare mich gerade beobachteten, was passieren würde, wenn ich plötzlich auf das Gartentor zurennen oder versuchen würde, um die Ecke hinter das Haus zu gelangen. Er kam zurück und sagte, daß das Taxi in zwanzig Minuten dasein würde, und meinte, ich könne in der Halle warten. In diesem Augenblick gingen die Scheinwerfer aus, und das erregende Gefühl, so preisgegeben, in Helligkeit getaucht dazustehen, erlosch ebenfalls.

Die Außenklingel läutete um zehn Uhr vormittags. Ich nahm an, es sei der Briefträger, und drückte auf den Türöffner, ohne weiter nachzudenken. Ein paar Minuten später klingelte es an der Wohnungstür. Ich war nur halb angezogen, und wieder ohne mir etwas zu denken, ging ich öffnen. Der Mann, der vorige Nacht die Wagen geparkt und das Taxi angerufen hatte, stand vor der Tür.

»Ich habe den Auftrag, Ihnen das hier persönlich auszuhändigen, Sir«, sagte er. Er gab mir ein Kuvert und wandte sich ab, um wieder hinunterzugehen.

»Es tut mir leid, daß Sie bis hier heraufkommen mußten«, sagte ich.

»Das macht gar nichts, Sir.«

Der Brief war mit »Susan Ford« unterzeichnet und auf einem weißen Blatt Papier geschrieben, an dessen oberem Rand nur eine Telefonnummer stand. Die Handschrift bestand aus makellos gerundeten Schleifen, wie von einer Maschine geschrieben. »Donald und ich haben uns letzten Abend gefreut, Ihre Bekanntschaft zu machen, und wir fanden es schade, daß Sie so früh gegangen sind«, hieß es da. »Hätten Sie Lust, demnächst mit uns zu Abend zu essen? Rufen Sie mich an, und wir machen etwas aus.«

Ich wußte nicht, wie lange ich warten sollte. Sollte ich sie sofort anrufen? Sollte ich ihr sagen, daß ich keine Verpflichtungen hatte und jederzeit mit ihr und Donald zu Abend essen konnte? Außerdem wußte ich nicht, was ich Jorge oder seinem Vater sagen sollte. Ich wußte, daß sie anrufen würden, und ich war mir nicht klar darüber, wie der letzte Abend gelaufen war. Ich entschied, daß es wohl besser war, erst einmal die Canettos anzurufen. Ich ging ans Telefon und wählte Jorges Nummer. Sein Vater nahm ab. Er wirkte kurz angebunden und müde, als interessiere es ihn kaum, was gewesen war. Ich war froh, daß ich ihn angerufen hatte, anstatt darauf zu warten, daß er sich meldete. Ich sagte ihm, daß ich ein weiteres Treffen mit den Amerikanern vereinbart hätte, für irgendwann im Lauf der Woche. Er fragte, ob ich ihnen unseren Fall dargestellt hätte. Ich antwortete, das hätte ich getan, und sie schienen interessiert zu sein, aber das sei schwer zu beurteilen, und ich würde ihm noch Bescheid geben. Er sagte eine Weile lang nichts, knurrte dann etwas zum Abschied und legte auf.

An dem Tag hatte ich von vier bis halb sechs eine Privatstunde mit einem vierzehnjährigen Mädchen und deren Mutter. Als ich da saß, konnte ich es nicht erwarten, daß die Zeit verging, und ein paarmal ertappte mich die Mutter dabei, wie ich auf die Uhr sah. Das Mädchen war intelligent; es hatte ein gutes Gedächtnis. Es machte mir Freude, sie dabei zu beobachten, wie sie allerlei Regeln begriff und versuchte, sie anzuwenden. Aber die Mutter war nicht imstande, irgend etwas zu lernen oder zu behalten. Ich konnte es nicht ertragen, mit ihnen beiden in einem Zimmer zu sein, und als der Unterricht vorbei war und ich die Bahn zurück ins Zentrum nahm, gelang es mir, das Erlebnis aus meinem Kopf zu verbannen, als sei es eine düstere, ferne Erinnerung aus der Kindheit oder etwas, das nicht wirklich passiert war. Ich hatte noch eine Unterrichtsstunde im Institut von sechs bis sieben und dann den Kurs, den ich an drei Abenden in der Woche von halb neun bis zehn gab. Nach der ersten Stunde ging ich normalerweise noch kurz nach Hause; ich mochte die Stadt um diese Tageszeit, wenn die Geschäfte noch geöffnet hatten und in den Büros noch gearbeitet wurde. Ich ging langsam die Lavalle entlang, als hätte ich keinerlei Verpflichtungen. Ich genoß es, dem Klassenzimmer entronnen zu sein. Aber an dem Tag gab es noch einen weiteren Grund, nach Hause zu gehen; ich fühlte mich so, als hätte die Jahreszeit gewechselt oder als hätte ich gerade mein Gehalt bekommen, oder als würde ich mich gleich mit einem Geliebten treffen. Ich konnte nicht wissen, was passieren würde, wenn ich die Nummer anrief, die Susan Ford mir gegeben hatte. Ich war ganz aufgeregt bei der Vorstellung, wieder mit ihr zu reden, ihren amerikanischen Akzent zu hören. Ich wählte ihre Nummer, sobald ich die Wohnungstür geschlossen hatte. Sie nahm beim ersten Klingeln ab. Ich fragte mich, was sie wohl gerade tat und wo ihr Mann war. Ich stellte mir vor, wie sie an einem Schreibtisch saß und Namen durchging, wie sie versuchte, sich einzuprägen, wer wir alle waren, welcher Partei oder Splitterpartei wir angehörten, und versuchte, sich die Möglichkeiten auszurechnen. Wen sollte sie treffen? Wen sollte sie unterstützen? Wen würde sie brauchen?

Mir war damals noch nicht klar, daß die beiden Amerikaner, die letzte Nacht so kompetent gewirkt hatten, glaubten, sie würden ziemlich schnell herausfinden, wie sie den Ausgang der nächsten Parlamentswahl am besten beeinflussen konnten. Sie waren, wie ich wußte, gerade erst angekommen. Sie sprachen ein wenig Spanisch – wieviel Spanisch sie wirklich sprachen oder verstanden, habe ich nie herausgefunden –, was bedeutete, daß sie die Zeitungen lesen konnten und verstehen, was im Radio oder Fernsehen gesagt wurde; sie konnten mit Leuten, die an der Macht waren, und Leuten, die an die Macht kommen wollten, über die Zukunft diskutieren. Sie wußten gerade genug, um Spekulationen anzustellen. Sie wußten, welche Fragen sie stellen mußten. Sie waren von Soziologen und Politologen instruiert worden. Sie wußten, daß sie sich mit den Beziehungen zwischen den Provinzen und der Stadt, zwischen der Arbeiterschaft und den Nationalisten befassen mußten. Aber ihre größte Angst war, daß irgendwo in der Stadt oder tief im Landesinneren eine verschwörerische Männerrunde in einem Hinterzimmer den Schlüssel zur Zukunft besitzen könnte. Sie waren verzweifelt darauf aus, eine solche neue Bewegung zu kontrollieren oder zu begreifen, oder sich als Teil von ihr zu fühlen.

Ich weiß nicht, wie viele andere Leute sie während dieser Zeit regelmäßig sahen, so wie sie mich sahen. Ebensowenig weiß ich, ob alles, was sie taten, jede Geste und jedes Wort, bewußt darauf abzielte, ihre Mission zu unterstützen. Ich stellte mir gern vor, daß es Tage und Momente gab, in denen sie vom Kurs abirrten, in denen sie Dingen erlagen, die nicht zu ihrem ursprünglichen Auftrag und Plan gehörten. Sie waren die ersten richtigen Ausländer, die ich je kennengelernt hatte. Ich beobachtete sie genau, vielleicht zu genau, und ich könnte, was sie betrifft, vieles mißverstanden haben.

»Na, was haben Sie so gemacht?« fragte mich Susan Ford.

»Danke für die Party«, sagte ich.

»Ich würde Sie gern bald sehen.«

»Ich hab Zeit«, sagte ich, »meistens.«

»Wir wär's mit morgen, haben Sie nachmittags Zeit?«

»Ja.«

Ein paar Augenblicke lang schwieg sie. Ich konnte hören, wie sie einen Terminkalender durchblätterte.

»Halb drei? Vielleicht drei? Wie wäre es mit dem Carlton Hotel? Um die Uhrzeit ist es in der Lobby normalerweise ruhig.«

»Treffen wir uns da«, sagte ich.

Sie trug ein gelbes Kleid und eine schwarze Jacke und ein schwarzes Band im Haar. Sie kam zu spät, und als ich aufstand, begrüßte sie mich mit einer Wärme und einer Vertrautheit, als würden wir uns schon seit Jahren kennen.

»Ich schleiche mich gern tagsüber aus dem Haus. Kein Mensch weiß, wo ich bin. Die Stadt ist schön, wirklich schön. Gefällt sie Ihnen?«

»Ja, sehr«, sagte ich. Mir fiel weiter nichts ein, was ich hätte sagen sollen.

Sie lächelte dem Kellner zu, als ob sie auch ihn kennen würde, und bestellte für uns beide Tee mit Zitrone.

»Wir waren von Ihnen sehr beeindruckt, Sie klangen für uns wie ein Engländer, auch wenn wir wissen, daß Sie Argentinier sind«, sagte sie, sobald sich der Kellner entfernt hatte. Ich sagte nichts. »Wir schätzen uns glücklich, Sie kennengelernt zu haben, und würden Sie gern häufiger sehen.« Ich lächelte, wußte aber immer noch nicht, was ich hätte antworten sollen.

»Sind Sie verheiratet?« fragte sie.

»Nein«, sagte ich. Sie hielt meinem Blick stand.

»Und Sie wohnen allein? Mit Ihrer Familie?«

»Allein.«

»Das ist ungewöhnlich, nicht? Soviel ich weiß, bleiben die meisten Leute hier im Elternhaus, bis sie heiraten.« Wieder sagte ich nichts. Ich wollte, daß sie mir Fragen über Politik stellte, über unsere Kampagne.

»Sind Ihre Eltern noch am Leben?« fragte sie. Ich sagte ihr, daß sie gestorben waren.

»Wann sind sie gestorben?« fragte sie.

»Im nächsten Monat sind es zwei Jahre, daß meine Mutter tot ist«, sagte ich.

»Und Ihr Vater?«

»Er starb, als ich zwölf war.«

»Und Sie sind ein Einzelkind?«

»Ja.«

»Es muß schwer für Sie sein, hier niemanden zu haben.«
Sie sah mich über den niedrigen Tisch hinweg an und wartete
auf irgendeine Reaktion. Ich überlegte, ob ich sie jetzt wohl
fragen konnte, wie sie über die argentinische Politik dachte
und ob ich sie mit Señor Canetto bekannt machen konnte.

»Es muß für Ihre Mutter schwer gewesen sein, als ihr Vater starb«, sagte sie.

»Ja«, sagte ich.

»Wie alt war er?«

»Er war Anfang Sechzig.«

»Ist er ganz plötzlich gestorben?«

»Nein. Er war lange Zeit krank.«

»Was hatte er?«

»Er hatte es mit dem Herzen.«

»Haben sich Ihre Eltern geliebt?« fragte sie. Wieder sah sie
mich an und erwartete, daß ich mich ihr anvertraute. Noch
niemand hatte mir je eine solche Frage gestellt. Sie wartete.

»Ich weiß nicht«, sagte ich.

»Was war Ihr Vater für ein Typ?«

»Vom Typ her dunkel, er sah mir überhaupt nicht ähnlich.«

»Haben Sie viel Zeit mit ihm verbracht?«

Ich erzählte ihr an dem Nachmittag über eine Stunde lang
von meinen Eltern, und sie hörte zu, als sei es für sie lebens-
wichtig, Bescheid zu wissen. Ich erzählte ihr, wie er mich
hochgehoben und auf seinen Rücken gesetzt und meine Füße
in den Händen gehalten hatte, als ob seine Hände Pedale
seien. Ich weiß nicht, warum ich ihr das erzählte. Es war das
Beste, was ich von ihm hatte, die glücklichste Erinnerung.
Ich erzählte ihr, daß ich es herrlich fand, wenn er mir seine
ganze Aufmerksamkeit schenkte, daß er aber manchmal,
vielleicht die meiste Zeit, mit den Gedanken woanders war
und es schwer war, ihn abzulenken. Meine Augen füllten sich
mit Tränen, während ich über ihn sprach, darüber sprach,

wie sehr er mir nach seinem Tod gefehlt hatte und daß ich es nie geschafft hatte, mit meiner Mutter über ihn zu reden, als sei er ein böses Geheimnis zwischen uns, als sei sein Tod ein Verbrechen gewesen, etwas, das man am besten vergaß, eine schreckliche Finsternis, der wir uns beide nicht zu stellen wagten. Als ich zu reden aufhörte, sagte Susan nichts, und eine Zeitlang schwiegen wir uns über den Tisch hinweg an.

»Es war schön, Sie zu sehen«, sagte sie schließlich. »Es war schön, mit Ihnen zu reden.« Sie stand auf. Ich hatte das Gefühl, daß sie mich gegen meinen Willen dazu gebracht hatte, so zu reden, und daß es mir nie gelingen würde, mit ihr über Señor Canetto zu sprechen und die Unterstützung, die wir benötigten. An der Tür des Hotels gab sie mir die Hand. Ein Wagen wartete auf sie.

Zwei Tage später rief sie an und wollte wissen, ob ich zum Abendessen schon etwas vorhätte. Es war der erste von vielen solchen Anrufen, bei denen sie immer einen munteren, ironischen, lustigen Ton anschlug.

»Formell? Informell?« fragte ich.

»Sie meinen: was Sie anziehen sollen?«

»Ja, das meine ich.« Ich lächelte, während ich sprach, und ich konnte hören, daß auch sie lächelte.

»Etwas Grünes, das zu Ihren Augen paßt.«

»Meine Augen sind blau.«

»Dann etwas Blaues.«

Ich trug ein blaues Jackett und einen hellblauen Schlips, und wieder fuhr ich im Taxi zu ihnen hinaus. Der uniformierte Wachmann stand diesmal am Tor. Er hatte einen deutschen Schäferhund an der Leine, und als er das Tor öffnete, nickte er mir zu. Das Taxi fuhr durch und hielt vor dem Haus; es standen keine anderen Wagen da. Als ich bezahlte, sah mich der Taxifahrer aufmerksam an, als müsse ich jemand Wichtiges sein, daß ich ein so großes, imposantes und gutgesichertes Haus besuchte. Es war fast dunkel, und als ich auf den Kiesweg trat, rechnete ich damit, daß die Scheinwerfer angehen würden, aber nichts geschah. Als ich klingelte, konnte ich hören, wie die Glocke durch das Haus hallte. Ich stand da und wartete, bis eine Bedienstete in Uniform die Tür öffnete und mich einige Stufen hinauf zu einem großen Zimmer führte, das im rückwärtigen Teil des Hauses lag und Fenster von derselben Form hatte wie der Empfangsraum, in dem ich vier Tage zuvor gewesen war. Ich trat an eines der Fenster und sah hinaus auf den riesigen Garten. Hinter einer Hecke, die die Rasenfläche abschloß, konnte ich den roten Belag eines Tennisplatzes erkennen und weiter rechts, hinter einem Zaun, einen Swimmingpool. In dem Augenblick fiel mir ein, daß ich gar nicht wußte, ob meine Gastgeber Kinder hatten, aber ich hielt es für unwahrscheinlich. Ich weiß nicht, warum; es war etwas an ihnen, an ihrer Art, der Welt um sie herum ihre ganze Aufmerksamkeit zu widmen, das private Verpflichtungen auszuschließen schien. Ich lauschte, als erwartete ich beinahe, das Geschrei von Kindern zu hören, das mir verraten würde, wie sehr ich mich irrte.

Ich stand mit dem Rücken zum Zimmer, als Donald hereinkam. Er trug einen gestreiften Anzug aus einem dünnen Material, das leicht knitterte, und eine Fliege. Er schüttelte mir herzlich die Hand und ging dann hinüber zu einem Tisch, der in der Ecke stand.

»Ich glaube, ich mixe die Martinis besser, bevor meine Frau herunterkommt, sie meint immer, ich mache sie zu stark. Ich hoffe, Sie mögen sie stark.«

»Wie stark?«

»Lassen Sie sich überraschen.«

Wir tranken zwei Martinis. Donald bestritt den größten

Teil der Unterhaltung. Er redete über das Anwesen und den Garten; wir vereinbarten, uns bei Gelegenheit zu einem Tennismatch zu treffen, aber er warnte mich, er sei aus der Übung. Eine Zeitlang redete er über Essen. Das Gespräch schleppte sich träge dahin; mir war nicht klar, wohin es führen sollte.

Als Susan ins Zimmer kam, blieb sie vor mir stehen und hielt die Wange zum Küssen hin. Es sei eine Sitte, erklärte sie, die sie in Kansas City kennengelernt habe. Sie lachte. Sie trug ein schwarzes Kleid. Der Stoff war dicht gemustert; ich konnte nicht erkennen, was es war. Mit einem weiteren Lächeln sagte sie uns, das Essen sei fertig, und wir begaben uns über einen breiten Korridor in ein Eßzimmer, wo auf einem Beistelltisch ein Brathähnchen und verschiedene Gemüseplatten auf einem Rechaud standen. Ich hatte den Eindruck, daß Susan so tat, als handle es sich hier um einen wichtigen Anlaß. Der lange Eßtisch war für drei gedeckt. Sie verkündete, daß Donald am Kopfende sitzen würde und sie und ich jeweils zu seiner Linken und seiner Rechten. Es erschienen weder Dienstboten noch Kellner, und die zwei Türen, die ins Zimmer führten, blieben geschlossen. Sobald wir zu essen anfingen, änderte sich Donalds Ton. Er wurde direkt und geschäftsmäßig und scharf.

»Wer sind momentan die Hauptakteure, die bei den nächsten Wahlen eine Chance haben?« fragte er und sah von seinem Teller auf. Susan hörte zu und sagte nichts.

»Eines dürfen Sie nicht vergessen: Was die Menschen zur Zeit beunruhigt, hat nichts mit abstrakten Begriffen wie Demokratie oder Diktatur zu tun«, sagte ich. »Die meisten Leute sind betroffen über die Verschleppungen und die Dummheit des Krieges, aber was sie noch mehr betrifft, sind die Aussichten auf Arbeit, Inflation, soziale Sicherheit und ausländische Investitionen. Diese Dinge kommen an erster Stelle, und wer immer sie auf glaubwürdige Weise zum Thema seines Wahlkampfes zu machen weiß, wird gewinnen.« Ich hatte mich nicht im mindesten darauf vorbereitet, aber aus irgendeinem Grund fühlte ich mich zuversichtlich, während ich sprach, so, als wüßte ich Dinge über die Zukunft Argentiniens, die nur sehr wenigen bekannt waren. Fast jede Formulierung dessen, was ich ihnen erzählte, hatte ich zuerst im Haus der Canettos, in den Jahren nach dem Krieg, gehört oder selbst gebraucht. Aber jetzt war niemand da, der mich unterbrochen oder mir widersprochen hätte.

»Die Menschenrechte«, fuhr ich fort, »und die Frage, wie das Land im Ausland gesehen wird, werden im Wahlkampf eine Rolle spielen. Wer immer sich nicht eindeutig zur Demokratie bekennt, wird sich bei diesen Wahlen nicht durchsetzen. Aber der Sieger wird durch seine wirtschaftspolitischen Aussagen siegen, im wesentlichen durch das, was er dem Mittelstand anbieten kann. Die Schwerpunkte unseres Wahlkampfes beispielsweise werden Inflation, Investition und Arbeitslosigkeit sein, andererseits werden wir auch klar unserer Überzeugung Ausdruck verleihen, daß die Malvinas auf friedlichem Weg an Argentinien zurückfallen sollten, daß die angeblichen Folterungen und staatlich angeordneten Morde der letzten zehn Jahre ernsthaft untersucht werden müssen und daß das internationale Image Argentiniens verändert werden muß. Wir meinen, daß die meisten anderen Kandidaten ein zu großes Gewicht auf die Verschleppungen und das Ende der Diktatur legen –«

»Haben Sie irgendwelche Umfrageergebnisse, die das belegen?« unterbrach mich Donald.

»Unsere Mittel sind sehr begrenzt. Es dürfte außerdem schwierig sein, die richtigen Fragen zu formulieren. Das sind heikle Themen. Niemand hat bislang allzuviel Meinungsforschung betrieben, weil niemand Geld hat.«

»Das ist nicht richtig«, schaltete sich Susan zum erstenmal ein. Sie sah nicht mich, sondern ihren Mann an. »Wir wissen von zwei Parteien, die umfangreiche Erhebungen durchgeführt haben. Wir halten das für unerläßlich.«

»Ja, aber das sind die Parteien, die sich bei den Wahlen nicht durchsetzen werden, ganz gleich, wie viele Erhebungen sie durchführen. Die Hauptkandidaten sind noch gar nicht in Erscheinung getreten.«

Da sie mir widersprochen hatte, hielt ich das für die einzig mögliche Weise, wieder an Boden zu gewinnen. Ich versuchte, überzeugend und selbstsicher zu klingen, aber ich wußte nicht, ob es noch immer klappte. Ich hatte keine Ahnung, ob ich überhaupt mit den richtigen Leuten redete, ob sie mir Arbeit oder Señor Canetto professionelle Beratung anbieten würden, oder ob sie einfach mit uns in Kontakt bleiben würden, wie mit all den anderen Splittergruppen, die in dem Vakuum, das in diesen Monaten das politische Leben Argentiniens darstellte, nach der Macht strebten. Ich war außerdem davon überzeugt, dies sei die beste Gelegenheit, die sich mir je bieten würde, mit ihnen ins Geschäft zu kommen. Noch bevor wir vom Tisch aufstanden, wollte ich sie fragen, was sie für uns tun konnten, und dann wollte ich auf eine Antwort warten. Wenn sie mich fragten, was wir wollten, würde ich Geld sagen, sofort Geld, und Ratschläge, wie sich unser Kandidat am besten vermarkten ließ, professionelle Beratung von seiten der besten nordamerikanischen Fachleute für Fernsehen und Werbung und den Einsatz von Slogans und Bildmaterial.

»Was glauben Sie, wie sich der Ausgang der Wahlen auf die amerikanischen Interessen in Argentinien auswirken wird?« fragte mich Donald. Susan legte Messer und Gabel hin und sah mich an.

»Ich glaube, daß sich die Beziehungen zu den Vereinigten

Staaten verbessern werden. Jeder Kandidat, der zu siegen hofft, wird auf die eine oder andere Weise klarstellen müssen, daß seine Partei für eine Stabilisierung der Wirtschaft eintritt. Manche Kandidaten werden vielleicht antiamerikanische Reden halten und sich antiamerikanischer Rhetorik bedienen, aber man darf, insbesondere jetzt, nicht den Fehler begehen, das für etwas anderes als Wahlpropaganda zu halten. Sie dürfen das nicht ernst nehmen.«

»Trotzdem machen sich viele unserer hier ansässigen Unternehmen Sorgen«, sagte Susan. Sie stand auf, räumte die Teller weg und stellte sie auf einem Tisch in der Ecke ab. Sie kam mit einem Apfelkuchen und Sahne zurück. Donald öffnete eine Flasche Weißwein, die bis dahin in einem Eiskübel gestanden hatte. Nach einer Weile kam ein Dienstbote mit einer Kanne Kaffee. Solange wir aßen, herrschte Schweigen.

»Was ist mit Señor Canettos Wahlkampf?« fragte ich.

»Wir sind interessiert und wären mit Sicherheit bereit, Geldmittel zur Verfügung zu stellen«, sagte Donald. »Wir müssen uns noch etwas ausgiebiger darüber unterhalten, es fällt uns schwer, den jeweiligen Ton der Leute richtig zu deuten, und es gibt noch ein paar Mitspieler, die wir uns gern näher ansehen würden, über die wir Ihre Meinung hören möchten. Vielleicht können Sie für uns dolmetschen, ein paar Dinge erklären? Sie wirken sehr kompetent«, sagte Donald.

»Kompetent?«

»Wir legen Wert auf Ihre Meinung«, sagte Susan.

Ein paar Nächte darauf träumte ich, ich würde entlarvt. In meinem Traum kamen sie hierher, Donald und Susan und ihre Berater, und die Straße war durch Polizeiwagen blokkiert, und blitzende Lichter erhellten die ganze Wohnung, während Männer mit amerikanischem Akzent mich aus dem Bett zerrten und mich beschuldigten, sie an der Nase herumgeführt zu haben. Am Morgen spürte ich all die Schuldgefühle, die den Traum erzeugt hatten.

Ich erzählte ihnen nie, zu welchen Uhrzeiten ich am Instituto San Martín arbeitete oder wie schlecht ich bezahlt wurde, oder wie schmuddelig da alles war. Ich erzählte ihnen, wo ich arbeitete, aber sie hätten das andere Ich, das die breite altmodische schmiedeeiserne Treppe der Schule hinaufstieg, nicht wiedererkannt. Sie bewirkten, daß ich mich für sie produzierte, mein Bestes gab: In ihrem Haus war ich hellwach und intelligent. Ich wußte Bescheid. In der Schule kannte ich lediglich die Regeln der englischen Grammatik und die Uhrzeiten meiner Veranstaltungen und die Namen einiger Schüler. Und ich wußte, daß die Schule jederzeit schließen konnte oder daß meine Stunden langsam weniger werden würden, oder daß sie aufhören würden, mich während der Ferien weiterzubezahlen, so wie sie das schon bei einem meiner Kollegen getan hatten. Ich haßte es, die Treppe hinaufzusteigen und diese Eingangstür zu öffnen, und jeden Tag, den ich da hinging, träumte ich von Flucht.

Ganz besonders haßte ich Stunden, die neunzig Minuten dauerten. Ich trat ein und sah die Schüler an. Anfangs meinte ich immer, ich müsse mir Mühe geben, ich müsse den Versuch unternehmen, etwas Abwechslung in die Sache zu bringen. Ich begann immer damit, daß ich die letzte Lektion kurz wiederholte, die Anfänger fragte: »Where do you live?«, und jeden von ihnen eine Straße oder einen Vorort nennen ließ und sie dann fragte: »Where are you from?«, und dann versuchte, langsam und geduldig, als erklärte ich eine Algebraaufgabe, als wiese ich auf den Unterschied zwischen einem Quadrat und einem Dreieck hin, ihnen den Unterschied zwischen »I am« und »I do« klarzumachen. »Where do you live?« fragte ich. Und dann forderte ich einen von ihnen auf, selbst die Frage zu stellen, und manchmal zeigte sich, daß derjenige, den ich aufgerufen hatte, mein Schüler, der anderthalb Stunden lang meinen Erklärungen zugehört hatte, rein gar nichts konnte, weder die Frage stellen noch meine Aufforderung verstehen. In meinem Eifer muß ich sie oft verwirrt haben.

Aber das hielt mich nicht davon ab, alles noch einmal zu wiederholen. Ich bemühte mich, langsam zu sprechen, um denjenigen zu helfen, die nicht ein Wort von dem mitbekamen, was ich da sagte. Ich forderte sie auf, eigene Fragen aufzuschreiben und sie mit »do« einzuleiten; ich führte behutsam neue Vokabeln ein. So fing jede Unterrichtsstunde an. In den ersten zehn Minuten fühlte ich mich energiegeladen und vom aufrichtigen Wunsch beseelt, daß diese Leute, die da vor mir saßen, etwas lernten und es behielten. Ich schrieb für sie an der Tafel. Ich ging auf und ab, während ich redete. Aber schon bald verspürte ich zum erstenmal die Versuchung, auf die Uhr zu sehen, mich zu fragen, wie lange ich noch in diesem stickigen Raum festsitzen würde. Und es war immer eine Enttäuschung, ganz gleich, wie lange ich das Auf-die-Uhr-Sehen hinauszögerte. Es waren immer nur erst zehn Minuten vergangen, oder erst fünfzehn, oder erst siebzehneinhalb. Ich hatte noch über eine Stunde vor mir, ohne eine Pause.

Dann schlugen sie ihre Lehrbücher auf. Das Anfängerbuch hieß *First Things First*. Die Abbildungen darin stimmten sie stets heiterer. Ich setzte mich ans Pult, und wir machten alle Übungen, die das Buch empfahl. Sie stellten mir Fragen, sie stellten sich gegenseitig Fragen, sie beantworteten Fragen. Sie übten die Verneinung.

An den meisten Tagen verspürte ich eine solche Erleichterung, wenn die Stunde beinahe vorüber war, daß ich es fertigbrachte, noch einmal etwas Energie zu mobilisieren und sie aufzumuntern, bevor sie wieder in die Welt zurückkehrten. Sie konnten Busse und Bahnen in die Vororte nehmen, in einer der Bars unten an der Straße Kaffee oder ein Bier trinken. Ich hatte weitere anderthalb Stunden Unterricht vor mir. Wenn ich die Klasse eine schriftliche Übung machen ließ oder sie in Gruppen aufteilte und ihnen aufgab, sich eine Geschichte auszudenken, träumte ich, ich könnte aus dem Gebäude hinausspazieren und nie wieder zurückkehren.

Und dann war da noch etwas anderes, das vielleicht noch wichtiger war: Der größte Teil meiner Schüler waren junge Mädchen, knapp unter oder über Zwanzig, und es war unmöglich, oder zumindest war es mir unmöglich, so lange mit ihnen im selben Raum zu sein, ohne mir ihrer Sexualität und ihrer sexuellen Erwartungen bewußt zu werden. Ich wollte, daß sie mich mochten, und ich muß mit ihnen geflirtet und den Anschein erweckt haben, als fühlte ich mich von ihnen angezogen. Den männlichen Schülern gegenüber war ich befangen; ich stellte mir immer vor, daß sie sich fragten, was ich auf diesem beruflichen Abstellgleis eigentlich tat. Ich achtete darauf, den zweien oder dreien von ihnen, die mir gefielen, nicht zuviel Aufmerksamkeit zu widmen.

Bevor ich mich mit Donald und Susan Ford traf, ging ich am Ende meines Arbeitstages immer in die Bar an der Ecke Lavalle und Esmeralda, saß allein am Fenster, las eine Zeitung und trank ein Bier. Es war eine halbe Stunde des Behagens und der Erleichterung, befreit von der Anstrengung, so tun zu müssen, als gefielen mir Mädchen, befreit von dieser Zeit, die langsam und eintönig verstrich. Es war der Teil des Tages, der mir am liebsten war: die ersten Schlucke Bier, die Hintergrundgeräusche der Bar, der Geruch von Kaffee, die Nacht draußen, die Schatten um mich herum, der Feierabend. Ein paarmal blieb ich über eine Stunde da, aber das kam den Leuten in der Bar seltsam vor, und sie sahen mich merkwürdig an, als ich zahlte und ging. Also trank ich normalerweise zwei Bier und ging nach einer halben Stunde allein nach Hause.

Das zweitemal, als sie mich zum Essen einluden, sagte ich ihnen, ich könnte nicht, ich hätte bis neun zu tun.

»Kommen Sie, wann immer Sie können«, sagte Susan. »Wir essen ohnehin spät. Wir warten auf Sie.«

»Wer wird sonst noch dasein?« fragte ich.

»Nur Sie und wir beziehungsweise nur wir, bis Sie kommen. Bitte, kommen Sie.«

An dem Abend ertappte ich mich dabei, daß ich während des ganzen Unterrichts lächelte. Mir wurde bewußt, daß ich mich darauf freute, die beiden wiederzusehen. Und doch, als der Zeitpunkt kam, ein Taxi zu nehmen und zu ihnen hinauszufahren, hatte ich auf einmal den Wunsch, es hinauszuzögern. Ich stand draußen vor der Schule und fragte mich, was ich tun sollte. Warum wollte ich nicht hin? Was war das für ein plötzliches Bedürfnis, irgendwo allein zu sitzen? An dem Abend ging ich wie gewohnt in meine Bar, trank ein Bier, sah den Minuten zu, wie sie vergingen, und wünschte mir, sie würden langsamer vergehen, so daß mir mehr Zeit bliebe bis zu der Begegnung mit diesen zwei Menschen, die mich faszinierten, in deren Gesellschaft ich mich in dieser Anfangszeit aber auch etwas unbehaglich fühlte.

Ich wartete noch in der Eingangshalle, als Susan die Treppe herunterkam. Sie hatte gerade geduscht, ihr Haar war noch feucht, sie trug ein weißes Kittelkleid, das ihre Haut im blassen Licht der Eßecke, die von der Küche abging, gebräunt und schön erscheinen ließ. Ihre Art war ungezwungener, weniger förmlich und direkter, fast etwas brüsk, als hätten wir uns den ganzen Abend unterhalten und seien unterbrochen worden.

»Wir haben beschlossen, unseren Alkoholkonsum einzuschränken«, sagte sie. »Wir trinken nichts Hochprozentiges mehr, außer freitags und samstags. Sie können natürlich haben, was Sie möchten. Wir würden Ihnen sogar gern dabei zusehen, wie Sie Gin oder Whisky trinken, aber wir halten uns an Wein.«

Als wir uns zu Tisch gesetzt hatten, wollte Donald sofort über Politik reden. Er fragte sich, wie er einem Amerikaner, der nichts über Argentinien wußte, den Peronismus am besten erklären könnte. War Perón ein Despot, ein Diktator, ein Gangsterboß? Was war seine Vision gewesen? Er redete eine Zeitlang so weiter. Mir war nicht klar, ob überhaupt eine Antwort von mir erwartet wurde. Mir fiel etwas ein, das ich sagen wollte.

»Genau besehen«, unterbrach ich ihn, »steckt seine Rhetorik voller Nuancen und Vieldeutigkeiten. Wenn Sie sie nicht so betrachten, können Sie ihn und seine Bewegung leicht mißverstehen. Was er sagte, bedeutete gleichzeitig alles und nichts. Ich glaube nicht, daß der Peronismus eine Bedrohung für Amerika darstellt. Er verschafft lediglich einer bestimmten Schicht von Argentinern ein positives Selbstgefühl.«

»Sie sagen Argentiner statt Argentinier?« fragte Susan.

»Meine Mutter hat das immer gesagt. Es war ihre Weise, zum Ausdruck zu bringen, daß sie noch Engländerin war.«

Susan hob die Augenbrauen, als begreife sie die Pointe nicht.

An solchen Abenden wirkte ihre Schärfe wie Aggressivität oder ein schmerzlicher Aufschrei über die Begriffsstutzigkeit ihres Mannes. Wenn sie ihm die Chance dazu gab, oder wenn ich ihn nicht unterbrach, redete er so, als entwerfe er einen nüchternen Bericht. Aber er schien es nicht übelzunehmen, wenn man ihn unterbrach oder wenn sein Standpunkt gelegentlich ignoriert wurde. Ich konnte nicht umhin, mich zu fragen, was für Rückschlüsse dies auf das Eheleben der beiden zuließ.

Die meisten Abende, an denen ich sie besuchte, aßen wir im förmlichen Eßzimmer im vorderen Teil des Hauses; wir machten den Anfang mit trockenen Martinis, gingen dann zu Rotwein über und ließen dem Bourbon oder Brandy Kaffee folgen. Es gab natürlich auch zu essen, aber wie mir zunehmend klarer wurde, waren wir alle drei vor allem am Alkohol interessiert. Das waren ihre arbeitsfreien Abende, und meist kam es dabei zu keinem ernsten Gespräch. Ich glaube, ich kann mich an das erstemal erinnern, als ich sie zum Lachen brachte. Ich hatte es nicht darauf angelegt. Ich versuchte zu erklären, wie schwierig es für mich manchmal war, aus dem Haus zu kommen, ohne von einer der Witwen aus den anderen Wohnungen gesehen und unterwegs abgefangen zu werden. Sie schienen ausnahmslos Witwen zu sein: großformatige, die so aussahen, als könnten sie ihre Ehemänner kaltlächelnd totgeschlagen oder lebendig aufgefressen haben, oder kleine verhutzelte Witwen, die ihre Ehemänner durch Zermürbungstaktik oder langsame Vergiftung losgeworden waren. Man erkannte sie an der Schärfe ihres Blicks; um eine noch so kleine Neuigkeit im Treppenhaus aufschnappen zu können, hätten sie absolut alles getan. Hätte ich mir die Haare geschnitten, wäre es für sie schon genug gewesen. Trug ich eine Einkaufstasche oder einen Aktenkoffer, warfen sie mir verstohlene Blicke nach, um festzustellen, ob ihnen dies etwas verriet, worüber sie den ganzen langen gattenlosen Abend nachdenken konnten.

Ich erinnere mich nicht, wie oder warum ich anfing, das zu erzählen. An diesen Abenden redeten wir, völlig planlos, über alles außer uns selbst, die wir an diesem Tisch saßen: Es trat nie eine Pause ein. Aber kaum hatte ich meine Schmährede über die Witwen angefangen, stellte ich fest, daß sie lachten, daß sie jede Bemerkung, jede Grimasse auskosteten. Sie schüttelten den Kopf, als ich weiterredete, und bei meinem nächsten Besuch merkte ich, daß sie mehr von der Saga der Witwen in meinem Haus hören wollten. Ich genoß ihre Aufmerksamkeit und ihre Heiterkeit und den Klang meiner eigenen Stimme und mein neues Selbstgefühl. Je mehr Zeit verging, desto schwieriger wurde es, einen Schlußpunkt für den Abend zu finden. Sobald Nachtisch und Kaffee gekommen waren, ließen sich die Dienstboten nicht mehr blicken. Normalerweise blieben wir am Tisch sitzen, und häufig war es schon spät, zwei oder drei Uhr morgens, wenn sie bei einem privaten Taxiservice einen Wagen für mich bestellten. Ich erinnere mich, wie ich einmal den ganzen Heimweg über lächelte, die Fahrt genoß, mir alles Gesagte, all das Lachen und Geplauder noch einmal ins Gedächtnis zurückrief: Diese beiden Menschen schienen förmlich Funken zu sprühen. Ich fühlte mich so, als hätte ich mich verliebt, ganz ohne alle Spannungen oder Risiken oder Verpflichtungen der Liebe verliebt.

Manchmal verspürte ich tagsüber den unbändigen Drang, in die Sauna zu gehen. Kaum war ich wach, machte sich ein übermächtiger sexueller Druck bemerkbar. Und sobald ich anfing, darüber nachzudenken, wußte ich, daß ich mich bald in die andere Welt hinausschleichen und dort Augenblicke reiner Befriedigung erleben würde. Ich lag im Bett und sparte mich für das auf, was noch kommen würde. Die Sauna machte um eins auf. Aber ich wartete. Ich war niemals der erste dort. Es hätte mir nicht gefallen: Leer hätte der Ort verlassen gewirkt, voll toter Energie. Andere kamen mir immer zuvor, Männer, deren Bedürfnisse vielleicht stärker als meine waren oder die nur eine kurze Mittagspause hatten. Spätestens um halb zwei, zwei waren genug Männer mit einem Handtuch um die Hüften und einem Ausdruck bemühter Nonchalance da, um die Korridore mit Möglichkeiten zu füllen.

Ich erinnere mich, wie ich einmal in die Sauna ging, nachdem ich am Abend davor von irgendeiner speziellen amerikanischen Whiskysorte, die Donald aus den Vereinigten Staaten mitgebracht hatte, zuviel getrunken hatte. Am Tag darauf lag ich in der Sauna und schwitzte das Gift aus meinem Körper, lag nackt auf meinem Handtuch auf dem harten Holz, mit geschlossenen Augen, und achtete nicht darauf, wer ein und aus ging, als sei es mir gleichgültig. Ich wußte, daß ich mich bald auf die Pirsch machen würde, mich im Umkleideraum nach Neuankömmlingen umsehen, warten, so tun würde, als müßte ich mich kämmen, wenn ich jemanden beim Ausziehen beobachten wollte. Mich in den Duschen und auf den Korridoren und in den Kabinen im Bereich um das Schwimmbecken und im Dampfraum umsehen. Versuchen, unbeteiligt zu wirken, als suchte ich lediglich nach dem bequemsten Platz, um mich auszuruhen. Blicke auffangen.

Ich kannte die Spielregeln. Und ich wußte, daß ich genug Zeit für vielleicht zwei Begegnungen hatte. An dem Tag ging es dort ruhig zu. Auf der untersten Bank saß jemand, den ich bisher noch nie gesehen hatte. Er sah unfreundlich aus. Er war stämmig, blond mit weißer Haut und blauen Augen, und hatte etwas helles Haar auf Brust und Beinen. Als ich mich aufsetzte, rückte ich nah an ihn heran und schlang mir das Handtuch um die Hüften. Er starrte stur geradeaus. Als ich ihn ansah, spürte ich etwas wie Feindseligkeit mir entgegenschlagen. Es waren nur wir zwei da, und ich erwartete, daß er jeden Augenblick aufstehen und gehen würde. Statt dessen zog er sein Handtuch weg, und ich konnte seinen erigierten Penis da zittern sehen, während er weiterhin so tat, als sei überhaupt nichts los. Ich öffnete mein Handtuch, obwohl ich keine Erektion hatte. Er beobachtete jetzt die Tür. Seine Hand bewegte sich auf meine Lendengegend zu und schob sich rasch unter mich. Ich ergriff seinen Penis, ohne die Augen von seinem Gesicht zu wenden.

Und dann stand er ohne Vorwarnung auf und wickelte sich in sein Handtuch und ging schnell aus der Sauna. Ich bedeckte mich, stieg auf eine der höheren Bänke und legte mich hin. Ich schloß die Augen und begann daran zu denken, ihm in die Korridore zu folgen. Vielleicht war er unter der Dusche oder im Umkleideraum und machte sich zum Gehen fertig; vielleicht hatte er getan, wozu er hierhergekommen war, und war zu nervös, zu verschämt, um sonst irgend etwas zu tun. Ich wartete noch eine Weile und genoß die Hitze und den Schweiß und die Erwartung. Als ich hinausging, sah ich ihn im kleinen Schwimmbecken, bis zu den Hüften im Wasser. Ich sah ihm zu, wie er untertauchte und bis zum Ende des Beckens schwamm und eine Wende machte und zurückschwamm und sich wieder hinstellte. Ich setzte mich an den Rand des Beckens und ließ die Füße im Wasser baumeln. Ein paar Männer saßen in Liegestühlen und lasen Zeitung oder starrten vor sich hin. Ich wußte, daß manche von ihnen hier keinen Sex suchten, aber es gelang mir nie zu erkennen, wer von ihnen zu dieser Gruppe gehörte, so stark war die allgemeine Atmosphäre demonstrativer Gleichgültigkeit. Ich stand auf und hängte mein Handtuch an einen Haken, kostete das Bewußtsein aus, daß mein Freund im Schwimmbecken mich jetzt nackt sehen konnte. Ich sprang ins Wasser und schwamm auf ihn zu. Dort warteten wir beide, die Ellbogen auf den Rand gestützt, die Augen stur geradeaus. Ich ließ ihn eine Bahn schwimmen; ich rührte mich nicht. Aber das zweitemal folgte ich ihm, und als wir aneinander vorbeizogen, berührte ich ihn, und er schwamm zum Ende des Beckens zurück.

Ich hatte das Gefühl, daß er jeden Augenblick in den Umkleideraum gehen, sich anziehen und verschwinden würde. Ich wußte, daß ich langsamer hätte vorgehen müssen, daß ich ihn nicht verschrecken oder zu sehr unter Druck setzen durfte, aber gleichzeitig wollte ich ihn.

Er stieg aus dem Becken und ging in die Sauna zurück. Das Etablissement füllte sich allmählich, so daß wir, obwohl ich ihm folgte und mich direkt neben ihn setzte, nichts unternehmen konnten, weil zu viele Leute um uns herum waren. Mir wurde bewußt, daß ich nicht viel Zeit hatte: Es war schon nach drei, und um vier hatte ich am Institut eine Unterrichtsstunde. Ich konnte es in zwanzig Minuten dorthin schaffen; fünf Minuten würde ich zum Duschen und Anziehen brauchen.

Er dagegen schien alle Zeit der Welt zu haben und so lange da sitzen und vor sich hin brüten zu können, wie er wollte. Er rührte sich nicht aus der Sauna, aber jetzt waren wir keinen Augenblick allein. Ich wartete. Etwas anderes konnte ich nicht tun. Ich sah ein paarmal zu ihm hinüber, aber er reagierte nicht. Ich sah ihn noch einmal an, wie um mich zu vergewissern, daß er die ganzen Umstände wert war: Sein Haar war kurz geschnitten, und er war sorgfältig rasiert, seine Haut war zart, seine Oberschenkel waren muskulös. Er hätte leicht bei einem Pornomagazin Arbeit bekommen können, und vielleicht war das der Grund, warum ich da so lange wartete, und es ist auch möglich, daß seine Nervosität, seine angespannte Energie auf mich anziehend wirkte, aber ich bin mir nicht sicher. Irgend etwas bewog mich jedenfalls zu warten. Als er wieder zum Schwimmbecken ging, folgte ich ihm, und wir hängten beide unsere Handtücher an einen Haken und ließen uns ins Wasser gleiten. Wir stützten uns beide wie zuvor mit den Ellbogen auf dem Beckenrand auf und ließen uns vom Wasser wiegen. Diesmal erlaubte ich meinem Fuß, sein Bein zu berühren; er zuckte nicht und wich nicht zurück. Auch jetzt starrte er wieder stur geradeaus, als ob gar nichts passiere. Und ich blickte mich nach den Männern in Badetüchern um, die auf Liegestühlen am Rand des Schwimmbeckens saßen. Niemand beobachtete uns. Ich berührte wieder sein Bein, und er schob die Hand hinter mich, wie er es schon zuvor getan hatte. Ich konnte seinen harten Penis sehen, der sich im Wasser brach.

»*Quieres tomar un café?*« flüsterte ich. Er nahm seine Hand weg.

»*Sí.*« Er nickte. Sein Ton war beiläufig und entspannt. Jetzt wußte ich, daß ich es zu meiner Stunde nicht mehr schaffen würde, und ich spürte, wie mir eine Last von der Seele fiel. Wir gingen in die kleine Kaffeebar, die sich neben dem Dampfraum befand.

Sobald wir den Kaffee bestellt hatten und der Barmann wieder außer Hörweite war, sagte ich ihm, wie ich hieß. In diesem Licht wirkte er jünger, und freundlich, begierig zu reden. Ich wußte nicht, wie lang ich damit warten sollte, ihm zu sagen, daß ich nicht weit von hier eine leere Wohnung und den ganzen Abend frei hatte. Ich rechnete noch immer mit der Möglichkeit, daß er plötzlich aufstand und ging. Oder mit einer Ausrede kam: erklärte, er habe eine Verabredung und sei schon spät dran. Ich sagte ihm, ich sei Lehrer und hätte heute frei. Dann sagte ich, ich käme nicht besonders häufig hierher, aber, mit einem Achselzucken, heute nachmittag hätte ich einfach hereingeschaut. Und wie stand es mit ihm? Ich sah ihn an, und er lächelte. Er fragte, ob ich warten würde, während er zu seinem Schließfach ging und

seine Zigaretten holte. Ich nickte und sagte, wenn er zurück-
käme, würde ich hiersein. Er stand auf und band sich das
Handtuch fester um die Hüften.

Ich war geduscht und angezogen und fertig zum Gehen, als
er erst in sein weißes Unterhemd schlüpfte. Ich wartete auf
ihn in der Eingangshalle. Als er herauskam, sah er wie ein
Geschäftsmann aus: blauer Blazer, graue Hose, Kragen und
Krawatte. Er wirkte jetzt größer und eher für die Welt ge-
wappnet als der nervöse Junge, den ich in der Sauna kennengelernt hatte. Er sagte, es wäre ihm lieber, wenn ich vor-
ausginge und er mir folgte. Ich fragte mich, ob er noch mit
dem Gedanken spielte, seine Meinung zu ändern, und jeden
Augenblick ein Taxi heranwinken und, ehe ich Zeit hatte,
mich umzudrehen und etwas zu bemerken, wie ein Schatten
im Verkehr verschwinden würde. Mir ging der Gedanke
durch den Kopf, daß ich jetzt eigentlich vor meinen Schülern
hätte stehen sollen und verzweifelt darauf warten, daß die
Zeit verging. Statt dessen war ich in der Stadt, frei, mit einem
schönen Mann, der hinter mir herging. Als wir die Straße
überqueren mußten, tat ich so, als würde ich ihn nicht kennen; er ließ mich zuerst hinüber und nahm dann wieder die
Verfolgung auf. Es bereitete mir keine Schuldgefühle, daß ich
die Arbeit schwänzte; ich empfand nur freudige Erwartung.

Ich hielt ihm die Haustür auf, er schlüpfte hinein und
wartete, während ich die Tür schloß. Er lächelte, als wolle er
damit sagen, daß bis hierher alles glattgegangen war.

»*Quieres subir?*« fragte ich ihn, als sei ich der Pförtner
und er ein vornehmer Gast. Er grinste und streckte den Arm
aus zum Zeichen, daß ich vorgehen sollte.

Als ich die Wohnungstür öffnete, wirkte der Raum dahin-
ter dunkler und muffiger als sonst. Ich betrachtete ihn mit
seinen Augen, und ich sah abblätternden Anstrich und ver-

blichene Farben und schmutzige Scheiben. Ich bedeutete ihm, mir in den Korridor zu folgen; ich öffnete die Tür des Schlafzimmers meiner Mutter. Es war mehrere Monate her, daß ich jemanden mit in die Wohnung genommen hatte, und mir war bis dahin nie aufgefallen, wie schäbig die Vorhänge und der Teppich wirkten, wie wuchtig und häßlich der Kleiderschrank, und daß es irgendwie unbestimmt roch – gleichzeitig muffig und süß. Ich lächelte bei dem Gedanken, daß ihr alter Geist hier noch verweilte und über mich wachte. Ich wandte mich zu meinem Begleiter. Er sah sich im Zimmer um.

»*Quires tomar algo?*« fragte ich ihn.

»*Sí, un vaso de agua*«, sagte er. »*Es viejo, el departamento, no?*«

Ich wollte ihm gerade antworten und mich wegen des Zustands der Wohnung entschuldigen, als das Telefon klingelte. Ich ahnte sofort, daß es die Schule war. Ich hatte das Telefon noch nie klingeln lassen. Ich legte mir die Finger an die Lippen. Er war verwirrt. Ihm wäre sicherlich wohler gewesen, wenn die Wohnung modern und luftig gewesen wäre und ich den Hörer abgenommen hätte. Ich erfuhr insgesamt nur sehr wenig über ihn, aber eines hatte ich gleich erkannt, daß er bürgerlich und konservativ war. Hätte er nicht eine Vorliebe für Männerkörper gehabt, dachte ich bei mir, wäre er eine Stütze der Gesellschaft gewesen. Als das Klingeln verstummte, stand er reglos da. Es wäre einfacher gewesen, wenn ich abgenommen und gesagt hätte, ich sei krank, aber dann hätte ich erklären müssen, warum ich nicht angerufen und es ihnen rechtzeitig gesagt hatte. Ich hatte keine Ahnung, wie ich jetzt mein Wegbleiben erklären würde. Ich ging in die Küche und holte meinem Begleiter ein Glas Wasser und brachte es ihm. Ich erkannte an seiner Haltung, daß er sich noch immer unbehaglich fühlte und unschlüssig war, aber nach ein paar Schlucken Wasser fing er an, seine Krawatte zu lockern.

Nachdem er gegangen war, duschte ich und zog frische Sachen an und überlegte, was ich jetzt tun sollte. In der Schule würde es unangenehm werden. Señora Sanmartín würde mein Nichterscheinen als einen bewußten Affront werten. Ich konnte sagen, ich hätte versucht anzurufen, oder ich hätte bei jemandem, dessen Stimme ich nicht erkannt hätte, eine Nachricht hinterlassen. Niemand würde mir das abnehmen. Sie würde sagen, es gebe eine Menge Leute, die Arbeit suchten, und sie müßten sie immer wegschicken. Ich würde versuchen müssen, mit ihrem Mann zu reden. Vielleicht hätte ich mich jetzt direkt mit ihm in Verbindung setzen sollen. Es war gerade sechs durch. Ich hatte eigentlich noch zwei Unterrichtsstunden vor mir. Ich konnte durch schiere Bußfertigkeit und durch die Inkohärenz meiner Entschuldigung Nachsicht erwirken. Ich konnte jetzt anrufen und sagen, sie könnten ihren Job behalten oder ihn einem anderen Unglücklichen aufhalsen, aber mich würden sie nicht mehr zu sehen bekommen, und ob sie mir das Geld schicken könnten, das sie mir noch schuldeten, sie kannten ja meine Adresse.

Aber ich machte keinen Versuch, mich mit ihnen in Verbindung zu setzen. Ich ging aus dem Haus und schlenderte eine Zeitlang durch die Straßen und sah mir die Leute an. Als ich auf der Lavalle am Arcadia vorbeikam, sah ich, daß gerade eine Vorstellung anfing. Ich wußte nichts über den Film, aber ich kaufte trotzdem eine Eintrittskarte und lehnte mich im halbleeren Kino in meinem Sessel zurück, während die Beleuchtung ausging und die Werbung und die Vorschau kamen. Ich fühlte mich, als sei die Welt gerade neu entstanden. Der Film zeigte, wie Meryl Streep und Robert De Niro sich in New York in schönen, hellen, gepflegten Zimmern und herrlichen Geschäften ineinander verliebten. Das Lächeln der beiden war voller Hoffnung. Als es vorbei war, wünschte ich mir, es würde gleich wieder von vorn beginnen.

Ich ging in eine Bar auf der Lavalle und verspürte den ersten Anflug von Reue. Ich fühlte mich plötzlich wie ein Kind. Ich trank einen ersten Schluck Bier und bestellte mir ein Sandwich. Ich mußte mein Leben ändern. Ich verabscheute meinen Job. Die Wohnung war schmuddelig und verwahrlost und erinnerte mich zu sehr an meine Mutter. Und dieser Typ, um den ich stundenlang herumgepirscht war, war aus der Wohnung spaziert, ohne nach meiner Telefonnummer zu fragen, ohne ein Wiedersehen vorzuschlagen. Seine weiße Haut und seine weichen Lippen hatten mir Freude bereitet. Aber trotzdem war ich mir nicht sicher, ob ich ihn meinerseits gern wiedergesehen hätte.

Ich hatte zugestimmt, an dem Abend wieder zu den Fords zu kommen, an einem anderen Leben teilzuhaben, das in keinerlei Beziehung zu irgend etwas von dem stand, was ich bis dahin gekannt hatte. Ich dachte an das Essen auf ihrem Tisch und den Rotwein, den sie tranken, und die Gespräche und das Lachen, und ich fühlte mich besser. Ich lächelte in mich hinein, als ich bezahlte und die Bar verließ. Ich ging mit munterem Schritt um die Ecke und winkte ein Taxi heran.

Susan, erkannte ich mit der Zeit, konnte spüren, wenn Menschen in ihrer Umgebung etwas beschäftigte. Ich stelle sie mir noch immer als eine Katze vor, mit einer ruhigen magischen Fähigkeit, Dinge auszukundschaften. An dem Abend merkte sie, daß etwas mit mir los war. Sie wußte nicht, was es war, aber als wir im großen Empfangszimmer saßen und Gin Tonic tranken, fragte sie, was mit mir nicht stimme.

»Ich hasse meinen Job«, sagte ich, »und ich habe mich heute nicht blicken lassen. Ich habe ihnen nicht Bescheid gegeben. Sie werden ganz schön wütend sein.«

»Sagen Sie ihnen, daß Sie da aufhören wollen«, sagte sie.

»Ich kann es mir nicht leisten zu kündigen. Könnten Sie Ihren Job aufgeben?« fragte ich.

»Ich hasse meinen Job nicht«, sagte sie. »Sie haben mehrere Vorteile auf Ihrer Seite: Sie sehen gut aus, Sie sprechen zwei Sprachen fließend. Wir könnten Ihnen Arbeit besorgen. Donald hat es Ihnen doch schon gesagt.«

»Er hat nichts Konkretes erwähnt.«

»In ein paar Wochen hätten wir da etwas für Sie, wenn Sie fest entschlossen wären«, sagte sie. Sie steckte sich eine Zigarette an und sah mich an.

»Erzählen Sie. Ich meine es ernst.«

»Lassen Sie mich eben gehen und mit Donald reden. Sie bleiben hier, gießen Sie sich noch Gin nach.«

Als Susan zurückkam, war sie verändert: Sie blickte streng auf ein Stück Papier, das sie in der Hand hielt. Sie hätte eine Nachrichtensprecherin sein können. Normalerweise hätte ich ihr das sagen können, und wir hätten gelacht und ein paar Nachrichten für sie zum Sprechen erfunden. Aber jetzt nicht.

»Sie kennen das Problem der Auslandsverschuldung«, sagte sie, ohne aufzublicken.

»*Los años de la plata dulce*«, sagte ich.

»Nun, Sie wissen wahrscheinlich auch, daß zur Zeit an einer Umschuldung der Zinszahlungen gearbeitet wird und daß der Zustand der Wirtschaft zu gewissen Sorgen Anlaß gibt. Die Staatsausgaben überschreiten in fast jedem Ressort konstant das Budget.«

»Das klingt glaubhaft«, sagte ich.

»Im wesentlichen geht es um Folgendes: Der Internationale Währungsfonds schickt ein Team von Wirtschaftsexperten hierher, damit sie sich diese überhitzte Konjunktur einmal näher ansehen. Sie sind alle englischsprachig, die meisten sind Amerikaner. Sie kennen das Land nicht, aber das ist nicht weiter von Bedeutung. Ihr Job besteht darin, sich Zahlen anzusehen und Vorschläge zu machen. Man wird sie sehr ernst nehmen. Wir brauchen jemanden, der sich während der zehn Tage, die sie hier sind, um sie kümmert. Das ist etwas, was wir normalerweise selbst tun würden, oder jemand von der Regierungsseite, aber es wäre für alle besser, wenn es diesmal ein Außenstehender wäre. Sie müßten im selben Hotel wohnen, zusammen mit ihnen essen, für sie dolmetschen, dafür sorgen, daß sie alle Informationen und jede Unterstützung bekommen, die sie benötigen.«

»Und wenn das zu Ende ist?« Ich sah auf und lächelte, aber Susan blieb ernst.

»Wenn das gut läuft, wird es anderes zu erledigen geben.«

»Und wie steht es mit Mr. Canettos Wahlkampf? Deswegen habe ich mich seinerzeit doch überhaupt an Sie gewandt.«

»Diesbezüglich werden wir bald eine Entscheidung treffen. Es müssen erst eine Menge Dinge geklärt werden.«

»Und wie steht es mit dem Geld?«

Sie nannte einen Dollarbetrag, der mehr als das Doppelte von dem darstellte, was ich in der Schule im Monat bekam. Wieder versuchte ich einen Scherz zu machen und zu lächeln, aber sie ging nicht darauf ein.

»Ich mach's«, sagte ich, »unter der Bedingung, daß Sie aufhören, sich wie das Fräulein Lehrerin zu gebärden.«

»Warten Sie ab, bis die Sache anfängt, dann bekommen Sie wirklich eine neue Version von mir zu sehen.«

»Ändert sich Donald auch so?«

»Lassen Sie uns jetzt lieber darüber reden, wie wir diesen Besuch organisieren werden, Spielchen können wir hinterher spielen.« Sie musterte das Blatt Papier und hob dann die Augen und sah mich an, als sei ich ein Unbekannter, der gerade ins Zimmer gekommen war.

Am Morgen klingelte das Telefon. Als ich abnahm, wußte ich, daß es die Schule war, aber ich hatte mir keine Entschuldigung oder Erklärung zurechtgelegt, ich wußte einfach, daß ich an dem Tag nicht arbeiten gehen würde. Es war die Sekretärin, Cuca, und sie sagte, Señora Sanmartín wünsche mich zu sprechen. Ich wartete, unschlüssig, was ich ihr sagen würde. Kurz darauf ertönte ihre Stimme in der Leitung. Sie wollte wissen, wo ich am Tag zuvor gewesen war. Ich hätte große Ungelegenheiten bereitet. Die Schüler seien verärgert, sagte sie, und sie sei verärgert. Ihr Ehemann sei auch verärgert. Ich sagte nichts. Sie würde ein ernstes Gespräch mit mir führen müssen, sagte sie. Würde es nicht das beste sein, ich käme einfach vorbei, unterbrach ich sie, und wir könnten uns persönlich unterhalten?

Sie verstummte kurz, als habe ich etwas Ungehöriges gesagt. Es ist eine sehr ernste Sache, sagte sie. Es ist eine sehr ernste Sache. Ich fragte, ob sie in einer halben Stunde noch dasein würde. Ich bemühte mich, in einem vernünftigen und bedächtigen Ton zu sprechen. Ich entscheide, wann ich hier und wann ich nicht hier bin, erwiderte sie. Wieder sagte ich nichts. Sie haben also nichts zu Ihrer Entschuldigung vorzubringen, sagte sie. Sie haben nichts zu Ihrer Entschuldigung vorzubringen.

Schließlich vereinbarten wir, uns um eins in ihrem Büro zu treffen. Ich wußte, noch während ich die Verabredung traf, daß ich nicht erscheinen würde. Ich wußte, daß ich ihre Schule nie wieder betreten würde. Am Nachmittag ging ich ins Kino, und ich weiß nicht, ob sie anrief oder nicht. Ich schlenderte, von ihr befreit, die Lavalle hinauf und hinunter. Ich setzte mich in der Nähe des Bahnhofs auf eine Parkbank und las eine Zeitung. Ein paar Wochen später kam ein großer Umschlag an, mit Büchern und Papieren, die ich im Institut gelassen hatte, und einem offiziellen Kündigungsbrief, der sich so las, als sei er aus einem sehr alten Handbuch abgeschrieben worden. Ich lachte, als ich ihn las. Ich fragte mich oft, ob ich irgendwann der Señora oder ihrem Mann, oder einem der Lehrer oder Schüler auf der Straße oder in einer Bar oder einem Restaurant begegnen würde, aber ich habe nie wieder jemanden von ihnen gesehen. Sie lösten sich in nichts auf, und die Señora wurde zum Bestandteil einer regelmäßigen Vorstellung, die ich spätabends für Donald und Susan Ford gab: das argentinische Menschenfresserweib, das alles mit kreischender Stimme zweimal sagt. Wir lachten viel auf ihre Kosten, und das mag mit dazu beigetragen haben, die Erinnerung an all diese Stunden, all diese Tage zu lindern, da ich, in einem Käfig von Klassenzimmer eingesperrt, verzweifelt gewünscht hatte, daß die Zeit verginge.

Susang ging mit mir Einkäufe machen. Sie wollte, daß ich wie ein amerikanischer Wirtschaftsexperte aussah: Sie sagte, das sei unbedingt nötig. Ihr Budget, erklärte sie mir, würde die Anschaffung zweier Anzüge gestatten. Für den Rest, einschließlich eines kostspieligen Haarschnitts, würde ich selbst aufkommen müssen. Ich fragte sie, wie sie die zwei Anzüge begründen konnte. Sie sagte, sie würden unter »Verschiedenes« verbucht werden. In den Geschäften benahm sie sich so, als sei sie meine Frau, und erteilte den Verkäufern Instruktionen in einem Spanisch, das mir, je weiter der Nachmittag fortschritt, desto korrekter und flüssiger erschien. Sie prüfte die Kragenweite und die Qualität des Stoffes. Ich mußte diese Kleidungsstücke vielleicht tragen, gab ihr Ton den Verkäufern gegenüber zu verstehen, aber sie würde mit ihnen leben müssen. Immer wenn ich in einem neuen Anzug aus der Umkleidekabine herauskam, trat sie einen Schritt zurück, schürzte die Lippen, machte die Augen schmal und musterte mich und schüttelte bekümmert den Kopf, als wolle sie

136

damit zum Ausdruck bringen, daß es noch nicht ganz stimme, daß sie nicht hundertprozentig glücklich sei. Es war ein neues Spiel, und es machte uns beiden Spaß. Es hieß: »dafür sorgen, daß ich entsprechend aussah«.

Zwei Tage später stand ich in der Ankunftshalle des Flughafens und hielt befangen ein Pappschild mit der Aufschrift IWF in die Höhe. Ich trug einen der neuen Anzüge, ein neues Hemd und einen neuen Schlips, neue Schuhe und einen Haarschnitt, der sich noch nicht vollständig abgeschliffen hatte. Ich verspürte den Drang, das Schild in einen Papierkorb fallen zu lassen oder einem der Umstehenden in die Hand zu drücken und zu verschwinden, den langen Weg zurück in die Stadt zu marschieren und langsam meinen Schlips, mein Jackett, meinen modischen Haarschnitt, meine Schuhe und meinen neuen Platz in der Welt abzustreifen. Ich hatte auch daran gedacht, mein Lächeln abzulegen, aber als die Männer des IWF nach und nach durch die automatischen Türen traten und auf mich zukamen, wurde mir klar, daß kein Lächeln nötig sein würde. Sie lächelten nicht. Sie strahlten eine freundliche, aber harte, geschäftsmäßige und sachliche Art aus. Wie ich aus dem Dossier wußte, waren sie zwischen achtundzwanzig und zweiundfünfzig Jahre alt. Ich fragte mich, ob der eine oder andere von ihnen interessant sein würde, aber als sie alle herausgekommen waren, bemerkte ich etwas Trockenes und Klares und Neutrales an ihrer Haltung und ihrem Benehmen, als ob der weiche Teil ihres Ichs etwas sei, das sie ständig im Zaum hielten und das nur ihre engsten Familienangehörigen zu sehen bekamen oder kennenlernen durften. Ich konnte mir nicht vorstellen, wie es gewesen wäre, einen von ihnen zu berühren oder die Nacht mit ihm zu verbringen.

Vier Limousinen warteten draußen, um uns ins Stadtzentrum zu unserem Hotel zu bringen. Die drei Männer, die mit mir fuhren, nahmen die Fahrt mit mildem Desinteresse hin, scherzten und machten flachsige Bemerkungen. Sie stellten keine Fragen. Solche Reisen schienen für sie Routine zu sein, wie die morgendliche Zugfahrt für einen Pendler. Alle drei fanden, die Fahrt sei zu lang und fragten, ob es nicht noch einen anderen Flughafen gebe. Ich sagte ja, aber der sei nur für Inlandsflüge. Vielleicht sollten wir der Regierung den Rat geben, uns in Zukunft zu erlauben, dort zu landen, sagte einer von ihnen. Die anderen lachten. Ich fragte mich, ob in den anderen drei Wagen in exakt demselben Augenblick die gleiche Unterhaltung stattfand.

Am nächsten Morgen trafen wir uns zum Frühstück um acht in einem reservierten Speiseraum im ersten Stock des Hotels. Donald war da, und ein paar Leute von der Botschaft und zwei Männer von der Regierung. Ich erfuhr, daß Donald den Titel Wirtschaftsberater des Botschafters hatte. Ich stand auf, wie Susan mir gesagt hatte, stellte mich vor und erklärte für den Fall, daß es am Tag davor untergegangen wäre, daß ich vierundzwanzig Stunden am Tag zur Verfügung stand, um Probleme jeglicher Art zu beseitigen, daß Dolmetscher gestellt werden würden, wenn aber jemand mich zum Dolmetschen brauchte, ich mir gern die Zeit nehmen und auf jede mir mögliche Weise behilflich sein würde. Ich erklärte ihnen, wieder nach Susans Instruktionen, daß im Hotel drei Mahlzeiten am Tag gereicht wurden, daß aber alles Weitere, einschließlich Wäsche, Zimmerservice und Telefonate, in Rechnung gestellt werden würde. Ich fügte hinzu, die Stadt sei zwar vergleichsweise sicher, aber es sei vielleicht besser, wenn die Herren bezüglich bestimmter Lokale oder Viertel, die sie zu besuchen gedachten, mit mir von Fall zu Fall Rücksprache hielten. An der Hotelrezeption würde man jederzeit wissen, wo ich zu erreichen sei. Einer von ihnen murmelte etwas, was ich nicht verstand, und alle, einschließlich Donald, lachten. Ich genoß es, vor ihnen zu stehen, die gleiche

Kleidung wie sie zu tragen, ihr männliches Auftreten nachzuahmen und den Eindruck zu erwecken, ich hätte alles im Griff. Ich lachte nicht und lächelte nicht. Ich beendete, was ich zu sagen hatte, und setzte mich wieder.

Später am selben Tag, gegen sechs, nahm ich mit Donald gerade einen Drink in der Hotelbar, als zwei von ihnen auf uns zukamen. Der eine war ein großer, fleischiger Mann mit Brille und grauem Haar, und der andere war ein Ire, er war der jüngste in der Gruppe. Sie seien die Experten für Transport und Verkehr, erklärten sie uns, und sie erhielten von den örtlichen Behörden keinerlei Unterstützung. Das Problem sei nicht nur, daß die Dolmetscherin schlecht sei, sagten sie, obwohl sie wirklich katastrophal sei: die Beamten schienen nicht bereit zu sein, ihnen Zahlen, Kalkulationen, Kostenvoranschläge oder sonstige exakten Informationen zu liefern. Ihre Haltung sei, milde ausgedrückt, feindselig, sagte der große, fleischige Mann. Der Ire nickte.

Ich sagte ihnen, daß ich sie morgen früh als allererstes zum Verkehrsministerium begleiten würde. In der Zwischenzeit würde ich mit jemandem dort reden, um sicherzustellen, daß es bei unserer Ankunft keine weiteren Verzögerungen gebe. Ich lud sie ein, uns bei einem Drink Gesellschaft zu leisten. Sie nahmen an. Donald sprach mit ihnen über die Probleme mit der argentinischen Bürokratie. Er nannte ihnen einen Betrag, der seines Wissens die staatlichen Subventionen für den Vorortzugverkehr im Großraum Buenos Aires darstellte. Wenn wir da fertig sind, sagte der Ire, wird er erheblich niedriger sein.

Mein Weckruf kam um halb acht, und schlagartig befiel mich Angst. Aller Mut vom Vortag, alles mannhafte Selbstvertrauen war einem schrecklichen Gefühl der Leere im Magen und in der Brust gewichen. Ich rollte mich zusammen und schlang die Arme um mich und machte die Augen zu. Ich wußte, ich würde jetzt duschen und mich rasieren und ein sauberes Hemd anziehen müssen. Sobald ich angezogen war, würde ich zu den anderen ins Frühstückszimmer gehen müssen. Ich fragte mich, ob der eine oder andere von ihnen vielleicht die gleiche Angst verspürte, oder ob sie jedem Morgen mit Gelassenheit und ruhigem Mut begegneten. Mir graute vor der Vorstellung, mir einen Schlips umzubinden und mich damit halb zu erwürgen. Ich hätte mich am liebsten wieder hingelegt und weitergeschlafen.

Die Wirtschaftsexperten frühstückten alle schon. Sie schwärmten vom Büffet zu den Tischen zurück wie Bienen in einem Bienenstock. Die zwei Verkehrsexperten saßen am selben Tisch. Sobald ich eintrat, forderten sie mich auf, mich zu ihnen zu setzen.

»Sind Sie Brite?« fragte mich der Amerikaner.

»Nein, aber meine Mutter stammte aus England.«

»Ich weiß nicht, ob Sie den Ausdruck ›in den Hintern treten‹ kennen, aber das ist genau das, was wir hier heute tun wollen und womit wir auch bald anfangen.«

»Genau«, sagte der Ire.

Wir fuhren in einer Limousine zum Verkehrsministerium. Wir kamen kurz vor neun an. Der Amerikaner sagte, das würde den Beamten, mit denen sie am Tag zuvor zu tun gehabt hatten, einen ordentlichen Schock versetzen. Ich hatte eher den Verdacht, daß sich diese Beamten noch gar nicht auf den Weg hierher gemacht hatten, aber ich sagte nichts. Das Ministerium war ein imposantes Bauwerk aus der Jahrhundertwende; der Eingang sah so aus, als sei er eher für Eisenbahnwaggons als für Ministerialbeamte konzipiert worden; die Eingangshalle war riesig und dunkel und hatte eine geschnitzte Holzdecke. Ich wandte mich an den uniformierten Pförtner, einen kleinen Mann in den Fünfzigern mit öligen Haaren, und erklärte ihm, wer wir seien. Ich nannte ihm die Namen der Beamten, die wir zu sprechen wünschten. Er sagte uns, wir sollten warten, und zeigte auf eine blankpolierte Holzbank, die sich am entgegengesetzten Ende der Halle befand, unternahm aber, soweit ich feststellen konnte, keinen Versuch, sich mit den Beamten in Verbindung zu setzen. Er saß da und las die Zeitung, bis ein anderer Pförtner die Treppe vom oberen Korridor herunterkam. Die beiden gingen zusammen in ein kleines Zimmer und ließen die Tür angelehnt. Die zwei Wirtschaftsexperten saßen schweigend da. Ich war müde und nahm mir fest vor, heute so früh wie möglich ins Bett zu gehen.

Das Telefon auf dem Pförtnertisch klingelte, und wir drei saßen da und sahen ihm, ein Auge auf die Tür gerichtet, beim Klingeln zu und fragten uns, wann der Pförtner abnehmen würde. Nach einer Weile hörte es auf zu klingeln, und dann fing es wieder an, bis der Pförtner schließlich aus dem Zimmer kam, den Hörer abnahm und dann sofort mit dem Finger auf die Gabel drückte und die Verbindung unterbrach. Er tat das auf eine ganz beiläufige Weise, als sei es die normale Reaktion auf einen Anruf, und ging dann wieder zu seinem Freund zurück. Als das Telefon wieder klingelte, ignorierte er es, und bald darauf verstummte es und fing nicht wieder an.

Gegen halb zehn trafen die ersten paar Beamten ein. Sie winkten im Vorbeigehen dem Pförtner zu, der jetzt an seinem Tisch saß und eine Tasse Kaffee trank. Ich spürte, daß der Amerikaner allmählich ernsthaft wütend wurde, als er ankündigte, daß er einmal um den Block laufen und in fünf Minuten wieder dasein werde. Sein Kollege schloß sich ihm an. Sobald sie gegangen waren, klingelte das Telefon noch einmal, und der Pförtner nahm ab und hängte schnell wieder ein, ohne den Hörer auch nur ans Ohr gelegt zu haben. Ich durchquerte die Halle und stellte mich vor ihn hin. Er schaffte es, so zu tun, als sei ich gar nicht da, bis ich ihm sagte, daß wir auf die Beamten warteten, deren Namen ich ihm gesagt hätte, und daß wir sie jetzt sprechen wollten. Sollten sie noch nicht in ihren Büros sein, dann solle er sie zu Hause anrufen, oder ich würde verlangen, daß der ranghöchste Beamte, der momentan im Haus sei, informiert werde. Aber auf jeden Fall würde ich verlangen, daß jetzt etwas geschehe. Er sah mich an und zuckte die Achseln, und dann zeigte er auf die Bank, auf der wir gesessen hatten. Ihre Yankee-Freunde, sagte er, sind gegangen. Das Telefon klingelte noch einmal; diesmal hob er den Hörer ab und legte ihn mit den Muscheln nach unten auf seinen Schreibtisch. Ich konnte eine Stimme plappern hören, aber der Pförtner schenkte ihr keinerlei Beachtung. Sie werden schon warten müssen, wie jeder andere auch. Ich sah auf den Hörer hinunter, und ich konnte noch immer eine Stimme hören, die durch die Leitung sprach. Warum nehmen Sie den Anruf nicht entgegen, fragte ich ihn, werden Sie nicht dafür bezahlt? Er hob den Hörer auf und legte ihn demonstrativ auf die Gabel. Als es wieder klingelte, zuckte er die Schultern, starrte in die Ferne und ließ es klingeln.

Ich ging zur Bank zurück und setzte mich. Kurz darauf kehrten der Amerikaner und sein Kollege zurück. Ich sah ihnen an, wie unwohl sie sich fühlten, als seien ihre Schuhe zu eng oder als quetsche ihnen jemand die Eier zusammen. Wir warten noch zehn Minuten, sagte der Amerikaner, und dann gehen wir *sightseeing*. Ich ging wieder hinüber zum Pförtner. Wir müssen jetzt jemanden sprechen, sagte ich. Jetzt, verstehen Sie? In dieser Minute! Es ist niemand da, sagte er mürrisch. Ich verlange, daß Sie augenblicklich irgend jemand auftreiben, sagte ich. Er nahm den Telefonhörer auf und wählte eine Nummer, während ich zur Bank zurückging und mich zu den zwei Wirtschaftsexperten setzte. Er zuckte die Achseln und seufzte und murmelte vor sich hin und hängte dann wieder ein. Es hatte niemand abgenommen.

Ich spürte das Frühstück noch immer im Magen; mir war leicht übel, und ich war müde. Das Telefon auf dem Tisch des Pförtners fing wieder einmal an zu läuten. Der Mann ignorierte es. Plötzlich rannte der Amerikaner hinüber, hob den Hörer auf und hielt ihn dem Pförtner vor die Nase. Sagen Sie ihm, daß er antworten soll, brüllte er zu mir herüber, so daß seine Stimme unter der hohen Decke hallte. Der Pförtner hielt den Hörer weit von sich entfernt, als handle es sich um ein giftiges Lebewesen. Ich stand da und sah zu. Ich sagte nichts. Das Gesicht des Amerikaners war rot angelaufen. Ich begriff, daß wir jetzt besser gehen sollten. Ich wandte mich an den Iren und schlug leise vor, ins Hotel zurückzufahren. Der Amerikaner hielt den ausgestreckten Finger auf den Pförtner gerichtet, der inzwischen aufgestanden war und, den Hörer noch immer in der Hand, erschüttert dreinsah.

Den ganzen Tag wartete ich im Hotel, während Telexe nach Washington und dann nach New York geschickt wurden, in denen der IWF darüber informiert wurde, daß die Beamten vom Verkehrsministerium nicht kooperieren wollten, und man um weitere Instruktionen bat. Als am frühen Nachmittag noch immer keine Antwort gekommen war, führte der Amerikaner ein R-Gespräch mit einem Kollegen in Washington und erklärte ihm in aller Ausführlichkeit, was passiert war. Der Ire und ich saßen in seinem Zimmer, während er seiner Empörung Luft machte, und hörten uns die Geschichte vom Pförtner an, der sich weigerte, Anrufe entgegenzunehmen, und von den Beamten, die nicht zur Arbeit erschienen. Mittlerweile hatten wir Telexnummern vom Büro des Verkehrsministers und vom Büro des Präsidenten und vom Büro des Wirtschaftsministers. Es wurde vereinbart, daß man jedem Büro ein scharf formuliertes Telex mit der Aufforderung schicken würde, sich durch mich, hier im Hotel, mit den zwei Wirtschaftsexperten in Verbindung zu setzen. Der Amerikaner verlangte, daß man ein Ultimatum stellte – wenn das Problem nicht bis zum nächsten Morgen beseitigt sei, würde man das Team abziehen und die geplanten Hilfsmaßnahmen des IWF neu überdenken – aber wie aus dem Telefonat klar hervorging, war sein Kollege in Washington damit nicht einverstanden. Unser Mann argumentierte noch eine Weile und gab es dann auf. Als er aufgelegt hatte, wandte er sich an uns und sagte: »Sie werden ihnen nicht drohen, sie werden sie bitten. Das ist so typisch. Bloß niemandem auf die Füße treten. Das ist das einzige, was in Amerika zählt.« Entnervt machte er eine wegwerfende Geste und verließ das Zimmer, so daß es uns überlassen blieb, den Schlüssel ausfindig zu machen und die Tür abzuschließen, bevor wir ihm hinunter in die Hotelhalle folgten.

Später am Abend stellte die Rezeption ein Gespräch zu mir ins Zimmer durch; es war einer der Beamten, die an dem Morgen nicht zur Arbeit gekommen waren. Er sagte, sein Büro sei am nächsten Morgen ab acht Uhr dreißig geöffnet, und was immer wir benötigten, würde uns zur Verfügung gestellt werden. Ich erklärte, daß wir gewisse Probleme mit dem Pförtner gehabt hätten, und er sagte, er würde das vor unserem Eintreffen in Ordnung bringen. Er klang pflichtbewußt und höflich, aber er sprach auf eine seltsame, stockende Weise, als habe er erst kürzlich gelernt, in diesem Tonfall zu reden.

Sobald wir am nächsten Morgen auftauchten, verwandelte sich der Pförtner in eine geschäftige Zusammenballung von Energie und detaillierten Informationen über den Weg zum Fahrstuhl. Besondere Aufmerksamkeit widmete er dem Amerikaner, lächelte und nickte ihm in einem fort zu. Der Amerikaner ignorierte ihn und marschierte uns voran wie ein Mann, der seine Gefolgsleute in eine harte Schlacht führt.

Die Beamten warteten schon. Ihr Vorgesetzter war sogar noch überschwenglicher, als es der Pförtner gewesen war, aber dafür war der Amerikaner noch barscher. Keiner der Beamten sprach Englisch, und so mußte ich den ganzen Tag dableiben – der Amerikaner und der Ire weigerten sich, eine Mittagspause zu machen, und schickten einen der Beamten Sandwiches holen –, des Amerikaners gebellte Forderungen nach Fakten und Zahlen über das öffentliche Verkehrswesen im Großraum Buenos Aires übersetzen, seinem Wunsch Ausdruck verleihen, diese Fakten und Zahlen in Verwaltungskosten und Betriebskosten aufgeschlüsselt zu bekommen.

Am Nachmittag kam ein Mann vom Stockwerk über uns heruntergebummelt. Sein Haar war kurz geschnitten, und er trug einen eleganten grauen Anzug. Seine Kleidung und sein Auftreten, dachte ich, hätten Susans Beifall gefunden. Als er mir die Hand gab, erkannte ich ihn. Als ich noch auf die Universität gegangen war, hatte er Wirtschaftswissenschaften und Politologie studiert. Ich hatte damals ein-, zweimal mit ihm gesprochen und ihn gelegentlich in der Bibliothek gesehen, aber wir waren nie befreundet gewesen, und ich hatte ihn seither nicht wiedergesehen. Sein Gesicht war schmaler geworden; als er mit den Wirtschaftsexperten redete, machte er einen selbstsicheren Eindruck. Ich erinnerte mich undeutlich, daß etwas mit seinem Ruf an der Universität gewesen war: Er hatte als Bester seines Jahrgangs abgeschlossen oder ein Stipendium bekommen. Er redete Englisch mit einem starken spanischen Akzent; einzelne Wörter sprach er andererseits mit einem entschieden amerikanischen Akzent aus. Er unterhielt sich mit den Wirtschaftsexperten eine Weile über das Ministerium. Er schien zu begreifen, warum sie eine detaillierte Aufschlüsselung der Lohnkosten haben wollten. Er erzählte mit einiger Verzweiflung, daß es drei verschiedene Abteilungen gebe, die für Lohnzahlungen zuständig seien, und noch eine vierte für Pensionen, und daß es möglicherweise sogar noch eine weitere gebe, die gleichfalls Löhne auszahle, aber darüber kursierten nur Gerüchte; tatsächlich ausfindig gemacht habe sie noch niemand. Der Amerikaner lehnte sich auf seinem Stuhl zurück und lachte. Sie sind der Bursche, den wir brauchen, sagte er. Sagen Sie denen, daß wir diese Zahlen und alle übrigen Zahlen, die wir angefordert haben, bis morgen früh haben müssen. Sagen Sie denen, daß wir die ganze Nacht hier warten werden und daß wir das gleiche von ihnen erwarten.

Der Neue sah uns an und lächelte. Ich glaube, das wird sehr interessant, sagte er. Zwei Tage später waren Mittagspausen zwar immer noch untersagt, aber mit Hilfe Franciscos, des Wirtschaftswissenschaftlers, der mit mir studiert hatte, und der drei ehemals unkooperativen Beamten kamen die Fakten und Zahlen allmählich zum Vorschein. Gelegentlich steckten die zwei Männer vom IWF die Köpfe zusammen und besprachen sich über eine neugewonnene Information. Ob ich wisse, fragten sie mich dann, daß die schienengebundenen Nahverkehrsbetriebe in Buenos Aires fünfmal so hohe Verluste machten, wie sie jährlich erwirtschafteten? Ob ich wisse, daß auf jeden Fahrer, Fahrkartenkontrolleur und Fahrkartenverkäufer eine Verwaltungskraft kam? Ob ich wisse, daß die Fahrkartenverkäufer und -kontrolleure mehr verdienten, als durch den Verkauf der Fahrkarten eingenommen wurde, so daß es wirtschaftlicher wäre, den Bahndienst zum Nulltarif, ohne Fahrkarten zu betreiben? Sie und Francisco waren wie kleine Jungen, die eine Spielzeugeisenbahn zusammenbauten.

Am letzten Abend sollte es im Hotel ein Essen zu Ehren des Finanzministers geben. Jede Gruppe durfte Beamte aus den verschiedenen Ministerien einladen; also luden die zwei Verkehrsexperten Francisco ein, und wir vereinbarten, zusammen an einem Tisch zu sitzen. Donald und ich nahmen vorher einen Drink an der Bar.

»Der Besuch ist gut gelaufen«, sagte er. Er nahm einen Schluck aus seinem Glas. »Er ist ein Erfolg gewesen. Und es steht eine ganze Menge auf dem Spiel.«

»Meinen Sie die Schuldenrückzahlungen?« fragte ich.

»Nun, ja«, sagte er, »das ist ein Teil der Sache, aber vorläufig nur ein kleiner Teil. Die eigentliche Kernfrage ist das Erdöl: Wir wollen, daß sie die Erdölindustrie privatisieren, es gibt hier schon eine Reihe von Privatunternehmen, wir wollen, daß sie einen größeren Marktanteil erhalten, aber wir wollen vor allem, daß die staatliche Ölgesellschaft ausländischen Investoren zugänglich gemacht wird. Das hat die höchste Priorität, das ist es im wesentlichen, worum es bei diesem Besuch gegangen ist. Es ist eine heikle Angelegenheit, und wir wollen sie in den größeren Kontext der Schuldenrückzahlungen und der gesamtwirtschaftlichen Umstrukturierung einbinden.«

Wir nahmen noch einen zweiten Drink, während allmählich die ersten Gäste eintrafen.

»Wahrscheinlich«, sagte Donald leise, »sind Ihnen die Experten für Erdölwirtschaft nicht aufgefallen, aber Sie sind *ihnen* aufgefallen, und die Leute waren von dem, was Sie für die Verkehrsburschen geleistet haben, sehr beeindruckt. Sie haben Ihnen ein gutes Zeugnis ausgestellt: Sie sagen, daß Sie außergewöhnlich gewesen seien. Die Erdölleute bleiben noch ein, zwei Tage länger. Wir haben für morgen vormittag ein Treffen vereinbart, um uns ein paar mögliche Strategien zu überlegen, und sie möchten, daß Sie daran teilnehmen. Sie wissen nichts über die hiesige Politik, sie wissen nicht, wo sie sind. Ich glaube, Sie wären der Richtige für sie. Es gibt viel zu tun. Am Sonntag werden wir sie irgendwohin ausführen. Ich möchte, daß Sie sie näher kennenlernen, aber sie sind länger hier, und wenn sich die Dinge in den nächsten paar Tagen gut entwickeln, werden wir uns einen Titel für Sie ausdenken und Sie auf irgendeine Gehaltsliste setzen. Das heißt, falls Sie keine anderen Pläne haben.«

Ich nickte und sagte, darüber könnten wir uns am nächsten Tag unterhalten. »An diesem Land stinkt einiges«, sagte Donald. »Die Erdölindustrie ist völlig korrupt, da ist mit Reformen nichts mehr zu machen. Man wird sie ausverkaufen müssen. Ich glaube, diese Burschen sind ganz schön schockiert über das, was hier abgelaufen ist. Wirklich Zustände wie in einer Bananenrepublik.«

Die Tage, in denen ich im Hotel gewohnt hatte, waren für mich zur wirklichen Welt geworden. Ich war kein einziges Mal nach Haus gegangen. Dorthin zurückzukehren, die Treppen zur Wohnung hinaufzugehen oder in meinem eigenen Bett aufzuwachen, war jetzt schwer vorstellbar. Ich hatte diese Männer richtig ins Herz geschlossen; ich genoß den Klang ihrer Stimmen, und ich spürte etwas unter all der Härte, den abrupten Gesten und den abgehackten Äußerungen. Und dennoch wollte ich auch irgendwie, daß es vorbei wäre, ich hatte viel zu verarbeiten, und ich brauchte Zeit für mich. Ich stellte mir weitere Tage dieser Art vor und war plötzlich unsicher und niedergeschlagen. Donald sagte nichts. Er trank sein Glas leer und entfernte sich, um mit einem der Wirtschaftsexperten zu reden. Ich blieb allein an der Bar. Mir wurde bewußt, daß ich mich genauso fühlte wie früher vor Beginn meiner Unterrichtsstunden; ich fragte mich, ob es mein Leben lang so weitergehen würde, daß ich bei der Aussicht, mich der äußeren Welt stellen zu müssen, immer wieder in Panik geriet, wie ein Motor, der stottert, bevor er anspringt. Schließlich kam Donald mit einem Mann namens

Federico Arenas zurück, der für die YPF, die staatliche Ölgesellschaft, arbeitete. Donald erzählte ihm, daß ich mit den Verkehrsexperten gearbeitet hätte und jetzt etwas Zeit mit den Erdölexperten verbringen würde. Er schüttelte mir die Hand.

Das Essen fand im Ballsaal des Hotels statt; für die Ausländer wurde eine große Show abgezogen. Zwei als Gauchos verkleidete Männer trugen ein ganzes gebratenes Kalb an einem Spieß herein; die Kellner machten sich daran, es zu zerlegen. Wir saßen zu acht am Tisch, aber wir vier, die im Verkehrsministerium gearbeitet hatten, beteiligten uns nicht am allgemeinen Gespräch, sondern blieben unter uns. Mehrmals im Laufe des Essens fing ich Donalds Blick vom anderen Ende des Saals auf, und er lächelte mir jedesmal halb zu, als seien wir in eine kleine, aber lukrative Verschwörung verwickelt. Hinterher wanderten die Leute von Tisch zu Tisch; es gab Wein und Brandy in großen Mengen, ebenso Zigarren und Scotch. Ich ging auf die Toilette und dann hinunter in die Lobby, um eine Flugreservierung für einen der Amerikaner bestätigen zu lassen. Als ich zurückkam, ging ich davon aus, daß sich unsere Gruppe aufgelöst oder daß sich jemand anders hinzugesellt hatte, aber der Amerikaner, der Ire und Francisco unterhielten sich noch immer miteinander. Als ich mich setzte, hörte ich den Iren sagen, er sei an dem Nachmittag auf der Plaza de Mayo gewesen und er habe die Mütter der Verschwundenen mit ihren weißen Kopftüchern gesehen. Ob das hier noch immer ein Problem sei, fragte er. Was wir davon hielten? Ich zögerte und sagte, ich wisse es nicht genau. Ich sagte, es komme mir merkwürdig vor, daß ich nach all diesen Jahren noch immer keine Liste mit den Namen der Verschwundenen gesehen hätte, daß ich persönlich niemanden kannte, der verschwunden sei. Womit ich nicht unterstellen möchte, sagte ich, daß es nicht wirklich passiert ist.

Aber aus irgendeinem Grund, so wurde mir klar, unterstellte ich es doch.

Ich erzählte nichts von der Nacht, als ich die fahrerlosen Autos gesehen hatte, die mit heulenden Motoren vor dem Polizeirevier standen. Ich sagte noch einmal, ich wisse wirklich nichts Genaueres darüber und ich glaubte, die meisten Leute machten sich weit mehr Gedanken über die Inflation und die Arbeitslosigkeit. Ich bemerkte, daß der Amerikaner nickte.

Francisco hatte nichts gesagt. Der Ire sah ihn an, aber er blieb trotzdem stumm. Er fragte ihn, was er darüber denke. Francisco schüttelte den Kopf und sah für einen Augenblick gequält aus, dann lächelte er. Er frage sich, ob die Plaza de Mayo zu einer Touristenattraktion werden und ob es bald Ansichtskarten mit den Müttern in ihren weißen Kopftüchern zu kaufen geben würde. Er trank einen Schluck Wasser und schien nicht gewillt weiterzureden. Aber der Ire gab nicht auf. Er sah ihn direkt an und fragte noch einmal, was er über die Verschleppungen denke.

Es ist schwierig für mich, sagte der Wirtschaftswissenschaftler, über die Ereignisse zu reden. Ich war während der schlimmsten Zeit gar nicht hier. Er hielt inne und wandte sich hilfesuchend zu mir. Er räusperte sich ein paarmal. Ich war in Harvard, sagte er, als meine Freundin abgeholt wurde. Ich nehme an, wenn ich in der Nacht dagewesen wäre, hätten sie mich auch abgeholt. Oder an ihrer Stelle. Ich weiß nicht.

Und was ist mit ihr passiert, fragte der Ire.

Sie ist verschwunden. Sie haben sie ermordet. Fragen Sie ihn. Er zeigte auf mich. Er weiß darüber Bescheid.

Ich sah ihn an. Ich hatte keine Ahnung, wovon er redete. Ich verstehe nicht, sagte ich zu ihm. Mittlerweile sahen uns die zwei Besucher aufmerksam an. Wer war Ihre Freundin, fragte ich.

Es war Marta Goméz, sagte er, Sie kannten sie. Sie studierte mit Ihnen englische Literatur; so habe ich Sie überhaupt kennengelernt.

Ich wußte, von wem er sprach: Sie war ein hochgewachsenes Mädchen gewesen, das immer in Schwarz ging und eine getönte Brille trug. Ich hatte nicht gewußt, daß sie verschwunden war. Ich hatte sie, wie die meisten, mit denen ich zusammen studiert hatte, seit Jahren nicht mehr gesehen. Ich hatte jetzt ein Bild vor mir, wie sie mit einer Aktenmappe unter dem Arm einen Korridor entlangging. Ich überlegte, was ich sonst noch über sie wußte. Ich erinnerte mich, daß sie mir einmal gesagt hatte, sie würde gern in Oxford studieren und dann zurückkommen und Englischdozentin werden.

Sie ist tot? Ich versuchte, verwirrt und erschüttert zu klingen, weil ich wirklich verwirrt und erschüttert war, aber ich wußte nicht, ob auch nur einer am Tisch mir glaubte. Was ich gesagt hatte, war die Wahrheit, aber jetzt klang es wie eine Lüge oder eine fadenscheinige Ausflucht.

Während des Prozesses gegen die Generäle, fuhr Francisco fort, waren Martas Name und Foto etwa eine Woche lang täglich in den Zeitungen. General Lanusse war ein Freund ihrer Familie – er war hier in den siebziger Jahren Präsident –, und er sagte während der Verhandlung über ihr Verschwinden aus. Als sie nichts über Marta in Erfahrung bringen konnten, hatten sie sich an ihn gewandt. Sie war nachts abgeholt worden, zusammen mit zwei Freundinnen, die in der Studentenbewegung aktiv gewesen waren, sie wohnten zusammen und bereiteten sich gerade auf das Abschlußexamen vor. Sie hatten nicht das geringste mit Politik zu tun. Niemand hat je erfahren, wie ihre Namen auf eine Liste kamen oder warum sie verhaftet wurden. Damals glaubte ich wie jeder andere auch, niemand könne völlig ohne Grund verhaftet werden. Aber man hat sie nie wieder gesehen. Als der General zum Heer ging, riet man ihm, es bei der Marine oder der Luftwaffe zu versuchen. Er war eine hochangesehene Persönlichkeit, und als er nach ihr fragte und Einzelheiten über ihre Verhaftung mitteilte, erklärte ihm ein Offizier der Marine, sie könnten ihm bei einem solchen Einzelfall nicht weiterhelfen, es würden so viele Körper nachts weggeschafft und von Hubschraubern und Flugzeugen aus ins Meer geworfen, daß sie keine Bücher darüber führten. Zuerst erzählte er Martas Familie nicht, was man ihm gesagt hatte, weil er annahm, es sei eine Redensart gewesen, eine brutale Weise, ihm mitzuteilen, daß sie tot sei, aber als er später weitere Erkundigungen einzog, fand er heraus, daß es die buchstäbliche Wahrheit gewesen war: Sie betäubten ihre Opfer mit Drogen und schleppten sie in Flugzeuge und warfen sie ins Meer. Das ist vielleicht auch mit ihr passiert, sagte er. Früher dachte ich manchmal, ich hätte sie auf der Straße gesehen, aber jetzt nicht mehr. Ich weiß, daß sie tot ist. Von anderen Fällen weiß ich nichts, außer von ihren zwei Freundinnen, eine von ihnen stammte auch aus einer einflußreichen Familie, aber sie sind ebenfalls verschwunden.

Er wandte sich wieder mir zu. Sie müssen von Marta gewußt haben, sagte er, denn sie ist zu ihrer Abschlußprüfung nicht erschienen. Alle müssen es gewußt haben. Und ich glaube, daß Sie auch eine ihrer Freundinnen kannten. Ich weiß nicht, wie Sie sagen können, Sie würden niemanden kennen, der verschwunden sei.

Er sprach leise. Ich weiß, daß ihr Leichnam irgendwo sein muß, sagte er, als redete er mit sich selbst. Wir würden sie gern anständig begraben. Und wissen, was passiert ist. Das ist für alle das Schlimmste: nicht zu wissen, an welchem Tag sie gestorben ist, wie sie aussah, als sie starb, nicht zu wissen, aber sich die ganze Zeit vorzustellen, wie es für sie gewesen sein muß. Ich nehme an, daß man sie gefoltert hat, und es ist schlimm, sich das vorzustellen, sich das von jemandem vorzustellen, den man geliebt hat und noch immer liebt, es ist sehr schlimm. Vielleicht ist das nicht passiert. Ich würde so gern jemanden treffen, der mir sagen könnte, was passiert ist.

Der Ire und der Amerikaner waren jetzt beide still. Ich sagte nichts. Rings um uns herum lachte und redete die ganze Gesellschaft. Ich wußte, es würde nicht mehr lange dauern, bis jemand bemerkte, wie gedrückt wir waren.

Das habe ich nicht von ihr gewußt, sagte ich. Es tut mir leid. Er blickte auf, sah mich an und schüttelte den Kopf. Schließlich kam Donald herüber und gab dem Amerikaner einen Klaps auf den Rücken. Er sah uns einzeln an und lachte. Los, helfen Sie uns, die Party in Schwung zu bringen, sagte er. Ich blieb da sitzen. Ich wußte nicht mehr weiter. Die anderen standen langsam auf. Ich wollte meinen ehemaligen Kommilitonen fragen, ob er mir glauben würde, wenn ich ihm sagte, daß ich nichts von Marta Goméz' Verschwinden wußte, aber bis ich meinen Stuhl zurückgeschoben und mich der Gesellschaft zugewandt hatte, war er nicht mehr im Raum.

Am Tag, als die Wirtschaftsexperten ankamen, hatte ich meine Tasche gepackt und die Tür abgeschlossen, als sei ich bereit, die Wohnung für immer zu verlassen und ganz von vorn anzufangen. Es muß der zweite oder dritte Abend in der neuen Welt der Hotelzimmer und korrekt gekleideten Männer, die Macht und Zufriedenheit über die Ordnung der Dinge ausstrahlten, gewesen sein: Wir gingen von einem Restaurant auf der Corrientes zum Hotel zurück und kamen an dem Gebäude vorbei, in dem ich wohnte oder, besser gesagt, in dem ich gewohnt hatte, bevor diese Männer angekommen waren. Ich berührte die Schlüssel in meiner Hosentasche, als berührte ich einen geheimen Teil meiner selbst. Ich hätte diese Männer ohne weiteres sich selbst überlassen können.

Die Straßen waren ungefährlich und der Weg zum Hotel klar. Und ich hätte in mein eigenes Haus zurückschlüpfen können. Ich hätte still und leise die Treppe hinaufsteigen und die Tür aufschließen können, und es wäre alles dagewesen. Als ich aber mit dem Gedanken spielte, hatte ich die Vision, ich öffnete die Tür und fände statt dessen plötzlich einen hellen Raum vor, der vollkommen leer und substanzlos war, nichts als wolkiges Licht, weder Zimmer noch Dinge, weder Fußböden noch Wände, weder Betten noch Schränke.

Ich hätte, als wir daran vorbeigingen, erwähnen können, daß ich hier wohnte, und der eine oder andere von ihnen könnte ein gewisses Interesse bekundet und mich etwas darüber gefragt haben: Wie lange wohnte ich schon dort? War die Wohnung teuer? Gehörte sie mir, oder wohnte ich zur Miete? Wohnte ich bei meiner Familie? Aber das hätte die Integrität des neuen Ichs, das ich vorstellte, des soliden und nüchternen, effizienten und ernsthaften Menschen, beeinträchtigt. Einer von ihnen hätte auf die Mitteilung hin, daß ich allein in einer Wohnung im dritten Stock dieses Hauses im Stadtzentrum wohnte, erraten, daß ich, auf eine grundlegende Weise, unzuverlässig war. Und zwar einfach deswegen, weil er seine Aufmerksamkeit für eine Sekunde auf mich gerichtet hätte, mich genau angesehen, über das von mir enthüllte Detail nachgedacht hätte. Und das hätte genügt. Ich hatte nicht das Gefühl, daß ich einer näheren Überprüfung standgehalten hätte. So ließ ich den Anlaß verstreichen. Ich sagte ihnen nichts. Ich ließ sie miteinander reden, und als wir durch meine Straßen spazierten, stellte ich fest, daß es mir Vergnügen bereitete.

Jetzt allerdings war meine Zeit um. Drei von ihnen würden dableiben, um die vertrackte Erdölindustrie unter die Lupe zu nehmen, und die übrigen würden wegfahren, um Berichte abzufassen und sich anderen Projekten zuzuwenden und in den Schoß ihrer jeweiligen Familien zurückzukehren. Es bestand für mich keine Notwendigkeit mehr, im Hotel zu bleiben. Ich achtete darauf, daß ihre Taxis zum Flughafen rechtzeitig vorfuhren und daß alle Extras bezahlt und niemandem zuviel berechnet wurde. Ich stellte mich in die Hotelhalle und achtete darauf, daß alle Gepäckstücke hinausgetragen wurden. Ich rief beim Flughafen an und vergewisserte mich, daß keine Verspätungen gemeldet waren. Ich schüttelte den abreisenden Wirtschaftsexperten die Hand, wünschte ihnen einen guten Flug, überprüfte noch einmal ihre Abflugzeit und versicherte ihnen, daß sie mehr als genug Zeit hätten. Und dann ging ich zur Rezeption und ließ mir meinen Schlüssel geben und eilte nach oben in mein Zimmer. Ich setzte mich auf die Bettkante und ließ Zeit verstreichen. Ich packte und vergewisserte mich, daß ich nichts liegengelassen hatte. Ich setzte mich wieder auf die Bettkante. Ich hätte mich ohne weiteres wieder ins Bett legen und bis Mittag schlafen können, und vielleicht hätte ich dann gewußt, was ich tun sollte. Ich erinnere mich, daß es mich an dem Morgen Überwindung kostete, das Zimmer zu verlassen und nach unten zu gehen und den Schlüssel abzugeben und die Rechnung für meine Extras zu begleichen und nach Hause zu gehen.

Ich fand eine Stromrechnung und zwei Briefe vor, die persönlich zugestellt worden waren. Die Handschrift kam mir bekannt vor. Ich dachte, es sei die von Susan oder Donald, und fragte mich, warum sie sich nicht im Hotel mit mir in Verbindung gesetzt hatten. Als ich aber einen von beiden öffnete, sah ich, daß er von Jorge war. Ich las ihn noch im Hausflur. Sein Vater, schrieb er, wolle den Wahlkampf vorantreiben und sei, milde ausgedrückt, darüber verwundert, daß ich mich die ganze Zeit nicht gemeldet hätte. Hatte ich bei den Amerikanern irgendwelche Fortschritte gemacht? Mit wem hatte ich gesprochen, und mit welchen Resultaten? Er habe die ganze vergangene Woche jeden Tag mehrmals angerufen, und er habe in der Gegend herumtelefoniert, aber kein Lebenszeichen von mir bekommen. Sein Ton war förmlich, als sei ich sein Angestellter, und mir kam der Verdacht, daß sein Vater ihm, während er den Brief schrieb, über die Schulter gesehen haben mußte. Ich steckte den anderen Brief in die Tasche und stieg die Treppe hoch. Als ich die Tür öffnete, wirkte der Raum auf mich tröstlich. Ich stellte meine Tasche ab und ging in die Küche und ließ meinen Blick ringsum über jeden einzelnen Gegenstand wandern, als sei er eigens da plaziert worden, um mich zu beruhigen.

Der andere Brief war zuerst geschrieben worden; es waren nur ein paar Zeilen mit der Bitte, mich mit Jorge oder seinem Vater in Verbindung zu setzen. Ich ließ ihn auf dem Küchentisch liegen und ging hinunter auf die Straße und trank in einer Bar einen Kaffee. Sofern Susan, Donald oder die Erdölexperten mich nicht für irgend etwas brauchten, hatte ich den Rest des Tages frei. Ich überlegte mir, daß ich vielleicht etwas für die Wohnung kaufen sollte, neue Laken oder Handtücher, oder einen neuen Stuhl. Ich würde auch Susan anrufen müssen und sie fragen, was ich Jorges Vater sagen sollte. Vielleicht, entschied ich, konnte ich irgendwann später, im Lauf der Woche mit ihr reden. Ich hatte wegen Jorge und seinem Vater Schuldgefühle. Ich hatte ihre Beziehungen ausgenutzt, um Arbeit zu finden, und hatte keinerlei Gegenleistung erbracht. Wahrscheinlich hatte Jorge versucht, mich in der Schule zu erreichen, und wußte jetzt, daß ich nicht mehr dort arbeitete. Ich trank meinen Kaffee aus und zahlte und kaufte auf dem Heimweg noch eine Zeitung, um nachzusehen, wann in den Kinos die Nachmittagsvorstellungen anfingen.

Als am nächsten Morgen um acht das Telefon klingelte, wußte ich, daß ich ein Risiko einging, wenn ich nun aufstand und abhob. Es war Jorge, und mir war sofort klar, daß sein Vater neben ihm stand. Als erstes sagte er, wie schwierig es gewesen sei, mich zu erreichen, wie oft er es probiert habe. Ich sagte nichts. Das Problem sei, daß sie niemand anders beauftragen könnten, mit den Amerikanern zu reden, solange sie nicht wüßten, was ich in der Zwischenzeit unternommen hätte. Ob ich irgendwelche Neuigkeiten für sie hätte, fragte er mich. Ich sagte, ich hätte mehrmals mit den Amerikanern gesprochen, aber es sei alles noch sehr vage. Allerdings würde ich sie heute noch einmal treffen, und es spreche sehr viel dafür, sagte ich, daß sich dann Konkreteres ergeben würde. Und das sei der Grund, warum ich mich noch nicht gemeldet hätte. Vielleicht, sagte ich, könnten wir uns heute am späteren Abend oder morgen früh treffen. Ich versuchte, nüchtern und sachlich zu klingen. Um wieviel Uhr wir uns sehen könnten, fragte er. Ich sagte ihm, es habe keinen Sinn, eine Uhrzeit auszumachen, solange ich die Amerikaner nicht gesprochen hätte, aber ich würde mich gegen Abend melden. Ich fragte, wo ich ihn am besten erreichen könne. Er sagte, er sei ab sieben zu Hause.

Ich legte mich wieder ins Bett und versuchte zu schlafen. Aber plötzlich kam mir der Gedanke, daß ich ein Telefon am Bett brauchte und einen Anrufbeantworter und vielleicht einen Computer oder zumindest eine elektrische Schreibmaschine. Ich versuchte auszurechnen, wieviel Geld ich hatte und wieviel mir noch für meine Tätigkeit mit den Wirtschaftsexperten zustand. Meine Gedanken rasten, und ich wußte, daß es mir nicht gelingen würde, wieder einzuschlafen. Ich zog meinen Morgenmantel an und ging ins Badezimmer, um mir die Wanne einlaufen zu lassen, und dann ging ich zum Telefon und wählte Susan Fords Nummer. Sie nahm sofort ab. Ich verabredete mit ihr, daß ich zu ihr kommen würde, sobald ich mich gewaschen und angezogen und gefrühstückt hätte.

Sie trug eine leuchtendblaue Schleife im Haar, die farblich zu ihren Augen paßte. Sie ließ sie kleiner und gewöhnlicher aussehen.

»Ich wollte Sie schon anrufen«, sagte sie. »Wir müssen uns morgen mit den Erdölexperten und ein paar Leuten von der hiesigen Ölbranche zum Lunch treffen. Und nächste Woche treffen auch mehrere Leute von verschiedenen Ölgesellschaften hier ein. Die meisten sind Amerikaner. Sie kommen nur, um sich einen ersten Eindruck zu verschaffen. Wir möchten, daß Sie sich um sie kümmern und sie bei Laune halten. Zum Beispiel«, sie blickte auf und grinste, »wäre es mir lieb, wenn sie sich während ihres Aufenthalts hier keine Geschlechtskrankheiten holen würden.«

»Ich werde die Sache in die Hand nehmen«, sagte ich.

»Möchten Sie, daß ich mir das notiere?«

»Warum haben Sie mich so früh angerufen? Das sieht Ihnen gar nicht ähnlich.«

Ich zeigte ihr die zwei Briefe von Jorge und erinnerte sie daran, was der Zweick meines ersten Besuches bei ihr und Donald gewesen war.

»Meinen Sie, dieser Mann könnte einen guten Kandidaten abgeben?« fragte sie.

»Vielleicht kenne ich ihn zu gut, um das beurteilen zu können«, sagte ich. »Er war mit Perón befreundet, und er ist ein erfolgreicher Geschäftsmann. Man könnte ihn als solide und fortschrittsorientiert verkaufen, als einen zuverlässigen Macher.«

»Das klingt ja furchtbar«, sagte sie.

»Ich glaube, daß er ein glaubwürdiger Kandidat ist. Unter bestimmten Umständen könnte er diese Wahl gewinnen, und ich denke, Sie sollten ihn sich einmal ansehen.«

»Wozu braucht er uns, wenn er ein erfolgreicher Geschäftsmann ist?«

»Er hat schon einige Leute, die ihn unterstützen, aber man scheint allgemein zu glauben, daß die Amerikaner willens sind, eine Menge Geld in den Kandidaten ihrer Wahl zu investieren. Ich glaube, er möchte einen Teil dieses Geldes haben, aber er möchte vor allem auch sichergehen, daß es nicht einem Rivalen zugute kommt.«

»Dann schauen wir ihn uns mal an, wenn er es ernst meint. Er hat ein großes Haus, einen großen Garten, einen Swimmingpool, alles, was dazugehört?«

Ich nickte. Sie hielt inne und dachte einen Augenblick lang nach. Sie tippte mit dem Fingernagel auf den Tisch.

»Er sollte eine Mittelbeschaffungsparty veranstalten, Leute einladen, die bereit sind, Geld und Energie in seine Kampagne zu stecken. Er könnte auch uns einladen, und dann wäre es möglicherweise leichter abzuschätzen, wie viele Leute er tatsächlich hinter sich hat. Ansonsten wissen wir über ihn nur das, was wir von Ihnen gehört haben.«

»Ich werde ihm wiedergeben, was Sie gesagt haben.«

»Sagen Sie ihm, er soll es bald tun. Außerdem brauchen wir Ihre Kontonummer, damit wir etwas Geld für Sie einzahlen können. Ungefähr die Hälfte können wir Ihnen in bar geben, in Dollar, aber der Rest wird, so leid's mir tut, über die Bücher laufen müssen. Ich hoffe, das ist in Ordnung.«

»Ist mir recht«, sagte ich.

Als ich an dem Abend in den Vorortzug stieg, um zu Jorge zu fahren, fragte ich mich, ob das eine der Linien war, die meine Freunde aus Washington stillegen wollten. Vom Bahnhof aus ging ich zu Fuß los und erreichte schließlich die lange Straße mit den großen, durchweg gutgesicherten Häusern. Manche hatten bewaffnete Wachen am Tor; andere hatten Hunde. Als ich bei Jorges Haus ankam, mußte ich vor dem Tor warten, während ein scharfzahniger deutscher Schäferhund mich anbellte. Schließlich erschien ein Uniformierter und legte den Hund an die Leine. Er lächelte nicht noch machte er die geringste Geste in meine Richtung. Er sah gut aus. Es hätte mir Freude gemacht, wenn er gelächelt hätte. Aber er sah aus, als habe er schlechte Laune, oder vielleicht bezahlte ihn Jorges Vater dafür, daß er so aussah. Er öffnete das Tor und hielt den Hund mit fester Hand zurück. Ich ging an ihm vorbei auf das Haus zu. Ich hatte völlig vergessen, wie abscheulich ich die wuchtigen Möbel in Señor Canettos Haus fand, die Jagdtrophäen, die gräßlichen Kalbsfelle auf dem Fußboden. Als ich ankam, waren Jorge und sein Vater im Arbeitszimmer, und man führte mich dorthin. Jorges distanzierte, nervöse Reaktion auf mein Erscheinen und seines Vaters vage Feindseligkeit verrieten mir, daß sie durchaus zu dem Schluß gelangt sein konnten, mir die Schuld daran zu geben, wenn Señor Canetto in diesem Augenblick nicht als der Spitzenkandidat jeder künftigen Wahl von den Massen auf den Schultern getragen wurde. Ich richtete ihnen aus, was Susan gesagt hatte. Señor Canetto verzog das Gesicht und putzte sich dann die Nase mit einem zusammengefalteten Taschentuch, das er aus der Hosentasche hervorholte. Wieviel Geld würden sie in den Wahlkampf investieren, fragte er, wenn sie von der Mittelbeschaffungsparty beeindruckt seien? Ich sagte, das wisse ich nicht. Ob ich sicher sei, daß ich mit den Leuten an der Spitze gesprochen hätte, fragte Jorge, mit denen, die wirklich die Entscheidungen trafen? Ich sagte, ich sei ziemlich sicher, aber wenn sie weitere Verbindungen hätten, sollten sie auch diese spielen lassen.

Während wir redeten, öffnete sich die Tür, und der Mann, der hereinkam, sah uns alle drei ziemlich gleichgültig an und ging hinüber zu einem der Bücherregale. Jorge und sein Vater nahmen keinerlei Notiz von ihm. Er war leger gekleidet, und seine Haltung war entspannt und ungezwungen. Er war dunkel und stämmig. Als er das Buch, das er wollte, gefunden hatte und sich umdrehte, um wieder hinauszugehen, sah ich, daß seine Augen, wie die von Jorge, kristallblau waren. Sofort wußte ich, wer er war. Er war der Bruder, der vor Jahren in die Vereinigten Staaten gegangen war. Ich erinnerte mich, daß er während des Malvinas-Krieges eines Nachts angerufen hatte, als ich im Haus gewesen war. Er war, wie ich wußte, ein bis zwei Jahre jünger als Jorge. Als er aus dem Zimmer ging, redeten Jorge und sein Vater einfach weiter, verhielten sich ganz so, als sei er ein normaler, fester Bestandteil des Haushalts. Ich versuchte, mich an seinen Namen zu erinnern, während sein Vater über den Wahlkampf schwadronierte; ich mußte ihn irgendwann gewußt haben, aber er fiel mir jetzt nicht mehr ein. Während ich darüber nachdachte, fragte Jorge, ob ich nicht mehr in der Schule arbeitete. Ich erklärte ihm, daß ich gekündigt und bei Donald und Susan Arbeit als Dolmetscher gefunden hätte. Er und sein Vater sahen mich argwöhnisch an. Sie forderten mich nicht auf, zum Abendessen zu bleiben. Statt dessen erbot sich Jorge, mich zum Bahnhof zu fahren. Ich nahm an und reichte seinem Vater zum Abschied die Hand. Er war jetzt schweigsam und mißmutig. Ich nehme an, er hatte erwartet, die Amerikaner würden ihm einfach Geld in die Hand drücken und er würde damit in den Zeitungen für seine Kandidatur werben können und alle wissen lassen, daß die Amerikaner die Annoncen finanziert hatten und ihn somit unterstützten. Die Tatsache, daß er selbst etwas tun sollte, daß sie von ihm eine gewisse Initiative erwarteten, schien ihm Unbehagen zu bereiten und ihn zu deprimieren.

Auf dem Weg zum Bahnhof fragte ich Jorge, ob der Mann, der ins Zimmer gekommen war, sein Bruder sei. Ja, sagte er, vor ungefähr einem Monat hatte sein Bruder vom Flughafen aus angerufen, er sei wieder da, und Jorge und sein Vater hatten ihn dort abgeholt.

»Wie heißt er?« fragte ich Jorge.

»Pablo«, sagte er.

»Bleibt er jetzt hier?«

»Ja, er arbeitet auch für meinen Vater. Sie haben bisher noch keinen einzigen Streit gehabt. Früher haben sie sich ziemlich häufig gestritten.«

»Wie alt ist er?«

»Ich bin dreißig, also ist er achtundzwanzig.«

»Und wo hat er gelebt?«

»Kalifornien. Er spricht Englisch mit amerikanischem Akzent. Vielleicht schicken wir ihn zu den Amerikanern, damit er mit ihnen redet.«

»Ja, kann sein, daß er bessere Resultate als ich erzielt.«

Ein paar Tage später rief Jorge an und fragte, ob ich mir vorstellen könne, daß Donald Lust hätte, zum Tennisspielen zu kommen? Sie hätten ein neues Netz gekauft, sagte er, und der Platz sei gut in Schuß. Er und sein Bruder könnten gegen mich und den Amerikaner spielen. Ich rief Donald an, und er erklärte sich einverstanden. Und so fuhren wir am darauffolgenden Freitag mit unserer Tennisausrüstung zum Haus der Canettos; um den Verkehr auf den Straßen zu umgehen, nahmen wir den Zug. Jorge holte uns am Bahnhof ab. Er trug schon weiße Shorts, weiße Schuhe und Socken und ein weißes Tennishemd.

Ich sah ihn gleichsam mit Donalds Augen: Er wirkte glamourös und gutaussehend, ein reicher Argentinier, der eine teure Sonnenbrille trug und ein sorgfältiges und korrektes Englisch sprach, so wie ich es ihm beigebracht hatte. Es war Jahre her, daß ich ihn richtig angesehen, die Form seiner langen Beine betrachtet hatte. Neben ihm sah Donald alltäglich und uninteressant aus. Ich blieb einen Schritt zurück, sagte nichts und ließ ihnen Gelegenheit, sich gegenseitig zu mustern.

Die Canettos hatten offensichtlich beschlossen, aus der Sache ein großes Ereignis zu machen. Der Vater und seine beiden Söhne hatten sich den Nachmittag freigenommen. Der Vater war leutselig, aber zugleich merkwürdig respektgebietend und distanziert, als habe er vor dem Spiegel ausprobiert, welche Pose dem Amerikaner am ehesten als eines Präsidenten würdig erscheinen würde. Er sagte uns, wir könnten das Badezimmer im Haus benutzen, wenn wir uns nicht im Umkleideraum am Court umziehen wollten, und wir sollten anschließend unbedingt auf einen Drink bleiben. Gleichgültig, ob wir gewinnen oder verlieren würden, sagte er, die Drinks würden auf seine Rechnung gehen. Sein Lachen, fand ich, klang zu laut und zu jovial. Ich genierte mich seinetwegen. Als Donald mit ihm sprach, fiel mir auf, wie gut und flüssig sein Spanisch war. Ich hatte seinen Akzent immer als farblos und seine Rede als stockend in Erinnerung gehabt.

»Wo ist Pablo?« fragte der Vater. Jorge sagte, er sei im Swimmingpool, und wir machten uns auf den Weg dorthin, während der Vater ins Haus zurückging. Vor den Drinks nach dem Spiel graute mir, ich wußte, daß jeder Augenblick für unseren Gast gestellt aussehen und alles gezwungen und unecht wirken würde. Der terrassenartig angelegte Garten führte hinunter zu einem Swimmingpool; auf der nächsttieferen Ebene befand sich ein Tennisplatz. Wir konnten Pablos Körper sehen, der das Wasser zerteilte, mit Armen und Beinen, die sich wie Scheren öffneten und schlossen. Er trug eine hellblaue Badehose. Jorge rief ihm zu, daß wir soweit seien.

Er schwamm zu uns ans Ende des Beckens und stützte seine Ellbogen auf dem Rand auf. Er lächelte uns an. Ich betrachtete ihn mit meinen eigenen Augen, und dann drehte ich mich um und bemerkte, daß auch Donald ihn betrachtete. Ich fing für eine Sekunde Pablos Blick ab, aber dann merkte ich, daß ich wegsehen mußte, damit es nicht zu offensichtlich wurde, daß ich ihn attraktiv fand. Er schwamm von uns fort, als habe er nicht die Absicht, sich uns anzuschließen. Jorge rief ihm nach, er solle aus dem Wasser und zum Court kommen. Wir gingen hinunter und zogen in der Umkleidekabine unsere Tennissachen an, und dann spielten wir uns auf dem Court ein paar Bälle zu, bis Pablo kam. Sein dichtes schwarzes Haar war noch naß, aber er trug jetzt weiße Shorts und ein hellblaues T-Shirt. Er stellte sich zu seinem Bruder auf die andere Seite des Netzes.

Donald und ich waren aus der Übung. Wir verfehlten Bälle oder schlugen sie zu hart. Jorges Schläge waren exakt. Er stand auf der Grundlinie und bediente uns mit hohen, langsamen Bällen. Er war geduldig. Pablo dagegen war, selbst als wir uns erst warm spielten, aggressiv und nahm keinerlei Rücksichten. Als Jorge ihm sagte, er solle die Sache etwas lockerer nehmen, wir seien nicht in Wimbledon, schlug Pablo vor, mit dem Match zu beginnen. Wir ließen einen Schläger kreiseln und gewannen. Donald würde als erster aufschlagen. Ich stand am Netz und beobachtete Pablos verbissene Konzentration, seine nervösen Bewegungen, obwohl er gar nicht an der Reihe war, den Aufschlag anzunehmen.

Donalds Aufschlag war nicht schwer zu erwidern. Jorge drosch den Ball zurück auf Donalds Rückhand. Donald schaffte es gerade noch, ihn zu erreichen. Der Ball stieg weich empor, und Pablo erwartete ihn am Netz, während er gleichzeitig aufmerksam den Court vor sich musterte, um zu sehen, wo er den Ball plazieren würde. Er hob den Schläger, als habe er vor, den Ball gegen Donalds Rückhand zu schmettern. Statt dessen schnitt er ihn hart rechts an und knallte ihn mir gegen die Schulter. Er drehte sich um und ging zurück, um den nächsten Aufschlag anzunehmen, so, als sei gar nichts passiert. Ich rieb mir die Schulter; sie tat weh. Jorge zuckte die Achseln, als wolle er damit sagen, er könne nichts dafür. Pablo drehte sich um, rollte den Schläger in der Hand und erwartete, vorgebeugt und wachsam, Donalds Aufschlag. Ich stand Pablo gegenüber am Netz, und mir war bewußt, wie leicht es für ihn sein würde, mich noch einmal zu treffen, da Donalds Aufschlag auch jetzt wieder schwach war. Diesmal versuchte er mich aber nicht zu treffen, er knallte den Ball lediglich an mir vorbei, so daß er wie ein Geschoß hart vor der Grundlinie aufprallte.

»Dieser Bursche macht keine halben Sachen«, rief Donald.

Sie gewannen mühelos; erst im letzten Satz holten Donald und ich etwas auf, als sie zu selbstsicher wurden und Fehler machten. Wir waren erschöpft. Pablo war weiterhin wie besessen vom Spiel und vom Punktestand, den er auf englisch meldete. Als es vorbei war, schüttelte er uns beiden die Hand, als sei es bei dem Spiel um eine wichtige Meisterschaft gegangen. Es war noch immer heiß, auch wenn das Licht allmählich verblaßte. Als Pablo sagte, er würde noch ein paar Bahnen schwimmen, sagte Donald, er habe keine Badehose dabei; Pablo drehte sich um und lächelte und sagte, eine Badehose sei nicht nötig. Als wir den Pool erreichten, war Pablo schon nackt im Wasser. Donald zog sich langsam aus, dann rannte er los und machte einen Kopfsprung. Seine Gesäßbacken waren weiß und glatt. Sein Körper wirkte fest und hart, als er eine Bahn mit untergetauchtem Kopf schwamm und dann den Kopf hob und mir zurief, ich solle mich beeilen. Jorge war inzwischen zum Unkleideraum gegangen, um Handtücher zu holen. Ich konnte keine Kopfsprünge machen. Ich zog mich aus und ging zum seichten Ende des Beckens. Ich war mir dessen bewußt, daß sie mich jetzt beide beobachteten. Ich glitt ins Wasser und schwamm zum tiefen Ende hin. Als ich mich umdrehte, sah ich Jorge gerade aus seinen Shorts schlüpfen. Als er sich an den Rand stellte und hineinsprang, bemühte ich mich, nicht auf seine nackten Beine und seine Eier und seinen langen Schwanz zu starren.

Ich drehte mich auf den Rücken und schwamm langsam mit geschlossenen Augen das Becken entlang. Nach der Anstrengung des Tennismatchs war das Wasser die reine Wohltat, und die Anwesenheit dieser nackten Körper, nah bei mir im Wasser, verschaffte mir echtes Vergnügen und ein Gefühl der Vorfreude. Ich hatte Pablo noch nicht nackt gesehen. Ich wartete im Wasser, bereit, mich umzudrehen und einen Blick auf ihn zu werfen, wenn er aus dem Pool stieg. Ich schwamm mit geschlossenen Augen an ihm vorbei und stellte mir seinen Körper vor, der aus dem Wasser auftauchte, seine Hände am Geländer.

Ich glaube, die Hitze erklärt möglicherweise ein paar Dinge, die als nächstes passierten. Im Dezember wurden die Tage heiß und die Nächte auch. Man schlief schlecht. Wohin ich auch ging, schwitzten die Leute und fächelten sich Luft zu und beklagten sich über die Hitze. Mehrere Fabriken wurden bestreikt, und in der Stadt fanden Demonstrationen gegen die steigende Inflation und die sinkenden Löhne statt. Eines Tages mußte ich zwei Manager von Amoco am Flughafen abholen und in die Stadt begleiten. Am Ende der Corrientes stellten sich einige Streikende geschlossen vor unsere Limousine und blockierten den Weg. Es sah so aus, als hätten sie sich aufgrund der Größe unseres Wagens entschlossen, uns als erste anzuhalten. Die zwei Amerikaner sahen schweigend zu, während lange Reihen von Demonstranten Parolen skandierend an uns vorüberzogen. Im Auto – es hatte keine

Klimaanlage – wurde es immer heißer. Ich konnte spüren, daß die Amerikaner wütend waren, als ob die bestreikten Fabriken ihnen gehörten, als ob ihr Geld hier auf dem Spiel stünde.

»Wir sind nicht hergekommen, um uns das hier anzusehen«, sagte einer von ihnen. Der Fahrer sprach glücklicherweise kein Englisch. Ein paar seiner Äußerungen über die Streikenden wären schwer zu übersetzen gewesen. Ich war kurz davor vorzuschlagen, daß wir aussteigen und zu Fuß weitergehen sollten und dem Fahrer erlauben, diese Leute ungestört zu verfluchen und das Gepäck später abzuliefern, aber ich sagte nichts. Ich saß da und schaute auch zu. Ich war bisher noch nie aufgefordert worden, irgendwelche Ansichten über Streiks und Streikende zu äußern. Ich wußte nicht, was ich davon halten sollte.

Die Manager fragten mich nach der Inflation, aber ich erzählte ihnen nicht, daß der Kartenverkäufer eines der Kinos in der Nähe meiner Wohnung mich einmal gefragt hatte, ob ich Dollars wechseln wolle; soweit ich feststellen konnte, bot er den besten Wechselkurs an. Ich weiß nicht, wie oder warum. Er wechselte mein Geld in einheimische Währung, und so betraf mich die Inflation nicht. Ich wußte, daß Jorges Vater sich über die zunehmende Unzufriedenheit freute, die die Inflation in der Stadt verursachte. Die Regierung könne sich nicht halten, sagte er. Je länger es so weiterginge, desto nötiger würde ein Machtwechsel werden.

Nicht weit vom Haus der Fords gab es einen Tennisclub, in dem die Courts abends mit Flutlicht beleuchtet wurden. Donald war Mitglied; wir trafen uns dort oft und spielten, bis einer zwei Sätze gewonnen hatte, und dann gingen wir zurück und aßen mit Susan zu Abend. Unsere Technik wurde allmählich besser, auch wenn seine Schläge häufig äußerst ungenau waren; er machte jedesmal eine ganze Reihe von Doppelfehlern. Ich dagegen machte nie einen Fehler. Ich schlug nie ein As, nie einen Treffer, ich schlug einfach jeden Ball zurück und machte nie einen doppelten Aufschlagfehler. Manchmal zogen sich die Ballwechsel über mehrere Minuten hin, bis Donald es schaffte, mich am Netz zu passieren, oder mich die Grundlinie entlanghetzte und dann vortäuschte, er würde den Ball in die eine Richtung schlagen, und ihn dann in die andere schlug und den Punkt gewann.

Eines Abends waren wir die letzten auf dem Tennisplatz, und deswegen auch die letzten, die nach dem Spiel in der Bar ein Bier tranken. Der Platzwart fegte die Courts für den nächsten Tag und schaltete schon überall die Beleuchtung aus, als wir in den Umkleideraum gingen. Wir zogen uns aus und stellten uns unter die kalte Dusche. Ich war mittlerweile an Donalds Körper gewöhnt und verfolgte, wie er mit dem Herannahen des Hochsommers abnahm und sein Bauch und seine Brüste, jedesmal wenn wir spielten, ein bißchen weniger fleischig waren. Sein Körper war kräftig; Brust, Beine und Arme waren haarig, sein Rücken war ebenfalls etwas behaart. Aber er hatte überhaupt nichts Anmutiges oder Schönes an sich. Dennoch fand ich seine Männlichkeit attraktiv, und ich hätte mir vorstellen können, mit ihm zu schlafen und von seiner Kraft erregt zu werden.

Ich war dabei, mich abzutrocknen, während er noch unter der Dusche stand. Ich stellte den Fuß auf die Bank, um mir das Bein trockenzureiben. Er redete davon, seinen eigenen Tennisplatz wieder instand setzen zu lassen. Ich kehrte ihm den Rücken zu und trocknete mir den Bauch ab, während er sprach. Ich merkte nicht, daß er sich näherte. Ohne Vorwarnung schlang er seine Arme um meine Brust und zog mich an sich. Ich konnte die Weichheit seines Schwanzes und seiner Eier an meinem Körper spüren. Ich konnte seinen Atem an meinem Nacken spüren, als er versuchte, mich in die Luft zu heben. Ich hätte ihm meinen Ellbogen in den Magen stoßen können, aber ich tat nichts. Er achtete genau darauf, durch sein Verhalten zu zeigen, daß das lediglich eine freundschaftliche Rangelei in einem Duschraum war. Als er mich losließ, bewegte er seine Hände abwärts zu meinen Eiern und befühlte dann meinen Hintern. Als ich mich umdrehte, konnte er sehen, daß ich einen Steifen hatte. Ich sah auf seinen Schwanz, aber er hing locker herab.

»Es gehört nicht viel dazu, Sie in Stimmung zu bringen«, sagte er. Er lächelte, als habe er etwas herausgefunden, was er schon immer hatte wissen wollen. Ich war verlegen. Ich ging an mein Schließfach, um meine Sachen zu holen. Mein Schwanz war noch immer hart. Er stand mir zugewandt, während er sich abtrocknete.

»Tun Sie so was öfter?« fragte ich ihn.

»Es hat Ihnen Spaß gemacht, nicht?«

»Haben Sie es deswegen getan?«

Er kam auf mich zu und legte seine Hand an meinen Hintern.

»Ja, deswegen habe ich's getan«, sagte er und lächelte mich an. Er trocknete sich ab und zog sich an, ohne noch etwas zu sagen. An dem Abend trank ich mit Donald und Susan nach dem Essen eine ganze Menge Wein, und ich gelangte zu der Überzeugung, daß das eine erste Annäherung gewesen war, daß Donald länger als Susan aufbleiben oder mir anbieten würde, mich nach Hause zu fahren, oder an einem der nächsten Tage eine Ausrede finden würde, um zu mir in die Wohnugn zu kommen. Aber er tat nichts dergleichen. Er hatte alles, was er wissen mußte, im Duschraum erfahren.

Die Canettos beschlossen, an einem Samstag abend Anfang Januar eine Party zu geben. Es wurde vereinbart, daß Susan und Donald ein paar amerikanische Ölmanager mitbringen konnten, aber der größte Teil der Gäste würden alte Freunde und Geschäftspartner Señor Canettos sein. Er empfand es als unter seiner Würde, sich telefonisch bei mir zu erkundigen, was für eine Art Abend den Amerikanern am meisten zusagen würde, aber Jorge rief mich in der Woche vor der Party täglich ein paarmal an, um mich unter anderem zu fragen, was für Musik am besten wäre, ob es traditionelles argentinisches Essen geben sollte, ob viele junge Leute dasein sollten, ob es Ansprachen geben sollte, ob die Amerikaner eine Gästeliste hätten, ob sie wüßten, wie der Botschafter am besten zu erreichen sei, falls sie der Meinung wären, daß man ihn einladen sollte. Manchmal dachte ich mir die Antworten selbst aus; ein paarmal rief ich Susan an und fragte sie nach ihrer Meinung.

»Sind diese Leute nicht imstande, eine Party zu veranstalten?« fragte sie. »Erwarten die wirklich von uns, daß wir ihnen sagen, was es zu essen geben soll?« Ich glaube, die Hitze machte sie reizbar.

Für die Party legte sie roten Lippenstift auf und kleidete sich ganz in Weiß. Donald trug einen Anzug aus hellem Leinenkrepp. Die anderen Amerikaner trugen Freizeitkleidung, und sie fielen damit auf, weil niemand sonst leger gekleidet war. Ich trug einen dunklen Anzug und einen Schlips. Ich bestellte eine Limousine, die die Ölmanager von ihrem Hotel abholte und sie zu einer vernünftigen Uhrzeit wieder zurückbringen würde.

Señor Canetto und seine Frau standen vor ihrem Haus und begrüßten die Gäste. Sie schürzte vor jedem, der auf sie zukam, die Lippen, als ob es zuviel Energie gekostet hätte zu lächeln. Die Canettos hatten überall im Garten Laternen aufgestellt und ein großes Feuer angezündet, über dem das Fleisch gegart werden sollte. Köche in weißen Kitteln gingen ziellos herum, und Mädchen in kurzen Röcken boten den Gästen Getränke an. Mir fiel auf, daß aus einem der Fenster des Obergeschosses eine riesige argentinische Flagge hing, als sei das Haus eine Botschaft oder ein Präsidentenpalais. Es waren viele Männer mittleren Alters da, die mit ihren Frauen auf und ab schlenderten; einige erkannte ich aus der Zeit des Malvinas-Krieges wieder. Einer von ihnen kam herüber und begrüßte mich; andere gaben mir die Hand. Ich sah mich nach dem Exgeneral um, aber ich glaube nicht, daß er da war. Susan und Donald saßen unten am Swimmingpool.

»Wir haben Ihren Mr. Canetto und seine Frau kennengelernt«, sagte Susan.

»Ah ja?«

»Es ist ein schönes Haus. Wir haben uns ein bißchen umgesehen.«

»Haben Sie schon gegessen?« fragte ich.

»Nein. Gehen wir essen.«

Wir gingen durch den Garten zurück und kamen an einer Combo vorbei, die brasilianische Tanzmusik spielte. Mittlerweile hatten die Köche einen üppigen *asado* angerichtet, ganze Tiere steckten gespreizt auf Spießen und brieten. Auf dem Rasen vor dem Haus waren Tische aufgestellt worden; dort saßen die Ölmanager mit Drinks in der Hand und sahen sich mit derselben wachsamen und hungrigen Konzentration um, die sie auch einer Bilanz oder einer Kostenaufstellung gewidmet hätten. Jorge kam uns entgegen; auch er war ganz in Weiß gekleidet. Er hielt Papierblumengirlanden in den Händen, und wir mußten uns jeder eine umhängen. Susan sah mit den bunten Blumen um den Hals wunderschön aus. Die Beleuchtung ließ sie zart und begehrenswert, fast weich erscheinen. Donald stand etwas abseits und langweilte sich, während Jorge sich mit ihr unterhielt. Jorge lachte über alles, was sie sagte, in einer fremden, gezwungenen, hysterischen Tonlage, die mich verstörte und in mir den Wunsch aufkommen ließ, er möge sich entfernen. Aber es war offensichtlich, daß er jetzt, da er uns gefunden hatte, bei uns bleiben würde.

Er rief eine der Kellnerinnen heran und bestellte für uns alle neue Drinks. Ich sah, daß Donald seinen Blick auf Jorge richtete und ihn eine Zeitlang auf ihm ruhen ließ, während Paare an uns vorbeigingen und die Musik lauter wurde.

Pablo sah ich in dieser Nacht nur ein einziges Mal. Er trug Bluejeans und ein besticktes blaues Hemd. Er hatte sich Pomade oder Gel in die Haare gerieben, wodurch sie dichter und schwärzer wirkten als beim letztenmal, als ich ihn gesehen hatte. Er betrachtete uns mit dem gleichen Mangel an Interesse, den er bei unserer ersten Begegnung im Arbeitszimmer seines Vaters bekundet hatte. Ich war von der Farbe seiner Augen überwältigt. Er trat an Jorge heran und flüsterte ihm etwas zu, und Jorge ging mit ihm ins Haus und kehrte nach einer Weile allein zurück. Ein paarmal verspürte ich die Versuchung, mich auf die Suche nach ihm zu machen, aber ich unternahm nichts.

Während wir unsere Steaks aßen, kam Jorges Vater, wieder in Begleitung seiner Frau, kurz an unseren Tisch und grüßte uns gestenreich und mit einem herzlichen Lächeln in Susans Richtung. Seine Frau wahrte den Anstand und nahm eine Pose würdevollen Ernstes an. Sie bedachte mich mit einem kalten Blick, sagte aber nichts. Ich fragte mich, wie lange Jorge und Pablo brauchen würden, um wie ihre Eltern auszusehen, die rauhe Haut und die Hängebacken ihres Vaters, den kalten Blick ihrer Mutter zu bekommen. An diesem Abend schien zwischen den Eltern und den Kindern eine unendliche Kluft zu bestehen. Ich wußte, daß es nur eine Frage der Zeit war, bis Jorge und Pablo Männer mittleren Alters sein würden, mit einer krächzenden Stimme wie ihr Vater und einem Körper, von dem niemand frühmorgens im Bett träumen würde.

Als sie gegangen waren und Jorge sich mit den Ölmanagern unterhielt, resümierten Donald und Susan ihren Eindruck von Señor Canetto.

»Er erinnert mich an jemanden«, sagte Donald.

»Er erinnert mich an Spiro Agnew«, sagte Susan. »Überhaupt, ich glaube, das ist er sogar. Stell dir doch Spiro vor, der den ganzen Weg hier runterkommt und sein eigenes Geschäft aufmacht. Sieht ihm doch richtig ähnlich. Nur nicht unterkriegen lassen. Guter alter Spiro.«

Ich war mir nicht sicher, wer Spiro Agnew war, aber ich wußte, daß er irgend etwas mit Nixon zu tun gehabt hatte. Ich beobachtete Susan, wie sie an ihrer Zigarette zog und strenge Blicke um sich warf. Teller mit Eiscreme und Gläser voller Champagner kamen an unseren Tisch. Eine Frau in einem roten Kleid fing an, einen Jazzsong auf portugiesisch zu singen, und alle Gesichter an allen Tischen in unserer Umgebung sahen hinüber zum hellerleuchteten Podium. Sie war cool, die Frau im roten Kleid, sie schloß die Augen und flüsterte den Song ins Mikrofon. Susan sah sich um, und ich konnte erkennen, daß sie sich fragte, was sie von dem Ganzen halten sollte; sie hatte keine Ahnung, wer diese Leute waren. Von der Regierung war niemand da, und das schien soweit verständlich zu sein: Señor Canetto war gegen die Regierung. Von der Opposition war auch niemand da, und auch das schien verständlich zu sein: Die Opposition war zersplittert und desorganisiert. Vom Militär war niemand da, und auch das war verständlich: Das Militär war bei allen schlecht angeschrieben. Die Männer, die heute abend hier waren, dachte ich, konnten ohne weiteres diejenigen sein, die in den Kulissen darauf warteten, die Macht zu übernehmen. Ich flüsterte Susan etwas in der Richtung ins Ohr, aber sie schüttelte den Kopf.

»Irgend etwas fehlt. Ich weiß nicht, was es ist, aber es fehlt«, sagte sie und tat einen Zug an ihrer Zigarette.

Genau in diesem Augenblick verstummte die Sängerin, und alle applaudierten. Ich begab mich ins Haus, um auf die

Toilette zu gehen. Die im Erdgeschoß war besetzt, also ging ich nach oben und den Korridor entlang. Ich fragte mich, wo Pablo jetzt sein mochte. Ob er in einem dieser Zimmer war? Ich fragte mich, welches wohl sein Schlafzimmer war. Ich hatte plötzlich das Bild eines zerwühlten Betts vor Augen und eines offenen Koffers, der halb ausgepackt auf einem Stuhl lag. Als ich wieder in den Garten kam, sprach gerade ein mittelaltriger Mann im Anzug ins Mikrofon. Er redete über die gegenwärtige Krise in Argentinien, über die Inflationsrate, den Mangel an Vertrauen, die Hoffnungslosigkeit. Er sprach von der Notwendigkeit einer starken, unabhängigen Regierung, der Notwendigkeit, daß neue Männer mit einer makellosen Vergangenheit an die Macht kamen. Einige Männer aus der Schar der Gäste stießen beifällige Rufe aus. Ich fragte Susan, ob sie alles verstehe; sie flüsterte mir zu, sie verstehe ausgezeichnet.

Jetzt forderte der Mann Señor Claudio Canetto auf, auf das Podium zu kommen. Mir kam die Atmosphäre zu zwanglos vor für die Rede; und als Señor Canetto anfing, von seiner Liebe zu Argentinien zu sprechen, zu dessen Fahne und dessen Bräuchen und dessen Menschen, hätte ich mich am liebsten unter den Tisch verkrochen. Das sollte eine Party sein, keine langweilige politische Veranstaltung, und Señor Canetto schien es, jetzt da er angefangen hatte, ganz und gar nicht eilig zu haben, wieder aufzuhören. Er sprach von der Reinheit von Peróns politischer Vision und seiner eigenen Freundschaft mit Perón, dann über seine Bereitschaft, seinem Vaterland zu dienen, seine persönlichen Interessen zugunsten der Interessen Argentiniens zurückzustellen. Ich konnte es nicht erwarten, daß er zum Ende kam. Ich bemerkte Jorge, der im Schatten stand und seinen Vater sehr aufmerksam beobachtete, als ob er an ihn glaube. Ich fing Donalds Blick auf, und er zwinkerte mir zu, als wolle er da-

mit sagen, daß wir beide uns von dieser Rede nicht ein-
wickeln ließen.

Nach der Rede standen ein paar Männer auf und applaudierten Señor Canetto, aber es war alles recht gedämpft.
Schon bald kehrte die Sängerin im roten Kleid auf die Bühne
zurück. Wir gingen an die Bar und holten uns ein paar
Drinks und schlenderten dann durch den Garten. Es war eine
schöne warme Nacht; der Himmel war klar. Plötzlich ertönte
hinter uns Geschrei, und wir hörten Stühle scharren und Gläser klirrend umfallen. Ich dachte, es sei eine Schlägerei ausgebrochen. Wir blieben stehen und schauten, aber es war
schwer zu erkennen, was da vor sich ging. Dann sahen wir,
daß vier mittelaltrige Männer im Anzug, von denen ich zwei
aus der Zeit der Malvinas-Abende wiedererkannte, die Sorte
Männer, die mit ihren Ehefrauen als alte Freunde Señor Canettos gekommen waren, einen fünften Mann in unsere
Richtung trugen. Dieser wand sich und strampelte, und eine
Frau, offensichtlich seine Ehefrau, schrie. Sie war klein und
hatte eine große Oberweite.

Zwei von ihnen hielten den Mann an den Schultern fest
und zwei an den Beinen. Seine Frau hüpfte auf und nieder.
Ihr Mann versuchte, zu treten und zu boxen und sich loszu-
reißen, sein Gesicht war vor Zorn und Angst gerötet, aber die
anderen waren fest entschlossen, sie lachten und riefen
durcheinander, während sie ihn in unsere Richtung schleppten. Weitere Männer folgten ihnen und feuerten sie grölend
an. Susan fragte mich, ob ich eine Ahnung hätte, was da ablief. Die Frau sang weiter auf portugiesisch, und einige Leute
blieben an ihren Tischen sitzen, als ob gar nichts wäre. Ich
konnte das Gesicht des Mannes deutlich sehen, die Panik, die
sich darin spiegelte, während seine Frau nicht aufhörte, zu
schreien und zu gestikulieren und die Männer anzuflehen,
sie möchten aufhören. Wir gingen ihnen verblüfft nach; die

Erdölmanager waren auf einmal ganz aufgekratzt und interessiert. Die Menschenmenge hatte inzwischen die Terrasse unterhalb des Hauses erreicht. Jorge kam hinter uns angerannt. Ich fragte ihn, was da los sei.

»Sie werfen diesen Mann immer in den Swimmingpool. Sie tun das seit der Zeit, als sie zusammen auf der Militärakademie waren. Mein Vater hatte sie gebeten, das heute abend zu lassen. Sie sind verrückt.«

»Haben sie wirklich vor, ihn in den Pool zu werfen?« fragte Susan. Auf ihrem Gesicht war ein breites Grinsen erschienen. »Wir müssen unbedingt runter und uns das ansehen. Ich hatte Ihnen doch gesagt, daß etwas fehlte.«

Jorge hörte, was sie sagte, und trat einen Schritt zurück, als sie und Donald an ihm vorbeigingen. Der Mann, der davongeschleppt wurde, war jetzt still, er hatte aufgehört, sich zu widersetzen, als habe er sich mit seinem Schicksal abgefunden. Seine Frau schimpfte jetzt auf seine Entführer ein.

»*Cerdos!*« schrie sie.

»Was hat sie gerade gesagt?« fragte Susan.

»Sie hat sie gerade Schweine genannt.«

»So hatte ich es verstanden. Wie vornehm!« Susan lachte. »Sehen Sie sich nur ihre Goldschühchen an. Sind sie nicht allerliebst?«

Ich sah auf die Schuhe der Frau; angesichts der Heftigkeit ihrer Wut wirkten sie völlig unpassend, desgleichen ihre Handtasche, die sie fest um die Schulter gehängt trug. Sie sah aus, als könne sie jeden Augenblick explodieren. Während wir der Menschenmenge folgten, tauchte Jorge wieder neben uns auf.

»Schreit seine Frau immer so?« fragte Susan ihn.

»Ja«, sagte er und schüttelte den Kopf. »Als wir klein waren, erlaubten uns unsere Eltern immer aufzubleiben, bis es vorbei war. Aber jetzt ist es etwas anderes.«

Als wir am Swimmingpool ankamen, trieben die Männer mit ihrem Opfer ihre Späße, machten eins, zwei, drei und taten so, als wollten sie ihn hineinwerfen, und taten es dann doch nicht, und dann wieder von vorn. Der Mann hatte aufgehört, sich zu wehren. Wir sahen das abschließende Hau ruck, zwei, drei, und dann ließen sie ihn sanft los, und der kleine Mann in Schlips und Anzug landete mit einem lauten Aufklatschen im Wasser, ging langsam unter und strampelte dann wieder an die Oberfläche, wie eine Spinne im Wasser. Jetzt erschien Señor Canetto auf der Terrasse und schrie seine vier Freunde an und nannte ihr Verhalten viehisch. Der Schwimmer war am seichten Ende des Beckens angelangt, wo seine Frau ihn erwartete. Er stemmte sich aus dem Wasser und fing an, sich zu schütteln und sich abzureiben. Schon bald stand er mitten in einer Pfütze. Er zog sich langsam Schuhe und Socken aus und händigte sie seiner Frau aus, und dann kam er herüber auf unsere Seite des Pools. Die Männer, die ihn hineingeworfen hatten, lachten jetzt und schrien ihn an.

»Tito, Ti-to, Ti-to«, grölte einer von ihnen, während er näher kam. Die Frau hatte sich jetzt beruhigt, aber sie blickte ziemlich verdrießlich drein, als habe sie etwas gegessen, was ihr nicht bekommen war. Sie ging, die Schuhe und Socken in der Hand, wortlos an uns vorbei. Ihre Handtasche hing noch immer an ihrer Schulter. Mit triefenden Sachen hinter ihr hertappend, sah ihr Mann aus wie ein verwischtes Foto seiner selbst.

»Tito, Ti-to, Ti-to«, wiederholte einer der Männer. Susan fragte mich, was das bedeute, aber ich sagte ihr, das sei nur ein Spitzname.

»Und wer ist der nächste?« fragte einer der Ölmanager. Seine Augen strahlten, als habe er einen Preis gewonnen.

Señor Canetto fing kurz meinen Blick auf und sah mich an, als sei sein Freund auf meine Veranlassung hin in den

Swimmingpool geworfen worden. Dann wandte er sich ab und folgte dem triefenden Mann und dessen Frau ins Haus. Die vier Männer, die ihn hineingeworfen hatten, gingen auch hinauf auf die Terrasse und setzten sich wieder an ihre Tische.

»Vielleicht sollten wir jetzt besser gehen, bevor die sich uns vornehmen«, sagte Susan.

»Vielleicht sollten wir warten«, sagte einer der Ölmanager. »Vielleicht fängt der Spaß überhaupt erst an.« Gerade in dem Augenblick kam ein Kellner an unseren Tisch und sagte, die Limousine für die Amerikaner sei vorgefahren. Ich beschloß, mich von ihnen in die Stadt zurücknehmen zu lassen.

»Nicht vergessen«, flüsterte Susan, als ich ihr einen Abschiedskuß gab, »wenn Sie mehr Freunde von der Sorte haben, lassen Sie es uns unbedingt wissen.«

Am anderen Morgen wachte ich müde und deprimiert auf. Die Party, vermutete ich, war ein absoluter Reinfall gewesen. Ich fühlte mich irgendwie dafür verantwortlich: Ich hätte Susan sagen sollen, daß eine Party keine gute Idee war; ich hätte Señor Canetto davon überzeugen sollen, daß es klüger sein würde, erst seine Kandidatur und seine Hausmacht abzusichern, bevor er sich um die Unterstützung der Amerikaner bemühte. Ich lag in der Hitze da mit nichts als einem Laken auf der Haut und schlief wieder ein.

Das Telefon klingelte mich wach. Zur Abwechslung einmal war ich froh, keinen Nebenanschluß am Bett zu haben. Das ließ mir Zeit, darüber nachzudenken, ob ich abnehmen wollte oder nicht. Ich lag da und ließ es klingeln. Es hörte auf, dann fing es wieder an. Das klang nach Susan, die wußte, daß ich im Bett lag; sie würde nicht aufgeben. Ich hatte keine Lust, mit ihr zu reden. Ich drehte mich herum und versuchte wieder einzudösen. Es klingelte noch ein paarmal, während ich im Bett lag. Ich würde Susan und Donald und die zwei Ölmanager später in einem Restaurant treffen, also konnte ich mit Susan dann über den vergangenen Abend reden, oder worüber sie sich auch immer mit mir unterhalten wollte.

Ich duschte und zog mich an und ging auf einen Kaffee hinunter in die Bar. Ich kaufte an einem Kiosk eine Zeitung und ging in eine andere Bar und bestellte mir ein Bier und ein Sandwich. Es war nach eins. Ich spielte mit der Idee, Susan anzurufen und den Nachmittag in ihrem Swimmingpool zu verbringen oder vielleicht einen Stuhl und ein Buch mit auf die Dachterrasse zu nehmen und den Nachmittag in der Sonne zu verbringen. Ich wußte, daß die Sauna bei mir in der Nähe sonntags geschlossen hatte, aber ich meinte mich zu erinnern, eine andere, kleinere und weniger stark besuchte Sauna habe sonntags nachmittags auf. Ich war noch nie dort gewesen. Ich ließ mir vom Barmann das Telefonbuch geben und fand die Nummer; ich rief an und erfuhr, daß sie tatsächlich um zwei aufmachten und bis zehn Uhr abends geöffnet hatten. Ich bestellte mir noch ein Bier und ein Sandwich und blätterte das Magazin durch, das es am Sonntag immer umsonst zur Zeitung gab.

Ich ging in die Wohnung zurück und duschte noch einmal und rasierte mich. Auch wenn ich mir vormachte, es sei noch alles offen und ich könne noch immer zu Susan und Donald hinausfahren, hatte ich mich bereits entschieden: Ich sah nach, wo die Sauna lag, und rechnete mir aus, daß ich zu Fuß ungefähr vierzig Minuten dahin brauchen würde. Ich dachte darüber nach und fand, daß ich statt dessen jetzt ein Taxi nehmen und zu Fuß zurückkommen konnte.

Ich ließ mich zwei Häuserblocks vorher absetzen; ich wollte nicht, daß der Fahrer mitbekam, wo ich hinging. Während der Fahrt versuchte er, über irgend etwas zu reden, aber er merkte offenbar, daß ich nicht zuhörte, denn er verstummte bald wieder. Die Stadt war wie ausgestorben; auf den Straßen war kein Mensch zu sehen. Als ich mich der Sauna näherte, sah ich eine Gestalt das Gebäude betreten, und ich lächelte in mich hinein: Die Stadt war menschenleer, aber hier würden Leute sein, Männer, die ihren Familien irgendwelche Lügen erzählten. Ich fragte mich, was für eine Ausrede der Mann, den ich gerade gesehen hatte, gebraucht haben mochte, um nicht mit seiner Frau oder seinen Eltern oder Freunden aufs Land fahren zu müssen. An einem heißen Januartag brauchte niemand eine Sauna.

Der Mann an der Kasse fragte, ob ich Mitglied sei. Als ich verneinte, fragte er mich, ob ich schon mal hiergewesen sei. Ich schüttelte den Kopf. Als ich bezahlt hatte, gab er mir einen Schlüssel und ein Handtuch und sagte, wenn ich mich verirrte, solle ich wieder zu ihm kommen und er würde mich herumführen. Als er lächelte, konnte ich sehen, daß er geschminkt war. Im Umkleideraum war ein dünner Mann in den Vierzigern. Ich blieb einen Augenblick stehen und sah ihn an. Ich vermutete, daß es der Mann war, den ich schon von der Straße aus gesehen hatte, wie er hier hineinging. Er war halb ausgezogen, und ich begriff, daß ich ihn zu genau betrachtet hatte: Jetzt war er sich meiner Anwesenheit bewußt, als er aus seiner Hose schlüpfte und sie zusammenfaltete und in seinem Schließfach aufhängte. Ich freute mich wie immer auf den nächsten Augenblick, das plötzliche Erscheinen von bloßem Fleisch, aber er schlang sich das Handtuch um, bevor er die Unterhose auszog, und so bekam ich ihn nicht nackt zu sehen. Ich wandte mich ab und zog mich aus, dann ging ich unter die Dusche.

Der Laden war schmuddelig, und es lag ein seltsamer, übler Geruch in der Luft. Es gab eine winzige Sauna und daneben ein Dampfbad, in dem es stockfinster war. In einem

Raum mit einer kleinen Videoleinwand lief gerade ein Film mit zwei Männern, die miteinander im Bett lagen; während ich da stand und zuschaute, zoomte die Kamera einen der beiden heran, als er anfing, seinen Freund zu vögeln. Zuerst sah man das schmerzverzerrte Gesicht seines Freundes und dann eine Nahaufnahme ihrer Genitalien. Sie sahen beide amerikanisch aus, ganz jung und blond und blauäugig, beide mit Bürstenschnitt.

Ich ging nach oben, wo es abschließbare Ruheräume gab. Die meisten waren leer. Aus einem konnte ich zwei Männerstimmen hören, ohne allerdings zu verstehen, was sie sagten. Es klang gedämpft und seltsam beruhigend. Ich drückte mich eine Weile herum für den Fall, daß noch jemand heraufkam, und als sich nichts tat, ging ich wieder hinunter und ins Dampfbad; mein Handtuch hängte ich draußen an einen Haken. Es hingen zwei weitere Badetücher an den Haken, aber drinnen war kein Laut zu hören. Ich konnte nichts sehen. Als ich nach einer Sitzgelegenheit suchte, stieß ich gegen einen aufrecht stehenden Körper. Der Körper rührte sich nicht. Ich tastete blindlings nach einem Sitz und merkte, daß ich die Wand berührt hatte. Ich lehnte mich dagegen und stellte fest, daß rechts von mir eine lange Bank stand. Ich setzte mich. Bald spürte ich, daß jemand an mich herangerückt war. Ich setzte mich näher zur Wand, aber eine Hand kam auf mich zu und fing an zu fummeln. Ich stand auf und ging; ich fragte mich, wessen Hand das gewesen sein mochte. Wenn es der Mann gewesen wäre, den ich unten beim Ausziehen gesehen hatte, wäre ich darauf eingegangen, aber ich hatte es nicht erkennen können.

Ich ging wieder hinüber in das Videozimmer. Auf einer Bank lag ein älterer Mann, der unter seinem Handtuch masturbierte, während er auf die Leinwand starrte. Ich sah mir ein paar Minuten lang die Sexszenen an, dann ging ich wieder in den Umkleideraum. Ich beschloß, in der kleinen Bar einen Kaffee zu trinken und zu sehen, wer sonst noch da war. Ich fühlte mich fast daheim in diesem verborgenen Universum ungeschriebener Gesetze. Als ich an einer Reihe von Schließfächern entlangging, merkte ich, daß jemand Neues angekommen war. Er war auf der anderen Seite, und ich schlenderte um die Ecke, um ihn mir anzusehen. Im ersten Moment erkannte ich nicht, wer es war, weil er vornübergebeugt stand, um sich die Socken auszuziehen, aber als er sich aufrichtete, sah ich mich mit einemmal Pablo gegenüber und er sich mir. Er trug ein T-Shirt und sonst nichts, und er hielt ein Badetuch in den Händen. Ich lächelte. Ich wollte gerade etwas sagen. Ich dachte zuerst, wir könnten einen Kaffee trinken oder wir könnten zusammen weggehen, oder wir könnten auch einfach da über dieses seltsame Zusammentreffen reden.

Aber bevor ich etwas sagen konnte, hatte er den Schlüssel seines Spinds herumgedreht und war gegangen. Er hatte noch immer sein T-Shirt an, aber jetzt hatte er sich das Handtuch um die Hüften geschlungen. Ich überlegte, ob ich ihm folgen sollte, ihn berühren, ihm sagen, daß wir miteinander reden mußten. Ich ging in die Bar und trank einen Kaffee. Ich fragte mich, ob er Angst hatte oder verblüfft war, ob er nach oben gegangen war und darauf wartete, daß ich den ersten Schritt tat. Ich fragte mich, was sein Vater und seine Mutter und Jorge wohl dachten, wo er jetzt sei. Ich fragte mich, woher er von dieser Sauna wußte. Ich stellte mir vor, wie wir uns beide gleichzeitig in verschiedenen Teilen der Stadt bemüht hatten herauszufinden, wo sie war, beide erfüllt von heimlichem Verlangen. Die Vorstellung, daß er sich in Gesellschaft dieses alten Mannes das Video ansah oder in das dunkle Dampfbad ging und ihn irgend jemand anfaßte, war mir zuwider. Als ich meinen Kaffee ausgetrunken hatte, beschloß ich, ihn anzusprechen und ihn zu bitten, mit mir wegzugehen, mit mir die Straßen entlangzuschlendern, zu mir nach Hause zu kommen.

Ich machte mich auf die Suche nach ihm. Er war weder im Videoraum noch in der Sauna. An den Haken draußen vor dem Dampfbad hingen noch immer zwei Handtücher, also nahm ich an, daß er nicht da hineingegangen war. Ich ging nach oben: Jetzt waren zwei Kabinen abgeschlossen. Aus einer von beiden drangen noch immer die leisen Stimmen der zwei Männer, die im Dunkeln süße Zärtlichkeiten austauschten. Ich sagte mir, daß er in der anderen sein mußte. Ich lauschte nach irgendwelchen Geräuschen, und als ich nichts hörte, nahm ich an, er sei allein da drin. Ich spielte mit dem Gedanken, anzuklopfen und ihn zu bitten, mich hereinzulassen, aber wenn er ängstlich war, hätte ihn das nur noch ängstlicher gemacht. Also wartete ich.

Im Laufe der folgenden Stunde kamen vereinzelte Gestalten herauf und sahen sich um, warfen einen Blick in die leeren Kabinen, stellten fest, daß zwei abgeschlossen waren, sahen mich an – manche interessiert, manche nicht – und beendeten nach einer Weile ihren rituellen Rundgang und begaben sich wieder nach unten. Die zwei Männer in der abgeschlossenen Kabine hatten inzwischen aufgehört zu reden; ich hörte jetzt andere Geräusche, schweres Atmen und lustvolles Stöhnen. Aus der anderen Kabine drang keinerlei Geräusch, weder von Stimmen noch von Bewegungen.

Trotzdem wartete ich. Ich fragte mich, ob er allein da drin lag und hoffte, ich sei gegangen, so daß er mir nicht gegenübertreten mußte. Vielleicht war er mit jemandem zusammen, lag da, die Arme um einen Unbekannten geschlungen, ohne ein Wort zu sagen. Irgendwie glaubte ich das nicht. Vielleicht wollte ich es nicht glauben. Statt dessen dachte ich an seine Augen, fragte mich, ob sie wohl offen oder geschlossen waren, wie er so dalag. Ich dachte an ihre Bläue, an ihre kristallene Klarheit. Vielleicht war er eingeschlafen: Ich stellte mir seinen Körper vor, zusammengerollt, reglos, bewußtlos. Ich wünschte mir, ich schliefe neben ihm, Körper an Körper mit ihm.

Ich saß träumend da, bis ich hörte, daß die Tür der anderen Kabine aufgeschlossen wurde. Ein hochgewachsener Mann mit behaarter Brust kam heraus und machte die Tür hinter sich zu. Ohne mich anzusehen, ging er an mir vorbei und die Treppe hinunter. Bald darauf kam auch sein Gefährte heraus und blieb kurz im Korridor stehen, als sei er ganz unerwartet in einem fremden Land angekommen. Jetzt war ich hier allein, abgesehen von Pablo in der Kabine. Ich spielte mit dem Gedanken, durch die Tür zu rufen: daß alles in Ordnung sei, ich würde niemandem etwas sagen, daß ich ihn in den Armen halten, ihm in die Augen sehen, ihn küssen wolle, daß ich mit ihm hier im Dunkeln flüstern wolle, an diesem Ort, wo niemand es merkwürdig fand, wenn zwei Männer sich nach einander verzehrten. Ich träumte davon, an die Tür zu klopfen und ihn zu bitten, mich hereinzulassen. Ich schloß die Augen und konzentrierte mich. Ich betete darum, daß er mich hier finden würde, wie ich auf ihn wartete. Während ich ausharrte, kam ein Mann und sah mich an und setzte sich neben mich und rückte dann näher. Ich schüttelte den Kopf. Er stand auf und ging in eine der Kabinen und legte sich hin; die Tür ließ er sperrangelweit offen.

Nach einer Weile hörte ich, wie sich in der abgeschlossenen Kabine jemand bewegte. Ich hoffte, er würde nicht einfach weggehen, wie er es unten getan hatte. Die Tür öffnete sich, und es trat jemand heraus, aber es war nicht Pablo, es war der dünne Mann, dem ich, direkt nachdem ich angekommen war, beim Ausziehen zugesehen hatte. Er hatte geschlafen; er wirkte verloren, als habe er vergessen, wo er war und zu welchem Zweck er hierhergekommen war. Er blinzelte und reckte sich. Ich fragte mich, ob Pablo die ganze Zeit mit ihm zusammengewesen war. Ich stand auf und sah durch die offene Tür hinein: Die Kabine war leer, der Mann war allein da drin gewesen. Ich ging nach unten. Im Videozimmer war niemand. In der Sauna waren zwei Männer. Ich sah genau nach und vergewisserte mich, daß Pablo nicht auch da war, irgendwo im Schatten verborgen.

Ich ging nach unten und setzte mich an die Bar. Als der Mann, der an der Kasse gewesen war, hereinkam, fragte ich ihn, ob ein Mann – ich versuchte Pablo zu beschreiben –, der vor ungefähr einer Stunde, vielleicht etwas darüber, angekommen war, noch da sei oder gegangen sei. Der Kassierer gab vor, nicht zu wissen, von wem ich redete. Er schien darüber verärgert zu sein, daß ich gefragt hatte. Er zuckte die Achseln und gab klar zu verstehen, daß er nicht beabsichtigte, mir irgendeine Auskunft zu geben. Ich trank noch einen Kaffee und ging dann in den Duschraum. Pablo konnte gegangen sein, direkt nachdem er mich gesehen hatte, oder er konnte später gegangen sein, während ich oben gewesen war, oder er konnte noch immer dasein. Ich ging wieder nach oben, hängte noch einmal mein Handtuch draußen vor das Dampfbad und erforschte den dunklen Raum. Wie hätte ich ihn erkennen sollen? Ich weiß es nicht. Ich vermute, daß ich jeden für ihn gehalten hätte, jedes Stück Fleisch, das ich berührte. Ich stand da und wartete auf ihn, aber er war offenbar schon gegangen. Eine Gestalt bewegte sich im Dunkeln. Ich ging darauf zu und berührte wessen Körper auch immer, und auch er streckte die Hand aus und berührte mich, aber er war zu groß, er konnte nicht Pablo sein. Ich verließ den Raum und nahm mein Badetuch wieder an mich und wußte, daß es Zeit war aufzugeben. Ich besorgte mir ein frisches Handtuch und ging noch einmal unter die Dusche, ließ das Wasser heiß und dann kalt laufen, heiß und kalt, heiß und kalt, und dann trocknete ich mich ab und zog mich an. Ich zitterte so, als habe mir jemand einen Schrecken eingejagt. Ich bezahlte an der Kasse die Kaffees und ging hinaus auf die Straße. Ich fragte mich, ob ich Susan erzählen sollte, was passiert war, aber das wäre ihr alles zu fremd gewesen. Ich hätte ganz von vorn anfangen müssen. Es wäre zu schwierig gewesen. Die Sonne war noch immer heiß, der Himmel blau. Ich ging durch die Stadt und fragte mich, wo er sein mochte – war er heimgefahren und hatte sich an den Pool gelegt? Befand er sich noch immer in dem Labyrinth, das ich gerade verlassen hatte? – und woran er wohl dachte. Nach einer Weile sah ich ein Taxi und winkte es heran. Ich fuhr nach Hause und zog etwas Formelleres an und ging in eine Bar und nahm einen Drink, bevor ich mich mit den anderen zum Essen traf. Den ganzen Rest des Abends war ich außerstande, mich auf die Gespräche zu konzentrieren, auch wenn ich lächelte und nickte und vorgab, an verschiedenen Plänen und Projekten Anteil zu nehmen. Nach dem Essen war ich froh, allein wegzukommen. Ich ging nach Hause und setzte mich ans Fenster und sah hinaus in den Nachthimmel und auf die Dächer der Häuser ringsum.

Susan und Donald meinten, ich sollte mir ein kleines Büro in der Stadt mieten und anfangen, als selbständiger Berater und Dolmetscher zu arbeiten. Susan nahm die Sache in die Hand, zwang den Eigentümer, mit der Miete für die zwei Räume im ersten Stock herunterzugehen, kümmerte sich um Tapeten und Einrichtung. Sie führte knappe Vorstellungsgespräche mit mehreren Fremdsprachensekretärinnen, ließ sie ein Diktat in zwei Sprachen aufnehmen und ließ sie vortippen, während sie hinter ihnen stand. Sie wählte eine von ihnen aus, und dann suchte sie ihren Schreibtisch und ihren Stuhl und ihre elektrische Schreibmaschine, ihren Aktenschrank und ihr Ablagesystem aus und sagte ihr, wie sie sich am Telefon melden sollte.

Im neuen Büro gab es kaum etwas zu tun: ein, zwei Anrufe pro Tag, und gelegentlich schaute der eine oder andere amerikanische Erdölmanager, der gerade im Zentrum war und etwas freie Zeit hatte, bei mir vorbei. Die richtigen Besprechungen fanden im Ministerium statt oder in einer Hotelsuite, oder bei Donald und Susan zu Hause. Die längste Besprechung hatte ich mit einem Wirtschaftsprüfer, einer weiteren Entdeckung Susans, einem blassen, verdutzt dreinschauenden Mann, der mich in Steuerfragen beriet.

Mein Büro war ein tägliches Ziel. Am Vormittag las ich die Zeitungen, suchte in der *New York Times*, der *Washington Post*, dem *Miami Herald* nach Artikeln über Erdöl, las in der *Herald Tribune* die Aktienkurse nach, und dann wußte ich nicht mehr, was ich tun sollte. Ich sah aus dem Fenster. Ich trank in der Bar unten im Haus einen Kaffee. Ich fragte mich, ob Luisa, meine sogenannte Sekretärin, von Susan vor meinem ausschließlichen Interesse an meinem eigenen Geschlecht gewarnt worden war, aber andererseits wußte ich nicht, ob Susan selbst davon wußte. Das erklärte also auch nicht, warum Luisa mir so gut wie nie in die Augen sah. Vielleicht hatte man ihr das auf der Sekretärinnenschule so beigebracht. Vielleicht mochte sie mich nicht.

Ich hatte das Büro seit ungefähr einem Monat, als ich einen Anruf von Federico Arenas bekam, dem Mann, den ich im Hotel am Abend des Abschiedsessens für die Wirtschaftsexperten kennengelernt hatte. Ich wußte, daß er bei der YPF arbeitete, der staatlichen Erdölgesellschaft, und ich erinnerte mich, daß Donald mich mit ihm bekannt gemacht hatte. Er war um die vierzig Jahre alt und hatte dunkle Augen, schwarzes Haar und volle Lippen. Er lächelte zuviel, und er trug zu viele Ringe, und er roch nach Zigarettenrauch. Damals hatte er mich gegen Ende des Abends eingeladen, mit ihm in einen Club zu gehen, er war ganz Kumpelhaftigkeit und falsche Vertraulichkeit gewesen. Ich war zu müde, und ich meinte zu wissen, von was für einer Art Club er sprach, und ich hatte abgelehnt.

Ich erkundigte mich bei Donald über ihn; Donald sagte, er sei ein wichtiger Mann und er sei mit Aktien- oder Devisenspekulationen reich geworden. Er habe es gar nicht mehr nötig, bei der YPF zu arbeiten, sagte Donald, und wenn erst einmal Reformen in der Erdölindustrie durchgesetzt werden würden, sei es unklar, was aus ihm werden würde. Ich hatte mich danach anläßlich von Besuchen amerikanischer oder europäischer Ölmanager noch zweimal mit ihm unterhalten. Er war mir gegenüber stets freundlich und sogar ehrerbietig gewesen. Beide Male hatte er vorgeschlagen, daß wir bei Gelegenheit abends ausgehen sollten, nur wir beide, er hatte gemeint, wir könnten zusammen durch die Clubs ziehen.

Am Telefon klang er weniger freundlich, eher geschäftsmäßig. Er habe gehört, sagte er, daß ich ein Büro hätte und als Berater tätig sei, und es gebe da etwas, worüber er gern mit mir gesprochen hätte, ob er wohl vorbeikommen könne? Er klang wie ein Ermittlungsbeamter. Ich fragte mich, ob ich ihm erklären sollte, daß ich für Geschäftsleute dolmetschte, die Donald und Susan zu mir schickten. Das konnte man eigentlich kaum als Beratertätigkeit bezeichnen. Statt dessen sagte ich ihm, er könne mich jederzeit im Büro aufsuchen. Wir vereinbarten einen Termin am nächsten Vormittag. Ich fragte ihn, ob er mir schon vorher sagen wolle, um was es sich handele; er sagte nein.

Am nächsten Vormittag trug er einen teuren Anzug. Mir fiel das feine dünne straffe Leder seiner Schuhe auf. Er setzte sich mir gegenüber und zündete sich eine Zigarette an. Bei unserer ersten Begegnung, sagte er, habe er geglaubt, ich gehöre zur amerikanischen Botschaft, aber kürzlich habe er erfahren, daß ich erst am Anfang stünde, daß ich vor gar nicht langer Zeit noch als Lehrer gearbeitet hätte. Er sah mich an, als wolle er sagen, daß er noch einiges mehr wisse, aber ich konnte nicht abschätzen, wieviel mehr. Ich wünschte mir, er würde das Büro verlassen. Er lächelte und zog an seiner Zigarette. Er fragte mich, ob ich wisse, wie das System funktioniere. Ich sagte ja. Ich wußte nicht, was ich sonst hätte sagen sollen. Ich hatte keine Ahnung, von welchem System er sprach.

Dieses Büro, sagte er, sei perfekt. Ich hatte eine Sekretärin, Briefpapier, glaubwürdige Beziehungen. Mit Sicherheit, sagte er, würde die YPF etwaige Bewerbungen meinerseits sehr günstig aufnehmen, besonders, wenn ich mich in stärkerem Maße der technischen Seite der Dinge zuwenden würde. Ich verstand nicht. Ich fragte ihn, was er meine. Er sagte, er arbeite in der Abteilung, die für die Vergabe von Dienstleistungsaufträgen zuständig sei. Ein Großteil der Arbeiten werde von freien Unternehmen durchgeführt, und diese Unternehmen müßten sorgfältig ausgesucht, überprüft und beaufsichtigt werden.

Er unterbrach sich und fragte, ob ich einen Aschenbecher hätte. Ich reichte ihm eine Untertasse. Er drückte seine Zigarette aus und steckte sich eine neue an. Wenn es Nachmittag oder Abend gewesen wäre, hätte ich mir vielleicht irgendeinen Kommentar einfallen lassen können, aber jetzt fiel mir überhaupt nichts ein. Seine selbstzufriedene Miene gab zu verstehen, daß dem nichts hinzuzufügen war. Schließlich fragte ich ihn, ob mein Büro ihm irgendwelche Dienstleistungen anbieten könne. Er nickte und lächelte. Er nehme an, ich wisse, daß er hinterher einfach alles abstreiten könne, selbst wenn der Raum verwanzt sein sollte. Ich sagte ihm, der Raum sei nicht verwanzt.

Er sagte, seine Behörde habe einen Transportauftrag zu vergeben, nichts Großes, aber dennoch recht einträglich. Er habe jemanden gehabt, den er für geeignet hielt, aber das Geschäft sei ins Wasser gefallen. Wenn die Details stimmten, sagte er, könne er wahrscheinlich dafür sorgen, daß ich, sollte ich mich um den Auftrag bewerben, den Zuschlag erhalten würde. Ich war kurz davor, ihm zu sagen, daß ich keine Ahnung vom Transportwesen hatte, aber dann begriff ich, daß er auf etwas anderes hinauswollte. Was mich am meisten erstaunte, war seine Dreistigkeit und Unbekümmertheit. Er erweckte den Eindruck, als sei es ihm vollkommen gleichgültig, ob ich auf das Angebot einging oder nicht. Aber ich fragte mich, ob nicht auch gerade das Gegenteil der Fall sein konnte: ob er nicht in Wirklichkeit verzweifelt darauf aus war, diese Sache durchzuziehen. Ich sagte eine Zeitlang nichts. Er blies mehr Rauch durch die Nase. Ich bat ihn um nähere Einzelheiten. Die Sache sei ganz einfach, sagte er. Er und zwei seiner Kollegen kannten die Bedingungen für die Auftragsvergabe; sie konnten meine Bewerbung für mich schreiben. Sie konnten dafür sorgen, daß ich den Auftrag erhielt. Niemand würde sich allzu viele Gedanken machen, wenn bei Durchführung der fraglichen Dienstleistungen enorme Verspätungen auftraten – die Hälfte des Geldes würde im voraus bezahlt werden –, und wenn die Dienstleistungen schließlich erbracht wurden, würde sie niemand überprüfen.

Wie kommen Sie darauf, daß ich daran interessiert sein könnte, fragte ich ihn. Sie sind jung, sagte er, Sie fangen gerade erst an, Sie sind noch nicht im Geschäft. Und ich vermute, sagte ich, daß Sie und Ihre zwei Freunde einen Anteil des Erlöses bekommen würden? Ja, sagte er, Sie vermuten richtig. Und dem Ganzen, nennen wir es einmal Korruption, sagte ich, würde eine Privatisierung ein Ende bereiten? Sie können es nennen, wie Sie wollen, aber ja, er nickte, wahrscheinlich wäre dann damit Schluß. Und wieviel würde ich an diesem Geschäft verdienen, fragte ich ihn. Er nannte einen Betrag. Er entsprach dem Kaufpreis eines kleinen Apartments in der Innenstadt. Ich versuchte, mir meine Verblüffung nicht anmerken zu lassen. Wie stehen die Chancen, fragte ich, erwischt zu werden? Bei was erwischt zu werden, fragte er. Wir können nicht erwischt werden. Wir entscheiden darüber, was geschieht, und wir sind nah an der Macht. Wir wissen, was wir tun.

Trotzdem begreife ich nicht, sagte ich, warum Sie mich an der Sache beteiligen wollen. Sie stehen mit den Amerikanern auf gutem Fuß, sagte er. Sie haben, soweit ich feststellen kann, ansonsten sehr wenig Beziehungen. Sie kommen aus dem Nichts. Ich glaube nicht, daß Sie viel Geld haben. Es klingt plausibel, daß Sie auf den Gedanken kommen könnten, der Erdölindustrie ihre Dienste anzubieten. Und, er tat einen tiefen Zug an seiner Zigarette, Sie sind allein, Sie haben keine Partner.

Wann die Sache losgehen würde, fragte ich ihn. Nächste Woche erscheint eine kleine Anzeige in den Zeitungen, sagte er. Bis wann brauchen Sie eine Antwort, fragte ich. Ich brauche sie jetzt, sagte er. Jetzt kann ich Ihnen keine geben, sagte ich, ich muß darüber nachdenken. Sie können mich morgen vormittag anrufen, und dann sage ich Ihnen Bescheid. Ich stand auf und gab deutlich zu verstehen, daß er jetzt gehen sollte. Er gab mir die Hand und ging. Ich fragte mich, ob man mir eine Falle gestellt hatte.

Diese ganze Woche war Donald geschäftlich in Washington, und Susan und ich hatten uns für den Abend bei ihr zum Essen verabredet. Ich beschloß, ihr nichts von Federico Arenas zu erzählen, und ich hoffte, es würde mir nicht herausrutschen, daß er mich heute im Büro aufgesucht hatte. Als ich bei ihr ankam, war ich nervös und gereizt, und ich hatte Angst, daß sie etwas merken würde. Die Terrassentür des Eßzimmers stand weit offen, und aus dem Garten kam ein süßer Duft und das Zirpen von Grillen und das Zischen eines Rasensprengers. Der Wein war vollmundig und schwer, und das Essen war gut, und sie sah schön aus, wie sie mir gegenüber am Tisch saß. Bestimmte Einzelheiten gefielen mir an ihr besonders: ihre Zähne und die Weichheit ihres Haars. Im warmen Glanz dieses Abendessens liebte ich sie fast, und ich begriff, wie es für uns beide gewesen wäre, einander zu begehren und zu wissen, daß uns nichts hinderte. Als ich daran dachte, hatte ich das Gefühl, daß sie wußte, was mir gerade durch den Kopf ging. Ich konnte mir vorstellen, bei ihr zu liegen, ihr Gesicht und ihre Brüste zu liebkosen. Sie lächelte. Einer der Dienstboten kam und räumte das Geschirr ab. Sie fragte mich, ob ich die Kurse der Erdölaktien verfolge, und meinte, ich sollte vielleicht im Laufe der nächsten sechs Monate, solange die Preise noch niedrig seien, einen Teil meines Gehalts in Aktien investieren, vielleicht sogar Geld leihen. Der Steuerberater, sagte sie, würde mir wahrscheinlich ein Darlehen besorgen können.

»Der Steuerberater?« sagte ich. »Glauben Sie, der hat überhaupt Blut in den Adern? Wenn man ihn stechen würde, glauben Sie, daß er bluten würde?«

»Es würde mir keinen besonderen Genuß bereiten, ihn zu stechen«, sagte Susan.

Der Bedienstete kam mit einem Tablett herein, auf dem Kaffee, eine Flasche Brandy und Brandygläser standen. Ein leichter Wind erhob sich und blähte die weißen Gardinen. Es war wie ein Augenblick aus einer Werbung für irgend etwas. Ich hatte den Wunsch, ihr von Pablo zu erzählen: Ich wußte, wie schmutzig es klingen würde, wie befremdlich, und ich fragte mich, ob es nicht vielleicht auch belanglos klingen würde, ob es mich zwar seit Tagen beschäftigte, aber ihr nicht eher lediglich wie ein komischer Zufall vorkommen würde, kaum des Erzählens wert.

Wir redeten, bis es dunkel wurde und einer der Dienstboten hereinkam, um eine Lampe einzuschalten und die Tassen abzuräumen. Es muß die Wärme des Abends gewesen sein, oder die Wirkung des Weins und des Brandys, aber ich ertappte mich wieder dabei, daß ich mir vorstellte, mit ihr ins Bett zu gehen, ihre Arme um mich zu haben, ihre Lippen an meiner Brust.

»Woran denken Sie?« fragte sie.

»Ich denke über Aktien nach.«

»Sie sind immer irgendwie komisch«, sagte sie. »Manche Seiten an Ihnen sind stark und wirklich ernsthaft, und dann schalten Sie plötzlich um, und Sie wirken durch und durch schwach, Sie zögern. Das gefällt mir an Ihnen, es gefällt mir, wie schwer Sie zu durchschauen sind.«

»Was soll ich dazu sagen?«

»Nichts, gar nichts. Ich mag Sie, das ist alles.«

Sie goß noch etwas Brandy nach, und dann gähnte sie und reckte sich. Ich ahnte, daß es für uns nie wieder so sein würde: die Stille im Haus, die Wärme der Nacht, die Weise, wie wir unsere Tage untätig zu verbringen schienen, wie Schachfiguren auf einem Spielbrett, die auf den Augenblick warteten, da ihr Einsatz nötig werden würde. Ich wollte ihr persönliche Fragen stellen, sie fragen, was sie hier eigentlich tat, wie ihre Ehe war; ich wollte sie mir näherbringen; und ich wünschte mir vermutlich, sie ihrerseits würde mir persönliche Fragen stellen, so wie sie es schon einmal getan hatte, und diesmal würde ich ihr antworten und ihr alles erzählen, was ich wußte.

»Warum bleibst du nicht hier?« fragte sie. »Es ist sonst niemand im Haus. Die Dienstboten sind gegangen.«

193

Das brachte mich in Verlegenheit. Sie sah es, als sie aufstand.

»Du bist manchmal so merkwürdig«, sagte sie.

Mir lag die Frage auf der Zunge, was Donald davon halten würde, wenn ich hier die Nacht verbrachte, während er weg war, aber ich wollte nicht zu spießig klingen. Sie ging in ihr Arbeitszimmer und kam mit einem Schlüsselbund zurück

»Hilfst du mir, für die Nacht abzuschließen?« fragte sie. Sie stellte sich mitten im Eßzimmer auf einen Stuhl und zog ein schweres Metallgitter herunter, das ziehharmonikaartig aus einem schmalen Spalt in der Decke kam. Ich hatte es noch nie bemerkt. Als es halb unten war, stieg sie vom Stuhl und schloß die Gartentür, verriegelte sie und betätigte einen Schalter, der sich daneben befand. Nachdem wir auf die andere Seite des Gitters getreten waren, zog sie es ganz herunter und befestigte es am Fußboden. Ich sah jetzt, daß in den meisten Zimmern ein dünnes Gitter in der Decke installiert war. Sie machte die Runde, befestigte die Gitter am Fußboden und betätigte Schalter. An allen Fenstern und Türen befanden sich Alarmkontakte. Aber selbst wenn ein Eindringling sich Zugang ins Haus verschafft hätte, wäre es ihm unmöglich gewesen, von einem Zimmer ins andere zu gelangen.

»Das war schon da, als wir kamen, aber wir haben es verbessern lassen«, sagte sie.

»Habt ihr das auch in Amerika?« fragte ich.

»In Amerika entführen sie keine Amerikaner«, sagte sie knapp und betätigte noch einen Schalter. Wir begaben uns nach oben. Auf dem oberen Treppenabsatz öffnete sie einen Wandkasten und betätigte weitere Schalter.

»Was ist das für ein Gefühl, in einer Festung zu leben?« fragte ich.

»Ein sicheres«, sagte sie.

Ich war noch nie in Donalds und Susans Schlafzimmer

gewesen. Die Ausstattung war modern und hell: alles, Wände und Bettbezüge und Teppich waren weiß, aber die Einbauschränke waren leuchtendgelb lackiert, und die Fensterrahmen waren gelb lackiert, und die Lampenschirme waren gelb. Auf einem Tisch neben dem Bett stand eine riesige Vase voll frischer Blumen. Die zwei Stühle aus Peddigrohr waren dunkelblau lackiert. Eine Tür führte in ein Badezimmer, das fast genauso groß wie das Schlafzimmer war; eine Wand bestand ganz aus Spiegeln. Ich versuchte mir Donald vorzustellen, wie er darin seine behaarte Brust begutachtete, aber es war nicht leicht. Susan konnte ich mir allerdings dabei vorstellen, wie sie sich in diesem Spiegel ansah; ebenso wie das Schlafzimmer, schien das Badezimmer eigentlich ihr zu gehören. Sie schaltete eine der Nachttischlampen ein und schaltete die Deckenbeleuchtung aus.

Das Zimmer sah wohnlich aus, komfortabel. Ich setzte mich auf einen der Stühle und sah ihr zu, während sie wie ein Schatten umherhuschte. Ich vermutete, daß ich hier schlafen würde, neben ihr im Bett. Ich fragte nicht. Ich sagte nichts. Als sie ins Badezimmer ging, lehnte ich mich zurück und lauschte dem Geräusch der Dusche. Ich stellte mir vor, wie sie sich einseifte. Ich zog meine Schuhe aus. Als sie herauskam, war sie nackt. Im Lampenlicht waren ihre Brüste viel größer und seltsamer, als ich erwartet hatte. Sie hingen wie reife Birnen herab; der ganze untere Teil war Brustwarze. Ich fragte mich, ob viele Frauen solche Brüste hatten: die Brüste, die ich in Filmen und Zeitschriften gesehen hatte, wirkten schlaffer und leichter, die Brustwarzen waren anders. Susans Brüste sahen so aus, als habe sie jemand geformt, modelliert.

»Kommst du nicht ins Bett?« fragte sie.

Ich zog mich aus und durchquerte das Zimmer und ging ins Bad; es war erfüllt von irgendeinem Duft, den sie benutzt hatte. Der Spiegel war beschlagen, und so konnte ich mich nicht ansehen. Ich duschte und trocknete mich dann mit dem frischen weißen Handtuch ab, das sich noch auf dem Gestell befunden hatte. Mir gingen unentwegt Fragen durch den Kopf: Was würde Donald sagen, wenn er erführe, daß ich mit seiner Frau im selben Bett geschlafen hatte? Hatte Susan viele Liebhaber? Wußte sie, daß ich bislang nur mit Männern zusammengewesen war? Ahnte sie es? Ich verließ das Badezimmer, schaltete das Licht aus und schloß die Tür. Ich ging um das Bett herum und legte mich neben sie.

»Habt ihr je daran gedacht, eins eurer Metallgitter auch mitten durch das Bett zu ziehen?« fragte ich sie.

»Du hältst uns für verrückt, daß wir uns dermaßen absichern?« fragte sie.

»Allerdings.«

Wir rückten aneinander und umarmten uns. Wir blieben ruhig liegen und sagten nichts. Ihr Gesicht war in meiner Halsbeuge vergraben. Ihre Haut war vollkommen glatt und weich. Ich strich ihr mit der Hand den Rücken hinauf und hinunter, und dann legte ich die Hand auf ihre Brust. Sie hielt den Atem an, und dann legte sie ihre Hand auf meine. Ich nahm meine Hand weg und näherte mein Gesicht ihren Brüsten und fing an, ihre Brustwarzen zu küssen. Ich legte die Hand zwischen ihre Beine und spürte dort die weiche Nässe. Ich konnte die feuchte Süßigkeit riechen, die von ihr ausging. Sie war erregt. Ich konnte es daran erkennen, wie sie reagierte und sich an mich klammerte und mich küßte. Ich wartete auf den Moment, da sie nach unten greifen und die Hand an meinen Schwanz legen würde. Ich wartete ängstlich darauf, weil ich wußte, daß mein Schwanz weich war. Ich fragte mich, ob er wohl hart werden würde, wenn ich weitermachte. Wenn ich mir vorstellte, ich sei mit einem Mann im Bett, würde ich dann eine Erektion bekommen? Ich spielte Theater, spielte nach, was ein Mann mit einer Frau im

Bett tut, aber es funktionierte nicht. Je mehr ich daran dachte, desto angespannter wurde ich. Ich fühlte mich ohnmächtig. Ich liebkoste ihren Körper, streichelte ihre warme Haut, aber es war so, als spielte ich mit einem Kind, es bedeutete mir nichts: Es erregte mich nicht, es gab mir nichts von der mühelosen Befriedigung und dem reinen Vergnügen und dem Gefühl von Leichtigkeit, das es mir verschaffte, mit einem Mann im Bett zu sein. Da war etwas in mir, etwas Unbegreifliches, Geheimnisvolles, das in den Räumen in mir lauerte, die niemand berühren konnte, etwas verzweifelt Wirkliches und Exaktes, was mein Eigentliches ausmachte und jetzt bedeutete, daß mich dieser schöne Körper neben mir nicht erregte und mein Penis schlaff blieb.

Als sie merkte, daß ich keine Erektion hatte, legte sie sich zurück und starrte schweigend an die Decke. Ich fühlte mich gedemütigt.

»Liegt es an mir?« fragte sie.

»Nein.«

»Du magst lieber Jungen als Mädchen?«

»Ich hätte es dir wahrscheinlich schon eher sagen sollen«, sagte ich. Sie griff nach ihren Zigaretten, die auf dem Nachttisch lagen, und zündete sich eine an.

»Im Augenblick wünschte ich, ich wäre ein Junge«, sagte sie.

»Ich wünschte es auch«, sagte ich und rückte näher heran und nahm sie in die Arme.

»Bist du schon immer schwul gewesen?«

»Schon als kleiner Junge.« Sie küßte mich auf das Ohr.

»Als ich Donald kennenlernte, dachte ich, er sei schwul. Vielleicht lag es daran, daß er einen Schnurrbart hatte, und jemand hatte mir mal gesagt, Schwule trügen immer einen Schnurrbart. Aber wie sich herausstellte, war er es nicht.« Sie zog an ihrer Zigarette.

»Wo hast du ihn kennengelernt?«

»Wir arbeiteten zusammen. Anfangs war ich seine Chefin, aber wir waren viel zusammen. Wir haben uns sehr gründlich kennengelernt.«

»War das in Washington? Du redest nie darüber, wo ihr sonst noch gewesen seid.« Es war eine Wohltat, jetzt von etwas anderem zu reden. Wir sprachen im Flüsterton, schufen mit unseren leisen Stimmen eine Art Intimität.

»Nein. Das war in Santiago. Wir waren da, als die Allende-Regierung gestürzt wurde.« Sie tat wieder einen tiefen Zug an ihrer Zigarette. Ich wartete darauf, daß sie fortfuhr. Sie schwieg.

»Ihr wart in Chile? Das habe ich nicht gewußt.«

Sie sprach in einem Tonfall, den ich noch nie bei ihr gehört hatte, so als fiele es ihr schwer, die Worte zu wählen und auszusprechen, als ob ihr die Bedeutung dessen, was sie da sagte, erst jetzt aufgegangen sei. Sie hielt meine Hand fest.

»Wir waren damals noch blutige Anfänger, unerfahren, wir waren auf das, was dann passierte, nicht vorbereitet worden. Später, viel später, begriff ich, daß ich es hätte wissen müssen. Alle Anzeichen sprachen dafür, und ich nahm an Besprechungen teil, aber die Sprache, die sie redeten, verstand ich damals noch nicht. Ich wußte nicht, daß, wenn ein Militär Wörter wie destabilisieren oder unterminieren verwendete oder andere Wörter, die ganz harmlos oder fast harmlos klangen, sie etwas anderes bedeuteten, als wenn sie von einem Diplomaten oder einem Zivilisten gebraucht werden. Ich wußte vermutlich, daß Allende gestürzt werden würde, aber ich dachte, das würde langsam, vielleicht sogar auf diplomatischem Weg geschehen, auch wenn mir klar ist, daß das im nachhinein unwahrscheinlich klingt. Wir verkehrten nur mit Amerikanern, und manche Amerikaner, die da kamen, hatten echte Probleme mit dem Allende-Regime.

Es stand eine Menge auf dem Spiel. Wir arbeiteten nicht in der eigentlichen Botschaft, wir hatten eine Etage in einem Gebäude in der Nähe. Erst hinterher erfuhren wir, was wirklich geschehen ist.«

»Was meinst du damit?« fragte ich sie.

»Wir waren in unserer eigenen Welt eingeschlossen. Wir bekamen keine Zeitungen und kein Fernsehen zu Gesicht. Erst Jahre später habe ich darüber gelesen, und ich habe mir in Stockholm mit Donald den Film *Vermißt* angesehen. Hast du ihn schon mal gesehen?«

»Ja«, sagte ich. Sie zündete sich eine weitere Zigarette an.

»Wir waren wegen einer Konferenz dort, und wir hatten einen Abend frei, und der Film war auf englisch, und so dachten wir, das wäre eine gute Idee.« Sie hielt inne, als ginge ihr die Luft aus, und fuhr dann fort: »Manches an dem Film war übertrieben, aber anderes nicht. Anderes war genau so, wie es gewesen war. Weder Donald noch ich haben je irgendwelche Leichen gesehen, wir mußten Tag und Nacht in dem Gebäude bleiben, aber nach ein paar Tagen wußten wir, wo die Leichen waren, und von dem Film wurde mir übel, weil er alles wieder aufgerührt hatte; Dinge, an die ich nicht zu denken gewagt hatte. Richard, in dem Film habe ich Dinge gesehen, die ich mir bis dahin nur vorgestellt hatte, aber als ich sie sah, habe ich sie wiedererkannt, sie waren real, und sie waren passiert. Donald und ich haben nie darüber geredet. An dem Abend sind wir vom Kino direkt die paar Schritte in unser Hotel gegangen; er hat was an der Bar getrunken, und dann bin ich ins Bett gegangen. Wir haben darüber kein Wort miteinander geredet. Wir konnten nichts füreinander tun.«

»Was habt ihr in diesem Haus in Santiago denn gemacht?« fragte ich. Sie steckte sich eine weitere Zigarette an und legte sich zurück. Wieder sagte sie eine Weile lang nichts.

»Wir hatten Befehl, das Gebäude nicht zu verlassen. Man sagte uns, wir sollten uns mit Lebensmitteln eindecken und uns darauf einstellen, über Nacht dazubleiben. Es gab ungefähr sechs Telefonanschlüsse, und unsere Aufgabe war es, die Telefone zu besetzen, die Leitungen nach Möglichkeit rund um die Uhr freizuhalten. Jeder Beteiligte hatte unsere Nummer: Wir gaben Nachrichten weiter, die meiste Zeit haben wir nichts anderes getan. Aber dann wurden die Nummern an andere weitergegeben – ich meine, irgendwie sind Einheimische an die Nummern gekommen –, und so riefen uns Leute an, die wissen wollten, wo ihr Sohn oder ihre Tochter oder ihr Freund sei. Donald sprach besser Spanisch als ich, und so hat er die meisten Anrufe entgegengenommen, aber ein paar von ihnen sprachen auch Englisch, und sie waren alle verzweifelt, sie waren verzweifelt, sie waren davon überzeugt, wenn sie uns nur den Namen der betreffenden Person gaben und uns mitteilten, wann diese Person zum letztenmal gesehen worden war, dann würden wir ihnen etwas über deren Verbleib sagen können. Wir schrieben die Namen auf, und alle Details, aber wir konnten nichts tun, und dann riefen sie wieder an, jedesmal verzweifelter. Wir versuchten, sie zum Auflegen zu bewegen, weil wir ja den Auftrag hatten, die Leitungen freizuhalten, und sie flehten uns an, ihnen zu helfen. Die meiste Zeit waren da nur wir beide, zwei amerikanische Kinder, und das Telefon, das Tag und Nacht klingelte. Meinen Eltern habe ich vor mehreren Jahren davon erzählt, aber sonst niemandem.«

»Vielleicht sollten wir ein bißchen schlafen«, sagte ich. Mir war ihre Gegenwart zuwider. Ich wäre am liebsten aufgestanden und hätte mich angezogen und wäre gegangen, aber ich wußte, daß ich das nicht tun konnte.

»Macht dir das zu schaffen, was ich dir erzählt habe?« fragte sie.

»Allerdings.«

»Schlaf du. Ich rauch noch eine Zigarette, und dann schlafe ich vielleicht auch.«

»Wann kommt Donald zurück?«

»Erst in ein paar Tagen. Hast du Angst, er könnte dich mit seiner Frau im Bett finden?«

»Nein«, sagte ich und wandte mich von ihr ab. Ich wollte nichts mehr von ihr hören.

Am nächsten Morgen ließ sie die Badezimmertür auf, als sie unter die Dusche ging. Ich wachte vom Geräusch laufenden Wassers auf. Es war halb acht. Sie kam in Badetücher gewickelt aus dem Dampf heraus. Ich freute mich schon jetzt darauf, wieder allein zu sein. Ich ging auch unter die Dusche, und dann zog ich mich an und half Susan, alle Sicherheitsgitter aufzuschließen und die Alarmvorrichtungen abzustellen. Wir frühstückten in der Küche.

»Es hat dich wirklich schockiert, was ich dir letzte Nacht erzählt habe«, sagte sie.

»Ich kannte jemanden, der in Chile gefoltert worden ist«, sagte ich.

»Ich habe wach gelegen«, sagte sie, »und mich gefragt, ob du nun denkst, Donald und ich würden hier das gleiche tun, aber die Sache liegt jetzt anders. Wir gehen fest davon aus, daß es hier freie Wahlen geben wird und einen reibungslosen Machtwechsel, und daß es keinen Militärputsch geben wird. Das ist Teil unseres Auftrags. Dafür kann ich garantieren.« Sie zog wieder an ihrer Zigarette und sah mich mit ihren klaren blauen Augen an. Ich gab mir die größte Mühe, nicht zu zeigen, wie sehr ich sie in diesem Moment verabscheute.

Nach dem Frühstück verabschiedete ich mich und fuhr mit dem Taxi ins Büro. Ich grüßte die Sekretärin mit der gewohnten Förmlichkeit, ich las die Zeitungen und fuhr mit dem Finger die Spalten der Aktiennotierungen entlang. Ich fühlte mich in meinen alten Sachen schwer und unbehaglich, als hätte ich seit Tagen nicht geschlafen. Als Federico Arenas anrief, um zu hören, ob ich mich bezüglich des Auftrags entschieden hätte, sagte ich ihm, ich sei an seinem Vorschlag nicht interessiert. Er legte auf.

Einen Monat später war es tagsüber immer noch glühendheiß. Eines Morgens sagte Luisa, kaum daß ich im Büro angekommen war, sie habe eine wichtige Botschaft für mich: Ich müsse umgehend Susan anrufen. Ich lächelte und sagte, da ich Susan erst vorigen Abend gesprochen hätte, könne es so wichtig wohl nicht sein. Sie sagt, es sei wichtig, sagte Luisa und warf mir einen strengen Blick zu. Ich fragte mich, ob Luisa extra auf diese Stelle gesetzt worden war, um mich zu ärgern und mir auf die Nerven zu gehen. Mir kam der Gedanke, daß ich vielleicht anfangen sollte, sie anzubrüllen, sie barsch herumzukommandieren, dann würde sie sich dieses kühle und beherrschte und herablassende Gehabe vielleicht abgewöhnen.

Ich nahm die Zeitungen von ihrem Schreibtisch, und was es an Post gab, und begab mich in mein Refugium und machte die Tür hinter mir zu. Mir wurde bewußt, daß ich mich genauso langweilte und genauso unsicher war wie damals, als ich noch unterrichtet hatte; ich fühlte mich müde und unglücklich, bis ich mir ins Gedächtnis zurückrief, daß ich keinen Grund hatte, müde zu sein, und noch weniger Grund, unglücklich zu sein. Ich setzte mich aufrecht hin, als ob eine veränderte Haltung mir dabei helfen würde, den Rest des Tages zu bewältigen.

Als das Telefon klingelte, nahm ich ab. Luisa hatte Susan direkt durchgestellt. Susan war in einer ihrer ernsthaften Stimmungen.

»Glaubst du, daß ein echter Außenseiter diese Wahl gewinnen könnte?«

»Allerdings. Das habe ich dir doch gesagt.«

»Ich habe jemanden«, sagte sie.

»Ich hoffe, du hast ihm nicht gesagt, daß er eine Gartenparty veranstalten soll.«

»Ich meine es ernst. Wir beobachten ihn seit einiger Zeit. Ich möchte, daß du ihn dir ansiehst.«

»Wie heißt er?«

»Er ist der Gouverneur der Provinz La Rioja. Er heißt Menem. Er stammt ursprünglich aus dem Libanon oder Syrien oder sonstwas. Aussehen tut er wie ein Cowboy, aber er ist fest entschlossen.«

»Es klingt unwahrscheinlich«, sagte ich. »La Rioja ist sehr abgelegen und sehr fremdartig. Aber wenn er Gouverneur ist, hat er wenigstens eine Organisation hinter sich. Und er ist ein Außenseiter, und selbst hier in Buenos Aires hassen die Leute die Hauptstadt und wären nur zu gern bereit, einem Mann aus Hintertupfingen ihre Stimme zu geben, sie hassen sich selbst, das kann ich ihnen vom Gesicht ablesen. Meine Sekretärin haßt sich selbst. Sogar ich hasse mich selbst.«

»Bist du jetzt fertig?« Sie versuchte, entnervt zu klingen.

»Laß uns mehr über diesen Kerl herauskriegen«, sagte ich.

»Am Samstag steigt in La Rioja eine Massenkundgebung«, sagte sie. »Bist du schon mal dort gewesen?«

»Nein.«

»Mir ist nicht ganz klar, worum es dabei geht, irgendwas von einem neuen Argentinien, und er hält eine Rede, und anschließend gibt es so eine Art Festessen, ich glaube, sie braten eine Kuh unter freiem Himmel, und wir sitzen alle herum und essen sie wie brave Argentinier auf. Na, wie dem auch sei, ich möchte, daß wir zur Kundgebung gehen, und ich habe Eintrittskarten für den anschließenden *asado*. Ich fliege am Freitag hoch, und vielleicht könntest du am Samstag nachkommen. Es gibt an dem Tag zwei Flüge, und du könntest dir aussuchen, mit welchem du kommst, und dann fahren wir am Sonntag zusammen zurück. Vielleicht kommt nichts dabei heraus, aber es wird Zeit, daß wir anfangen, uns jeden anzusehen, der überhaupt eine Chance hat.«

Sobald ich aufgelegt hatte, wählte ich die Nummer der Redaktion von *El Mundo* und ließ mich mit dem Archiv verbinden. Das hatte ich ein paar Monate zuvor schon getan, als ich auf der Suche nach einem älteren Heft gewesen war. Ich hatte erklärt, wer ich war – politischer und ökonomischer Berater verschiedener amerikanischer Erdölfirmen –, und gefragt, ob ich einen Blick in ihr Archiv werfen könnte. Auch diesmal war die Stimme am anderen Ende äußerst verbindlich und hilfsbereit; sofort wurde mir warm ums Herz, und ich sagte, daß ich in einer halben Stunde im Verlagshaus von *El Mundo* sein würde.

Als ich hereinkam, stand der Archivar mit dem Rücken zu mir an einem Tisch. Als er sich umdrehte, lächelte er und gab mir die Hand. Ich erklärte ihm, daß ich nach Zeitungsausschnitten oder sonstigem Material über Carlos Menem suche. Er lachte mit einer halb verblüfften, halb wissenden Miene. Ich habe es hier vor mir liegen, sagte er. Sie sind schon der dritte, der innerhalb weniger Tage danach fragt. Es ist gerade wieder zurückgegeben worden. Ist er auch in der Ölbranche, fragte er. Nein, sagte ich, er ist Politiker.

Er reichte mir eine dünne Akte und sagte, er habe etwas anderes zu tun, also könne ich sie in Ruhe durchlesen und mir daraus fotokopieren, was immer ich wollte. Er gab mir noch einmal die Hand und verließ das Zimmer. Seine Freundlichkeit und die Ruhe, die sein ganzes Verhalten ausstrahlte, munterten mich auf. Ich setzte mich hin und fing an, mich durch Leben und Taten des Carlos Menem zu arbeiten. Das erste, was mir auffiel, waren seine Frisur und seine langen gepflegten Koteletten. Auf sämtlichen Fotos lächelte er oder lachte, oder warf sich in Positur, oder stand neben einer schönen Frau oder sogar zwischen mehreren schönen Frauen. Sechs Monate vorher hatte er in einer Rede von der Notwendigkeit gesprochen, statt in die Hauptstadt verstärkt in die Provinzen zu investieren, und vor kürzerer Zeit hatte er die Regierung aufgefordert, mit dem Internationalen Währungsfonds Verhandlungen über die Umstrukturierung der Staatsschulden einzuleiten. Eine kurze Notiz, auf der kein Datum stand, teilte mit, er habe seine Absicht erklärt, bei den kommenden Präsidentschaftswahlen zu kandidieren. In der Meldung wurde er als Ex-Peronist bezeichnet.

Ich legte die Zeitungsausschnitte beiseite und musterte noch einmal die Fotos: Er sah aus wie ein volkstümlicher Sänger, einer dieser Schnulzensänger, die man samstags abends im Fernsehen sah, die zu enge Hosen trugen und am Ende jeder Liedzeile die Augen schlossen und die Hand ausstreckten. Vielleicht sah er aber auch nur wie jemand aus La Rioja aus, vielleicht sahen sie da oben alle so aus. Und er hatte eigene Ansichten über die Wirtschaft. Und gewisse Beziehungen zum Peronismus. Ich wußte nicht, ob das alles zusammenpaßte oder nicht, aber ich notierte mir jeden einzelnen Punkt. Ich wußte, daß ich ihn niemals wählen würde. Sein Aussehen, der billige Glamour stießen mich ab. Aber andererseits sah ich mir auch nie das Samstagabendprogramm an; mein Geschmack war nicht repräsentativ. Außerdem war er schon Gouverneur einer Provinz; er hatte eine große Anzahl von Menschen dazu gebracht, an ihn zu glauben. Während ich die Zeitungsausschnitte kopierte, fiel mir ein, daß Susan die Akte wahrscheinlich schon gesehen hatte, sie überließ nichts dem Zufall. Das beste, dachte ich, wäre es, wenn ich einen Bericht für sie schrieb und dabei die Informationen, die ich hier hatte, durch das ergänzte, was ich aus den Gesprächen im Haus der Canettos aufgeschnappt hatte.

Ich wollte für sie etwas über die Bedeutung des starken Mannes in der Regionalpolitik, besonders im Norden, schreiben, über die Idee der politischen Familie, mit dem Führer im Mittelpunkt und all denen, die er durch Gefälligkeiten an sich gebunden hat, drum herum. Ich wußte, daß es Variationen davon auch in den Vereinigten Staaten und in jedem anderen Land gab, aber in La Rioja, und vielleicht in ganz Argentinien, würde die Idee des starken Mannes aus einem fernen Ort – besonders wenn die Menschen rasche Abhilfe gegen Inflation und Arbeitslosigkeit und allgemeine Verdrossenheit erwarteten – sehr ernst genommen werden müssen. Ich ließ die Akte mit ein paar Zeilen des Dankes für den Archivar auf dem Tisch liegen, und als ich mich auf den Weg zurück in mein Büro machte, fühlte ich mich effizient und nützlich, fast wie neugeboren, und ich freute mich auf die Reise.

Am Freitagvormittag rief Susan an, um mir Einzelheiten durchzugeben. Sie fliege am Abend nach La Rioja, sagte sie, und wolle, daß ich am nächsten Morgen nachkomme. Das Ticket würde für mich am Flugschalter bereitliegen. Sie war ganz Forschheit und Frische. Sie redete mit mir wie eine Bankangestellte mit einem Kunden. Für uns seien Zimmer im Hotel Plaza reserviert, sagte sie. Es gebe einen Swimmingpool, und bei dieser Hitze würde uns ein Sprung ins Wasser bestimmt guttun. Außerdem, und hier änderte sich ihr Ton leicht, als habe sie etwas im Hals, würde jemand sie begleiten, und wenn ich ankäme, würden sie beide im Hotel sein. Aus der Weise, wie sie sprach, schloß ich, daß diese Begleitung jemand aus Amerika war, und ich nahm außerdem an, allerdings ohne nachzufragen, daß es sich dabei um eine Freundin handeln würde.

Am Samstagmorgen verstaute ich mehrere saubere Hemden sorgfältig in einer Reisetasche. Meine Badehose packte ich auch ein. Es machte mir Spaß, so aus dem Haus zu gehen:

mit Sonnenbrille, in einem blauen Leinenjackett und einer gestreiften Hose, die ich selbst ausgesucht hatte, und in Sommerschuhen ohne Socken. Als ich im ersten Stock an ihrer Wohnung vorbeikam, öffnete Señora Fernández ihre Tür und nickte mir griesgrämig zu. Ich zog mir die Sonnenbrille ein Stück die Nase herunter und sah sie forschend an. Sie musterte mich, als wolle sie gleich ein Foto von mir machen. Ich verließ das Haus und rief mir ein Taxi.

Das Flugzeug war halb leer und hatte schon bessere Zeiten gesehen: Von meinem Fenster aus sah ich auf eine Tragfläche, über die ein breiter Roststreifen verlief. Als wir abhoben, konnte ich die Motoren knirschen hören. Ich schlief eine Zeitlang, und als ich aufwachte, flogen wir über sahnige Wolken dahin. Ich genoß es, hier allem entrückt zu sein, und von mir aus hätte der Flug noch Stunden dauern können. Als wir landeten, wirkte der Flughafen wie ein letzter Außenposten der Zivilisation; auf dem Dach eines kleinen Betonschuppens stand La Rioja geschrieben. Es gab ein paar Jeeps und sonst nichts. Die zwei Männer, die uns zuschauten, wie wir aus der Maschine stiegen, sahen so aus, als hätten sie noch nie zuvor ein Flugzeug zu Gesicht bekommen und als seien sie vom neuartigen Phänomen der Luftfahrt zutiefst verblüfft. Sie musterten uns mit einem Ausdruck gelinder Mißbilligung. Ich fragte einen der beiden, ob ich ein Taxi ins Zentrum bekommen könnte, und er deutete mit einer lässigen Kopfbewegung auf die andere Seite des Gebäudes. Dort parkten mehrere Wagen, und ein paar Leute standen dort herum, aber keiner davon war ein Taxifahrer.

Schließlich kam einer der Männer, die auf dem Rollfeld gestanden hatten, mit zwei Koffern bepackt, in Begleitung einer mittelaltrigen Frau in einem gepunkteten Kleid heraus. Mit einem Nicken bedeutete er mir, ihm zu folgen. Ich setzte mich nach vorn, die Frau setzte sich nach hinten, und wir begannen die lange Fahrt in die Stadt. Die Straße war mit Staub bedeckt; stellenweise war die Sicht stark eingeschränkt, und das Land ringsum war flach und ausgedörrt und staubig. Die Hügel in der Ferne schienen zu einer anderen Welt zu gehören. Sie waren mit dunkelgrünen Bäumen bedeckt. Die Luft war glühendheiß und trocken und schien vollkommen stillzustehen. Mir wurde bewußt, daß ich über diesen Ort nichts anderes wußte, als daß er weit weg von Buenos Aires lag, und daß ich noch niemanden getroffen hatte, der von hier stammte. Weder der Fahrer noch die Frau sagten etwas. Irgendwie war es nicht der passende Anlaß für Konversation. Ich fragte mich gerade, wie überhaupt jemand hier leben konnte, als der Fahrer sich erkundigte, wo ich hinwollte. Ich sagte, er könne mich im Zentrum am Hotel Plaza absetzen.

In den Randbezirken der Stadt herrschte eine Atmosphäre von Trägheit und Armut, als habe niemand die Energie oder das Geld, etwas mehr als Einstöckiges zu bauen, und die Stadt selbst hatte, als wir ihre rasterförmig angelegten Straßen entlangrasten, dieses seltsam Provisorische an sich, das ich überall in Argentinien spüren konnte, als ob das ganze Land dahinschwinden, wir alle dorthin zurückkehren könten, woher wir jeweils gekommen waren, und diese Landschaft ebenso nackt zurücklassen, wie sie vor hundert oder zweihundert Jahren gewesen war. Ich erinnerte mich an die Erzählung von Borges über die Landkarte von Argentinien, die genauso groß wie Argentinien selbst ist und von der, Jahre nach ihrer Anfertigung, einzelne Stücke in entlegenen Teilen der Pampas aufgefunden werden. Ich hatte das früher für eine wundervolle Phantasie gehalten. Jetzt dachte ich, daß es beinah wirklich sein konnte. Es wäre für jeden ein leichtes, diese Städte inmitten dieser ungeheuren Ebene zu verlassen, und Jahre später würde man Stückchen dessen finden, was wir hierhergebracht hatten: eine Radkappe, eine metallene Vorhangschiene, ein paar rostige Nägel und eine Atmosphäre, in der sehr sensible Gemüter imstande wären, die unbestimmten Echos auszumachen, die wir hinterlassen hatten.

Ich bezahlte den Fahrer und betrat das Hotel. Als ich meinen Namen sagte, wurde der Mann an der Rezeption sofort sehr aufmerksam und sagte mir, ich müsse unverzüglich in ein Restaurant an der Ecke Avenida Perón und Rivadavia gehen, dort seien meine Freunde. Sie würden sich jetzt gerade zu Tisch setzen, und sie hätten gesagt – ich konnte Susans Stimme hören, die Anweisungen erteilte –, ich solle mein Gepäck an der Rezeption lassen und sofort dahin kommen. Ich brauchte eine Dusche, aber ich merkte, daß dieser Mann seine Instruktionen sehr ernst nahm und erwartete, daß ich gehorchte. Ich reichte ihm meine Tasche über den Tresen und ließ mir von ihm anhand eines kleinen Stadtplans erklären, wie ich zu meinen Freunden gelangen würde. Ich ging die staubigen Straßen entlang und war plötzlich froh über die Anonymität, die ich hier genoß, über die Tatsache, daß ich nicht hierhergehörte. Ich ging vier Häuserblocks geradeaus und bog dann, wie er mir gesagt hatte, links ab, ging noch einen Häuserblock weiter und fand das Restaurante Los Andes.

Kaum stand ich in der Tür, sah ich die beiden auch schon. Susan hatte einen triumphierenden Ausdruck im Gesicht, und neben ihr saß Jorge und sah mich verlegen an. Offensichtlich war er die Person, die sie nach La Rioja begleitet hatte. Während der Kellner mich an ihren Tisch führte, begriff ich, daß ich ein notwendiges Element ihrer wie auch immer gearteten Beziehung darstellte: Sie brauchten meine Gegenwart, jemanden, der über sie Bescheid wußte, jemanden, der in ihr Geheimnis eingeweiht war. Später würden sie mich, während sie sich liebten, als Zimmernachbarn brauchen, so wie ein Dieb für ein bestimmtes Verbrechen einen Komplizen braucht.

Ich machte kein überraschtes Gesicht; vom ersten Augenblick an, als ich sie sah, tat ich so, als sei das ganz normal, zu erwarten gewesen, nichts weiter Aufregendes. Ich sagte nicht: Was macht ihr beiden denn hier? Ich rief nicht: So eine Überraschung! Ich setzte mich hin und erzählte ihnen auf englisch, wie hartnäckig die Leute im Hotel darauf bestanden hatten, daß ich mein Gepäck abstellte und sofort hierherkam. Susan sah mich an und lächelte, als finde sie das, was ich sagte, äußerst amüsant. Jorge sah mich ausdruckslos an. Susan fragte, was ich trinken wolle, und als ich sagte, einen trockenen Martini, hob sie ihre rechte Hand, um den Kellner auf sich aufmerksam zu machen, und dann berührte sie mit der Linken Jorges Ellbogen. Dort ließ sie sie auch, hielt ihn beinahe fest und ließ mir dadurch ein Zeichen ihrer Intimität zuteil werden, gab mir zu verstehen, daß es für sie etwas ganz Natürliches war, ihn zu berühren, etwas, das sie ohne Nachdenken tat. Ich öffnete die Speisekarte und fragte, ob sie sich schon mit Carlos Menem angefreundet hätten. Als ich »angefreundet« sagte, wurde mir bewußt, daß ich angefangen hatte, sie beide und ihre neuentdeckte Freundschaft zu umkreisen, daß ich suggeriert hatte, daß sie sich mit den unwahrscheinlichsten und seltsamsten Leuten leicht »anfreundeten«.

»Die Kundgebung ist für zehn angesetzt«, sagte Susan. »Es wird einen Fackelzug geben.«

Ich stand kurz davor, Susan zu fragen, ob Jorge noch immer Ewigkeiten brauche, um zu kommen. Ich schaffte es nicht, mit ihnen zusammenzusitzen, ohne sie mir im Bett vorzustellen. Ich sagte nichts. Ich begriff, daß ich zwar nicht eifersüchtig auf sie war, aber mich darüber ärgerte, daß sie sich hinter meinem Rücken zusammengetan hatten, mir nicht erlaubt hatten, die Fäden für sie zu knüpfen. Wie hatte es mit ihnen angefangen? Ich war sicher, daß sie sich auf der Party von Jorges Vater zum erstenmal gesehen hatten. Wie hatten sie sich zum zweitenmal getroffen? Wer hatte die Initiative ergriffen? Hatten sie sich zufällig getroffen? Das erschien mir unmöglich. Derweil bestellte ich ein Steak und einen Salat und äußerte mich über dieses Gefühl, das ich hatte, daß die Stadt La Rioja nicht mehr lange existieren würde.

Susan machte eine Bemerkung über das Hotel, wie altmodisch es sei, es gebe ein riesiges Gästebuch mit Namen und Daten und Vorbestellungen, ganz wie in einem viktorianischen Hotel im neunzehnten Jahrhundert. Jorge redete auf spanisch, er sagte, das sei einer der Orte in Argentinien, über die er nichts wisse, aber er habe einen schlechten Ruf, gelte als die Heimat von Schlägern und korrupten Politikern. Ich schwieg. Mir wurde bewußt, daß ich Susan die Sache übelnahm, es ihr übelnahm, daß sie beschlossen hatte, wenn sie mich nicht haben konnte, sich ihn zu nehmen. Er fühlte sich durch ihre Aufmerksamkeit geschmeichelt; wahrscheinlich hatte er sich, genau wie ich, in seinem ganzen Leben noch keine Gelegenheit zum Sex entgehen lassen. Er betrachtete die Welt mit dem Auge seines Schwanzes, und sie hatte das schon bei ihrer ersten Begegnung erkannt, und jetzt führte sie ihn mir vor, wie jemand, der mit einem eleganten Rassehund promeniert.

Die Hotelbar war wegen der Hitze verdunkelt. Wir bestellten Kaffee und Cognac, und anschließend gingen wir zur Rezeption und ließen uns unsere Schlüssel geben. Ich nahm meine Reisetasche wieder an mich. Die beiden hatten getrennte Zimmer. Wir gingen zusammen die Treppe hoch und verabredeten uns für halb sieben am Pool. Sie gingen und redeten auf eine merkwürdige, zerstreute Weise, die mir klar zu verstehen gab, daß ich jetzt vielleicht Siesta machen mochte, sie aber gleich Liebe machen würden. Ich lächelte ihnen zu und ging den Korridor hinunter zu meinem Zimmer. Kaum war ich allein, verspürte ich ein Hochgefühl in mir und Belustigung über das, was ich gerade miterlebt hatte, und Erregung, als habe das Knistern zwischen den beiden auch irgendwie auf mich übergegriffen; so mußte sich ein Baby fühlen, wenn seine Eltern miteinander schliefen.

Ich duschte und trocknete mich ab, und dann schlug ich die frischen weißen Laken zurück und legte mich aufs Bett und dachte an das, was sie gerade taten, stellte mir vor, ich sei einer von beiden, dann der andere. Ich war zu abgelenkt, um zu masturbieren. Ich schlief ein und wachte nach einer Weile in der verschwitzten Hitze des Nachmittags mit einem Gefühl wieder auf, als seien mehrere Tage vergangen, seit ich die beiden im Restaurant gesehen hatte, und als habe ich seither nur versucht, das, was ich gesehen hatte, zu verarbeiten, es zu begreifen, indem ich mir alles, was zwischen ihnen vorgefallen war, immer und immer wieder ausgemalt hatte.

Am Abend gingen wir hinaus auf den überfüllten Platz. Es gab ein großes Podest und eine Musikkapelle, und die Leute standen herum und starrten auf die Plattform und warfen sich dann gegenseitig verstohlene Blicke zu, musterten einander abschätzig und sahen dann wieder weg, als sei nichts gewesen. Susan trug ein schwarzes Kleid und ein schwarzes Haarband; ihre Haut war gebräunt. Jorge war leger gekleidet. Ich konnte nicht aufhören, sie mir zusammen im Bett vorzustellen. Wir gingen nach vorn, wo das Gedränge dichter war, und warteten dort, sahen uns um und harrten der Dinge, die da kommen würden. Allmählich wurde es dunkel, und in den Bäumen gingen kleine bunte Lichter an, und noch mehr Leute strömten auf den Platz, so daß rings um uns nur noch ein einziges Stimmengewirr zu hören war. Susan legte mir eine

Hand auf den Rücken und rieb, als hätte ich da eine schmerzende Stelle. Sie und Jorge berührten sich nicht.

Plötzlich ertönte zur Linken ein Aufschrei. Ich hatte zu viele Leute vor mir; ich konnte nicht sehen, was da vor sich ging. Ich sprang in die Höhe, aber ein Baum versperrte mir die Sicht. Die Menschenmenge wurde von der Plattform zurückgedrängt, und wir hatten Mühe, zusammenzubleiben und die Leute vor uns davon abzuhalten, uns auf die Füße zu treten. Als Susan etwas auf englisch zu mir sagte, drehten sich mehrere Leute vor uns um und sahen uns an. Ihre Blicke waren nicht direkt feindselig, aber sie waren neugierig und unfreundlich, und sie hatten etwas Finsteres. Wir machten den Mund nicht wieder auf. Jetzt konnten wir eine Kavalkade sehen – Männer mit lodernden Fackeln in den Händen und Gauchohüten, auf weißen Pferden –, die sich auf die Plattform zubewegte. Es ertönten Jubelrufe und Geschrei und Pfiffe, und die Augen aller richteten sich auf den Mann, der eindeutig Carlos Menem war. Die Männer in Gauchotracht saßen ab, eskortierten ihn zur Plattform und stellten sich dann, die Fackeln in der Hand, hinter ihm auf. Seine Rede war patriotisch und voller Klischees über die Zukunft und die Vergangenheit Argentiniens, aber er packte die Menschenmenge durch die schiere Überzeugungskraft seiner Stimme. Ich beobachtete Susan, während sie ihn ansah; es war das erstemal überhaupt, daß ich so etwas wie Ehrfurcht in ihrer Miene entdeckte. Menem hatte jetzt angefangen zu schreien, und die Menge war völlig in seinen Bann geschlagen; das erinnerte mich an diese Nacht in Buenos Aires, als der Krieg gerade ausgebrochen war und Galtieri auf den Balkon heraustrat. Diese Menschenmenge war genauso unerfahren, sie hing ihm an den Lippen, als habe nie jemand zuvor solche Worte ausgesprochen. Ich sagte mir, daß es jetzt wahrscheinlich überall in Argentinien Männer gab, die so reden konnten, und überall Marktplätze voller Menschen, die ihnen zuhörten, und daß es nichts weiter bedeutete – unserem Land hatte es nie an Demagogen und billiger Rhetorik gemangelt –, aber hinterher waren Susan und Jorge absolut sicher, daß wir einen historischen Augenblick miterlebt hatten.

An dem Abend aßen wir an einem Ecktisch im Hotelrestaurant zusammen mit einem kleinen Mann von Anfang Vierzig. Er hatte einen polnischen oder ungarischen Namen, und er wohnte in Buenos Aires. Er war derjenige, der Susan auf die Existenz Menems aufmerksam gemacht hatte, und soweit wir feststellen konnten, war er der Wahlkampfmanager, obwohl er kein Peronist war und auch nicht aus der Bewegung kam. Es war überhaupt schwer zu sagen, welchen Hintergrund er wohl hatte. Ich hätte nicht einmal sagen können, ob er reich oder arm war. Er sprach kein Englisch; er sagte sehr wenig, und wenn er sprach, dann wandte er sich ausschließlich an Susan und behandelte Jorge und mich, als seien wir ihre Leibwächter. Im Laufe des Essens wurde immer deutlicher, daß er Susan schon seit einiger Zeit kannte und daß er eine ganz bestimmte Wahlkampfstrategie hatte und von nun an mit ihrer uneingeschränkten Kooperation würde rechnen können. Als er aufstand und ging, fiel mir auf, daß er hinkte. Ich sah ihm nach, bis er durch die Tür verschwand, und dann wandte ich mich wieder Susan und Jorge zu. Auch sie hatten ihm nachgesehen. Keiner von uns sprach ein Wort. Wir gingen zur Rezeption und ließen uns die Schlüssel geben. Ich gab Susan einen Gutenachtkuß und nickte Jorge zu und ging, ihnen voran, die breite Treppe des alten Hotels hoch und zu Bett.

Während der Herbst in den Winter überging, freundete ich mich mit Federico Arenas an. Er tauchte am Ende jeden Dinners auf, stets bereit, noch ein paar Gläser zu trinken oder in einen Club zu gehen. Eines Nachts fuhr ich mit ihm in einen Club außerhalb der Stadt, wo er an der Tür herzlich begrüßt wurde. Die ruhige, halbdunkel gehaltene Bar war mit feudalen samtbezogenen Polstermöbeln eingerichtet; die Getränke wurden von Mädchen serviert. Wenn man wollte, sagte Federico, konnte man auch eines der Mädchen haben. Wir könnten sie auffordern, sich zu uns zu setzen; oben gebe es sogar Zimmer, aber dann müsse man so tun, als wolle man hier übernachten, das hier sei kein Stundenhotel. Wir könnten vielleicht ein gemischtes Doppel spielen, sagte er. Bei Gelegenheit, ja. Es bereitete ihm großes Vergnügen, den Barkeeper herbeizurufen und ihn mit Gesprächen über Geld zu beeindrucken; es bereitete ihm Vergnügen, die Mädchen anzulächeln und ihnen großzügige Trinkgelder zu geben. Ich war da als Zeuge seines Charmes und seiner Freigebigkeit. Er behandelte mich so, als sei er ein Mann von Welt und ich ein unerfahrener Neuling. Er zeigte mir Fotos von seiner Frau und seinen Kindern, die jetzt, wie er sagte, zu Hause tief und fest schliefen. Seine Frau, sagte er, sei eine gute Frau. Sie kenne ihn und vertraue ihm.

Aus Langeweile und Trägheit saß ich bis tief in die Nacht mit ihm zusammen. Er redete mit mir, als interessierte ich mich für Mädchen, obwohl ihm bekannt sein mußte, daß ich schwul war. Er kannte verschiedene Freunde Menems, aber er machte sich trotzdem weiterhin Sorgen darum, wie es ihm unter dem neuen Regime ergehen würde, besonders nach einer Privatisierung der Erdölindustrie. An einem dieser Abende, wir hatten miteinander gegessen und zuviel Wein und Brandy getrunken, willigte ich ein, mich um einen Regierungsauftrag zu bewerben. Als ich am Morgen darauf in mein Büro kam, befanden sich alle Unterlagen schon auf meinem Schreibtisch. Ich konnte mich des Eindrucks nicht erwehren, daß Federico Arenas nicht viel schlief. Er ging lieber auf die Pirsch, als sich auszuruhen. Noch am selben Nachmittag hatten wir den Bewerbungsbogen ausgefüllt, im einzelnen geklärt, wie und wann das Geld ausgezahlt werden und wie und wann er und seine Gehilfen ihren Anteil bekommen würden. Diesmal fiel mir der Entschluß leicht, auf das Geschäft einzugehen; in diesem Wirtschaftszweig kannte ich mich besser aus, und ich konnte erkennen, daß es sich bei dieser Sache nicht um eine Falle handelte. Lächelnd verließ er das Büro mit allen Dokumenten unter dem Arm. Ich fragte mich, wie viele weitere solche Geschäfte er durchzog. Wenn es Probleme geben sollte, überlegte ich, würde ich immer behaupten können, ich hätte in gutem Glauben gehandelt. Aber bei dem damals herrschenden Klima war nicht damit zu rechnen, daß es Probleme geben würde.

Señor Canetto fand sich mit dem Gedanken ab, daß er vielleicht nie Präsident von Argentinien werden würde. Er wurde unbeschwerter und seine Laune besserte sich, und er lud mich regelmäßig zum Essen ein. Er war von meinem neuen Status beeindruckt: von meiner Sekretärin und der Adresse meines Büros, von der Tatsache, daß ich so viel über die Erdölindustrie und ihre Zukunft wußte. Er begann, sich für Ölaktien zu interessieren, und soweit ich beurteilen konnte, verfügte er über gewaltige Mittel, Geld in Miami, das er täglich herumschob. Er rief mich jeden Morgen an, sobald er die Zeitungen durchgesehen hatte, und wir diskutierten darüber, was sich lohnte, im Auge behalten zu werden.

Ich erzählte ihm alles, was ich wußte, außer von Federico Arenas. Von ihm erzählte ich niemandem, und ich sorgte dafür, daß meine Sekretärin nicht wußte, was da ablief. Ich legte eine Akte über Transport und Verkehr an und schaffte es zuletzt, alle Details des Geschäfts, das wir eingefädelt hatten, zu verstehen, auch wenn es dabei um reine Phantasieprodukte ging. Ich sorgte dafür, daß sie zumindest auf dem Papier existierten.

Und immer wenn Amerikaner in die Stadt kamen, schnappte ich soviel wie möglich über eventuelle Investitionen auf, über kleine Banken und Tochtergesellschaften von Erdölfirmen, die sehr gewinnbringend zu werden versprachen, sobald gewisse Änderungen in der Industrie stattgefunden hätten. Es war ein langsamer Prozeß; monatelang passierte nichts, und dann gerieten die Preise eines Tages plötzlich in Bewegung. Es war nie mehr als eine kurze, kleingedruckte Notiz auf einer der letzten Seiten einer Zeitung, aber Señor Canetto sah sie, und ich sah sie, und dann wußten wir sofort, ob wir kaufen oder verkaufen sollten. Er stellte mich einem Freund vor, der in einer Investmentbank arbeitete, und der erklärte sich bereit, mir den Gegenwert der Aktien, die ich bereits besaß, zu einem günstigen Zinssatz zu leihen. Als ich diesen Mann in seinem Büro aufsuchte und ihm gegenübersaß, hatte ich nicht das Gefühl, lediglich eine aufgesetzte Rolle zu spielen. Ich wußte, wovon ich redete. Ich wußte, daß er mir das Geld geben würde, und ich wußte, wie leicht es sein würde, es zurückzuzahlen. Als Carlos Menem die Wahl gewann, hatte ich, abgesehen von dem ersten Deal mit Federico Arenas und den von Señor Canetto vermittelten Darlehen, bereits hunderttausend Dollar aufgenommen, aber meine Vermögenswerte waren doppelt so hoch und wuchsen stetig weiter.

Ich kaufte mir italienische Anzüge und teure Schuhe und Hemden und Designerkrawatten, und ich schwor mir, daß ich bald die Wohnung renovieren lassen oder mir etwas Neues und Helles suchen würde, und daß ich aufhören würde, Kleidungsstücke überall auf dem Boden herumliegen und schmutziges Geschirr auf dem Eßtisch stehenzulassen. Eines Tages fragte mich Susan, ob sie und Jorge tagsüber, wenn ich nicht da sei, meine Wohnung benutzen könnten. Ich erzählte ihr, wie unordentlich es da sei. Ich sagte ihr, daß die Farbe von den Wänden abblätterte. Ich gab ihr einen Schlüssel. An dem Abend räumte ich einen ganzen Haufen Gerümpel aus dem unbenutzten Zimmer. Ich wechselte die Bettlaken und fegte den Fußboden erst und wischte ihn anschließend. Die Gardinen rochen muffig und sahen liederlich aus, der Wandanstrich war alt, und der Kleiderschrank wirkte wie ein überdimensionaler Sarg. Trotzdem dachte ich, daß ihnen das Zimmer vielleicht zusagen würde. Mir gefiel die Vorstellung, daß sie sich hier lieben würden, oder zumindest dachte ich, daß sie mir gefiele. Ich gestattete mir nie, so lange darüber nachzudenken, daß ich mir hätte sicher sein können.

Pablo arbeitete jetzt bei seinem Vater, aber weder er noch Jorge wußten das geringste über den Aktienmarkt. Jorge war zu einem Experten in Sachen Wechselkursschwankungen geworden, und bisweilen war das nützlich. Wenn wir Aktien verkauft hatten und über etwas Kapital in bar verfügten, konnten wir das Geld von einer Währung in eine andere tauschen, es etwas für uns dazuverdienen lassen – Jorge schien sich nie zu irren –, und wenn dann der richtige Zeitpunkt gekommen war, es wieder investieren.

Eines Abends war ich bei den Canettos zum Essen eingeladen. Im langen Eßzimmer brannte nur eine Lampe in der Ecke; das meiste Licht kam von den Kerzen auf dem Tisch. Pablo trug einen marineblauen Pullover aus dicker Wolle. Er saß mir am Tisch gegenüber. Ich konnte nicht aufhören, ihn anzusehen: das dichte schwarze lockige Haar, das leuchtende Blau seiner Augen, die langen Wimpern, die vollen Lippen. Ich mußte vorsichtig sein. Ich wußte nicht, ob er mich überhaupt wahrnahm oder was er über mich dachte. Wir redeten über Politik. Señora Canetto konnte Carlos Menem nicht ausstehen. Sie meinte, er sei ein Argentinier von der übelsten Sorte, und sie forderte uns auf, uns doch nur vorzustellen, was ausländische Besucher von ihm und seiner Frau halten würden. Señor Canetto sagte, er glaube, Menem würde einen guten Präsidenten abgeben.

An dem Abend fuhren mich Jorge und Pablo zum Bahnhof. Pablo schien in Gedanken zu sein, als er nach oben ging, um seinen Mantel zu holen. Wir standen in der Tür, während Jorge den Wagen wendete. Pablo führte die Hände an den Mund, um sie mit seinem Atem zu wärmen. Ich sagte, es sei kalt. Er sagte, da würden einem die Eier abfrieren. Ich sagte nichts. Als der Wagen vorfuhr, setzte ich mich in den Fond, und Pablo setzte sich nach vorn. Wir schwiegen, während Jorge die lange, von herrschaftlichen Häusern gesäumte Straße entlangfuhr. Es war niemand sonst unterwegs.

Als ich etwas an meinem Fuß spürte, hätte ich fast aufgeschrien. Einen Augenblick lang dachte ich, auf dem Boden sei eine Maus. Aber es war keine Maus. Es war Pablos rechte Hand, die zielstrebig meinen Schnürsenkel löste. Ich griff hinunter und berührte seine Hand, aber er schenkte dem keinerlei Beachtung. Er suchte nach dem Schnürsenkel des anderen Schuhs, und als er ihn gefunden hatte, zog er ihn gleichfalls auf. Jorge hatte angefangen, über Menem und die Familie von dessen Frau zu reden. Ich sagte, das neue Regime würde sich mit dem Militär arrangieren müssen. Inzwischen hatte Pablo seine Hand weggenommen, und meine Schuhbänder waren beide offen.

Als wir am Bahnhof ankamen, bestanden Jorge und Pablo darauf, auszusteigen und mit mir hineinzugehen für den Fall, daß ich lange warten mußte. Ich kaufte in dem altmodischen Wartesaal des Bahnhofs meine Fahrkarte, erfuhr, daß binnen zehn Minuten ein Zug kommen würde, und dann stellte ich den Fuß auf eine Bank, um meinen Schnürsenkel wieder zuzubinden. Jorge studierte gerade den Fahrplan. Ich warf Pablo einen Blick zu und grinste, während ich den zweiten Fuß auf die Bank stellte. Pablo sah mich an, als ob nichts geschehen wäre, und dann lächelte er auch. Ich sagte den beiden, jetzt sei alles in Ordnung, sie bräuchten nicht zu warten. Ich sagte, wir würden uns nächste Woche sehen, und bat sie, ihrer Mutter noch einmal für das Essen zu danken. Als sie sich zum Gehen wandten, stand ich da und sah ihnen nach und wartete, ob Pablo sich umsehen würde, aber er tat es nicht. Ich ging nach draußen und blieb vor der Tür stehen, während sie ins Auto einstiegen. Als sie wegfuhren, hielt Pablo die Augen auf mich gerichtet. Jorge winkte mir zu, und dann ging ich zurück in den Warteraum und setzte mich auf die Bank.

Dritter Teil

*T*agelang ging er mir danach nicht aus dem Kopf. Ich stellte mir vor, er liege im Bett neben mir, schlafend, den Rücken mir zugekehrt. Morgens wachte ich mit einem warmen, hoffnungsvollen Gefühl auf. Ich stellte mir vor, wie er sich umdrehte und langsam wach wurde, sein Gesicht sich zu einem Lächeln kräuselte, seine Zunge feucht und geschmeidig in meinen Mund drang, als sei er nur für die Lust erwacht. Ich schlang die Arme um ihn, fühlte die glatte weiche Haut an der Seite seines Oberkörpers und dann die Haare auf seiner Brust. Ich stellte mir vor, wie er aufstand, um auf die Toilette zu gehen; ich malte mir aus, ich sähe ihm dabei zu.

Ich rief wie gewohnt bei ihm zu Hause an und sprach mit seinem Vater oder mit Jorge, aber nie mit ihm. Ich wartete. Ich dachte, einmal würde er sich am Telefon melden und ich würde dann sagen, wir könnten uns vielleicht treffen, oder ihn fragen, ob er in nächster Zeit in der Stadt sein würde. Ich hoffte, er würde mich anrufen oder eine Ausrede finden, um im Büro oder in der Wohnung vorbeizukommen. Vielleicht, dachte ich, war das, was im Auto passiert war, nur eine scherzhafte Geste gewesen, vielleicht sogar ein Zeichen der Verachtung, sieh nur, was ich mit dir machen kann. Ich fühlte mich so, wie ein Teenager sich fühlen muß, wenn er sich zum erstenmal in ein Mädchen verliebt: Ich war aufgeregt und ängstlich und unsicher.

Einmal kam Susan ins Büro, um mir mir über einen Bericht zur Privatisierung der Erdölindustrie zu reden, einen von vielen vertraulichen Berichten dieser Art, die das neue Regime in Auftrag gab. Man hatte mich als jemanden vorgeschlagen, der innerhalb der Kommission den Standpunkt der nordamerikanischen Erdölfirmen vertreten könnte, und Susan wollte sich vergewissern, daß ich, sollte man mir die Mitgliedschaft anbieten, sie auch annehmen würde. Sie und Donald versuchten, ihren Einfluß dahingehend geltend zu machen, daß nur Wirtschaftsexperten und Akademiker in die Kommission aufgenommen wurden, und keine Politiker, die ein geheimes antiamerikanisches Programm verfolgen konnten. Die Administration, sagte sie, sei sich darüber im klaren, wie leicht es wäre, die Bevölkerung mit der Vorstellung aufzuwiegeln, auswärtige Interessenten seien dabei, die heimische Erdölindustrie in ihre Gewalt zu bringen. Zwei Wissenschaftler von der Universität hatten schon einen Artikel über die globale Erdölindustrie geschrieben, in dem sie darauf hinwiesen, wie wichtig es für jeden Staat sei, die Kontrolle über die eigene Industrie zu behalten. Sie waren davon überzeugt, wenn Argentinien sein Öl dem Ausland überließe, würde dies einen Verlust seiner Souveränität und einen Rückgang der Investitionen in neue Technologien und kleinere Ölfelder zur Folge haben. Sie räumten ein, daß es Korruption gebe, beharrten aber darauf, dies sei die letzte Chance, die Argentinien haben würde, eigene Reformen durchzuführen.

Susan zog an ihrer Zigarette und fragte mich, was ich dazu meinte. Ich sagte, ich würde gern Berichte über einige Privatisierungen in Großbritannien studieren, wobei mir aber klar sei, daß wir uns auf keine britischen Experten stützen dürften. Gut wäre es, sagte ich, wenn wir einen Amerikaner oder sogar einen Australier finden könnten, der darüber Bescheid wüßte, wie die Briten die Privatisierung gehandhabt hatten. Sie nickte. Ich sagte, ich würde ein bißchen herumtelefonieren und die richtige Person finden. Von meinem Büro aus ginge das leichter als von irgendeiner amtlichen Stelle aus.

Danach lunchten wir im Restaurant des Sheraton. Sie hatte die Angewohnheit, solche öffentlichen Orte mit einer arroganten, fast streitlustigen Miene zu betreten, sich den Tisch selbst auszusuchen, anstatt dem Kellner zu erlauben, sie an einen Tisch seiner Wahl zu geleiten, dem Kellner zu sagen, er möge ihr mehr Zeit lassen, sich zu entscheiden, und dann nach der Rechnung zu verlangen und zu erklären, sie wolle sie jetzt und sie habe es eilig. Bei unseren ersten Begegnungen hatte ich mich immer unbehaglich gefühlt, wenn Dienstboten oder Kellner oder Untergebene in der Nähe gewesen waren, aber inzwischen hatte ich mir anerzogen, sie amüsant zu finden, ihr gegenüberzusitzen und mir anzusehen, wie sie alle herumkommandierte und schikanierte, ohne vor Peinlichkeit zusammenzuzucken. Diesmal sah sie auf die Speisekarte, als sei sie das Rücktrittsgesuch eines schwierigen Mitarbeiters. Der Kellner stand da. Dann klappte sie die Karte zu und ließ sie liegen und sprach ihn auf englisch an.

»Für den Anfang wollen wir nur etwas trinken. Wir bestellen später. Ich nehme einen trockenen Martini.«

»Ich nehme ein Gin Tonic«, sagte ich auf englisch. Ich fragte mich, ob der Kellner mich wohl für ihren kuschenden Ehemann hielt.

»Was, wenn ich jetzt essen möchte?«

»Du willst jetzt nicht essen. Ich will mit dir über etwas reden.«

»Kann ich mir nicht etwas zwischen die Kiemen schieben, während du redest?«

»Ich will deine ungeteilte Aufmerksamkeit.«

Ich sah mich im Restaurant um. Ein paar Geschäftsleute drüben an der Wand beobachteten uns. Als ich ein paar Sekunden später wieder hinsah, musterten sie uns noch immer mit großer Aufmerksamkeit; es war offensichtlich, daß sie über uns redeten. Mir ging plötzlich auf, daß Susan mittlerweile in der Stadt bekannt sein mußte, daß sie für Leute, die nach oben wollten, die sich Einfluß oder Beziehungen in den Vereinigten Staaten verschaffen wollten, eine wichtige Persönlichkeit darstellen mußte.

»Du hörst mir nicht zu«, sagte sie. »Es gibt einen Neuen an der Botschaft, der sehr nett ist. Ich glaube, er ist ein bißchen verstört, daß man ihn hier runtergeschickt hat. Bis jetzt war er nur in Europa gewesen. Er ist ein stiller Typ, er ist nett.«

»Das ist das zweitemal, daß du sagst, er ist nett. Ist das ein Codewort für irgend etwas?«

»Ja, er ist schwul.«

»Ist er schwul, oder vermutest du, daß er schwul ist?«

»Nein, ich habe mich mit ihm unterhalten. Er ist schwul.«

»Ist er wirklich nett?«

Als unsere Drinks kamen, nahm sie wieder die Speisekarte in die Hand. Sie rief den Kellner zurück und sagte, sie wolle jetzt bestellen. Wir bestellten. Ich sah zu den zwei Männern hinüber, die uns beobachtet hatten, aber jetzt waren sie ins Gespräch vertieft.

»Du hast ihm also alles über mich erzählt«, sagte ich.

»Hab ich.«

»Und jetzt kreuzt er jeden Augenblick hier auf und sieht mich von oben bis unten an.«

»Nicht direkt, aber er würde dich gern kennenlernen.«

»Ich glaube, ich bin verliebt«, sagte ich.

»In ihn? Schon?«

»In einen netten Amerikaner? Nein.«

»Er ist wirklich sehr nett.«

»Ich glaube, ich bin verliebt«, sagte ich noch einmal.

Als die zweite Hälfte des Geldes kam, fing ich an, mir Sorgen zu machen. Ich merkte, daß mich mein ganzer Mut verlassen hatte. Ich sah schon bildlich vor mir, wie wir erwischt wurden, die Zeitungen Fotos brachten, auf denen zu sehen war, wie wir abgeführt wurden. Die Vorstellung, den Vertrag zu unterschreiben und bezahlt zu werden, hatte mir keine Probleme bereitet, aber Geld für nichterbrachte Dienstleistungen anzunehmen war eine andere Sache. Federico hatte mir noch einmal genaue Instruktionen gegeben, wie ich den Scheck einzahlen sollte. Aber als ich den Scheck sah, bekam ich es mit der Angst zu tun. Ich hatte den plötzlichen Drang, Federico anzurufen und ihm zu sagen, daß ich ihn zurückgeben wollte, aber das wäre absurd gewesen. In wenigen Wochen würde ich ihm drei Viertel des Scheckbetrags bar in Dollars auszahlen müssen. Ich vertraute ihm, weil ich keine andere Wahl hatte. Mir war klar, daß er auf diese Weise schon eine Riesenmenge Geld gemacht hatte, aber man wußte über ihn Bescheid. Er würde der erste sein, den man überprüfen würde, sollte die Regierung einmal beschließen, der Korruption ein Ende zu machen. Außerdem wußte ich nicht, wer sonst noch an dem Geschäft beteiligt war.

Ich nahm den Hörer ab und rief ihn an und sagte ihm, ich hätte ein Problem. Er sagte, er würde gleich bei mir vorbeikommen. Während ich wartete, wurde ich noch niedergeschlagener. Ich wußte jetzt, ich hätte mich nicht darauf einlassen dürfen. Als er ankam, wirkte sein Gesicht gerötet. Ich erklärte ihm, es falle mir schwer, den zweiten Scheck anzunehmen. Ich wolle ihm den Scheck zurückgeben oder ihn zerreißen. Rühr ihn nicht an, sagte er, ein Viertel dieses Geldes geht ganz nach oben. Ob er Menem meine, fragte ich. Nein, nicht Menem, sagte er, nicht Menem, aber nicht weit von ihm entfernt. Deine Bewerbung, sagte er, ist absolut in Ordnung. Sie ist an höchster Stelle geprüft und akzeptiert worden. Ich habe die schriftliche Bestätigung, daß die von uns angeforderten Laster eingetroffen sind und das Rohöl wie vereinbart von Punkt A nach Punkt B transportiert worden ist. Das ist auch der Grund, weshalb der Scheck ausgestellt wurde. Es hat alles seine Richtigkeit. Du bist befugt, sagte er, dir von der Bank jeden beliebigen Barbetrag auszahlen zu lassen, ohne irgendwelche Fragen befürchten zu müssen. Nur zu, reiche ihn ein, sagte er und deutete auf den Scheck, reiche ihn heute noch ein. Ich habe keine Zeit für solche Spielchen. Reiche ihn einfach ein und sag mir Bescheid, wann die Geldübergabe stattfinden kann. Er stand auf und ging. Er hatte seine Zigaretten auf dem Schreibtisch liegenlassen. Sobald er weg war, ging ich zur Bank und reichte den Scheck ein.

Susans amerikanischer Freund rief mich ein paar Tage später im Büro an. Er hieß Charles, und er klang nervös. Ich bedauerte, daß ich ihn mir von Susan nicht ausführlicher hatte beschreiben lassen. Ich muß wenig ermutigend geklungen haben, denn er fragte, ob er vielleicht besser ein anderes Mal anrufen sollte. Ich sagte, wir sollten uns treffen und ich könnte mich im Prinzip nach ihm richten. Er sagte, er habe diese ganze Woche zu tun, aber am Samstag hätte er Zeit. Für die nächsten paar Tage verbannte ich Pablo aus meinen Gedanken und dachte statt dessen an Charles – eins achtzig groß, hatte er gesagt, mit dunklen Haaren und braunen Augen. Ich würde mich mit ihm Samstag abend um acht in der Bar des Sheraton treffen. Plötzlich merkte ich, daß es mir nicht schwerfiel, die ganze Sehnsucht, die ich nach Pablo hatte, auf diesen Amerikaner zu übertragen, den ich noch nie gesehen und mit dem ich nur ein paar Worte gewechselt hatte. Ich begriff, daß ich verzweifelt einen Menschen brauchte. Das bereitete mir Unbehagen und ein Gefühl der Verwundbarkeit. Ich hatte immer geglaubt, ich sei mir selbst genug, am glücklichsten allein.

Er dürfte Ende Dreißig oder Anfang Vierzig gewesen sein. Er hatte ein langes Gesicht. Als ich die Bar betrat, stand er auf und lächelte. Er steckte zuviel Energie in seinem Händedruck, und ich konnte spüren, daß er sich Mühe gab. Er war adrett gekleidet, sein Haar war sorgfältig gekämmt. Als wir an die Bar gingen, bestellte er die Drinks.

»Freut mich, Sie kennenzulernen«, sagte er, als er mir den Drink reichte. Er hob sein Glas, und ich hob meins. Mir gefiel, wie er lächelte. Es gab Dinge an ihm, die ich, selbst schon während der ersten halben Stunde, zu verstehen glaubte. Sein Humor, seine kleinen Versuche, ironisch zu sein, sein Achselzucken hatten durchweg etwas Selbstherabsetzendes, waren Methoden, sich vor der Welt zu schützen.

Ich sprach über Argentinien und erzählte ihm, wie ich Menem zum erstenmal gesehen hatte, verschwieg ihm allerdings, daß Susan dabeigewesen war. Er hörte mir zu, als sei alles, was ich sagte, neu für ihn, und einiges davon erstaunlich. Er lächelte auf eine trockene, belustigte Weise. Er sagte, daß er bald durch Argentinien reisen würde; einiges vom Land, sagte er, erinnere ihn an bestimmte Teile der Vereinigten Staaten, in denen er aufgewachsen sei, seine Familie sei ziemlich weit herumgekommen, sein Vater habe für Heinz gearbeitet.

Ich fragte ihn, wo er wohne; er betonte, daß seine Wohnung gar nichts Besonderes sei, daß er lieber etwas anderes gehabt hätte, aber auf die Einwände der Sicherheitsexperten Rücksicht nehmen müsse. Es machte mir Spaß, ihn zu betrachten, er war intelligent, und manchmal, wenn er etwas Interessantes oder Kluges sagte oder eine witzige Wendung gebrauchte, kniff er das Gesicht zusammen, als sei er bei etwas Unrechtem ertappt worden. Als er mich auf meine englische Herkunft ansprach, versuchte ich, mich präzis auszudrücken – die Wahrheit zu sagen. Ich sagte, daß eine Seite von mir, die englische vielleicht, eine Möglichkeit sei, mich vor der anderen Seite, die argentinisch war, zu verstecken, so daß ich nie eine einzelne voll ausgebildete Person zu sein brauche, ich könne immer umschalten und improvisieren. Das hatte ich noch nie zuvor gesagt oder es auch nur in dieser Form gedacht, und ich nehme an, es fiel mir leicht, es ihm zu sagen, weil ich davon überzeugt war, daß er es verstehen würde; ich konnte mir vorstellen, daß auch er entsprechende Strategien hatte erlernen müssen. Es gab noch weitere Dinge, die ich ihm hätte erzählen können und die er bestimmt verstanden hätte, zum Beispiel, daß mit Amerikanern zusammenzuarbeiten mir das Gefühl verschafft hatte, Amerikaner zu sein, daß ich wußte, wie man sich in anderer Leute Programm einpaßt. Ich spürte, daß er auch so war, aber ich sagte nichts davon, weil ich nicht zuviel sagen wollte.

Als wir mit dem Essen fertig waren, ging ich davon aus, daß wir die Nacht miteinander verbringen würden. Als er auf die Toilette ging, dachte ich darüber nach: Vielleicht wollte er es gar nicht. Aber nur mal angenommen, er wollte? Was würde dann anschließend passieren? Würde ich mich verabschieden, sobald ich einen Orgasmus gehabt hatte, und wieder nach Hause gehen? Oder würde ich bis zum Morgen bleiben? Würde ich ihn wiedersehen? Wie lauteten da die Spielregeln? So jemanden kennenzulernen war für mich etwas Neues.

Auf dem Rückweg von der Toilette bezahlte er die Rechnung. Das schien ihn zu freuen, als habe er trotz erheblicher Widerstände seinen Willen durchgesetzt. Ich lud ihn auf einen Drink in eine Bar ein, und wir machten uns auf den Weg, bummelten durch die Stadt. Dabei dirigierte ich ihn unauffällig in die Richtung seiner Wohnung. Ich wollte ihn nicht mit zu mir nehmen, das hätte eine zu große Intimität bedeutet. Mir war noch nach Fremdheit. Ich hätte sehr gern mehr über ihn selbst gewußt, wann er erkannt hatte, daß er schwul war, oder wann er sein erstes Erlebnis gehabt hatte, aber das Wort schwul war zwischen uns nicht gefallen; es wurde als selbstverständlich vorausgesetzt.

»Kommen Sie noch auf einen Drink mit hoch«, sagte er. Er

grinste, als spiele er in einem Film und habe seinen Text auswendig gelernt. Ich nickte und lächelte.

Die Wohnung war modern, mit einem langen Wohnzimmer und kaum möbliert, es gab ein paar riesige Pflanzen und einige Teppiche, die er in Europa oder im Orient gekauft haben mußte. Er mixte zwei Gin Tonic, schaltete die Deckenbeleuchtung aus und dafür eine Lampe an, dann setzte er sich dicht neben mich auf das Sofa. Ich wollte es, aber trotzdem fühlte ich mich unbehaglich. Er strich mir mit der Hand über die Haare, und ich lehnte mich an ihn.

»Möchtest du Musik hören?« fragte er.

»Nein, es ist gut so.« Ich wandte mich ihm zu und lächelte. Wir küßten uns. Wir lagen eine Zeitlang beieinander und nippten an unserem Gin; wir sagten nichts. Ich legte das Ohr an seine Brust. Ich konnte sein Herz schlagen hören. Ich konnte auch sehen, daß sein Schwanz hart war.

»Gehen wir ins Bett«, flüsterte er.

Er ging mit seinen Sachen sorgfältig um. Er zog sein Jackett aus und hängte es in den Kleiderschrank. Er stellte seine Schuhe ordentlich nebeneinander an die Wand, und dann zog er seine Hose aus und legte sie glatt über eine Stuhllehne. Alles in der Wohnung war adrett und an seinem Platz. Er war ein anständiger Bursche, der es gern schlicht und sauber mochte. Ich war froh, daß ich ihn nicht mit zu mir genommen hatte. Ich hängte mein Jackett hinten an die Tür und versuchte, meine übrigen Sachen ordentlich auf den Stuhl zu legen. Wir behielten beide unsere Unterhose an und schlüpften so zwischen das reine Laken und den frischen Bettbezug. Wir blieben still nebeneinander liegen. Nach einer Weile flüsterte er mir zu:

»Möchtest du ein Kondom überziehen?« Er griff in eine Schublade des Nachttisches und holte ein Päckchen Kondome heraus.

»Warum?« fragte ich. Ich war verwirrt.

»Zum Schutz, wir müssen vorsichtig sein.«

»Ich habe nichts«, sagte ich.

»Ich auch nicht. Und so soll es auch bleiben, oder?«

»Redest du von Aids?«

»Ja.«

»Kennst du jemanden, der infiziert ist?«

»Nein. Aber das kann man nicht wissen, oder zumindest gibt es bis zu den späten Stadien keine erkennbaren Symptome. Ich habe einen Test gemacht, und es hat zwei Wochen gedauert, bis die Ergebnisse kamen. Ich dachte die ganze Zeit, ich hätte es, bin immer wieder im Kopf durchgegangen, was ich alles gemacht hatte. Aber ich war gesund. Da habe ich beschlossen, daß ich in Zukunft aufpassen würde.«

Ich legte meine Arme um ihn und hielt ihn umfaßt. Ich empfand eine neue Zärtlichkeit für ihn, jetzt, da er über etwas Wichtiges gesprochen hatte. Ich spürte, daß er verwundbar war, ein Mensch, der sich leicht fürchtete und der allein war. Ich ließ ihn sich umdrehen, so daß ich ihn von hinten umarmen konnte. Ich zog ihn an mich und schloß die Augen und empfand eine andere Art von Erregung. Ich küßte ihn auf den Nacken. Ich fühlte seine Brustwarzen zwischen meinem Zeigefinger und dem Daumen und das weiche warme Fleisch seines Bauches. Er drehte sich um und sah mir in die Augen. Ich lächelte und fing an, mit seinem Schwanz zu spielen. Er streckte die Hand aus und fand die Kondome. Er öffnete ein Päckchen und zog das Stück Gummi heraus, als sei es etwas Kostbares, und streifte es mir über den Schwanz, dann tat er dasselbe bei sich. Er fragte mich, ob er das Licht ausmachen solle, und ich sagte, von mir aus nicht. Ich wollte ihn sehen. Und sachte begannen wir dann, uns beim Licht der Lampe zu lieben.

Am Morgen legte er auf einem CD-Player, den er aus den Vereinigten Staaten mitgebracht hatte, Musik auf und kam dann mit einem Tablett mit frisch gepreßtem Orangensaft und Kaffee und Toast herein. Er trug einen weißen Morgenmantel. Wir saßen wie ein Ehepaar nebeneinander im Bett und frühstückten. Ich wußte, daß er wußte, daß es irgendwie nicht geklappt hatte; zwischen uns gab es eine Lücke, die sich niemals schließen würde. Wir hatten Spaß gehabt, und wir waren völlig problemlos nebeneinander eingeschlafen, aber irgend etwas stimmte nicht, ich weiß nicht, was es war. Das gemeinsame Wissen machte den Morgen danach einfacher. Keiner von uns beiden war unsicher, keiner voller Hoffnung, daß die Sache sich weiterentwickeln würde, keiner lauerte auf Anzeichen ernster Zuneigung. Wir entspannten uns und lachten, wir stellten das Tablett auf den Boden und liebten uns noch einmal, auf eine unbeholfene, fast halbherzige Weise, und dann schliefen wir eine Weile. Als wir wieder aufwachten, unterhielten wir uns, bis es für mich Zeit wurde zu gehen. Ich nahm im makellosen Badezimmer eine Dusche und borgte mir ein Paar saubere Socken; meine alten legte ich in den Wäschekorb, der ordentlich im kleinen Vorraum des Badezimmers stand.

Ich schlenderte durch die Stadt. Es war fast Mittag. Auf den Straßen war kein Mensch. Ich empfand ein seltsames Glücksgefühl, wie ich es oft am Ende eines Tages empfand, an dem ich hart gearbeitet und einen Bericht geschrieben oder etwas organisiert hatte. Wie wir uns, bevor ich gegangen war, ruhig eingestanden hatten, verspürte ich kein besonders dringendes Bedürfnis, Charles wiederzusehen, aber ich wußte, daß ich ihn wiedersehen würde, und möglicherweise würde er irgendwann in der Zukunft zu einem Verbündeten werden. Es war angenehm gewesen, am Morgen neben ihm aufzuwachen, in einer Atmosphäre, die nichts Verstohlenes hatte, nichts Verkrampftes. Ich begann mir vorzustellen, wie es wäre, neben jemandem aufzuwachen, den man liebte, oder neben jemandem, von dessen Körper man die Finger nicht lassen konnte, den ganzen Vormittag im Bett zu verbringen und sich dann zu waschen und anzuziehen und sich den ganzen Tag zusammen im Abglanz dessen zu sonnen, was in der Nacht geschehen war.

Kaum hatte ich an diesem Sonntag vormittag meine Wohnung betreten, rief ich Pablo an. Während ich die Treppe hochstieg, sage ich mir, wenn ich jetzt anriefe, würde er abnehmen. Ich betete nicht, oder zumindest war es kein richtiges Gebet, aber ich benutzte die Worte: Bitte, Gott, mach, daß Pablo abnimmt, wenn ich jetzt anrufe. Ich trank einen Schluck Wasser und zog mir einen Stuhl heran und setzte mich ans Telefon. Ich nahm den Hörer ab und wählte. Der Mann, der sich meldete, sagte lediglich ein schroffes *»Sí«*. Ich konnte nicht erkennen, wer es war.

»Hola, puedo hablar con Pablo, por favor?« Ich bemühte mich, so unbeteiligt wie möglich zu klingen.

»Quién es, por favor?« Ich konnte noch immer nicht heraushören, wer es war.

»Amigo suyo«, sagte ich.

»Yo soy Pablo«, sagte er.

Einen Augenblick lang sagte ich nichts.

»Ich wollte mit dir reden«, sagte ich auf englisch, »aber ich wußte nicht recht, wie ich es einfädeln sollte.«

»Ich hab ein paarmal bei dir vorbeigeschaut«, sagte er. Ich hatte ihn noch nie Englisch reden hören.

»Ich würde mich gern mit dir treffen«, sagte ich. Und dann hielt ich inne. Ich hatte nicht richtig zugehört. »Du bist zu meinem Haus gekommen?«

»Ich wußte nicht, welche Klingel die richtige war, also

habe ich alle durchprobiert. Dann hat mir eine Frau gesagt, welche deine ist, und ich habe es da noch mal versucht, aber es hat sich nichts gerührt.«

»Tut mir leid, daß ich nicht da war.«

»Wo bist du jetzt?« fragte er.

»Zu Hause.«

»Kann ich vorbeikommen?«

»Wann?«

»Jetzt. Ich ertrage den Sonntag hier nicht.«

Ich wollte Zeit haben, um mich auf ihn vorzubereiten. Nach all dem Warten verspürte ich ein seltsames Widerstreben, als machte mich die Möglichkeit, an ihn zu denken, glücklicher als die Aussicht, ihn zu sehen.

»Wie wär's mit etwas später?«

»Okay. Wann denn so?«

»Sagen wir sechs, oder sieben.«

»Zwischen sechs und sieben, wo?«

»Wie wär's mit der Bar des Sheraton-Hotels?«

»Ich komme mit dem Zug rein. Das paßt mir gut. Wir sehen uns da.«

Auf englisch klang er wie ein ganz anderer Mensch, freundlich, ohne Hemmungen. Ich wünschte mir, die Geschäfte hätten geöffnet gehabt, so daß ich mir ein neues Hemd hätte kaufen können. Ich versuchte mir vorzustellen, wie ich da so an der Bar saß, wenn er hereinkam. Ich wußte nicht, was ich anziehen sollte. Ich dachte an einen Schlips, und dann verwarf ich die Idee sofort. Vielleicht wollte er mir nur sagen, daß es ihm lieber wäre, wenn ich seiner Familie nicht erzählte, daß er schwul war. Vielleicht war er deswegen hier vorbeigekommen und hatte es jetzt so eilig, mich zu sehen. Ich wußte nicht, wie es weitergehen würde, aber als ich mich vom Telefon abwandte, machte ich einen Luftsprung, als hätte ich gerade im Lotto gewonnen.

Ich ging hinunter zur Bar in meiner Straße und bestellte mir ein Sandwich und anschließend eine Tasse Kaffee. Meine Gedanken rasten. Ich war sicher, daß mein Herz schneller schlug. Ich bin wie ein Mädchen, sagte ich zu mir und lächelte. Der Barmann sah mich lächeln und lächelte auch. Ich trank noch einen Kaffee und fragte mich, wie ich den Nachmittag herumbringen würde. Plötzlich kam mir der Gedanke, er könne jetzt im Augenblick anrufen, um alles abzusagen, und ich wäre nicht da, und ich würde dann stundenlang in der Hotelbar warten. Ich bin wirklich wie ein Mädchen, dachte ich wieder, und auch diesmal konnte ich ein Lächeln nicht unterdrücken.

Er betrat die Bar um Viertel vor sieben. Ich hatte schon ein Gin Tonic getrunken und signalisierte dem Barkeeper gerade, daß ich ein weiteres wollte, als ich ihn sah. Sein Haar war länger geworden, und seine Haut war weniger braun gebrannt. Er sah mich direkt an, als sei sonst niemand in der Bar. Ich sah ihn an und schlug dann die Augen nieder. Es ging über meine Kräfte.

»Ich bin froh, daß du angerufen hast«, sagte er. »Ich habe mich deinetwegen ziemlich mies gefühlt.«

»Ich habe dich vom ersten Augenblick an umwerfend gefunden«, sagte ich.

»Du hast es gut drauf, den Musterknaben zu spielen«, sagte er. »Ich habe dir nicht getraut.«

»Hast du deswegen mit dem Tennisball nach mir geschossen?«

»Das tut mir auch leid. Ich war damals total durcheinander. Ich hab noch nie in meinem Leben so etwas gemacht.«

Ich bestellte ihm ein Bier und mir noch ein Gin Tonic. Wir hoben die Gläser und nickten uns gegenseitig zu. Ich streckte meine Hand aus und faßte seine an und ließ sie dann wieder los.

»Du solltest hier besser aufpassen. Wir sind nicht in Kalifornien«, sagte er.

»Warum bist du zurückgekommen?« fragte ich ihn.

Er zuckte die Achseln und lächelte.

»Ich weiß nicht, warum ich zurückgekommen bin. Vielleicht hatte ich einfach Heimweh. Und es gab Probleme.«

Mit ihm zu reden war, wie einen Ballon in der Luft zu halten, ihn jedesmal, wenn er anfing herunterzuschweben, höher hinaufzustupsen. Ich wollte keine Fragen über Probleme stellen.

»Wie läuft es zu Hause?«

»Würdest du gern da leben, bei allen Mahlzeiten dabeisein?«

»Jorge stört es nicht.«

»Von Jorge ist ungefähr nur noch die Hälfte da.«

Ich wollte schon die Bemerkung fallenlassen, ich wüßte, wo sich ein Teil der fehlenden Hälfte befand, aber es war besser, nichts zu sagen. Wenn ich anfing, ihm von Jorge zu erzählen, dann hätte er wohl zu Recht befürchtet, daß ich Jorge auch von ihm erzählen würde.

»Vielleicht hast du irgendwann eine eigene Wohnung.«

»Wie ist denn deine Wohnung?« fragte er mich.

»Sie hat früher meiner Mutter gehört. Ich werde sie demnächst ganz renovieren lassen. Sie ist in einem fürchterlichen Zustand.«

»Gehört sie dir?« Als er das sagte, fiel mir auf, daß er wie sein Vater klang.

»Nein, aber ich habe einen Erbpachtvertrag. Ich zahle fast nichts an Miete.«

»Vielleicht bekomme ich sie bei Gelegenheit von innen zu sehen.« Jetzt sah er ganz und gar nicht wie sein Vater aus. Das Blau seiner Augen war zart und rein, seine Wimpern waren lang und dunkel. Wir sahen uns an.

»Warum kommst du nicht jetzt mit rauf?«

»Ist das Bett gemacht?« fragte er.

»Ja, darauf hab ich geachtet, bevor ich gegangen bin.«

Als wir uns auf den Weg machten, war es draußen schon fast dunkel. Wir gingen langsam.

»Ich bin nervös«, sagte ich.

»Das ist ein gutes Zeichen«, sagte er. »Ich bin ganz ruhig.«

»Ich glaub dir kein Wort.«

Als wir die Corrientes überquert hatten, kamen wir an der Fußgängerzone vorbei.

»Laß uns kurz hier langgehen«, sagte er.

»Es hat nichts auf.«

»Ich weiß. Deswegen will ich ja da lang.«

Wir schlenderten die Fußgängerzone entlang, als seien wir hier nur, um uns die Schaufenster anzusehen. Wir blieben im Eingang eines Geschäftes einander zugewandt stehen. Er lächelte und legte seine warmen, weichen Lippen auf meine. Seine Zunge drang stark und geschmeidig in meinen Mund. Ich schauderte, als er sich an mich drückte.

»Sei vorsichtig«, sagte ich. »Es könnte jemand kommen.«

»Ich komme gleich«, sagte er.

»Warte noch damit«, sagte ich. Er lachte.

Ich legte die Hände an seine Taille. Ich konnte seinen Körper fühlen, und ich fragte mich, wenn es schon hier so war, wie würde es erst sein, wenn wir zu Hause waren?

»Laß uns gehen«, sagte ich.

Durch die letzten paar Straßen gingen wir, ohne ein Wort zu sagen.

»Ist küssen ungefährlich?« fragte ich, als wir uns der Wohnung näherten.

»Machst du dir darüber Gedanken?«

»Ich weiß nicht viel über Aids. Hier unten hat nur sehr

wenig in den Zeitungen gestanden. Ich habe ein paar Artikel in der *New York Times* gelesen.«

»Ja, küssen ist ungefährlich, und solange man Kondome benutzt, ist alles andere auch kein Problem.«

Über die Wohnung sagte er nichts. Er ging auf die Toilette, und ich setzte mich in der langen Diele ans Fenster und wartete auf ihn. Als ich die Klosettspülung hörte, dachte ich, er würde herauskommen und sagen, hier müsse ganz dringend jemand mit Staubtuch und Wischlappen durch. Aber er fragte lediglich, wo das Schlafzimmer sei, und grinste, als ich ihm ein Zeichen machte, mir zu folgen.

Anfangs war er der Bestimmende. Er hielt mich in seinen Armen. Nachdem wir uns eine Zeitlang geküßt hatten, zog er sich dann rasch die Schuhe aus und streifte mir auch meine ab. Ich hielt es nicht für möglich, wie schön er jetzt war, wie ernst und konzentriert. Ich zog mein Jackett aus und knöpfte mein Hemd auf. Er kniete sich aufrecht hin und sah auf meine nackte Brust, ohne ein Wort zu sagen, als sei er in Trance. Er öffnete den Haken meiner Hose und zog den Reißverschluß herunter und zog mich dann langsam aus. Er selbst behielt seine Sachen an.

»Und ich fand dich dermaßen bescheuert, als ich dich das erstemal gesehen habe«, sagte er.

»Ich fand dich hinreißend.«

Wir lagen lange beieinander, ohne etwas zu sagen, ohne uns zu rühren. Nach einer Weile schaltete er die Lampe aus.

»Ziehst du dich nicht auch aus?«

»Ich zieh die Socken aus«, sagte er.

»Mehr.« Ich schob die Hände unter sein Hemd und fühlte seine Haut. Er lag reglos da.

Als wir wieder sprachen, war es nach elf.

»Ich muß jetzt wohl gehen«, sagte er.

»War's nicht okay?«

»Es war toll« – er beugte sich herüber und zauste mir die Haare –, »aber ich muß weg.«

»Komm her«, sagte ich und zog ihn zu mir heran, bis ich im Flüsterton sprechen konnte. »Sehe ich dich wieder?«

»Natürlich, klar. Ich muß jetzt einfach gehen. Begleit mich zum Zug. Willst du mich denn wiedersehen?«

»Ja.«

»Wie wär's mit morgen?«

»Schön.«

»Laß uns jetzt gehen.«

Die Straßen waren halb voll mit sonntäglichen Paaren auf dem Weg nach Hause. Wir beeilten uns, damit Pablo noch den Mitternachtszug nach San Isidro erreichte. Von dem Augenblick an, als wir die Wohnung verlassen und die Straße betreten hatten, verspürte ich ein Gefühl, das ich noch nie gehabt hatte. Ich zögere, es Liebe zu nennen, aber es war ebensosehr in meinem Körper wie in meiner Seele, eine seltsame Unbeschwertheit und glückliche Stille, das Gefühl, daß ich nichts anderes brauchte als das, daß mir das für den Rest meines Lebens genug sein würde. Ich fragte mich, ob andere Menschen auch dieses Gefühl kannten, ob es etwas war, was die Leute für selbstverständlich und normalerweise für nicht der Rede wert hielten, ob es etwas war, was alle Paare, die in dieser Sonntag nacht in der Stadt unterwegs waren, empfanden. War ich der einzige, der es noch nie zuvor erlebt hatte?

Am folgenden Abend liebten wir uns in meiner Wohnung. Hinterher sagte er, daß er mich gern hatte. Ich fragte ihn, ob er es noch einmal sagen könnte.

»Ich mag dich«, flüsterte er.

Sein Körper war etwas, wovon ich nachts träumte und was ich den ganzen Tag über nah bei mir spürte. Wenn ich abends, nachdem ich ihn zum Bahnhof begleitet hatte, wieder nach Hause kam, war es wunderschön, wieder in das Bett zu schlüpfen, in dem wir zusammengewesen waren, auf seiner Seite zu liegen, den schwachen Geruch von ihm auszukosten, der aus dem Kissen und den Laken stieg.

Am Freitag dieser ersten Woche rief er an, um zu sagen, daß wir uns am Abend nicht sehen könnten, zu Hause gebe es Probleme. Sie hätten zu viele Fragen gestellt, sagte er, und er müsse mal wieder einen Abend da verbringen und mit der Familie essen. Er hoffe, daß ich das verstünde. Es fiel mir schwer, irgend etwas zu sagen. Ich erklärte Pablo, ich würde es verstehen, ich müsse aber wissen, ob es eine andere Weise sei, mir zu sagen, daß er mich nicht wiedersehen wollte. Er fragte, ob ich Samstag nachmittag zu Hause sein würde. Ja, sagte ich, sicher. Wie wäre es mit zwei Uhr? Okay, sagte ich, wir sehen uns dann.

Kaum hatte ich aufgelegt, rief Susan an.

»Erstens, kannst du heute abend zu uns zum Essen kommen? Es sind noch ein paar andere Leute da, unter anderem dein Freund Jorge. Zweitens, können wir morgen nachmittag deine Wohnung benutzen?«

»Ist Donald heute abend da?«

»Ja, ist er, und er weiß von nichts, und so soll es auch bleiben.«

»Schön«, sagte ich.

»Also abgemacht?«

»Ja.«

Erst als ich den Hörer wieder aufgelegt hatte, fiel mir Pablo ein. Ich versuchte, ihn im Büro seines Vaters zu erreichen, aber ich war sicher, daß die Stimme, die sich meldete, die von Jorge war, und ich legte auf, ohne etwas gesagt zu haben. Gegen Abend rief ich bei ihm zu Hause an und sprach mit seiner Mutter. Ich versuchte, meine Stimme zu verstellen, und ich glaube, daß es mir gelang, aber sie sagte, Pablo sei nicht da. Ich fragte mich, wo er sein konnte, und dann hörte ich damit auf und zog mich für das Essen bei Susan an. Bei den anderen Gästen schien es sich um Leute aus Menems Gefolge zu handeln, die zu bewirten Donald und Susan für angebracht hielten. Charles war auch da. Susan, sagte er, hatte ihn die ganze Woche lang ausgefragt, wie es bei der Verabredung, die sie eingefädelt hatte, zwischen uns gelaufen sei. Er sagte, er habe ihr erzählt, daß es gut gelaufen sei. Donald kam herüber, um unsere Gläser aufzufüllen, und klopfte uns beiden auf den Rücken, als stemple er uns sein »Genehmigt« auf. Susan sprach mit Jorge weder zuwenig noch zuviel. Sie verhielt sich ihm gegenüber mustergültig, jeder Blick, jede Geste, jede Äußerung war sorgfältig berechnet. Niemand hätte erraten können, daß sie eine Affäre miteinander hatten – es sei denn, der unbehagliche Blick, mit dem ich die beiden beobachtete, verriet es. Als der allgemeine Aufbruch einsetzte, fragte ich sie leise, um wieviel Uhr sie morgen nachmittag in die Wohnung kommen würde, und sie sagte, es würde drei oder später werden. Das beruhigte mich. Pablo wollte um zwei kommen. Falls er sich verspäten sollte, dachte ich, würde ich ihn unten auf der Straße abpassen. Ich wußte, daß ich ihm von Susan und Jorge würde erzählen müssen.

Ich genoß es, an diesem Samstag morgen früh aufzuwachen, unten in der Bar in Ruhe zu frühstücken und die Zeitung zu lesen. Ich kaufte mir ein paar neue Hemden und eine neue Jeans. Ich spielte sogar mit dem Gedanken, mir einen neuen Anzug zu kaufen. Es gab noch weitere Dinge, die Pablo mir zu kaufen geraten hatte: eine Espressomaschine für die Küche, eine elektrische Saftpresse, eine Eiswürfelschale, neue Lampenschirme, neue Laken, ein Federbett, neue Kopfkissen. Ich zog durch das Stadtzentrum, machte Einkäufe, bereitete mich auf dieses neue Leben vor, das ich nun führen würde.

Als er kam, gingen wir in ein Restaurant auf der Corrientes Mittag essen. Wir bekamen einen Tisch in der Ecke, und dort erzählte ich ihm die Geschichte von Susan und Jorge. Er war verblüfft.

»Meine Mutter glaubt, er steht kurz vor der Heirat. Er ist regelmäßig mit diesem Mädchen ausgegangen, Teresa. Das heißt, er geht immer noch mit ihr aus, er trifft sich andauernd mit ihr. Ich bin sicher, daß sie heiraten wollen. Er vögelt die Amerikanerin offenbar nebenher.«

»Jorge hat schon immer eine Menge Energie gehabt«, sagte ich.

»Nein, Jorge hat einfach eine diebische Freude daran, alle reinzulegen.«

»Und wie steht's mit dir?« fragte ich.

»Ich leg niemanden rein«, sagte er, »obwohl ich mir alle Mühe gebe.«

Dann erzählte er mir, wie es gekommen war, daß er Buenos Aires verlassen hatte und in die Staaten gegangen war. Er war achtzehn, sagte er, er hatte gerade die Oberschule beendet und sollte demnächst aufs College gehen, obwohl er noch immer nicht wußte, was er konkret machen wollte. Ich versuchte zu rekonstruieren, was ich gerade tat, als Pablo siebzehn war. Ich kam zu dem Ergebnis, daß ich aufs College ging, und daß ich Jorge zwar schon kannte, aber noch nie bei ihm zu Hause gewesen war. Das war vor unserer Reise nach Barcelona gewesen. Ich mußte damals gewußt haben, daß er einen Bruder hatte, aber ich konnte mich an nichts über ihn erinnern.

Seine Eltern und Jorge waren in Bariloche, sagte er, Ski laufen, und das Haus war leer, die Dienstboten hatten auch ein paar Tage Ferien. Ein Freund aus der Schule kam zu Besuch. Sie hatten nichts geplant, sagte er, es fing alles zufällig an. Sie spielten Poker, und dann spielten sie Strip-Poker, und ehe sie sich versahen, lagen sie beide nackt im Wohnzimmer auf dem Boden, also gingen sie nach oben und legten sich miteinander ins Bett. Der andere Junge war sein bester Freund, sagte er, sie spielten Tennis und schwammen zusammen, sie hatten in derselben Fußballmannschaft gespielt. Er hatte ihn schon früher nackt gesehen, und ein paar Jahre lang hatte er davon geträumt, ihm zuzuschauen, wie er sich auszog, und dann mit ihm ins Bett zu gehen. Der Junge war schön, sagte er, und es machte Spaß mit ihm. Am nächsten Abend machten sie es genauso, und wieder gingen sie ins Bett, und sie schliefen zusammen ein. Seine Eltern würden erst in ein, zwei Tagen zurückkommen. Am Morgen wachten sie auf, sagte er, und fingen an, im Bett herumzumachen. Er konnte mir nicht sagen, was sie genau taten – es war zu peinlich. Aber an einem Punkt hob er die Augen, und Pepita, das Dienstmädchen, das seit vierzig Jahren bei der Familie war, stand am Fußende des Bettes und sah ihnen zu. Er hatte keine Ahnung, wie lange sie schon da gestanden haben mochte. Als er sie sah, schlug er sich die Hände vors Gesicht, und als er die Hände wieder wegnahm, war sie verschwunden.

Er machte sich auf die Suche nach ihr. Er dachte, er könnte sie überreden, nichts zu erzählen, und erwog die Möglichkeit, sich ihr Schweigen zu erkaufen. Er schickte seinen Freund nach Hause und wartete darauf, daß sie auftauchte; als sie verschwunden blieb, wartete er darauf, daß seine Eltern heimkehrten. Erst am ersten Morgen nach ihrer Rückkehr, beim Frühstück, sah er Pepita wieder. Sie benahm sich so, als sei nichts geschehen.

Ungefähr eine Woche darauf fing Señor Canetto an, von einem Stipendium eines Wirtschaftscollege in Miami zu reden, um das Pablo sich bewerben könnte, und meinte, er könne auf jeden Fall dahin, auch wenn er das Stipendium nicht bekommen sollte. Pablo wunderte sich darüber. Es war schon früher einmal davon die Rede gewesen, aber nur sehr vage. Jorge war an der Universität von Buenos Aires; Señor

Canetto hatte ebenfalls dort studiert. Er hatte seither immer geglaubt, man schicke ihn aufgrund dessen weg, was Pepita seinem Vater erzählt hatte. Aber vielleicht bestand auch keinerlei Zusammenhang. Sein Vater verdiente damals viel Geld, und der Peso war in Dollar eine Menge wert, und vielleicht war einfach das der Grund.

Er wollte seinen Vater nicht fragen, warum er davon sprach, ihn in die Vereinigten Staaten zu schicken. Ihm graute vor der Vorstellung, mit ihm über das reden zu müssen, was im Schlafzimmer passiert war. Bald kamen die ersten Anmeldeformulare und Informationsbroschüren von nordamerikanischen Wirtschaftscolleges. Er bewarb sich bei mehreren. Englisch konnte er ganz gut. Er wollte nicht weg, oder zumindest war er nicht sicher, ob er wegwollte. Er hatte immer geglaubt, er würde später im Familienbetrieb arbeiten und heiraten und in einem Haus wie dem seiner Eltern wohnen. Er ging zuerst nach Texas und fand es entsetzlich, alles daran, und dann ging er nach Los Angeles und San Francisco. Er fand Arbeit. Er bekam eine Arbeitserlaubnis. Er fand Freunde. Aber er hatte nie wirklich da bleiben wollen, und nach zehn Jahren kehrte er endgültig nach Argentinien zurück, nur um von seiner Mutter gefragt zu werden, wann er denn wieder in die Staaten zurückkehren würde. Sein Vater hatte ihn angesehen und ihm gesagt, wenn er in die Firma einsteigen wolle, würde er hart arbeiten und sich bewähren müssen. Davor war er zwei oder drei Jahre lang nicht zu Hause gewesen. Es kam ihm alles so fremd und beengend vor.

Ich stellte ihm keine einzige Frage. Während er erzählte, schüttelte er manchmal den Kopf und seufzte, als sei das alles zuviel für ihn. Als er fertig war, schlug ich mir die Hände vors Gesicht. Er lachte und sagte, das würde nichts nützen, Pepita würde mich verpetzen, Pepita hätte die Schweinereien gesehen, die ich gemacht hätte. Inzwischen waren wir mit dem Essen fertig; wir bestellten Kaffee.

»Meinst du, dein Vater weiß Bescheid?«

»Ich weiß nicht. Ich hatte eine solche Angst, daß er es erfahren würde. Ich wäre zum Nordpol geflohen.«

»Und was ist mit dem Jungen, mit dem du zusammen warst?«

»Hat grad geheiratet.«

»An Pepita kann ich mich nicht erinnern.«

»Kurz nach der Sache ist sie zu ihrer Tochter gezogen, und dann ist sie gestorben. Vielleicht ist sie aus Angst gestorben.«

»Du hättest sie fragen sollen.«

»Ich hatte eine solche Angst.«

»Hast du immer noch Angst?«

»Ja. Früher, wenn ich mit einem Mann schlief, hatte ich die Zwangsvorstellung, mein Vater und meine Mutter würden hereinkommen und am Bett stehenbleiben. Und das war Tausende von Meilen von hier weg.«

Ich erzählte ihm von meiner Mutter, die geglaubt hatte, Jorge sei schwul, und von dem Abend, an dem ich ihr alles erzählt hatte. Wir waren jetzt die letzten Gäste im Restaurant. Pablos Geschichte hatte mich deprimiert, ich wollte, ich hätte ihn damals schon gekannt. Wir spazierten hinaus in den belebten Nachmittag und gingen ins Kino. Bis zum Ende des Films, sagte ich, würden Susan und Jorge, was immer sie in meiner Wohnung trieben, hinter sich gebracht haben, und wir würden die Wohnung wieder für uns haben.

Die Geschichte ließ ihn anders erscheinen. Ich hatte ihn immer für selbstsicher und stark gehalten, für jemanden, der sein Leben selbst in die Hand genommen hatte. Ich hatte bei ihm bislang noch nie irgendwelche Anzeichen von Schwäche entdeckt. Der Film war lustig: Ich kann mich nicht erinnern, ob es einer von Almodóvar war oder ein neuer Woody Allen

– wir haben in dem Jahr so viele Filme gesehen –, aber wir lachten viel und hielten im Dunkeln Händchen. Als wir in die Wohnung zurückkehrten, waren Susan und Jorge gegangen. Pablo ging in das Gästezimmer und zog die Luft prüfend durch die Nase ein.

»Keine Frage, sie waren hier«, sagte er. Er schlug die Decken, die auf dem Bett lagen, zurück und zeigte auf einen kleinen Fleck auf dem Laken.

»Ich hatte ihnen eigentlich mehr zugetraut.«

Wenn wir jetzt ins Bett gingen, war es zwischen uns nicht mehr so wie am Anfang. Er ließ zu, daß ich die Kontrolle übernahm, er schien weich zu werden, als wünschte er sich, daß ich ihn festhielt und ihn tröstete. Wir schliefen eine Weile, und wenn wir wieder aufwachten, war es anders, jetzt waren wir bereit, uns zu lieben, wir bewegten uns zielstrebig. Ich ließ ihn alles machen, was er wollte, und er sträubte sich nicht, wenn ich die Initiative ergriff. Er sagte mir immer wieder, ich solle ihn nicht zum Kommen bringen, aber er kam, ohne daß ich ihn berührte, und dann wandte er sich zu mir und küßte mich und sorgte dafür, daß ich auch kam, und wir blieben zusammen liegen, bis es für ihn Zeit zu gehen war.

Ich liebte es, auf ihn zu warten. Ich liebte es, wenn er unten an der Haustür klingelte und ich auf den Summer drückte und ihn dann auf der Treppe hörte und an der Wohnungstür stand und ihm zusah, wie er von unten in Sicht kam. Oft sagte ich eine Zeitlang nichts. Ich sah ihn an und lächelte. Ich konnte gar nicht glauben, daß er mit mir zusammen war, daß er mir gehörte, ich liebte sein Gesicht, sein Haar, seine Haut, seinen Schwanz. Er ging immer auf mich ein, auf alles, was ich wollte. Ich liebte es, mit ihm im Bett zu sein, und nicht nur wegen der Dinge, die er tat, sondern auch einfach wegen seines Körpers, ich hätte Tage damit zubringen könne, seinen Körper zu betrachten, ihn zu berühren.

Ich sagte ihm, ich wolle Susan von uns erzählen, wolle nicht mehr nur dieses versteckte, geheime Leben mit ihm, sondern etwas mehr Offizielles, öffentlich Anerkanntes. Er wollte es nicht. Die Zeit, die wir miteinander verbrachten, war für ihn genug, unser Leben befriedigte alle seine Bedürfnisse nach Liebe und Freundschaft restlos. Er hatte keinerlei Verlangen danach, daß uns irgend jemand anders anerkannte, und sobald ich das begriffen hatte, gab ich mich damit zufrieden. Trotzdem meinte ich, daß unsere Beziehung realer gewesen wäre und ich mir weniger Sorgen darum gemacht hätte, ihn zu verlieren, wenn jemand anders uns hätte zusammen sehen können. Ich hätte es wunderschön gefunden, nach einem Essen bei Susan und Donald in seiner Begleitung wegzugehen, ich stellte mir vor, wie wir an der Tür standen und unsere Mäntel anzogen und dann zusammen das Haus verließen. Aber an solchen Dingen lag ihm überhaupt nichts.

Ich weiß nicht, was er seinen Eltern erzählte, aber bald gewöhnten sie sich an den Gedanken, daß er an den meisten Abenden nach der Arbeit verschwand und erst spät heimkam. Ich fragte ihn, ob sie glaubten, er hätte eine Freundin, aber er zuckte die Achseln und schüttelte den Kopf. Es gab nichts, was mich an ihm nicht interessiert hätte, und ich mußte aufpassen, daß ich nicht zu viele Fragen stellte. Ich wollte, daß er ein paar Kleidungsstücke in der Wohnung ließ, aber ich mußte es listig anstellen, weil er das nicht verstanden hätte. Er war unbekümmert und nahm alles als selbstverständlich hin, aber er zeigte auf vielfältige Weise, daß er mich liebte.

Ich bat ihn, mich zum Grab meiner Eltern zu begleiten. Es war ein Sonntagnachmittag im Winter, und der Himmel war niedrig und grau. Wir fuhren mit dem Taxi zur Recoleta; Leute gingen herum und sahen sich die kleinen überladenen Tempel an, die sich über den Gräbern der Reichen der Stadt erhoben. Während wir herumschlenderten, wurde mir bewußt, daß ich froh war, daß meine Eltern hier lagen, und als wir an ihrem Grab standen, fing ich an, im Geist mit ihnen zu sprechen. Ich erzählte ihnen von Pablo und wie sehr ich in ihn verliebt war und wie glücklich ich war. Sie sollten wissen, daß es mir jetzt gutging, nachdem es mir jahrelang nicht gutgegangen war, ich sie jahrelang vermißt und mir gewünscht hatte, ich könnte nachts aufwachen und in ihr Schlafzimmer marschieren und mich zwischen sie kuscheln. Mit mir ist etwas geschehen, sagte ich zu ihnen, und er ist jetzt hier neben mir. Ich fühle mich wieder geliebt und geborgen, sagte ich. Wißt ihr noch, fragte ich sie, wie ich mir immer einen Bruder wünschte? Na ja, jetzt habe ich einen, und ich liebe ihn.

Ich hatte nicht weinen wollen, aber auf einmal kamen mir die Tränen, ich konnte nichts dagegen machen.

»Tut mir leid«, sagte ich zu Pablo. »Tut mir leid.«

»Du kannst so lange hierbleiben, wie du möchtest«, sagte er. »Ich bleibe bei dir.«

Wir fuhren in die Wohnung zurück und legten uns zusammen unter das Federbett, und ich redete über meine Eltern. Ich glaube nicht, daß ihm jemals in den Sinn gekommen war, was es bedeuten könnte, Vollwaise zu sein. Ich hatte geglaubt, das habe er bei mir von Anfang an begriffen, aber es war nicht so. Er lebte in der Gegenwart und begriff nur, was ihm klargemacht wurde. Er stellte sich nichts vor und vermutete nichts. Ich wünschte mir, ich hätte auch so frei sein können; ich betrachtete seine Art zu denken als eine Form von Unschuld und Reinheit. Ich glaube, er war schockiert über das, was ich ihm erzählt hatte: wie es war, ganz in der Nähe zu sein, wenn jemand starb, wie der Leichnam eines geliebten Menschen aussah.

Manchmal hatte ich zu tun. Ein Manager kam in die Stadt, oder eine Gruppe von Erdölexperten, und dann mußte ich jeden Abend zu irgendwelchen Arbeitssesseln oder Besprechungen oder Meetings. Susan und ich fanden beide, daß man mit Menems Leuten problemlos zurechtkam; sie hatten die Wahl aufgrund ihres Versprechens gewonnen, die Wirtschaft in Ordnung zu bringen, und sie schienen entschlossen zu sein, ihr Wort zu halten, so unpopulär ihre Maßnahmen auch sein mochten. Die Menschen akzeptierten das mit einer Art resignierter Verzweiflung: Es war schlimm, aber es war nötig. Oft sah ich mir die Gesichter auf der Straße oder in einem Verkehrsstau an, und alle schienen besorgt und unglücklich zu sein, schienen mutlos durch die Stadt zu irren. Aber niemand gab Menem die Schuld daran.

Ich versuchte seit einiger Zeit, Pablo dazu zu überreden, zu mir zu ziehen. Nach einer dieser Wochen, in der ich ihn wieder kaum zu Gesicht bekommen hatte, beschlossen wir, an einem Freitag mit der letzten Abendfähre nach Montevideo zu fahren. Wir würden gegen drei Uhr früh ankommen, aber ich hatte ein Zimmer in einem kleinen Hotel gebucht, und der Nachtportier würde uns hereinlassen. Ich saß auf der Bank neben dem Bus, der uns zur Fähre bringen würde, und wartete auf ihn. Ich war nervös, dachte, er würde nicht kommen, und dann redete ich mir gut zu, und dann fing ich wieder an, mir Sorgen zu machen. Als er endlich auftauchte, trug er einen dunklen Anzug mit einem dunklen Hemd und Schlips und einen dunklen Mantel. Wenn ich ihn nicht gekannt hätte, hätte ich ihn mit den Augen verschlungen und versucht, mich im Bus in seine Nähe zu setzen.

Das Hotelzimmer war klein und unfreundlich, mit zwei schmalen Einzelbetten. Ich hatte mir etwas Luxuriöses vorgestellt, hatte sogar eine große Badewanne vor Augen gehabt, in die wir zusammen hineingepaßt hätten. Die Lampen waren trüb, und es war kalt. Wir waren beide müde; wir zogen uns bis auf Unterhemd und Unterhose aus, legten uns in eines der Einzelbetten und schalteten das Licht aus. Wir machten es uns zusammen gemütlich. Ich fühlte mich warm und behaglich bei ihm, auch wenn keiner von uns beiden Lust auf Liebe hatte. Als ich während der Nacht aufwachte, merkte ich, daß er sich ins andere Bett gelegt hatte.

»Pablo«, flüsterte ich, »ist alles in Ordnung?«

»Ich bin müde. Wir sehen uns morgen früh.«

»Kannst du für eine Minute meine Hand halten?«

Er streckte den Arm aus, so daß ich seine Hand berühren konnte. Er faßte mich an, und so blieben wir eine Weile, bis ich die Hand wieder zurückzog.

»Gute Nacht«, sagte ich, »schlaf gut.«

Als ich am Morgen aus dem Badezimmer kam, sah ich, daß alle Kleidungsstücke in seiner Reisetasche sorgfältig zusammengefaltet waren. Als ich ihn fragte, wer sie zusammengefaltet hatte, sagte er, seine Mutter kümmere sich immer um seine Sachen.

»Was hast du ihr gesagt, wo du hinfährst?«

»Nach Montevideo mit ein paar Schulfreunden.«

»Hat sie dir geglaubt?«

»Ich weiß nicht.«

Er wußte, daß ich mir wünschte, er würde von zu Hause ausziehen. Ich fing nicht wieder davon an. Ich saß auf dem Bett, den Kopf gegen die Wand gelehnt, und betrachtete seinen Körper, während er sich anzog. Ich dachte daran, das Hotel zu wechseln, aber letzten Endes war es besser, alles so zu belassen, wie es war. Wir hatten jetzt einen ganzen Tag Zeit, die Stadt zu genießen – es war fast zehn Jahre her, daß ich hiergewesen war, und er war noch nie in Montevideo gewesen. Ich erinnerte mich, daß sich der Marktplatz am Samstag in ein einziges großes Restaurant verwandelte, ich hatte Pablo schon davon erzählt. Wir spazierten dorthin, aber es war noch zu früh. Wir gingen statt dessen in eine Bar und bestellten Kaffee und Croissants, und dann gingen wir uns das Meer ansehen. Es war windig und kalt, aber der Himmel war blau, und wir hatten beide einen Mantel an. Wir schlenderten dahin und sahen auf die Wellen und das Sonnenlicht, das auf dem Wasser glitzerte. Es waren sehr wenige Leute unterwegs, und es herrschte so gut wie kein Verkehr auf der Straße. Es war ungewohnt, daß Pablo nicht nach Hause mußte und daß ich keinen Termin hatte. Ich konnte nicht erkennen, ob er glücklich war. Wir waren beide noch immer müde und redeten nicht viel. Als wir wieder zurückkamen, hatte der Markt geöffnet: An allen Ständen wurde Fleisch gegrillt und wurden Getränke ausgeschenkt. Wir setzten uns jeder auf einen Hocker und bestellten Fleischhäppchen und Weißwein. Der Platz füllte sich allmählich mit gutgekleideten, mondän aussehenden Leuten, die zwischen den Ständen umherschlenderten und sich gegenseitig aufmerksam betrachteten. Die meisten von ihnen schienen an jedem Stand ein Glas zu trinken und eine Kleinigkeit zu essen und dann weiterzugehen. Wir waren uns beide einig, daß es in Buenos Aires nichts Vergleichbares gab.

Bald hörten die vier Leute, die an unserer Imbißbude standen, daß wir Englisch redeten. Zwei von ihnen, ein Amerikaner mittleren Alters und eine hochgewachsene exotisch aussehende Frau, sprachen uns an. Die Frau stellte ihre Begleiter vor; sie feierten den Geburtstag dieses Mannes, sagte sie und deutete auf den milde dreinblickenden Mann, der neben ihr stand. Er sei der Chauffeur des Amerikaners, erklärte sie uns. Der andere Mann war ein Freund. Der Chauffeur würde Wasser oder Kaffee oder Mate trinken müssen, sagte sie, weil er fuhr, also würden sie für ihn mittrinken müssen. Ihr Englisch war perfekt, aber sie hatte einen ausländischen Akzent. Sie konnte Italienerin oder Deutsche sein, denn als sie für uns Drinks bestellte – eine Mischung aus Sekt und Muskateller –, klang auch ihr Spanisch fremdländisch. Als sie erfuhr, daß wir Argentinier waren, war sie überrascht und enttäuscht, aber bald wurde sie wieder vergnügt und erhob wiederholt ihr Glas auf das Wohl des Chauffeurs.

Wir bestellten eine weitere Runde. Diesmal wollte die Frau auf abwesende Freunde trinken, und wir erhoben alle unsere Gläser. Sie fragte uns, ob unsere Frauen oder Freundinnen gerade Einkäufe machten. Nein, sagte ich, wir seien nicht mit unseren Freundinnen oder Frauen da. Wir seien nicht verheiratet. Ob wir geschäftlich hier seien, fragte sie. Nein, sagte ich. Sie trat einen Schritt zurück und sah uns an. Wieder hob sie ihr Glas: Auf Sie beide, sagte sie. Wir tranken. Jemand anders bestellte noch eine Runde. Der Chauffeur legte die Hand über sein Glas, um zu verstehen zu geben, daß er genug Wasser getrunken habe. Mir war nicht klar, ob sie begriffen hatte, daß wir zusammen waren. Ich wußte nicht, ob es mir recht war, daß wer auch immer imstande sein sollte, uns so zu durchschauen. Ich hatte immer angenommen, wir könnten durch Buenos Aires spazieren, ohne daß irgend jemandem der Verdacht kam, wir seien ein Paar. Ich wandte mich zu Pablo und sah ihn an. Er unterhielt sich gut, er lächelte, und er wechselte ständig zwischen Englisch und Spanisch hin und her. Ich war mit ihm bisher noch nie in Gesellschaft von anderen gewesen. Mir fiel auf, wie weiß seine Zähne waren, wenn er lächelte, wie seine Augen glänzten, wenn er jemandem zuhörte. Ich war stolz und glücklich, mit ihm zusammenzusein. Wir bestellten noch etwas vom Grill und eine weitere Runde. Die Ausländerin erzählte uns von einem Geschäft, wo wir, wenn wir ihren Namen nannten, zehn Prozent Preisnachlaß bekommen würden. Wir sagten ihr, daß wir am nächsten Tag wieder heimfuhren, und sie sagte, das sei schade, und bestand darauf, daß wir uns den Namen des Geschäftes aufschrieben für den Fall, daß wir wieder einmal hierherkämen. Andere Leute kamen an den Stand, ein paar von ihnen tranken ein Glas mit uns und zogen dann weiter. Unsere vier Freunde sahen so aus, als könnten sie ohne weiteres den ganzen Tag hier verbringen. Ich merkte, daß ich allmählich betrunken wurde. Ich meinte, es sei vielleicht Zeit zu gehen, aber die anderen wollten nichts davon wissen.

Pablo führte jetzt mit dem Chauffeur und dem anderen Mann eine angeregte Diskussion auf spanisch. Sie redeten über Brasilien, wie verschieden es von all seinen Nachbarstaaten sei; sie ahmten Brasilianer nach, die Portugiesisch redeten. Sie schienen darin alle einer Meinung zu sein, daß es ein tolles Land sei, auch wenn da kein Mensch wisse, was arbeiten heiße. Ich sagte, Uruguay scheine da auch nicht anders zu sein, aber die anderen behaupteten steif und fest, mit Ausnahme von uns würde jeder auf dem Markt nur ein Glas trinken und eine Kleinigkeit essen und dann wieder heim zu seiner Familie gehen. In Brasilien, sagte der Chauffeur, hat jeder wenigstens zwei Familien, und keiner stört sich dran, wenn jemand ein paar mehr hat, von jeder Farbe eine, sagte er, aber Uruguay sei wie Argentinien, hier sei alles reglementiert und normal. Wir bestellten mehr zu trinken. Der Amerikaner sprach sehr wenig, lächelte viel und sah sich dauernd um. Er schien sich gut zu amüsieren. Schließlich sagte er, wir müßten am nächsten Tag zu ihm zum Lunch kommen, er habe ein paar Leute eingeladen. Sein Chauffeur würde uns abholen. Er ließ den Chauffeur den Namen unseres Hotels aufschreiben. Und als er das getan hatte, leerten sie ihre Gläser und sagten, es sei Zeit zu gehen. Der Amerikaner zahlte die Zeche.

Am Stand wurde kein Kaffee serviert, also zahlten wir, was wir schuldig waren, und gingen in die Stadt. Wir waren beide betrunken. Auf dem Weg zurück ins Hotel kehrten wir in einer Bar ein und tranken mehrere Kaffees und Brandys. Wieder auf der Straße, schaffte ich es kaum, die Hände von Pablo zu lassen. Im Hotelzimmer merkte ich, daß der Alkohol auf ihn die gleiche Wirkung hatte. Wir zogen uns aus, ohne ein Wort zu sagen. Er schlug bei dem Bett, das an der Wand stand, die Decken zurück. Wir legten uns zusammen ins Bett und begannen, uns zu lieben. Ich berührte ihn und hielt ihn fest, als würde ich nie wieder die Gelegenheit dazu haben. Ich war so erregt, daß ich außer mich geriet, in einen Raum trat, in dem es nur noch seinen Körper gab, die Härte seiner Muskeln, die seidige Schönheit seiner Haut, die Weichheit seiner Zunge, sein rasendes Atmen in meinem, und alles an ihm unfaßbare Vollkommenheit war.

Nachdem wir gekommen waren, blieben wir beieinander liegen, und dann schliefen wir ein und wachten erst nachts wieder auf. Es war kalt im Zimmer; ich hatte Durst und rasende Kopfschmerzen. Pablo schlief weiterhin tief und fest. Ich ging ins Bad, und dann legte ich mich ins andere Bett und zog die Decken um mich. Ich war deprimiert und fühlte mich jetzt von ihm so fern, wie ich ihm vorhin nah gewesen war. Ich versuchte zu schlafen, lag aber nur grübelnd im Dunkeln da und hoffte halb, er würde jetzt nicht aufwachen, weil ich nicht wußte, wie wir den Rest des Abends verbringen würden, und ich freute mich nicht auf die lange Nacht, die vor mir lag, wenn ich nicht einschlafen konnte. Aber sobald ich merkte, daß er wach war, änderte sich meine Stimmung. Ich flüsterte mit ihm; ich bot ihm an, ihm aus der Flasche, die ich in meiner Reisetasche hatte, ein Glas Wasser zu geben. Ich legte mich neben ihn ins Bett, weil ich annahm, daß auch er die Schwärze gespürt haben mußte, die nach der

Euphorie des Tages in mir gewesen war. Ich sagte nichts. Ich küßte ihn auf die Wange und legte meine Arme um ihn. Als er mich nach der Uhrzeit fragte, konnte ich ihm sagen, daß es nach neun war. Keiner von uns beiden hatte Hunger, und wir waren zu müde und ausgelaugt, um ans Aufstehen zu denken. Ich drehte mich im Bett um, und er schmiegte seinen Körper an meinen, und wir lagen still beisammen da.

Langsam begann sich das Verlangen wieder in uns beiden zu regen. Wir rührten uns nicht. Seine Hände lagen warm an meiner Brust. Ich konnte seinen harten Schwanz an mir spüren. Nach einer Weile drehte ich mich zu ihm um, und wir begannen wieder, uns zu lieben. Er flüsterte, er habe Kondome und eine Creme in seiner Reisetasche. Er fragte, ob ich wolle, daß er sie hole. Ich zögerte, und dann sagte ich ja. Wir hatten das noch nie gemacht. Ich lag im Dunkeln auf dem Bauch, während er sich das Kondom überzog und die Cremetube öffnete. Die Creme war kalt. Zuerst legte er sich auf mich. Ich drehte das Gesicht herum, so daß wir uns küssen konnten. Sanft schob er meine Beine auseinander und begann dann langsam einzudringen. Ich war verkrampft, und anfangs meinte ich, ich würde es nicht aushalten. Er zog sich zurück und kam langsam wieder herein und schob seinen Schwanz viel weiter in mich hinein als zuvor. Er ließ ihn da und rührte sich nicht. Er legte seine Hände unter meine Arme, und dann umfaßte er meine Schultern, bis ich anfing, mich zu entspannen, bis es mir Lust bereitete, ihn in mir zu haben, und ich fast keinen Schmerz mehr spürte.

Nachdem er gekommen war, blieb er still liegen. Er fragte mich, ob alles in Ordnung sei, und ich sagte ja. All meine Niedergeschlagenheit war verschwunden. Ich war glücklich mit ihm. Als er sich zurückzog, hielt er das Kondom fest, und dann streifte er es ab und legte es auf den Nachttisch. Ich hatte noch immer eine Erektion, war noch immer erregt. Er kniete über mir und begann, mir einen zu blasen, und als ich anfing zu kommen und er seinen Mund wegnahm, war das Gefühl reiner Lust intensiver als alles, was ich jemals erlebt hatte. Ich schrie auf und hielt mich an ihm fest, und dann legte er sich neben mich und zog die Decken über uns, und wir lagen wieder ruhig da.

Nach einer Weile merkten wir, daß im Hotel die Heizung eingeschaltet worden war. Wir hörten die Rohre knacken, und unter den Decken wurde uns allmählich heiß. Wir entschieden, daß es Zeit war aufzustehen. Ich ging ins Badezimmer, drehte die Dusche auf und kämpfte mit dem Regler, um das Wasser heiß genug zu bekommen. Als es die richtige Temperatur hatte, rief ich Pablo, der noch immer im Bett lag. Er kam ins Badezimmer und schloß die Tür. Wir stellten uns unter die heiße Dusche und seiften uns ein, berührten zwanglos jeder des anderen Körper, ohne jede Anspannung jetzt, da das Verlangen der Vertrautheit gewichen war. Wir trockneten uns ab, und dann zogen wir uns im warmen Schlafzimmer an.

Draußen war es kalt. Ich hatte Namen und Adresse einer Schwulenbar und einer Schwulendiscothek, die ich in einem amerikanischen Reiseführer gefunden hatte. Wir suchten auf einem Stadtplan die Adresse der Bar heraus und machten uns zu Fuß auf den Weg. Inzwischen waren wir hungrig, und wir einigten uns darauf, daß wir in das erste Restaurant gehen würden, an dem wir vorbeikamen und das noch offen hatte. In einer Seitengasse fanden wir ein schmuddelig aussehendes Steakhaus. Da es halbvoll war, dachten wir, daß es nicht so schlecht sein konnte, wie es von außen aussah. Wir bestellten Steak und Salat und eine Flasche Rotwein. Als der Kellner den Wein brachte, füllte er unsere Gläser. Pablo erhob sein Glas und lächelte.

»Ich liebe dich«, sagte er.

Ich konnte es noch immer kaum glauben. Mein erster Impuls war, einen Witz darüber zu machen, irgendeine lässige Bemerkung fallenzulassen, es mit einem Achselzucken abzutun. Ich war kurz davor, ihn zu fragen, ob er auch bestimmt nicht vorhatte, mich mit Tennisbällen zu beschießen, wenn ich nächstens am Netz stand. Aber ich hütete mich, den Zauber des Augenblicks zu brechen. Ich hob mein Glas und trank den Wein.

»*Te quiero*«, sagte ich.

Die Schwulenbar war hell erleuchtet, elegant, voller gutaussehender Männer, die uns, als wir eintraten, Blicke zuwarfen, als ob sie uns kennen könnten. Wir bestellten beide Gin Tonic und standen an der Bar und sahen uns um. Ich war verblüfft, wie lässig alle aussahen. In Buenos Aires wäre alles verstohlen und heimlich zugegangen, und die Beleuchtung wäre trüb gewesen. Als ein Mann, der in unserer Nähe stand, anfing, uns Fragen zu stellen, nahm ich nicht an, daß er versuchte, einen von uns anzumachen; ich hatte den Eindruck, daß er lediglich freundlich war. Wir sagten ihm, daß wir hier etwas trinken und dann in eine Disco namens Locomotive gehen wollten. Er lachte und sagte, jeder hier im Lokal würde dorthin gehen, das sei Samstag nachts die übliche Runde. Wir redeten eine Weile über Argentinien und das Hotel, in dem wir wohnten. Er forderte uns auf, in die Ecke der Bar zu sehen, wo ein zierlich gebauter junger Mann in einem Jackett aus englischem Tweed sitze. Wir drehten uns beide um. Er sei der Eigentümer eines der größten Güter in Uruguay, sagte uns unser neuer Freund, Abertausende von Hektar groß. Noch vor ein paar Jahren hätte er Personenschutz gebraucht, aber jetzt sei alles viel unproblematischer, und er würde später auch in der Locomotive sein. Der Mann, der bei ihm stünde, sei aus Neuseeland, sie seien beide Schafzüchter, aber er glaube nicht, daß sie ein Paar seien.

Wir bestellten uns noch einen Drink, und ein hochgewachsener Mann mit einem mageren Gesicht und schwarzem lockigem Haar gesellte sich zu unserem Freund. Bald, sagten sie, würde der allgemeine Aufbruch zur Locomotive einsetzen. Sie wandten sich beide um, als eine Frau in Begleitung eines Schwarzen und eines Dunkelhäutigen hereinkam. Ob uns klar sei, fragte der Mann mit dem mageren Gesicht, daß die Frau in Wirklichkeit ein Mann sei? Pablo nickte und sagte, das würde ihn nicht wundern, es sei oft schwer zu erkennen. Ich sah die Frau aufmerksam an; sie erinnerte mich überhaupt nicht an die Transsexuellen, die ich in Barcelona gesehen hatte. Sie war nicht sehr groß, und ihre Gesichtszüge waren ganz die einer Frau. Wir unterhielten uns eine Weile darüber, bis einer unserer Bekannten sagte, sie sei eine Magierin. Sie beherrsche die unglaublichsten Zaubertricks, sagte er. Sie durchquerte mit ihren zwei Freunden die Bar und setzte sich an einen freien Tisch in unserer Nähe. Sie trug eine Lederjacke und Jeans. Einer unserer Bekannten schien sie zu kennen; er ging hinüber und gab ihr die Hand und wechselte ein paar Worte mit ihr und ihren Freunden. Als er zurückkam, sagte er, sobald sie etwas getrunken hätte, würde sie uns ein paar Tricks vorführen. Sie komme gerade von einem erfolgreichen Auftritt, hatte sie ihm gesagt, und sei in der richtigen Stimmung. Pablo lächelte mich an, er wirkte durch das Ganze etwas verwirrt, aber er zuckte die Schultern, als wolle er andeuten, wir sollten einfach abwarten und sehen.

Schließlich richtete uns einer ihrer Begleiter aus, sie sei jetzt bereit. Sie sah zu uns auf, schürzte die Lippen wie ein Filmstar aus den fünfziger Jahren, dann richtete sie die Augen starr hinunter auf die Hände, die sie auf den Tisch gelegt hatte. Sie holte eine Münze aus ihrer Handtasche hervor, legte sie uns beiden nacheinander in die Hand, dann zeigte sie uns, daß ihr Durchmesser größer war als der Hals der Bierflasche, die auf ihrem Tisch stand. Ihre Augen waren hart vor Konzentration. Sie fing an, die Flasche und die Münze auf der Tischplatte herumzuschieben. Mittlerweile hatten sich mehrere andere Zuschauer eingefunden. Plötzlich hob sie die Flasche, und die Münze war drin. Wir applaudierten, und weitere Leute drängten sich hinzu. Sie hob die Flasche in die Höhe, damit alle sie sehen konnten, und rasselte mit der eingeschlossenen Münze. Sie scheuchte uns mit einer Handbewegung zurück und gab zu verstehen, daß sie einen weiteren Trick vorführen wollte. Diesmal breitete sie ihr Halstuch auf dem Tisch aus und stellte die Flasche darauf, und dann fing sie an, die Flasche durch die Tischplatte zu drücken, und ihre Augen blitzten, und alle schauten und murmelten, als die Flasche glatt durch die Tischplatte drang und sie sie auf der anderen Seite herauszog.

Sofort holte sie ein Spiel Karten hervor und forderte Pablo auf, eine auszuwählen. Er zog die Karosechs. Sie sagte ihm, er solle seinen Namen daraufschreiben, und als er das getan hatte, mußten es sich alle ansehen. Dann zog sie ein Päckchen Reißzwecken aus ihrer Handtasche und forderte Pablo auf, eine herauszunehmen. Die hielt sie in die Höhe, damit jeder sie sehen konnte. Dann fing sie an, die Karten und die Reißzwecke zu besprechen, bis die Karten en bloc auf dem Tisch landeten, aber die Karosechs, mit der Zwecke befestigt, über uns an der Decke haftete. Plötzlich war sie da. Ich sah zu, wie es passierte, genauso wie ich zugesehen hatte, wie die Flasche sich durch die massive Tischplatte geschoben hatte. Ich hatte noch nie etwas Dergleichen gesehen. Es entstand eine Stille, während die Leute zur Karte mit Pablos Namen emporsahen, die an der Decke haftete. Die Magierin blieb angespannt, als ob die Durchführung dieser Kunststücke sie all ihrer Energie beraubt hätte. Sie nahm einen kleinen Schluck aus ihrem Glas. Pablo kam herüber und hielt einen Augenblick lang meine Hand fest und küßte mich. Auch er wirkte völlig verblüfft. Er ging zur Magierin zurück und erhob sein Glas und dankte ihr. Sie schenkte ihm ein schiefes, nervöses Lächeln.

Später gingen wir in die Locomotive, wo wir mehr Gin tranken und uns mit verschiedenen Männern an der Bar unterhielten. Wir standen noch immer unter dem Bann der Magie, wir redeten mit jemandem, der in der Bar gewesen war und die Zaubertricks miterlebt hatte. Er sagte, er habe sie schon früher zaubern sehen, aber niemals so gut. Spät in der Nacht drehten sie die Beleuchtung herunter und spielten langsame Musik. Wir ließen unsere Drinks auf der Theke stehen und tanzten wieder, wiegten uns engumschlungen im langsamen Takt der Musik. Ich hatte das noch nie vorher getan. Während meines letzten Schuljahrs hatte ich mit Mädchen getanzt, aber ich hatte mich befangen gefühlt, und ich hatte nicht begriffen, daß damals alle, oder fast alle, rings um mich her jenes große Aufwallen von Verlangen erlebt hatten, das wir jetzt in diesen Augenblicken erlebten. Es war etwas, was mir bis dahin entgangen war, und ich war, wie ich meinte, nur rein zufällig damit in Berührung gekommen. Es hätte mir auch genausogut niemals widerfahren können. Ich schmiegte mich enger an Pablo, und wir fingen an, uns wie die anderen Paare um uns auf der Tanzfläche zu küssen.

Es war fünf Uhr früh, als wir zu Bett gingen, aber wir waren noch immer ziemlich aufgeregt.

»Es ist ein wunderschöner Tag gewesen«, sagte ich. »Der schönste Tag, den ich je erlebt habe.«

»In welchem Bett schlafen wir?« fragte Pablo.

Beide Betten waren ungemacht, und im Zimmer war es wieder kalt.

»Schieben wir sie zusammen«, sagte ich. Ich nahm die

Lampe vom Nachttisch und stellte sie auf eines der Betten, und dann schob ich den Nachttisch aus dem Weg. Wir versuchten, die Betten leise zu verschieben, aber es war schwierig, weil die Beine über den Fußboden schrappten. Schließlich hatten wir die Betten so nah beisammen, wie es überhaupt ging; die Lampe stand noch auf dem Bett, also mußte ich den Stecker herausziehen und sie dann wieder auf den Nachttisch stellen. Wir zogen uns aus und schalteten das Licht aus und schliefen zusammen ein.

Ich wachte vom Hämmern an der Tür auf. Ich drehte mich zu Pablo um, aber er schlief tief und fest weiter. Ich sah auf die Uhr, die auf dem Tisch stand: Es war fast Mittag. Das Gehämmer hörte nicht auf. Ich stand auf und zog meine Jeans an und ging an die Tür. Die Gestalt im Korridor kam mir irgendwie bekannt vor, aber ich kam nicht darauf, wer es sein konnte. Er war zu alt, um einer der Männer aus der Locomotive zu sein, oder aus der Bar, wo die Magierin ihre Tricks vorgeführt hatte. Er lächelte: aber ich konnte noch immer keinen klaren Gedanken fassen. Er fragte mich, ob wir abfahrbereit seien, und da erkannte ich, daß er der Chauffeur vom vorigen Nachmittag war, was mir jetzt Monate her zu sein schien, und ich erinnerte mich, daß ich seinem Boß unsere Namen und den Namen des Hotels gegeben hatte. Er lächelte mich ruhig an, als wolle er damit sagen, daß kein Grund zur Aufregung bestehe, daß so etwas dauernd passiere. Ich erklärte ihm, daß wir fast die ganze Nacht ausgewesen waren, aber jetzt würden wir aufstehen und duschen und packen und unsere Hotelrechnung bezahlen und bald bei ihm sein. Ob er vielleicht solange einen Kaffee trinken wolle, fragte ich. Er schüttelte den Kopf. Er würde draußen im Wagen warten, sagte er. Sobald ich wieder im Zimmer war, bedauerte ich, ihm nicht gesagt zu haben, wir müßten nach Buenos Aires zurück und könnten nicht zur Party kommen. Ich hätte mich am liebsten neben Pablo gekuschelt und weitergeschlafen. Ich legte ihm meine Hand auf den Nacken, und dann beugte ich mich hinunter und küßte ihn. Er schlug die Augen auf und lächelte.

»Du warst schon die ganze Zeit wach«, sagte ich.

»Was gibt's?«

Ich erzählte vom Chauffeur.

»Wir müssen aufstehen.«

Als wir angezogen waren und unsere Taschen gepackt hatten, versuchten wir, die zwei Betten auseinanderzuziehen und den Nachttisch wieder an seinen Platz zu rücken, aber als wir das Zimmer verließen, sah es noch immer nicht richtig aus. Wir zogen die Tür hinter uns zu und gingen hinunter zur Rezeption, wo Pablo die Rechnung bezahlte. Der Wagen sah herrschaftlich und altmodisch aus. Der Chauffeur stieg aus und öffnete den Kofferraum für unser Gepäck, und dann hielt er uns die Tür zum Fond auf. Ich fragte ihn, ob er einen schönen Geburtstag gehabt habe. Er wandte sich um und tippte sich an die Schläfe, um zu verstehen zu geben, daß seine Freunde von gestern nicht ganz richtig im Kopf gewesen seien.

Das Haus des Amerikaners lag ungefähr eine halbe Stunde außerhalb der Stadt und hatte einen Blick aufs Meer. Mir fielen die Überwachungskameras am Tor auf. Bäume und Büsche verbargen das Haus, die Auffahrt war ungepflegt und überwachsen. Ich erwartete ein altes Haus, eine halbe Bruchbude, aber das Haus schien im Gegenteil neu zu sein; es war weiß gestrichen, und die Fenster blitzten. In einem langgestreckten Raum im vorderen Teil des Hauses waren ungefähr fünfzig Leute versammelt. Die meisten waren nicht mehr jung; über allem lag eine Atmosphäre von Wohlstand, die sich in der Kleidung der Gäste äußerte und darin, wie sie um sich blickten, mit Augen, geschärft durch die langjährige

Gewohnheit, Dinge zu besitzen, mit Bedacht zu wählen. Ich genoß die Aura von Mondänität, die in dem Raum herrschte, die Kostbarkeit der Toiletten, das Summen heiterer Unterhaltungen in Spanisch und in Englisch und in gebrochenen Versionen von beidem. Ich genoß es, nicht in Buenos Aires zu sein, wo keine Gesellschaft so seltsam intim wie diese sein konnte, wo jeder sich wie auf dem Präsentierteller fühlen und das Stimmengewirr lauter sein würde, wo es viel unechtes Lachen und sexuelles Imponiergehabe geben würde. Ich war froh, daß wir beide eine Krawatte trugen. Niemand im Raum war leger gekleidet.

Unser Gastgeber gab uns die Hand, sorgte dafür, daß wir Drinks bekamen, fragte, wann wir abreisen würden, bot uns noch einmal seinen Chauffeur an, der uns zum Busbahnhof fahren könne, und stellte sich dann neben uns und ließ den Blick durch den Raum schweifen. Er sah jetzt älter als am Vortag aus, wie jemand, der kurz vor der Pensionierung stand.

»Es sind lauter nette Leute hier«, sagte er. »Ich glaube, einige werden Ihnen gefallen. Kommen Sie, ich stelle sie Ihnen vor, Sie werden sich gut unterhalten.« Die nüchterne Ausstattung seines Hauses und sein Bedürfnis nach Geselligkeit ließen mich vermuten, daß er hier allein wohnte. Ich stellte mir erwachsene Kinder vor, sogar Enkel, und eine Ehefrau irgendwo, in irgendeiner amerikanischen Großstadt. Ich stellte mir seine Sehnsucht nach ihnen vor, den Kummer, den er so weltmännisch ausstrahlte, und daneben sein momentanes Bedürfnis, allein zu sein, der Welt ohne Partnerin an seiner Seite zu begegnen. Er fand eine Gruppe von Leuten und unterbrach einen dicken Mann, der ein weißes Jackett und ein Halstuch trug. Er hielt uns beide bei der Hand, als seien wir Kinder, verkündete auf englisch, wir seien gute Freunde aus Buenos Aires, und forderte uns auf, uns selbst miteinander bekannt zu machen, das Essen würde bald kommen. Er sagte es so, als sei das Essen die Belohnung dafür, daß wir uns alle gut vertrugen.

Der dicke Mann sprach schlecht Englisch, aber seine Zuhörer kannten ihn und mochten ihn offensichtlich; eine Frau war Belgierin – sie war, wie ich ihr sagte, der erste Mensch aus Belgien, den ich je getroffen hatte –, eine andere war Amerikanerin, und dann war da noch eine alte magere Dame in einem schwarzen Kleid mit kostbaren Ringen an den dürren Fingern, die von überall hätte sein können. Der dicke Mann fragte uns, ob wir je mit Varig geflogen seien. Wir schüttelten beide den Kopf. Wir sollten sie einmal probieren, sagte er, sie mache sich wirklich, selbst in der Touristenklasse bekomme man ein heißes Handtuch, und das Essen sei gut. Pablo fing an, sich mit der Frau in Schwarz auf spanisch zu unterhalten. Schon bald waren sie ins Gespräch vertieft. Ich versuchte, einen Witz über Fluglinien zu machen, und sagte, ich flöge normalerweise mit der bolivianischen Luftlinie und nähme dann den Zug aus La Paz, aber niemand verstand, ob es ein Witz war oder nicht. Da sagte ich nichts mehr, und keiner von den anderen sprach ein Wort. Wir standen da und bewunderten die Aussicht, die seltsam dunklen Flächen im ruhigen grünen Meer, den Dunst am Horizont, die Terrasse vor dem Fenster, die Sträucher. Und die ganze Zeit redeten Pablo und die Frau in Schwarz so miteinander, als ob sie sich kennen würden. Sie hörte ihm aufmerksam zu, als er ihr etwas erzählte. Er machte bestimmt keinen Witz, aber er lächelte und sah sie voll Wärme an, während er ihr irgendeine Geschichte, eine Ansicht, einen Sachverhalt mitteilte. Ich hatte keine Ahnung, worüber er mit ihr redete. Ich bedauerte es, meine Bemerkung, die Belgierin sei der einzige Mensch aus Belgien, den ich je kennengelernt hätte, bereits verbraucht zu haben.

»Wohnen Sie in Montevideo?« fragte mich der dicke Mann.

Bald darauf wurde das Essen serviert. Plötzlich waren alle damit beschäftigt, Messer und Gabeln und Papierservietten herumzureichen und zu fragen, wer lieber Hühnchen oder lieber Steak haben wollte. Pablo und die alte Dame traten näher ans Fenster und kümmerten sich nicht um den ganzen Wirbel. Ich drehte mich um und betrachtete ihn. Er lauschte ihr mit selbstvergessener Aufmerksamkeit, und als er nickte, leuchtete ein Lächeln in seinen Augen. Ich hatte vorher nicht darauf geachtet, was er anhatte, aber jetzt wirkten das blaue Hemd und der dunkelblaue Schlips vor dem Licht der See und neben der Bläue seiner Augen fast kostbar. Er sah, wie ich ihn anschaute, und lächelte, und dann sagte er etwas zu der alten Dame. Beide lachten. Als ich ihn an dem Tag über den ganzen Raum hinweg betrachtete, fand ich, er sei der bezauberndste und schönste Mann, den ich je gesehen hatte.

Unser Gastgeber behielt für uns die Zeit im Auge und kam nach dem Kaffee auf uns zu und sagte, der Fahrer sei draußen und wir sollten uns jetzt auf den Weg machen. Wir verabschiedeten uns von einigen der Gäste, mit denen wir uns unterhalten hatten, wir schrieben unsere Namen und Adressen und Telefonnummern auf Zettel, die unser Gastgeber in die Tasche seines Jacketts steckte, und dann setzten wir uns in den Wagen und wurden in die Stadt zurückgefahren. Ich machte die Bemerkung, daß niemand in Argentinien völlig Unbekannte zu einer solchen Party einladen und ihnen das Gefühl vermitteln würde, willkommen zu sein.

»Wer war die alte Dame?« fragte ich.

»Sie hat auch in Kalifornien gelebt, sie ist vor Jahren dorthin gezogen, und jetzt ist sie wieder hier. Darüber haben wir uns unterhalten.«

Sobald sich der Bus in Bewegung setzte, versank ich in Halbschlaf und lehnte meinen Kopf an Pablos Schulter. Ich

wachte ein paarmal auf und sah ihn an, wie er hellwach dasaß, im Gesicht noch immer das halbe Lächeln, das ich in
dem Raum aus der Ferne betrachtet hatte.

Pablos Familie war davon überzeugt, er habe eine Freundin
in der Stadt. Eines Abends, beim Essen, erklärte mir seine
Mutter, um ihre beiden Söhne zu necken, sie wisse überhaupt
nicht mehr, wo sie hingingen, sie koche nur noch für sie und
sorge dafür, daß sie saubere Sachen anzuziehen hätten, und
dafür bekomme sie nichts, nicht einmal die elementarsten
Informationen über ihr Liebesleben. Jorge versuchte, das Ge-
sprächsthema zu wechseln, aber seine Mutter hatte jetzt ein
Publikum, und nichts würde sie zum Aufhören bewegen. Sie
erzählte mir weiter, wie willkommen die Freundinnen ihrer
Söhne im Haus immer gewesen seien, wie sehr sie Jorges
Freundin Teresa – die er neuerdings kaum noch sehe – ge-
mocht habe. Jorge bat sie, damit aufzuhören. Das, sagte er,
seien persönliche Angelegenheiten, und er wolle nicht, daß
man so leichtfertig bei Tisch darüber rede. Hier schritt Señor
Canetto ein und sagte zu Jorge, er habe seine Mutter in ihrem
eigenen Haus nicht zu kritisieren, und seine Mutter sei absolut in der Lage, selbst zu beurteilen, worüber sie reden könne
und worüber nicht.

Ich aß weiter und wünschte, ich könnte aufstehen und
nach Hause gehen und Pablo mitnehmen. Wir trafen uns
mittlerweile seit sechs Monaten. Ich wollte, daß er mit mir zu
Donald und Susan zum Essen käme, ich wollte, daß er Jorge
von uns erzählte oder mir erlaubte, daß ich es Jorge erzählte.
Aber er wollte nichts außer heimlichen Begegnungen. Er
hatte Angst vor seinen Eltern, und er traute Jorge nicht. Ich
rechnete damit, daß er eines Tages anrufen würde – den Mut,
persönlich vorbeizukommen, würde er nicht haben –, um mir
zu sagen, daß wir uns nicht mehr sehen könnten, daß er die

Belastung nicht mehr ertrage. Ich fragte ihn, ob er glücklich sei, ob es das sei, was er wolle, und er nickte und lächelte und umarmte mich und sagte, er sei glücklich. Als ich an dem Abend bei seinen Eltern zu Tisch saß, sagte ich zu mir, daß sie die Kinder hatten, die sie verdienten. Jorge schien jetzt Donalds bester Freund zu sein; je mehr er Susan vögelte, desto besser schien er mit ihrem Mann auszukommen. Und Pablo hatte, genau zehn Minuten bevor wir uns zum Essen setzten, in der Umkleidekabine am Swimmingpool mich ge-vögelt. Ich fragte mich, wie sie ihre Kinder erzogen haben mochten, daß sie so geworden waren, was für ein Beispiel sie ihnen gegeben, was sie ihnen beigebracht haben mochten. Ich sagte nichts: Auch ich hatte sie hintergangen, es stand mir nicht an, ein Urteil über sie zu fällen.

Ich sah Jorge über den Tisch hinweg an, und er starrte ausdruckslos zurück, als wolle er damit zum Ausdruck bringen, daß dieses Gespräch überhaupt nicht stattfand. Ich warf Pablo einen Blick zu, aber nichts deutete darauf hin, daß ihn der Vortrag seiner Mutter im geringsten interessierte. Señora Canetto redete weiter und weiter. Ihre Aufgabe würde erst erfüllt sein, sagte sie, wenn die beiden glücklich verheiratet wären, dann würde sie sich endlich Ruhe gönnen; und sie würde sich so sehr über Enkelkinder freuen, sagte sie, sie würde sich freuen, wenn sie vorbeikämen, um den Swimmingpool zu benutzen, sie würde liebend gern babysitten, aber sie würde sich nicht einmischen, sie sei nicht die Sorte Mutter, helfen und Ratschläge geben würde sie nur, wenn man sie darum bitte. Sie war jetzt in voller Fahrt. Bei den Hochzeiten allerdings, sagte sie, würde sie gern ein Wort mitzureden haben, sie würde sich freuen, wenn es eine rich-tige große Hochzeit würde, irgendwo weit außerhalb der Stadt, es gebe ein paar wunderschöne Orte, und sie würde sich so gern um die Sitzordnung kümmern, obwohl sie wisse, daß das normalerweise Angelegenheit der Familie der Braut sei. Und die Blumen. Es sei etwas, worauf sie sich schon ihr ganzes Leben lang freue, sagte sie, die Hochzeiten ihrer Söhne und deren erste Kinder.

Ich wußte, wie alt sie war. Ich wußte, daß sie siebenundfünfzig war, und ich konnte ihr ansehen, daß noch gut dreißig Jahre in ihr steckten. Pablo war achtundzwanzig, was bedeutete, daß er fast sechzig sein würde, wenn sie starb. Ich versuchte, mir all die Lügen und Ausflüchte vorzustellen, die von jetzt bis dahin noch anfallen würden, seine Ängstlichkeit und ihre Weigerung aufzuhören, sich in Tagträumen über irgendeine goldene Zukunft zu ergehen, die ihr so lange versagt bleiben würde, bis Jorge sich entschloß, sich zu bessern und das zu werden, was das Schicksal und seine Mutter ihm vorgezeichnet hatten: ein Ehemann und Vater.

Als Pablo nach dem Essen ins Badezimmer ging, folgte ich ihm und wartete draußen auf ihn.

»Ich möchte, daß du mit zu mir kommst. Du kannst ihnen erzählen, daß wir in einen Nachtclub gehen.«

»Und was sagen wir Jorge?«

»Die Wahrheit.«

»Nicht jetzt.«

»Dann soll er raten. Er muß doch irgend etwas ahnen. Sag einfach, wir gehen.«

»Er wird mitkommen wollen.«

Ich schüttelte den Kopf und ging ins Badezimmer. Ich schloß die Tür ab. Als ich wieder herauskam, stand er noch immer da.

»Ich werde sagen, daß ich nur zwei Karten habe«, sagte ich. »Oder wir legen deinen Teddybären in dein Bett, und dann glauben alle, du seist es.«

»Übernimmst du das Reden?«

»Ich übernehme alles, wenn ich dich damit nur hier herausbekomme.«

Ich ging zurück ins Eßzimmer und fing an zu reden, noch ehe ich mich gesetzt hatte. Ich sagte, ich hätte Pablo gerade überredet, mit mir in einen neuen Nachtclub zu kommen. Ich hätte zwei Gästeausweise. Ich hätte eigentlich vorgehabt, allein hinzugehen, aber jetzt würde ich mich sehr freuen, daß er mich begleiten wolle. Als ich mich wieder an den Tisch setzte, hoffte ich, sie würden mich nicht fragen, wie der Club hieß oder wo er war, aber ich wußte, ich würde mir notfalls rasch Namen und Adresse ausdenken können. Seine Mutter mischte sich sofort ein: Wie würde er wieder zurückkommen? Was würde er anziehen? Sollte Jorge nicht auch mitkommen? Ich sagte, ich hätte nur zwei Ausweise, ich sagte, Pablo könne einen Nachtbus zurücknehmen oder auch bei mir übernachten, ich sagte, zu empfehlen seien Jackett und Schlips. Als Pablo ins Zimmer kam, war bereits alles geregelt.

Ich hütete mich, Jorge anzusehen. Jetzt, dachte ich, weiß er garantiert, daß ich es mit seinem Bruder treibe. Seine Mutter bestand darauf, nach oben zu gehen, um sich zu vergewissern, daß Pablo ein sauberes Hemd und eine gebügelte Hose hatte. Dadurch blieb ich mit Pablo, Jorge und deren Vater im Zimmer zurück. Ich wußte, wenn ich mich nicht ernsthaft darauf konzentrierte, diese falsche Nonchalance aufrechtzuerhalten, würde die ganze Sache auffliegen. Ich fragte Jorge, ob er uns zum Zug bringen würde, und er nickte mißmutig. Pablo ging mit der Begründung, er müsse sich fertigmachen, aus dem Zimmer. Der Vater sammelte nervös die Kaffeetassen ein und trug sie auf einem Tablett hinaus. Es war das erstemal überhaupt, daß ich ihn irgendeine häusliche Arbeit verrichten sah. Damit blieben nur wir zwei übrig. Ich nahm an, Jorge würde mich jetzt fragen, wo der Nachtclub sei. Ich hatte keine Ahnung, was ich dann sagen würde. Statt dessen fragte er mich, ob ich am nächsten Tag zu Mittag bei Susan und Donald sein würde. Als ich bejahte, erwiderte er, wir würden uns dann dort sehen. Er könne mich abholen, sagte er, nur daß er ziemlich früh schon hinfahre. Ich verstand dies dahingehend, daß er Susan vor dem Lunch vögeln wollte und das Bedürfnis hatte, mich dies wissen zu lassen. Er hatte gern Zeugen; ich kannte ihn lang genug. Ich fragte mich, ob Donald auch ein Zeuge war. In dem Moment war ich froh, daß Pablo niemandem von uns erzählt hatte.

Pablo kam in einem weißen Hemd und geblümtem Schlips und marineblauem Jackett herein, gefolgt von seiner Mutter, die stolz mit ihm kokettierte, während sie ihm den Kragen zurechtrückte. Er lächelte sie auf die gleiche amüsierte Weise an, wie er die alte Dame auf der Party außerhalb von Montevideo angelächelt hatte. Ich wußte, daß seine Mutter irgendwo tief in ihrem Innern bestimmt alles über ihn wußte und ebenso sicher wußte, daß er aus dem Haus ging, um die Nacht mit mir zu verbringen.

Jorge setzte uns am Bahnhof ab, brummelte etwas und fuhr davon. Wir standen schweigend auf dem Bahnsteig. Ich mußte aufpassen: Ich wollte Pablo gegenüber nichts über seine Familie sagen. Mir war auch klar, daß vom Haus seiner Eltern, wo alles zusammengefaltet und ordentlich und blitzblank war, in meine schmuddelige und staubige Wohnung umzuziehen gewisse Nachteile mit sich bringen würde. Aber ich lächelte in mich hinein, als ich mir sagte, daß er mit seinen Eltern schließlich keinen Sex haben konnte, während er mit mir soviel Sex haben konnte, wie er wollte. Ich stand die ganze Nacht zur Verfügung.

Die Anspannung des Abendessens wirkte noch immer in mir nach, während der Zug in Richtung Stadt ratterte, aber ich spürte, daß Pablo das nicht sonderlich mitgenommen hatte. Ihm gingen Dinge nicht nach. Er sah jetzt aus dem

Fenster, als sei es ein ganz normaler Samstagabend. Mein Kopf war voll von seiner Mutter und seinem Vater und Jorge. Ich beschloß, mich zu beruhigen. Ich dachte daran, wie sein Körper aussah und sich anfühlte, an den Geruch seines Atems, daran, wie es sein würde, am Morgen neben ihm aufzuwachen.

Auf dem Weg vom Bahnhof zur Wohnung wechselten wir kaum ein Wort, bis ich anfing, ihm von meinen Überlegungen über seine Mutter zu erzählen, und daß sie noch dreißig Jahre leben könnte. Ich sagte ihm, eines Tages würde er ihr klarmachen müssen, wer er sei, oder er würde sich von ihr frei machen müssen, unter einem anderen Dach wohnen, sich seine Hemden selbst bügeln, aber so könne es mit ihm nicht weitergehen. Er sagte, er wolle noch etwas trinken gehen, also gingen wir in eine der Bars auf der Lavalle. Über seine Familie verlor er weiterhin kein Wort. Er wirkte entspannt, aber müde. Während wir unser Bier in kleinen Schlucken tranken, erzählte er mir von einer Bar in San Francisco, in die er damals gern gegangen war, eine altmodische Hamburger-Bar mit Blick aufs Meer; es war immer wieder davon die Rede gewesen, sie abzureißen, aber sie gefiel den Leuten einfach zu sehr, und seiner Meinung nach würde es nie dazu kommen. In Kalifornien, sagte er, wüßten die Leute ihre Interessen durchzusetzen, sie würden Petitionen unterschreiben und sich an Politiker wenden und dafür sorgen, daß etwas, was sie nicht wollten, auch nicht geschehe. Es würde noch mehrere hundert Jahre dauern, sagte er, bis man auch in Argentinien damit anfangen würde. Ich hörte zu und lächelte und beschloß, das Thema Familie nicht wieder anzuschneiden.

Als wir ins Bett gingen, war er anders. Er kuschelte sich zusammen, schmiegte sein Gesicht an meine Brust. Wir redeten nicht. Er nahm meinen Schwanz bedächtig, langsam in den Mund, fuhr erst mit der Zunge rund um die Spitze, saugte ihn dann ganz hinein. Als er damit fertig war, griff er nach dem Päckchen Kondome und der Creme, die auf dem Nachttisch lagen. Er packte das Kondom aus, zog es mir über den Schwanz und reichte mir die Creme. Dann drehte er sich um und schob sich ein Kissen unter den Bauch. Ich hatte das nicht erwartet, und die Vorstellung, daß er es wollte, berührte mich auf eine ungewohnte Weise. Nachdem ich ihm die Creme aufgetragen hatte, küßte ich ihn auf die Ohren. Er schrie auf, als ich in ihn drang, und ich mußte mich wieder zurückziehen. Diesmal drang ich langsamer in ihn ein. Ich konnte sein nervöses Atmen unter mir spüren. Ich hielt still. Ich spürte, wie er sich entspannte. Ich stieß tiefer hinein. Ich hörte ihn wimmern, das Gesicht in das Kissen gepreßt, und dann entspannte er sich wieder. Ich dachte, ich würde gleich kommen, und versuchte, es zurückzuhalten, während ich anfing, vor und zurück zu stoßen.

Ich hielt ihn dort unter mir im Dunkeln fest. Nachdem ich gekommen war, kuschelte er sich wieder an mich, und als ich mich während der Nacht umdrehte, drehte er sich mit mir um und hielt mich umfaßt. Er hatte eine verwundbare Seite, die er manchmal, in der vollkommenen Abgeschiedenheit eines Zimmers mit zugezogenen Vorhängen und ausgeschaltetem Licht, zum Vorschein kommen ließ. Es war etwas, wovon seine Mutter vielleicht wußte, etwas, was er als Kind offen gezeigt hatte, aber jetzt tief in sich verschlossen hielt: Er war unsicher, brauchte Trost und Zuwendung. Ich hätte gern mit ihm darüber gesprochen, es hätte mir viel bedeutet, wenn er imstande gewesen wäre anzuerkennen, daß das zwischen uns geschah, aber als er mitten in der Nacht in meinen Armen einschlief, wußte ich, daß er mir genug gegeben hatte, daß ich nicht mehr verlangen durfte, und wie ich wach dalag, war ich glücklich.

Am nächsten Tag fuhr ich zu Susan zum Lunch, und er

fuhr heim zu seinen Eltern. Jorge war natürlich da, er saß mit Susan auf der Veranda im blassen Sonnenschein und konnte mir zu seiner Genugtuung erzählen, daß er neue Sachen trug, die Susan für ihn in New York gekauft hatte. Donald kam mit einem Drink in der Hand und der gleichen Hose aus dickem braunen Cord heraus, die Jorge trug. Die drei strahlten vor Zufriedenheit, und ich fragte mich, ob es das war, was sie sich die ganze Zeit von mir oder von Jorge oder von wem auch immer gewünscht hatten: sexuelle Befriedigung für Susan und das Recht, ihren besten Freund einzukleiden, als sei er ihr Kind. Bald trafen weitere Gäste ein: eine amerikanische Sängerin, die im Colón auftrat, und ihr Mann, der so aussah, als sei er geschminkt, ein Berater Menems, den wir mochten und umgänglich fanden, und seine Frau und Charles. Der Tisch war im Speisezimmer gedeckt, und zu essen gab es auf amerikanisch zubereitete argentinische Gerichte. Der Wein war aus Kalifornien. Ich wußte mittlerweile, wie wenig ich von derlei Anlässen erwarten durfte. Die Regel lautete, keine entschiedenen Ansichten zu vertreten und keine Witze zu erzählen, wenn irgend möglich über Orte, Fluglinien, Hotels, Kreuzfahrten zu reden, einen liebenswürdigen und sauberen Eindruck zu machen. Ich fragte mich, ob Donald je ins Zimmer gekommen war, während sie am Vögeln waren, ob er Jorge befummelt hatte, wie er es bei mir im Duschraum getan hatte, ob er und Susan noch miteinander schliefen, ob so etwas schon früher passiert war. Wenn Susan Jorge anredete, zeigte sie deutlich, daß er ein enger Freund war, ein Außenstehender hätte sich gedacht, daß zwischen ihnen etwas war, und das hätte Jorge, wie ich wußte, ungeheuer gefallen.

Nach dem Essen mußte ich sie in ihr Arbeitszimmer begleiten, um mir ein Fax anzusehen.

»Ach ja«, sagte sie, »da ist noch etwas, was ich dir schon die ganze Woche hätte sagen sollen. Ein Mann namens

Evanson – er ist einer der Vizes in der Botschaft –, also er und seine Frau haben so ein schönes modernes Haus unten am Jachthafen gemietet, er hat ein Boot da liegen, aber die Botschaft hat einen *security check* durchgeführt, und es ist nicht sicher genug. Sie haben ihn in eines dieser bewachten Etagenhäuser gesteckt, und es gefällt ihm da überhaupt nicht, aber er kann nichts machen. Das Problem ist, daß er die Miete am Hals hat, er hat einen Zweijahresvertrag unterschrieben. Er sucht einen Nachmieter. Es ist teuer. Ich habe ihm gesagt, ich würde mich umhören.«

»Kann ich es mir ansehen?«

»Ich geb dir seine Nummer.«

»Meinst du, ich könnte es jetzt sehen?« Mir wurde bewußt, daß ich seit Tagen darüber nachgedacht hatte, ohne es an die Oberfläche kommen zu lassen. Ich würde umziehen müssen oder dafür sorgen, daß meine Wohnung komfortabler wurde. Mit einemmal befürchtete ich, ich könnte mir diese Gelegenheit, die sich so beiläufig ergeben hatte, entgehen lassen.

»Heute? Ich ruf ihn an.«

Sie schlug seine Telefonnummer in einem Adreßbüchlein nach und wählte. Es wurde sofort abgenommen.

»Kann er die Schlüssel jetzt abholen? Ob er ernsthaft interessiert ist? Weiß ich nicht. Moment, ich frag ihn.«

»Bist du ernsthaft interessiert?« Sie hielt die Hand über die Sprechmuschel.

»Ja.«

Ich hörte sie sagen, ich könne in fünfundvierzig Minuten bei ihm sein. Es war abgemacht. Sie legte auf. John Evanson würde mich selbst zum Jachthafen hinausfahren.

»Willst du die schlechte Nachricht hören?« fragte sie. »Die Miete macht zweitausend Dollar im Monat.«

»Das ist eine Menge.«

»Er sagt, das Haus sei unglaublich.«

Susans Fahrer fuhr mich in die spätnachmittäglich leere Stadt hinein. Die breiten Straßen waren schön jetzt, ganz erfüllt von einem weichen Licht. Ich war froh, von Susan und Donald und Jorge weggekommen zu sein. Der Fahrer setzte mich an der Adresse, die Susan ihm genannt hatte, ab. Ich klingelte am Hauseingang, und eine amerikanische Stimme sagte, er würde in einer Minute unten sein. Er war ein dünner rothaariger Mann Anfang der Vierzig. Er gab mir einen forschen Händedruck; er lächelte nicht. Wir begaben uns in die Tiefgarage. Bevor er ins Auto einstieg, vergewisserte er sich, daß er die Schlüssel des Hauses, in dem er nicht wohnen durfte, dabeihatte. Ich hatte einen Bungalow mit Flachdach erwartet, aber er sagte mir, es sei ein zweigeschossiges Haus, ganz aus Glas und Stahl. Ich sagte ihm, ich hätte schon oft davon geträumt, eines Tages aus meiner Wohnung hinauszuspazieren, ohne etwas mitzunehmen außer meinem Paß und ein paar Bankunterlagen.

»Sie haben keine Familie?« fragte er.

»Nein. Ich habe keinerlei Verpflichtungen.«

Das schien ihm zu mißfallen. Ich bedauerte, was ich über das Hinausspazieren aus der Wohnung gesagt hatte. Ich war sicher, es hatte unreif und albern geklungen. Wir legten den Rest der Fahrt schweigend zurück. Ich begriff, daß er wahrscheinlich verzweifelt auf der Suche nach jemandem war, dem er das Haus untervermieten konnte. Vielleicht war das der Grund, warum er so nervös wirkte; es könnte außerdem auch erklärt haben, warum er die Unbequemlichkeit auf sich nahm, an einem Sonntagnachmittag mit mir da hinauszufahren.

Es war die Art Haus, die man in Architekturbüchern sieht. Es hatte ein Flachdach, die Front bestand aus einer einzigen Glasfläche und ging aufs Wasser. An jeder Seite waren riesige Fenster. Als er die Tür öffnete, erschien alles weiß. Der Hauptraum war L-förmig und nahm die ganze Breite des Hauses ein, mit einem Steinfußboden, Sofas, Sesseln und Glastischen, und bog dann zu einem Eßzimmer ab, hinter dem eine Küche lag. An der anderen Seite der Halle gab es ein kleines Zimmer mit einem Schreibtisch, einem Stuhl und einem Sofa. Die Treppe bestand aus dickem Glas. Oben gab es, direkt über dem Wohnzimmer, ein riesiges Schlafzimmer mit einem gigantischen niedrigen Bett und Einbauschränken; eine Tür führte direkt in ein Badezimmer, wie im Designer-Bilderbuch. Dann gab es noch zwei kleinere Schlafzimmer und ein weiteres Badezimmer. Ich sah John Evanson zu, wie er dünne weiße Vorhänge über die ganze Glasfront herunterließ, so daß niemand hereinsehen konnte, aber weiterhin Licht durchkam.

»Susan hat einen Preis erwähnt«, sagte ich.

»Zweitausend Dollar, mit einer mündlichen Zusage – wir dürfen nicht untervermieten –, daß Sie zweiundzwanzig Monate bleiben, bis zum Ablauf des Mietvertrags.«

»Ab wann?«

»Ab sofort.«

»Ich nehme es. Ich bringe Ihnen heute abend einen Scheck vorbei. Wann kann ich die Schlüssel haben?«

»Sie können Sie sofort haben. Das Telefon ist angeschlossen. Wegen der Rechnung können wir uns noch etwas überlegen. Es funktioniert alles. Bettwäsche und Küchenutensilien gehören zum Haus, aber Sie werden Handtücher brauchen. Wenn Sie möchten, schalte ich Kühlschrank und Tiefkühltruhe ein. Das heißt, wenn Sie sicher sind.«

»Ich bin sicher.« Ich brauchte keine Bedenkzeit. Ich wollte es haben. Das Geld war kein Problem. Ich hatte noch nie etwas in der Art gemacht, aber irgendwie fiel es mir dadurch sogar noch leichter.

»Nun, wenn Sie sicher sind, dann haben Sie mir aus einer bösen Klemme geholfen.«

Während der Fahrt zurück in die Stadt wirkte er erleichtert, aber uns ging bald der Gesprächsstoff aus. Er setzte mich in der Nähe meiner Wohnung ab, und ich versprach, daß ich in ein bis zwei Stunden mit dem Scheck vorbeikommen würde. Ich dachte, er würde vielleicht sagen, ich könne mir bis zum nächsten Tag Zeit lassen, aber er tat es nicht. Kaum war ich durch die Tür, rief ich Pablo an. Er nahm ab. Ich erzählte ihm, was ich getan hatte. Ich sagte ihm, ich wolle, daß er es sich ansehe. Er klang nicht eben begeistert, als habe er geschlafen und wolle nicht gestört werden. Wir verabredeten uns für den nächsten Abend, dann würde er kommen und es sich ansehen. Ich rief Susan an und hinterließ auf ihrem Anrufbeantworter, ich hätte das Haus genommen. Ich fragte mich, wo sie sein mochte und warum sie nicht ans Telefon ging.

Ich fand ein Handtuch, das ich mitnehmen wollte. Am nächsten Tag würde ich neue Handtücher kaufen. Ich wählte mit Bedacht einige Kleidungsstücke aus, die mir passend erschienen. Ich nahm den Vorrat an Kondomen und Creme. Meinen Paß und einige Papiere, die ich brauchen würde. Mein Sparbuch. Eine Zahnbürste, Zahnpasta, Shampoo, Seife, einen Rasierapparat, Rasierschaum. Kassetten und ein Abspielgerät. Ein paar Bücher: einen Band Neruda mit einem Gedicht, das ich als Student fast auswendig gekonnt hatte, und ein paar Romane in Taschenbuchausgaben. Ich füllte einen Aktenkoffer und eine Reisetasche. Ich trug ein paar Anzüge über dem Arm. Ich schaltete das Licht aus und ging die Treppe hinunter und hinaus auf die Straße. Jetzt war es fast dunkel. Ich fühlte mich, als sei ich von den Toten oder einer mehrjährigen Abwesenheit zurückgekehrt und sähe diese Straßen, durch die ich ging, mit neuen Augen. Am Kiosk an der Ecke kaufte ich alle Sonntagszeitungen und ein paar englischsprachige Blätter. Ich fuhr mit dem Taxi zu Evansons Wohnung und schrieb den Scheck aus, bevor ich klingelte. Als der Summer ertönte, fuhr ich mit dem Lift hinauf. Ich händigte ihm den Scheck für zwei Monatsmieten aus, erklärte, mein Taxi warte unten, und verabschiedete mich rasch.

Ich dirigierte den Taxifahrer zum Jachthafen. Jetzt, da ich die Schlüssel in der Tasche hatte, genoß ich es, so zu tun, als sei das mein normales Haus, der Ort, wo ich wohnte. Als wir angekommen waren, bezahlte ich ihn und nahm mein Gepäck und ließ es in der Halle stehen. Ich ging ins Wohnzimmer zum Telefon und wählte noch einmal Susans Nummer. Diesmal war sie da. Ich erzählte ihr, was ich gemacht hatte.

»Du brauchst Jahre, um die kleinste Entscheidung zu treffen. Du bist der vorsichtigste Mensch, den wir kennen. Wie hast du das nur geschafft? Was ist passiert?«

Ich war noch nie auf den Gedanken gekommen, ich sei vorsichtig.

»Du mußt kommen und es dir ansehen«, sagte ich. »Vielleicht lerne ich kochen.«

»Das kann dein nächstes Projekt werden. Hast du wirklich vor, da zu wohnen?«

»Ich habe ihm zwei Monatsmieten gegeben.«

Die Heizung, hatte John Evanson erklärt, befinde sich unter dem Fußboden. Er hatte mir den Schalter dafür gezeigt und noch einen getrennten Schalter für das Warmwasser. Er hatte die Vorhänge unten gelassen. Einige Lampen waren in den Fußboden versenkt, im Wohnzimmer konnte man das Licht herauf- oder herunterdrehen. Ich nahm ein Bad und rasierte mich und zog frische Sachen an. Ich schaltete den Fernseher ein und sah mir die Nachrichten an, und dann legte ich mich auf das Sofa und las die Zeitungen. Von hier ins Büro zu kommen würde ein Problem werden, zum Supermarkt zu kommen ebenso. Ich begriff, ich würde mir ein Auto kaufen und fahren lernen müssen. Ich holte die Gelben Seiten heraus und sah die Einträge von Fahrschulen durch. Ich fragte mich, ob ich eine Genehmigung brauchen würde, um Fahrstunden zu nehmen. Ich überlegte mir, daß ich es meiner Sekretärin überlassen würde, das alles am nächsten Morgen herauszufinden. Ich lag auf dem Sofa und lächelte bei dem Gedanken an die Zukunft in mich hinein. Ich ging nach oben und machte das Bett; mir ging auf, daß ich vergessen hatte, eine Uhr aus der Wohnung mitzunehmen. Ich würde am nächsten Tag da wieder vorbeigehen müssen. Ich dachte an die Wohnung, wie sie jetzt war, unbewohnt und dunkel, mit all meinen Sachen, die dageblieben waren, allen Möbeln meiner Mutter, einigen Dingen, die meinem Vater gehört haben mußten. Ich stellte sie mir beide in der Wohnung vor, wie sie gemeinsam die Tür öffneten, frei durch die Luft schwebten. Ich hatte mich von ihnen gelöst. Ich freute mich schon darauf, am nächsten Morgen in meinem neuen Haus aufzuwachen. Ich konnte es gar nicht fassen, was ich getan hatte.

Ich war in Hochstimmung. Ich hatte das Gefühl, etwas erreicht zu haben, aber es war ein ununterbrochener Balanceakt gewesen, eine Frage der Nerven und der Bereitschaft, Risiken einzugehen, der Kunst zu wissen, wann man jeden einzelnen wackeligen Schritt wagen konnte. Ich lag im Bett, und mir wurde bewußt, daß ich Pablo jetzt einen anständigen Vorwand liefern konnte, von zu Hause auszuziehen: Dieses Haus war für eine Person zu groß, er konnte seinen Eltern erzählen, die Miete sei niedrig, es sei eine zu gute Gelegenheit, um sie sich entgehen zu lassen. Ich stellte mir vor, wie seine Mutter herkommen würde, durch das ganze Haus wirbeln, Schränke öffnen und Schalter betätigen würde, während ihr Mann unbehaglich im weißen Licht des Parterres sitzen und sich danach sehnen würde, in die überladene, übermöblierte Vertrautheit seines eigenen Hauses am Stadtrand zurückzukehren.

Am nächsten Morgen rief ich mir ein Taxi und machte zum erstenmal Bekanntschaft mit den Verkehrsstaus von Buenos Aires. Der Fahrer war unwirsch. Ich glaube, er hatte nicht genug geschlafen. Ich sah zu, wie der Betrag auf dem Taxameter mit regelmäßigem Klicken in die Höhe kletterte. Ich war niedergeschlagen, und ich wußte, daß ich zuviel zu schnell gemacht hatte, und jetzt trat mir wieder die reale Welt entgegen, an einem trostlosen Montagmorgen in einem Stau. Ich hatte erwartet, daß alles besser werden würde, aber jetzt war ich müde und unruhig. Ich lauerte darauf, daß die Ampel von Rot auf Grün schaltete, und als sie umschaltete, rührte sich nichts, gerade eben ein paar Autos schoben sich ein Stückchen vor, und dann schaltete es wieder auf Rot, und der Taxameter klickte wieder einmal. Ich begriff, daß ich von nun an viel früher würde zur Arbeit losfahren müssen, oder aber später. Ich dachte an den kurzen Fußweg zwischen meiner alten Wohnung und dem Büro, und ich überlegte mir, daß ich vielleicht manchmal da übernachten würde, wenn ich am nächsten Tag früh in der Stadt sein mußte.

Ich machte Pläne, mit den Fahrstunden anzufangen, und ich erstellte im Kopf eine Liste von Dingen, die ich würde kaufen müssen. Alle weiteren Gedanken über den Verkehr und die alte Wohnung verschob ich auf einen späteren Zeitpunkt. Ich lehnte mich zurück und entspannte mich. Ich war in die reale Welt zurückgekehrt.

An dem Abend holte mich Pablo vom Büro ab und fuhr mich hinaus zum neuen Haus. Er war belustigt. Er sagte, er fände, die Vorhänge seien das beste am Haus, aber das Schlafzimmer gefalle ihm auch, und dann sagte er, das Badezimmer gefalle ihm ebenfalls, und das Wohnzimmer und das kleine Arbeitszimmer und die Treppe auch. Ich schätze, mir gefällt alles daran, sagte er.

Ich sagte ihm nicht, daß ich mir große Hoffnungen machte, daß er mit einziehen würde. Ich sagte ihm, daß ich Champagner in den Kühlschrank gelegt hatte, während er sich oben umgesehen hatte, daß ich in der Stadt diese unglaublich teuren weißen Handtücher und zwei weiße Morgenmäntel, einen für ihn und einen für mich, gekauft hatte, und ich dachte, sagte ich ihm, daß wir vielleicht das Bad ausprobieren sollten. Das ist absolut alles, woran du denkst, sagte er, Sex. Er lächelte. Du hast recht, sagte ich. Das ist absolut alles, woran ich denke, Sex und Handtücher und heißes Wasser. Ich hoffte, fügte ich hinzu, das sei ihm recht. Und er sagte, das sei ihm sogar sehr recht, er würde selbst an nichts anderes denken. Er ließ die Vorhänge über die Glaswand herunter, wir zogen uns im großen Vorderzimmer aus, ich ging ihm voran ins Badezimmer und drehte an der Badewanne die Hähne auf. Dann ging ich nach unten und holte die Handtücher und die Morgenmäntel, die ich an dem Tag gekauft hatte. Als ich zurückkam, war der Raum ganz voller Dampf, und Pablo saß schon im Wasser. Ich schloß die Tür und stieg in die Wanne. Er nahm die Beine auseinander, um mir Platz zu machen. Ich lehnte mich mit dem Rücken an seinen Bauch und mit dem Kopf an seine Schulter. Sein Schwanz war hart. Ich streckte die Hand nach vorn aus und fand die Seife. Ich hielt sie unter Wasser, bis sie glitschig geworden war, und dann reichte ich sie ihm, und er fing an, mir die Brust einzuseifen.

Ich erzählte seinem Vater von dem Haus und daß ich einen Untermieter und ein Auto bräuchte. Er verkaufte mir Señora

Canettos Fiat, der fünf Jahre alt war, er kaufte ihr einen neuen, und er sagte, entweder Jorge oder Pablo würden mir Fahrunterricht geben können. Er selbst habe sie beide unterrichtet, und sie seien sehr geduldig. Er meinte, Pablo dürfte an einer Möglichkeit, von zu Hause auszuziehen, interessiert sein; er komme ihm irgendwie rastlos vor, andererseits würde seine Mutter es sich sehr zu Herzen nehmen, wenn er ausziehen würde, also sollte er vielleicht besser zu Hause bleiben, oder er sollte vielleicht ausziehen. Er sprach mit einer solchen Gelassenheit und Sicherheit, daß ich keine Zweifel hatte, daß er alles über uns wußte und versuchte, uns zu helfen. Ich wünschte, wir hätten nicht am Telefon miteinander geredet, um ein Haar hätte ich ihn gefragt, ob wir uns nicht treffen und die Angelegenheit persönlich besprechen könnten. Er sagte, er würde bei Gelegenheit mit Pablo darüber reden, und in der Zwischenzeit solle ich mir die nötigen Papiere besorgen und zu meiner ersten Fahrstunde zu ihnen herauskommen.

Pablo erschrak beinah, als ich ihm erzählte, was sein Vater gesagt hatte. Den ganzen Abend über war er besorgt und geistesabwesend. Er wünschte, ich würde seinen Vater nicht kennen, sagte er. Ich müsse vorsichtig sein. Vielleicht wisse sein Vater über uns Bescheid, sagte er, aber nur in einem tiefen, unbewußten Teil seiner selbst. Im Bett wurde er dann weicher. Er hielt mich diese Nacht in den Armen, so wie er es manchmal tat, klammerte sich eng an mich, atmete scharf ein, wenn ich seinen Schwanz berührte, als ginge diese Erregung über seine Kräfte.

Er zog bei mir ein, nahm nach und nach den größten Teil seiner Sachen aus dem Haus seiner Eltern mit. Seine Mutter sagte ihm mehrmals, sein Zimmer würde immer für ihn dasein, alles würde für ihn bereit sein, wenn er einmal zurückkommen wolle. Er sei noch immer ihr Sohn. Jorge redete nicht viel mit mir und vermied es, wenn wir uns bei Susan und Donald begegneten, mit mir allein zu bleiben.

Pablo und ich standen morgens früh auf und versuchten, noch vor acht unterwegs ins Zentrum zu sein. Ich genoß dieses Gefühl von Normalität, das damals Einzug in unser Leben hielt, zusammen früh ins Bett zu gehen, ans Einkaufen oder Wäschewaschen oder Rechnungenzahlen denken zu müssen. Ich stellte mir ein paarmal vor, welche Freude es mir bereitet hätte, schwanger zu sein oder zu wissen, daß ein Kind, das zur Hälfte meines war, in ihm heranwuchs. Ich begann, die Welt um uns herum ein wenig zu verstehen, ich konnte mit einemmal begreifen, was die Menschen glücklich machte. Ich liebte alles an ihm, seine Unterwäsche, seine Socken, sein Schweigen. Ich spürte, daß er litt, auf eine fremde, zurückgezogene Weise litt, die ich nicht ergründen und an der ich nicht teilhaben konnte. Manchmal hatte ich das Gefühl, daß es mir gelang, ihn zu trösten; meistens im Dunkeln, im Bett, aber manchmal spürte ich auch abends, wenn wir müde waren, einen schrecklichen Schmerz in ihm, eine Wunde oder Furcht. Ich versuchte, ihm mitzuteilen, daß auch ich verletzlich war, Ängste hatte, von denen ich nichts wußte und die ich nicht zum Ausdruck bringen konnte und zu denen ich nur mit seiner Hilfe würde vordringen können.

Das Autofahren liebte ich vom ersten Augenblick an. Es war ein Gefühl, wie zum erstenmal erwachsen zu sein. Schon nach wenigen Wochen beherrschte ich das Schalten und Lenken. Pablo war lustig und gut gelaunt und hilfsbereit. Er war geduldig, genau wie sein Vater gesagt hatte. Er schien gern bei seinem Vater zu arbeiten, auch wenn er weniger Geld bekam, als er meiner Meinung nach verdient hätte, und weniger, als Jorge bekam.

Am Wochenende parkten überall um unser Haus die Autos der Segler, die hier Boote hatten, und der Ausflügler, die von der Stadt herauskamen. Wir sahen zu, wie die Leute Proviant von ihren Autos zu den Booten schafften; sie sahen so glücklich aus, daß ich Pablo sagte, wir sollten uns ein Boot kaufen oder wenigstens segeln lernen. Er lachte und sagte, ich würde ständig Pläne machen und etwas Neues wollen. Zuerst ein Haus, dann einen hauseigenen Liebhaber, dann ein Auto und jetzt ein Boot. Ich müsse etwas kürzer treten, sagte er, aufhören, ständig mehr zu wollen, mich über das freuen, was ich hätte. Er ließ die Vorhänge herunter, so daß kein Segler oder Ausflügler uns sehen konnte, und wir liebten uns auf dem Wohnzimmerfußboden.

Als der Sommer kam, schmückten wir die Terrasse hinter dem Haus mit Pflanzen und Gartenstühlen und einem schönen Holztisch; wir spannten zwei Hängematten zwischen der Hauswand und zwei Holzstützen, die wir eigens dafür anfertigen ließen; und ich gab den Traum vom Segelnlernen auf. Wir bauten einen Holzkohlengrill. Oft kam ich früh von der Arbeit nach Hause und setzte mich in die Sonne, und dann fuhr ich zur Bushaltestelle, etwa einen Kilometer stadteinwärts, und wartete im Auto auf Pablo. Ich verspätete mich nie; ich hielt nach dem Bus Ausschau, und dann musterte ich jeden Fahrgast, bis Pablo erschien. Er kam winkend und lächelnd auf das Auto zu. Oft fuhren wir in ein Schwimmbad und schwammen ein paar Bahnen; er war ein starker und furchtloser Schwimmer.

Wir sahen ein paarmal seine Eltern. Als seine Mutter zum erstenmal ins Haus kam, benahm sie sich wie eine eifersüchtige Liebende, die ihren Geliebten an ein schönes Gebäude verloren hatte. Sie nahm das Haus nicht zur Kenntnis. Sie saß im Wohnzimmer, als sei sie tagtäglich hier. Sie sah auf ihre Handtasche und lächelte auf eine unechte, gezwungene Weise. Señor Canetto dagegen wirkte viel lockerer und besser gelaunt, als ich ihn je erlebt hatte. Ich erzählte Pablo später, sein Vater habe mit mir geflirtet, und es war fast die Wahrheit. Er behandelte mich wie einen Gleichgestellten, einen alten Freund, einen langjährigen Geschäftspartner, und er nahm die Einladung, nach oben zu gehen und sich umzusehen, bereitwillig an. Wir hatten ein zweites Schlafzimmer sorgfältig hergerichtet, daß es so aussah, als schlafe Pablo jede Nacht darin. Wir machten den Rundgang zusammen. Er sagte, das Haus gefalle ihm ausgezeichnet, es sei ein wirklicher Glückstreffer, und er meine, es sei für Pablo besser, hier als zu Hause zu wohnen. Er selbst habe bis zu seiner Heirat zu Hause gelebt, sagte er, und er habe immer bedauert, nicht auch ein paar Jahre lang ein solches Leben geführt zu haben, mit Freunden zusammen, unabhängig und niemandem Rechenschaft schuldig.

Pablo sagte mir, zwei Freunde aus Kalifornien würden ihn gern besuchen. Früher habe er sie immer vertröstet, weil er nicht geglaubt habe, daß sie mit seinen Eltern besonders gut ausgekommen wären, aber jetzt wolle er ihnen schreiben, sie könnten kommen und hier wohnen. Ich sagte, mir sei es recht; ich sei neugierig auf sie. Er sagte, sie seien seine besten Freunde gewesen, und er wolle sie gern wiedersehen, aber es sei schwierig, sie sich irgendwo auf der Welt außer in Kalifornien vorzustellen. Ich fragte ihn, was sie beruflich täten, und er sagte, er hätte gehofft, ich würde diese Frage nicht stellen. Er sagte, ich solle raten. Sie sind beim Film, sagte ich. Nein, er schüttelte den Kopf. Sie sind Schwimmlehrer. Nein, er schüttelte wieder den Kopf. Sie sind in der Erdölbranche. Nein, lachte er, das ganz gewiß nicht. Sie arbeiten für ihre Väter, tippte ich. Nein, sagte er, das tun nur Trottel. Ich gab es auf. Ich sagte, er solle es mir sagen. Sie führen einen Blumenladen, sagte er. Und, fragte ich, was ist daran auszusetzen? Er lächelte: Es ist einfach ein ziemliches Klischee, zwei

Schwule, die einen Blumenladen führen, aber das tun sie nun einmal. Ich sagte, ich wünschte mir, die Schwulen von Buenos Aires würden auch Blumenläden führen. Statt dessen heirateten sie oder arbeiteten für ihre Väter oder waren in der Erdölbranche tätig. Die Kalifornier finden, daß die argentinischen Männer die bestaussehenden Männer der Welt sind, sagte er. Schieres Muskelfleisch. Erzähl ihnen, sagte ich, daß wir dasselbe von den kalifornischen Männern denken. Wissen sie, daß wir zuammenleben, fragte ich. Natürlich wissen sie es, sagte er. Das ist gut, sagte ich, dann brauchen wir also nicht so zu tun, als schliefen wir in getrennten Zimmern. Er lachte. Nein, sagte er, wir werden Zeugen haben.

Zwei Wochen später standen wir in der Ankunftshalle und warteten auf sie. Mittlerweile kannte ich den Weg zum Flughafen gut, ich wußte die Ankunftszeiten der Flüge aus ganz Nordamerika, ich wußte, wie häufig mit Verspätungen gerechnet werden mußte. Ich wußte, wie lange es von der Landung der Maschine bis zum Erscheinen der ersten Passagiere in der Ankunftshalle dauerte. Aber als ich neben Pablo stand und wartete, kam es mir vor, als sei ich noch nie hiergewesen, oder als sei ein steiferer und distanzierterer Teil meiner selbst hiergewesen. Alles kam mir anders vor. Ich sagte es Pablo, und er lächelte und erwiderte, sobald ich aus meinem Anzug und Schlips und meinen Stadtschuhen stiege, würde ich mich völlig verändern und ein Mensch werden. Ich sagte, ich hoffte, es sei niemand von der Weltbank oder dem Internationalen Währungsfonds oder der Ölindustrie in der Maschine mit seinen Freunden aus dem Blumenladen.

Sie kamen nicht mit den übrigen Passagieren durch. Ich wunderte mich, denn wenn sie das Flugzeug verpaßt hätten, hätten sie mehr als genug Zeit gehabt, uns anzurufen und uns das mitzuteilen. Ich war sicher, daß es keinen Sinn haben würde, sich bei der Information zu erkundigen. Sie würden uns nichts sagen. Pablo begann sich Sorgen zu machen.

»Vielleicht ist ihr Gepäck nicht durchgekommen«, sagte ich.

»Nein, es könnte etwas anderes sein.«

»Was denn?«

»Mart hat Aids. Das könnte es sein. Ich glaube, es geht ihm wirklich schlecht.«

Ich stand mit ihm vor dem Ausgang der Zollabfertigung. Es war eine halbe Stunde vergangen, seit die letzten Fluggäste durch die Absperrung gekommen waren. Ich wußte, daß unmöglich noch andere Passagiere da drin sein konnten. Wenn ihr Gepäck nicht angekommen wäre, dann hätte man ihre Namen und Adressen notiert, sie wären durch die Paß- und Zollkontrolle gegangen und hätten ihr Gepäck nachgeschickt bekommen.

Keiner von uns sprach ein Wort. Wir standen da und warteten; ich sah Pablos zwei Freunde als erster. Sie schoben beide Kofferkulis vor sich her, und sie gingen sehr langsam.

»Alles in Ordnung?« hörte ich Pablo rufen.

»Nein, es ist nicht alles in Ordnung«, sagte einer der beiden. Er hatte ein seltsames, mageres Gesicht und stützte sich mit seinem ganzen Gewicht auf seinen Kofferkuli. Der andere Mann war größer und älter, als ich erwartet hatte, mit kurzgeschorenem hellem Haar und einem Schnurrbart. Er war blaß. Sie sahen uns ausdruckslos an. Es gab keine Begrüßungen oder Umarmungen.

»Das ist Jack«, sagte Pablo und zeigte auf den älteren, »und das ist Mart«, auf den deutend, der sich auf den Kofferkuli stützte. Ich gab beiden die Hand. Sie lächelten noch immer nicht.

»Ich glaube, wir sollten zum Check-in-Schalter gehen«,

sagte Jack, »und sehen, ob wir vielleicht mit der nächsten Maschine hier rauskommen.«

»Was ist das Problem?« fragte ich.

»Ich glaube, die mögen hier keine Kranken«, sagte Jack. »Sie haben sich Marts sämtliche Pillen und Medikamente angesehen. Sie haben begriffen, was er hat. Ich glaube, sie hätten uns am liebsten die Einreisegenehmigung verweigert. Sie haben uns wie Abschaum behandelt. Sie haben versucht, irgend jemanden zu erreichen, und haben uns da einfach sitzen lassen. Sie wollten die Pillen konfiszieren, um sie analysieren zu lassen. Einer von ihnen war sehr aggressiv.«

»Warum setzen wir uns nicht ins Auto und fahren nach Hause und reden dort weiter darüber?« fragte Pablo.

»Da ist noch ein Problem«, sagte Jack. »Mart hat Fieber. Gestern ist es runtergegangen, aber jetzt steigt es wieder, und im Flugzeug hat er gebrochen. Ich glaube, es war vielleicht keine kluge Idee, hierherzukommen.«

Mart stand noch immer über den Kofferkuli gebeugt. Er sah zu Boden.

»Ich glaube, ich werde einen Arzt brauchen«, sagte er.

»Überlegen wir uns das später mit dem Rückflug, wenn wir zu Hause sind«, sagte Pablo. »Und versuchen wir von zu Hause aus, einen Arzt zu finden. Es hat keinen Sinn, hier noch länger herumzustehen.«

Mart lächelte und schüttelte den Kopf und sah auf den Fußboden.

»Es ist schön, dich zu sehen«, sagte er und grinste Pablo an. »Umarm mich.« Seine Gesichtshaut spannte über den Knochen.

»Es gut mir leid, euch in die Sache reinzuziehen«, sagte Jack.

»Dazu sind wir hier«, erwiderte Pablo.

Während wir stadteinwärts fuhren, sprach Mart über seine

Krankheit. Die meisten Wörter waren mir neu, aber Pablo schien zu verstehen, wovon Mart redete. Er war im Krankenhaus gewesen, dann zu Hause, dann wieder im Krankenhaus.

»Aber momentan, in diesem Auto, fühle ich mich besser«, sagte er. »Dein Freund gefällt mir.«

»Darauf habe ich die ganze Zeit gewartet«, sagte Pablo. »Ich habe mich schon gefragt, wann du damit anfangen würdest.«

»Ich meine, er ist niedlich. Findest du ihn niedlich, Jack?«

»Ja, doch.« Seine Stimme war ausdruckslos. Er sprach so, als habe er sich die Sache eine Zeitlang überlegt. Ich konnte Pablos Gesicht im Rückspiegel sehen, er lächelte.

»Er sieht nicht sehr argentinisch aus. Wir hatten gehofft, er würde argentinisch aussehen. Aber er ist niedlich. Jack findet ihn niedlich. Ich finde ihn niedlich.«

»Hüte deine Zunge«, sagte Pablo.

»Und er ist ein stiller Typ. Das gefällt mir«, fuhr Mart fort. Als sie das Haus sahen, waren sie überrascht.

»Du wohnst wirklich hier?« fragte Mart. Er schlug sich die Hände vor das Gesicht. »Mannomann«, sagte er. Pablo und Jack holten das Gepäck aus dem Kofferraum. Ich fing an, Mart zu erzählen, wie ich an das Haus gekommen war, aber er hörte gar nicht zu.

»Da ließe sich was Tolles draus machen«, sagte er. »Jack, komm und sieh dir das Wohnzimmer an. Dieser Raum hat ein Wahnsinnspotential.«

Jack kam herein und umfaßte Mart von hinten und schwang ihn spielerisch herum. Mir wurde bewußt, daß jeder sie von draußen sehen konnte, und ich dachte daran, nach oben zu gehen und die Vorhänge herunterzulassen. Aber ich blieb da stehen und sah zu. Ich hatte seit ihrer Ankunft nicht viel gesagt.

»Du könntest wirklich eine Menge daraus machen«, sagte Mart. »Die Lage ist einfach hinreißend.«

»Mir gefällt es so, wie es ist«, sagte ich.

»Du müßtest ihre Wohnung in San Francisco sehen«, sagte Pablo. »Da ist nichts dem Zufall überlassen.«

»Nun, ich halte es für wichtig, in welcher Umgebung man lebt«, sagte Mart. »So, jetzt lege ich mich hier hin. Ich bin der Patient. Ich möchte, daß Jack auspackt. Ich brauche Wasser, Pillen, ein Kopfkissen und vielleicht ein Thermometer. Die Aussicht gefällt mir, aber ich finde, etwas mehr Farbe an den Wänden würde nicht schaden, und ich würde die Beleuchtungsarmaturen auswechseln. Und wahrscheinlich brauche ich auch einen Arzt. Jack soll mein Krankenhaus anrufen und fragen, wer sich in dieser Stadt um Jungs wie mich kümmert.«

»Ich tu alles, was du willst«, sagte Jack. »Ich bin der Bursche, der mit seinem Freund durch dick und dünn gegangen ist.«

»Du willst Dick und Dünn? Hier liegt er.« Mart nahm eine obszöne Pose ein. Ich mußte mir ins Gedächtnis zurückrufen, daß es mir egal war, wer ihn durchs Fenster sah.

Zeitweise redeten sie wie in Filmdialogen, worüber Pablo dauernd lachen mußte, und dann wechselten sie ohne jede Vorwarnung wieder in eine normale Sprechweise. Wenn Mart nicht redete, wenn er zum Beispiel mit geschlossenen Augen dalag, sah er wirklich krank aus. Ich fragte mich, wie lange er wohl noch zu leben hatte. Pablo mußte gewußt haben, wie krank er war; ich war verärgert, daß er es mir nicht gesagt hatte. Sie beabsichtigten, zwei Wochen zu bleiben. Ich hatte gedacht, sie würden Ausflüge machen, etwas Zeit am Pool verbringen, aber wie es jetzt aussah, würden sie hierbleiben.

»Hab nur keine Scheu, das Krankenhaus anzurufen«, sagte ich in der Küche zu Jack. Er holte gerade Medikamente aus einer Eisbox, die sie mitgebracht hatten, und räumte sie in den Kühlschrank. Er trug Jeans und ein schwarzes T-Shirt, und als er sich zu mir umdrehte, sah er viel weniger blaß und erschrocken aus als vorhin bei seiner Ankunft auf dem Flughafen.

»Was glaubst du, wie es Mart jetzt geht?« fragte ich.

»Wir waren wegen des Fiebers und des Erbrechens so in Sorge, daß wir keinen Gedanken daran verschwendet haben, wie das mit dem Zoll und der Polizei werden würde. Es war unheimlich. Ich glaube, wir werden nicht drum herumkommen, einen Arzt zu suchen.«

Er ging nach oben und rief Marts Krankenhaus in San Francisco an. Ich war in der Küche, als er wieder herunterkam.

»Ich glaube, wir haben Glück, falls man in diesem Zusammenhang überhaupt von Glück reden kann. Es gibt einen amerikanischen Arzt, der hier forscht, er arbeitete früher im Labor von dem Krankenhaus, wo Mart immer hingeht. Ich habe zwei Telefonnummern bekommen, seine Privat- und seine Dienstnummer. Der Arzt, mit dem ich gesprochen habe, kennt ihn und sagt, er wird Mart sicher gern empfangen und untersuchen. Er ruft ihn zuerst an. Er heißt Cawley.«

Mart war auf dem Wohnzimmersofa eingeschlafen. Pablo hatte eine Decke über ihn ausgebreitet. Als wir hereinkamen, legte er sich einen Finger an die Lippen. Jack legte seine Hand auf Marts Stirn.

»Ich glaube, er ist ein bißchen kühler«, flüsterte er. Wir gingen alle drei hinaus und machten die Tür lautlos hinter uns zu.

Als ich die Dienstnummer wählte, die Jack bekommen hatte, meldete sich sofort jemand.

»Was kann ich für Sie tun?« fragte die Stimme auf englisch. Ich sagte, ich wolle Doktor Cawley sprechen. Sobald ich Jacks Namen erwähnte, sagte er, er habe meinen Anruf erwartet, er sei gerade vom Arzt aus San Francisco angerufen worden. Er wirkte unkompliziert und hilfsbereit.

»Die Frage ist nur, wie wir es handhaben«, sagte er. »Ich habe hier noch kein Behandlungszimmer, also müßte er in mein Büro kommen, und das ist eigentlich gegen die Vorschriften, aber ich denke, das läßt sich machen. Und ich glaube, ich sollte ihn so früh wie möglich sehen, wenn er also in den nächsten zwei Stunden herkommen könnte, dann wäre ich noch hier.« Er gab mir die Adresse, es war ein Seiteneingang des Krankenhauses, das mit der Front zur Straße stand.

»Er klingt wie ein netter Bursche«, sagte ich, als ich wieder nach unten kam und Pablo und Jack biertrinkend auf der Terrasse vorfand.

»Ja, die werden alle so«, sagte Jack, als hätte ich ihn mit dem, was ich gesagt hatte, geärgert. »Die wissen, was dir noch blüht, also lächeln sie in einem fort und produzieren höfliche, nette Geräusche. Sie werden bald mitansehen, wie du blind wirst, sie werden dir erklären müssen, daß die Krankheit auf dein Gehirn überzugreifen scheint oder daß du Hautkrebs hast oder daß du deine Eltern wirklich bald informieren solltest. Also lächeln sie dich an. Wenn ich einen unhöflichen Aids-Arzt treffe, dann weiß ich, daß sie endlich ein Heilmittel gefunden haben.«

Als ich die Bitterkeit in Jacks Stimme hörte, dachte ich, er sei vielleicht auch infiziert, aber ich sah andererseits keinerlei Anzeichen von Krankheit.

»Das, liebe Kinder, war meine heutige Predigt, jetzt könnt ihr alle gehen«, sagte er in schleppendem Tonfall. Er nahm einen Schluck Bier aus seiner Flasche.

Pablo fuhr Mart zum Arzt. Jack und ich versprachen, das Abendessen vorzubereiten. Wir setzten uns auf die Terrasse und tranken Bier.

»Wie lang hat Mart noch zu leben?« fragte ich ihn.

»Das kann man nie wissen. Es könnten ein paar Tage sein, es könnte ein Jahr sein, selbst zwei Jahre, aber das wäre, glaube ich, schon wirklich die äußerste Grenze. Selbst wenn noch eine Therapie käme, würde sie wohl nichts mehr nützen, sein Immunsystem ist völlig zerstört.«

»Das ist furchtbar, es ist unglaublich«, sagte ich.

»Es passiert Abertausenden von Leuten. Die einzige Hoffnung, die uns bleibt, ist, daß die Sache gnädig abläuft, daß er nicht auf seinem guten Auge erblindet und daß er es schafft, sein Gedächtnis und seinen Verstand zu behalten.«

»Er muß am Boden zerstört sein«, sagte ich.

»Anfangs war er das, aber jetzt hat er sich daran gewöhnt, meistens kann er damit ganz gut umgehen. Er hat eine unglaubliche Kraft. Das war mir nicht klar gewesen, bevor das alles passiert ist.«

»Wie lange seit ihr schon zusammen?«

»Zwölf Jahre. Durch die Ausgaben für Ärzte und Medikamente haben wir unser Geschäft verloren. Wir führen den Laden noch, aber er gehört uns nicht mehr. Wir haben alles verloren, schätze ich, aber manchmal denken wir, es ist okay. Wenn er zurückkommt und es kein ernstes Problem gibt, machen wir uns einen netten Abend.«

Wir öffneten zwei neue Flaschen Bier und saßen still da, während sich leise der Abend ankündigte. Ich fühlte mich wie ein Kind, das einem Erwachsenen zuhört. Ich war verblüfft, wie ruhig und gefaßt Jack wirkte, als ob das, was Mart – und vielleicht auch ihm selbst – widerfuhr, ein wesentlicher Teil des Lebens sei, etwas, das alle Erwachsenen begriffen. Es gab andere Dinge, die ich ihn gern gefragt hätte – wann hatte er erkannt, daß er schwul war? Wann hatte er es seinen Eltern gesagt? Wann hatte er Pablo kennengelernt? –, aber ich hatte das Gefühl, das wären zu elementare und persönliche Fragen gewesen. Ich ging in die Küche, um das Abendessen vorzubereiten. Er machte sich daran, den Tisch auf der Terrasse zu decken. Ich sah ihm zu, wie er alles tadellos zurechtlegte. Ich machte einen Salat und ein Dressing dazu und legte die Steaks auf den Rost.

»Demenz kommt inzwischen etwas seltener vor«, sagte Jack, als wir es uns wieder auf der Terrasse bequem gemacht hatten, »aber das ist weiterhin die größte Angst, wenn man lange mit jemandem zusammengewesen ist, damit zu enden, daß man einen Mann pflegt, der einen nicht erkennt, der sich nicht erinnern kann, was er einem gerade eben gesagt hat. Pablo hat das mit Frank durchgemacht. Frank hatte so eine entsetzliche Wut, ich weiß nicht, wo sie herkam, er war ein so ruhiger, friedfertiger Typ gewesen. Jetzt brüllte er andauernd herum, er war inkontinent und fast blind und völlig mit KS bedeckt, und trotzdem schaffte er es einfach nicht zu sterben. Es zog sich ewig hin, und Pablo erlaubte nicht, daß sich irgend jemand anders um ihn kümmerte. Pablo war unglaublich.«

Ich hörte zu und schwieg. Es hätte nichts genützt zu sagen, daß ich nicht wußte, wer Frank war, daß ich nicht gewußt hatte, daß Pablo einen Geliebten gehabt hatte, der an Aids gestorben war. Im Laufe weniger Sekunden, während wir da auf der Terrasse saßen und darauf warteten, daß Mart und Pablo vom Krankenhaus zurückkamen, ging mir eine ganz neue Erklärung für so viele Dinge auf. Er erschien mir merkwürdig, daß Pablo, wenn er nicht wollte, daß ich wußte, was in Kalifornien vor seiner Abreise passiert war, Jack und Mart nicht gebeten hatte, mir nichts von Frank zu erzählen. Vielleicht wollte er schon, daß ich es erfuhr, hatte aber einfach keinen Weg gefunden, es mir selbst zu sagen. Vielleicht hatte er auch einfach beschlossen, nicht mehr daran zu denken. Das hätte ihm eigentlich ähnlicher gesehen, aber da ich mich mit einemmal fragte, ob ich ihn überhaupt kannte, konnte ich es nicht mit Sicherheit sagen. Ich beschloß, Jack nicht merken zu lassen, daß mir das alles neu war.

»Ich glaube, es war für Pablo wirklich gut, daß er dich getroffen hat«, sagte Jack. »Ich glaube, er hatte das Gefühl, er würde nie wieder imstande sein, eine Beziehung einzugehen. Wir fanden, er sei verrückt, wieder hierher zurückzukehren, aber vielleicht war es doch das beste. Ich bin froh, daß wir runtergekommen sind, und wenn auch nur, weil wir so gesehen haben, daß es ihm gutgeht. Ich hoffe bloß, Mart muß nicht in einem Sarg von hier ausgeflogen werden.«

Ich fragte mich, wie Frank ausgesehen haben mochte. Ich stellte mir jemanden vor, der blond, braungebrannt und mager war. Ich malte mir seinen unbehaarten Oberkörper aus, sein lockiges Haar, seine weißen Zähne. Ich versuchte, ihn mir krank vorzustellen, mit ausgemergeltem Körper, trockener, gespannter Haut, aber es gelang mir nicht. Ich konnte ihn mir nur schön vorstellen. Ich wußte, daß Pablo durch nichts in seiner Kindheit und Jugend darauf vorbereitet worden war, einen sterbenden Geliebten zu pflegen; seine Eltern hatten ihn dazu erzogen, eine Stütze der Gesellschaft bestimmter Vororte von Buenos Aires zu werden, zu heiraten, ein Geschäft zu führen, Kinder zu bekommen, es seiner Frau zu überlassen, sich um sie zu kümmern, die Welt eisern auf Distanz zu halten. Ich fragte mich, ob er krank war. Ich versuchte, mich zu erinnern, was für Medikamente er in letzter Zeit genommen hatte, aber ich konnte keinen klaren Gedanken fassen. Ich war davon überzeugt, daß alles, was wir miteinander gemacht hatten, ungefährlich war, aber trotzdem hatte ich Angst.

Ich stand gerade an der Tür und hielt nach ihnen Ausschau, als sie zurückkamen. Ich war unten am Wasser gewesen, ich hatte über die ungeheure Fläche von Stille hinausgeblickt, die die Bucht jetzt darstellte, ich hatte zugesehen, wie das Licht verblaßte. Ich öffnete die Beifahrertür und half Mart auszusteigen.

»Was hat er gesagt?« fragte ich.

»Er hat mir Blut abgenommen und meint, meine Kanüle könnte septisch geworden sein, aber mit Sicherheit weiß er es erst morgen. Er ist ein netter Typ. Er hat sich richtig in Pablo vergafft, aber ich glaube, er ist hetero.«

Mart ging ins Wohnzimmer und legte sich auf das Sofa.

»Er sagt, alle müssen richtig lieb zu mir sein, alles tun, was ich sage.«

Als Jack ins Zimmer kam, warf er sich auf Mart und fing an, ihm das Gesicht abzulecken.

»Ruft ihn zurück«, kreischte Mart, »dieser Mann ist ein Tier.«

Dann legte sich Jack neben ihn, hielt ihn ruhig im Arm und paßte auf, daß er nicht über die Sofakante fiel.

»Das ist nicht die Art von Behandlung, die Doktor Cawley gemeint hat. Er hat gesagt, ich brauche Ruhe und Frieden, keine Macker, die versuchen, mich zu bespringen. Die Zeiten sind vorbei, hat er gesagt.« Er legte sich die Hände vors Gesicht und machte die Augen zu.

»Er war wirklich niedlich, sogar Pablo fand ihn niedlich, aber er hatte trotzdem dieses trocken Doktorhafte, was mich irgendwie abgestoßen hat. Ich hätte wirklich Lust gehabt, ihm die Haare zu zerwuscheln, aber ich habe mich zurückgehalten. Normalerweise sitze ich da und wünsche mir, der Arzt wäre krank und ich gesund, aber heute stand es fünfzig zu fünfzig. Ich wünschte mir, wir wären beide gesund.«

»Was war dein Eindruck von ihm, Pablo?« fragte Jack. Sein Ton war ernst, als frage er nach Marts Krankheit.

»Ich hätte auch Lust gehabt, ihm das Haar zu zerwuscheln«, sagte Pablo.

»Vielleicht sollten wir ihn zu einer Haarwuschelsitzung hierher einladen«, sagte Jack.

Wir aßen zu Abend, und dann sagte Mart, daß er sich ins Bett legen wolle. Er holte Medikamente aus dem Kühlschrank und ging nach oben. Jack spülte das Geschirr, während Pablo und ich am Tisch saßen und Wein tranken.

»Vielleicht gehen wir morgen in die Stadt, wenn mit Mart alles in Ordnung ist«, sagte Jack. »Uns ein bißchen umsehen, die örtliche Jugend abchecken.«

»Ich fahr euch rein«, sagte ich. »Zurück nehmt ihr wohl am besten ein Taxi.«

»Mart braucht nicht ins Krankenhaus. Er muß nur anrufen«, sagte Pablo.

Als Jack zu Bett ging, goß Pablo jedem von uns noch ein Glas Wein ein.

»Ich habe nicht gewußt, daß du in San Francisco einen Geliebten hattest, der an Aids gestorben ist«, sagte ich.

»Jack hat's dir gesagt?«

»Ja, Jack hat's mir gesagt.«

»Ich hatte ihn eigentlich bitten wollen, das nicht zu tun, aber dann habe ich mir gedacht, daß ich ihm in dem Fall hätte erklären müssen, warum, und ich wußte selbst nicht genau, warum. Abgesehen davon habe ich kaum Gelegenheit gehabt, ihn unter vier Augen zu sprechen. Ich habe mit der Möglichkeit gerechnet, daß er darüber reden würde, während ich weg war.«

»Du mußt mir solche Sachen erzählen. Du kannst mich nicht einfach so zufällig darauf kommen lassen.«

»Ich möchte so tun, als sei es nicht passiert. Ich möchte mir einbilden, daß wir uns im Guten getrennt haben und er nach New York oder Seattle gezogen ist. Ich weiß, daß das idiotisch ist.«

»Laß uns ins Bett gehen«, sagte ich.

Wir stellten unsere Gläser in die Spüle und ließen die leere Flasche auf dem Küchentisch stehen. Als wir leise die Treppe hinaufstiegen, konnten wir Mart und Jack hören, die in ihrem Schlafzimmer redeten. Wir zogen uns aus und legten uns ins Bett und schalteten das Licht aus. Wir gingen nicht auf die Toilette und putzten uns auch nicht die Zähne.

»Also dann erzähl mir alles.« Ich griff nach seiner Hand und hielt sie fest.

»Was erzählen?«

»Alles. Wie ihr euch kennengelernt habt. Alles.«

»Kennengelernt habe ich ihn an einem Schwulenstrand, an einem Sonntag im Sommer. Ich watete gerade zurück an den Strand, und er schwamm hinaus, und wir haben uns beide nacheinander umgedreht, und ich bin wieder hinausgeschwommen. Es war wie eine Szene aus einem Schwulenporno. Ich war ein viel besserer Schwimmer als er. Wir waren beide mit Freunden da, aber wir hatten beide keinen Geliebten. Wir haben eine Weile im Wasser herumgemacht, und dann wollte er, daß ich mitkomme und seine Freunde kennenlerne, aber ich wollte nicht, und ich wollte ihn auch nicht meinen Freunden vorstellen, also haben wir uns für den Abend in einer Bar im Castro verabredet. Bis dahin hatte ich überhaupt nur Gelegenheitssex gehabt. Ich hatte mich vor einer Begegnung noch nie so sorgfältig gewaschen und rasiert und angezogen wie an dem Abend. Angezogen sah er sogar noch besser aus. Er war Halbmexikaner. Und so hat es angefangen, es war in dieser Nacht. Er war Immobilienmakler und verdiente einen Haufen Geld. Ich habe ihn angesehen, und ich habe ihm vertraut, und er hat mir gefallen.« Er hielt inne. »Willst du, daß ich von ihm erzähle?«

»Ja, bitte.«

»Es fällt mir sehr schwer, über ihn zu reden. Ich habe dauernd das Gefühl, daß ich gleich heulen muß. Er nahm alles leicht. Er konnte mit ein paar Stunden Schlaf auskommen. Ich glaube, wir planten, für immer zusammenzubleiben. Ich zog bei ihm ein, und er war's, der sich um meine Papiere und meinen Paß gekümmert hat. Schließlich habe ich angefangen, bei ihm zu arbeiten. Er war Spitze in seinem Job. Es machte ihm richtig Freude, Geschäfte abzuschließen. Wenn er Interessenten durch eine Wohnung führte, dann sahen sie nicht die Wohnung an, sondern ihn, und glaubten ihm jedes Wort, und dann unterschrieben sie den Kaufvertrag. Alle liebten ihn, andauernd wurde er zum Essen, zu Wochenendausflügen eingeladen. Aber die Woche über fuhren wir nach der Arbeit meist nach Hause und blieben ganz unter uns. Es ist merkwürdig, aber damals waren viele Männer so wie er, viele Schwule, sie arbeiteten hart, sie hatten einen Haufen Geld, sie genossen das Leben, sie hatten einen Geliebten und gute Freunde. Und dann ist alles anders geworden, alles anders geworden.«

Während er sprach, konnte ich die Tränen in seiner Stimme hören. Als er anfing zu weinen, nahm ich ihn in die Arme.

»Billy, der Junge am Empfang, wurde krank. Er war der erste, den wir kannten, wir hatten von anderen Leuten gehört, und wir hatten in den Zeitungen davon gelesen. Aber er fing an, richtig elend auszusehen, wenn er morgens zur Arbeit kam, und nahm sich häufig frei. Frank dachte, er sei auf Drogen, und wollte ihn schon feuern. Und dann begriff er, was es war. Ich weiß noch, wie er in mein Büro kam und sagte: ›Billy hat Aids.‹ Der arme Kerl saß in Franks Büro und weinte. Wir brachten ihn nach Hause. Frank zahlte ihm weiter sein Gehalt und bezahlte auch seine Arztrechnungen, aber es ging rasend schnell mit ihm bergab, er starb an Lungenentzündung. Wir konnten es gar nicht fassen, daß es passiert war. Wir gingen auf die Beerdigung und lernten seine Familie kennen. Und dann passierte es überall in unserer

Umgebung. Du kennst die Geschichte, jeder kennt die Geschichte. Und weil Aids ein so öffentliches Thema war, so häufig in die Nachrichten kam, hatten wir das Gefühl, es sei irgendwie ganz weit weg. Je mehr wir darüber lasen, und – ich weiß, es klingt absurd – je mehr Leute wir kannten, die infiziert und am Sterben waren, desto weniger glaubten wir, es könnte uns in irgendeiner Weise betreffen. Wir machten uns diesbezüglich keine Illusionen: Wenn man's bekam, war man erledigt. Aber wir dachten, es sei an uns vorübergegangen – wir waren seit zwei, drei Jahren zusammen, und das, dachten wir, bedeutete, daß wir all diesen Gelegenheiten, uns anzustecken, entgangen waren.

Mir fiel auf, daß Frank abnahm, aber er versuchte sowieso seit einiger Zeit abzunehmen. Mir fiel auf, daß er bei den Mahlzeiten nicht aufaß. Und an einem Punkt, Monate bevor irgendeine Diagnose gestellt wurde, wußte ich, daß er ein Problem hatte. Und ich nehme an, er wußte es auch. Und wir machten weiter. Ich hoffte, er würde es so lang wie möglich hinausschieben, zum Arzt zu gehen. Wir redeten nie darüber. Er muß gewußt haben, daß ich es wußte. Wir spekulierten sogar unter uns, welche von unseren Freunden krank sein mochten. Aber Frank war krank. Er wußte, daß wenn ein wichtiger Abschluß auf dem Spiel stand, besser jemand anders hingehen sollte. Er arbeitete vom Schreibtisch aus. Er übernahm die Schreibarbeiten, die Adressenlisten und die juristischen Angelegenheiten. Ich dachte weiterhin, er könnte zum Arzt gehen und erfahren, es sei etwas anderes. Ich zwang mich dazu, mir vorzustellen, daß es etwas anderes sei.

Eines Tages schrie er einen Mitarbeiter an, dem ein Geschäft durch die Lappen gegangen war. Ich fand, er sei im Unrecht, und rief am Nachmittag von meinem Büro aus sein Büro an und meinte, er solle sich entschuldigen, er hätte kein Recht, so unbeherrscht zu sein. Er fragte, ob ich gerade beschäftigt sei, und ich sagte, ich hätte zu arbeiten, aber wenn er reden wolle, stünde ich zu seiner Verfügung. Er kam in mein Zimmer und schloß die Tür und sagte mir, daß er den Test gemacht hatte. Er würde das Ergebnis nach der Arbeit erfahren. Ich sagte, ich würde ihn begleiten und ich sei sicher, daß es keine Probleme gebe. Er sah entsetzlich aus, und ich vermute, er wußte, daß er sterben würde. Wir fuhren zu dem Arzt, er wohnte ganz in unserer Nähe. Er sagte, er würde nach Ende der Sprechstunde dableiben und uns als letzte drannehmen. Wir saßen eine Weile im Wartezimmer, und dann rief uns der Arzt hinein. Ich sah es ihm schon an, aber ich dachte immer noch, es könnte auch ein Geschwür oder sogar Krebs sein. ›Ich habe leider schlechte Nachrichten.‹ Ich weiß noch, wie er das sagte. ›Es ist leider positiv.‹ Frank fing an zu weinen und mit dem Oberkörper hin- und herzuschaukeln. Er sagte immer wieder: ›Sagen Sie mir, daß das nicht stimmt.‹ Damals glaubte man noch, nur ein gewisser Prozentsatz der HIV-Positiven würde regelrecht Aids bekommen, aber der Arzt sagte, er habe wahrscheinlich eine mit Aids zusammenhängende Magenkrankheit und er würde ins Krankenhaus müssen, um sich entsprechenden Tests zu unterziehen. Und ich saß da und sah mir das an und fragte mich, wie wir mit diesem Wissen nach Hause gehen sollten.

Frank fragte den Arzt, wie lange er noch zu leben habe. Der Arzt sagte, er könne das nicht sagen, aber Frank bestand auf einer Prognose. Der Arzt sagte, er habe auch eine Blutprobe für eine vollständige CD4-Zählung entnommen – damals wußten wir noch nicht, was das war –, und das Ergebnis sei niedrig, was dafür spreche, daß Frank nicht viel Zeit bleibe. ›Wie lange?‹ fragte er noch einmal. Der Arzt sagte, es sei immer schwer zu beurteilen, und es sei individuell verschieden, aber er denke, ein Jahr, vielleicht zwei. Frank sagte nichts. Er stellte keine Fragen mehr, obwohl der Arzt einen

Berater hatte, der bereit war herüberzukommen. Er sagte, er wolle nach Hause. Der Arzt sagte, er würde ihn im Krankenhaus anmelden, er hoffe, daß in den nächsten paar Tagen ein Bett frei werden würde, und Frank nickte und gab dem Arzt die Hand, und wir fuhren wieder schweigend nach Hause. Ich sagte ihm, daß ich bei ihm bleiben würde, aber diese ganze Nacht, und noch Tage und Nächte danach, blieb er völlig in seinen eigenen Gedanken eingeschlossen. Er wollte nicht, daß ich ihm zu nah kam, er wollte nicht, daß ich mich mit seiner Familie in New Mexico in Verbindung setzte. Er war auf eine Weise mit sich allein, wie ich es nie für möglich gehalten hätte. Er hätte, glaube ich, alles dafür gegeben, um gerettet zu werden. Er hätte die Krankheit mir oder sonst jemandem gegeben, er hätte jede Summe bezahlt oder wäre ans Ende der Welt gezogen, oder hätte jedes Gelübde abgelegt, um das ungeschehen zu machen.

Ich fuhr ihn ins Krankenhaus und half ihm bei der Anmeldung: Irgendwie schienen sein Name und sein Geburtsdatum und seine Versicherungsnummer Teil seines Todes zu sein. Ich machte einiges von dem mit, was er durchstand, aber es war nur ein Bruchteil dessen, was er litt. Er konnte es nicht fassen, daß er sterben würde. Er sagte immer wieder, es gebe Augenblicke, in denen er sicher sei, daß er sich das alles nur eingebildet habe. Ihm graute davor, sich in der Aids-Station ins Bett zu legen, wo alle ihn ansahen und wußten, daß er verloren war. Ich besuchte ihn zweimal am Tag. Ich führte das Geschäft. Und dann kam er wieder nach Hause, und eine Zeitlang ging es ihm gut. Das nächste Jahr war ein Alptraum, aus dem es kein Erwachen mehr gab. Es war, als würde er gefoltert und bestraft werden, Schlag auf Schlag auf Schlag, ohne eine andere Aussicht als das völlige Verlöschen.

Richard, hältst du mich fest?« Pablo lehnte sich zu mir und legte seine Arme um mich. Ich hatte mich ihm noch nie so nah gefühlt. »Im Augenblick kann ich dir nichts mehr erzählen«, sagte er. »Hältst du mich bitte fest, und könnten wir vielleicht schlafen? Ich kann den Rest nicht erzählen. Sagen wir einfach, er ist gestorben, und ich bin wieder hierher zurückgekehrt.«

»Ich bin froh, daß ich das alles weiß. Ich bin froh, daß du es mir gesagt hast.«

Er fing hemmungslos an zu weinen. Ich wußte, daß Jack und Mart ihn im Nebenzimmer hören konnten. Ich hielt ihn fest. Ich tätschelte ihm den Kopf, als sei er ein Kind. Als ich so neben ihm lag, hatte ich das Gefühl, ich hätte mir das alles denken müssen, oder er hätte es mir vorher sagen sollen.

Am nächsten Morgen setzte ich Jack und Mart im Stadtzentrum ab und verabschiedete mich von Pablo vor dem Büro seines Vaters.

»Warum lädst du Jack und Mart nicht ins Haus deiner Eltern ein?« fragte ich. »Das würde deinen Eltern etwas Stoff zum Nachdenken geben, und die Jungs hätten ihre Freude am Swimmingpool. Sie würden deine Mutter wahrscheinlich hinreißend finden.«

Pablo schüttelte den Kopf und sah mich stirnrunzelnd an. Er wandte sich ab und stieg aus dem Auto.

Ich fand eine Notiz vor, ich solle mich, sobald ich ins Büro käme, mit einem Kontaktmann im Wirtschaftsministerium in Verbindung setzen. Als ich ihn anrief, sagte er mir, ein paar ernsthaft interessierte Investoren aus den Vereinigten Staaten seien unterwegs nach Buenos Aires und würden um die Mittagszeit eintreffen, dann würden sie nach Comodoro Rivadavia, dem Zentrum der Erdölindustrie, weiterfliegen, sich ein bißchen umsehen, ein paar Leute treffen und sich allgemein vergewissern, daß sie ihr Geld nicht vergeuden würden. Die Regierung hätte geplant, sich um sie zu kümmern, aber die Pläne seien ins Wasser gefallen. Er fragte mich, ob ich ihre Betreuung übernehmen würde, es täte ihm leid, damit so kurzfristig zu kommen, und er habe sich eigentlich nur auf die vage Hoffnung hin gemeldet, ich sei vielleicht gerade frei. Ich sagte, ich würde es tun, wenn klargestellt sei, daß ich in eigener Verantwortung handeln würde und nicht als Vertreter der Regierung. Es könne schließlich sein, daß ich irgendwann in der Zukunft für diese Leute arbeiten wolle. Er sagte, das gehe in Ordnung: Die Regierung würde die Rechnung zahlen, aber ich bliebe unabhängig. Vor ein paar Jahren, sagte er, wäre eine solche Idee Hochverrat gewesen, aber jetzt würde alles anders werden. Ich sagte, ich würde ihn nach meiner Rückkehr zum Lunch einladen und ihm Bericht erstatten. Er gab mir die Namen und Flugnummern durch und dann die weiteren Details des Besuchs, die schon vorab geregelt worden waren. Ich fuhr nach Hause, um saubere Sachen einzupacken und um Pablo eine Nachricht zu hinterlassen, daß ich ein paar Tage weg sein würde, und dann bestellte ich mir ein Taxi zum Flughafen. Während ich wartete, warf ich einen Blick in Jack und Marts Schlafzimmer, um mich zu vergewissern, daß sie nicht da waren. Auf dem Nachttisch sah ich das Aufgebot von Marts Pillen, Plastikflaschen der verschiedensten Farben und Formate, vielleicht fünfzehn oder zwanzig an der Zahl. Ich stand in der Tür und sah sie mir eine Weile an und fragte mich, wie es wohl sein mochte, so kurz vor dem Tod zu stehen, zu wissen, daß man jederzeit sterben konnte und keinerlei Aussicht auf Rettung hatte.

Ich nahm die Investoren auf dem Flughafen in Empfang und flog mit ihnen weiter nach Süden und wohnte im selben Hotel. Ich blieb drei Tage lang da unten, dolmetschte und nahm an Besprechungen teil.

Am zweiten Tag hatte ich ein ruhiges Abendessen mit den

Investoren, und ich erfuhr etwas, was ich bis dahin nicht gewußt hatte. Einer der Amerikaner machte es mir klar: Die
Privatisierung würde reibungslos und erfolgreich verlaufen,
es würde nicht die Spur eines Skandals geben, am Ende würden alle zufrieden sein, die Regierung wie die ausländischen
Investoren. Diese Männer schienen Argentinien als ein normales Land zu betrachten, wie Frankreich oder Deutschland,
sie waren keineswegs überrascht oder überwältigt von dem,
was passierte. Das war etwas, was ich nie für möglich gehalten hatte, ich hatte immer geglaubt, die Idee, die Erdölindustrie zu verkaufen, würde fallengelassen oder würde ein
Fiasko werden, niemand würde sie ernst nehmen, alle würden aneinander vorbeireden und -arbeiten. Aber jetzt, gerade ein Jahr vor dem Stichtag, war laut Aussage der drei
Männer, mit denen ich zu Abend aß, alles geregelt, und
nichts konnte mehr schiefgehen. Mit Argentinien konnte
man Geschäfte machen, sagte einer von ihnen zu mir.

Ich hatte zuviel Kaffee nach dem Essen getrunken und
blieb wach und dachte über die Angelegenheit nach. Ich war
bisher davon ausgegangen, daß wenn in Argentinien eine
politische Entscheidung bekanntgegeben wurde, man automatisch davon ausgehen konnte, daß das Gegenteil oder
praktisch das Gegenteil passieren würde. Man lernte, jede
öffentliche Verlautbarung so zu lesen, daß man in jeden
Satz, der keine Negation enthielt, automatisch eine einfügte,
und aus jedem Satz, der eine enthielt, diese tilgte. Alles war
Bombast und hochtrabende Rhetorik, und nichts bedeutete
irgend etwas. Die Größe Argentiniens bedeutete die Nichtig-
keit Argentiniens. Für Reichtum lies: Armut. Für die Zukunft
lies: die Vergangenheit. Für Privatisierung lies: Korruption
und wirtschaftspolitische Kurzsichtigkeit. Es war mir nie in
den Sinn gekommen, daß sich daran je etwas ändern könnte,
und mir ging auf, daß trotz aller Besprechungen, an denen

ich in den letzten ein bis zwei Jahren teilgenommen hatte, trotz aller Faxe und Zeitungsartikel und Pressemitteilungen in Argentinien etwas Neues geschah und ich nichts davon mitbekommen hatte. Mein ganzes Denken war so auf die Vergangenheit fixiert, auf die Diktatur und den Krieg und die lächerliche Figur, die Menem abgab, daß ich etwas übersehen hatte, von dem ich selbst ein Teil war. Mir wurde bewußt, daß ich, seit ich Pablo kannte, Susan und Donald zu selten gesehen und daß ich mich nicht mit dem auseinandergesetzt hatte, was in Argentinien vor sich ging. Ich sagte mir, daß ich sie nach meiner Rückkehr in die Stadt häufiger sehen mußte und mit meinen Kontaktleuten in den verschiedenen Ministerien sprechen, um mich zu vergewissern, daß ich mir nichts vormachte, daß sich die Verhältnisse wirklich geändert hatten.

Als ich am nächsten Morgen an der Rezeption gerade meine Telefonate bezahlte, sah ich Federico Arenas. Ich erschrak. Ich hatte häufig an ihn denken müssen, aber seit dem Tag, an dem ich ihm das Geld ausgehändigt hatte, war mein Kontakt zu ihm abgebrochen. Er kam herüber und legte seinen Arm um mich und lud mich zu einem Kaffee ein. Ich sagte, ich müsse meine Maschine erreichen. Nimm die nächste, sagte er. Es klang wie eine Drohung.

Die Dinge haben sich geändert, sagte er, als wir an einem Tisch im Frühstückszimmer saßen, während das Personal um uns herum schon aufräumte. Jetzt muß man für sein Geld arbeiten, sagte er. Jeder Schritt, den man macht, wird überwacht, alles wird gegengezeichnet. Es ist ein neues Land. Er fragte mich nach meiner Arbeit, und ich erzählte ihm, was ich zuletzt gemacht hatte. Ich glaube, sagte er, daß die Europäer mehr als die Amerikaner in die Privatisierung investieren werden. Ich nickte. Er beugte sich über den Tisch, bis sein Gesicht nah an meinem war, und flüsterte, ich hätte ein paar sensationelle Geschäfte verpaßt, ein paar echte Knaller. Ich konnte nicht mit dir zusammenarbeiten, sagte er. Du bist der falsche Typ, immer nahe am Zusammenbrechen. Dir fehlen die Nerven. Aber jetzt ist alles vorbei, es wird keine Geschäfte von der Art mehr geben, weder große noch kleine.

Ich wollte ihn fragen, wie die Chancen standen, daß man uns noch auf die Schliche kam, aber ich vermutete, er hätte mich wegen der Frage ausgelacht. Ich blieb so lange bei ihm sitzen, wie mir nötig erschien. Als wir uns in der Lobby voneinander verabschiedeten, gab er mir einen Klaps auf die Schulter.

Als ich zu Hause ankam, lag Mart im Bett. Seine Kanüle sei nicht septisch, sagte er, die Blutuntersuchungen hätten nichts ergeben, das Erbrechen hätte aufgehört, aber er habe weiterhin Fieber und sei matt. Jack hatte im Jachthafen ein Paar kennengelernt und war zu einer Bootsfahrt eingeladen worden. Das sei typisch für ihn, sagte Mart, einfach so zu verschwinden, wenn es Schwierigkeiten gebe. Als er merkte, daß ich es ernst nahm, richtete er sich auf und sagte, das sollte nur ein Witz sein. Das sei auch Jacks Urlaub, sagte er, und er sei froh, daß es ihm gelungen sei, sich im Bootshafen bei einem Paar einzuschmeicheln. Seine Pillen standen noch immer auf dem Nachttisch aufgereiht. Ich fragte ihn, wie er sich merken könne, welche er jeweils nehmen müsse.

»Das sind unsere Kinder«, sagte er. »Wir ziehen keines vor. Wir haben sie alle in die Welt gesetzt, und wir haben sie alle gleich lieb. Dir kommen sie vielleicht alle gleich vor, aber für uns sind sie voll ausgebildete Individuen.«

Er fing an, mir von allen Pillen zu sagen, wie sie hießen und wofür sie jeweils waren, und wann er angefangen hatte, sie zu nehmen, und wieviel sie kosteten. Dann gab er jeder Sorte echte Namen, meistens Namen von Filmstars.

»Diese«, er hob eine Schachtel voller Kapseln und schüttelte sie, »sind Woody Allen.«

Er lachte so sehr, daß er sich erschöpft in das Kissen zurücklehnen mußte. Er hustete und prustete und schien sich gleich übergeben zu müssen, aber dann schloß er die Augen und blieb still liegen. Ich dachte, es ginge mit ihm zu Ende, und ich fragte mich, ob ich Pablo rufen sollte. Ich nahm seine Hand. Er klammerte sich schwer atmend an mich. Und dann entspannte er sich und öffnete die Augen und lächelte.

»Du müßtest mich an einem guten Tag sehen«, sagte er.

Langsam ging es ihm besser. Als er wieder zum Arzt mußte, fuhr ich ihn hin und blieb vor dem Seiteneingang des Krankenhauses im Auto sitzen und wartete auf ihn. Nach weniger als einer halben Stunde erschien der Arzt mit ihm an der Tür. Sie lächelten beide. Der Arzt war viel jünger, als ich gedacht hatte. Er konnte höchstens Ende Zwanzig oder Anfang Dreißig sein; soweit ich sehen konnte, hatte er ein erstaunlich frisches und anziehendes Gesicht. Er sah nicht wie jemand aus, der tagtäglich mit Tod oder Krankheit zu tun hatte. Seine Haut und sein Haar strahlten vor Gesundheit. Als ich aus dem Auto stieg, lächelte er mir zu, und dann half er, die ganze Zeit weiterlächelnd, Mart auf den Beifahrersitz. Ich drückte ihm die Hand und dankte ihm.

»Ich sehe gern Patienten«, sagte er. Ich nahm an, er meinte, Patienten seien immer noch ein erfreulicherer Anblick als die Ratten und Mäuse und Reagenzgläser, die er im Labor zu sehen bekam, aber so wie er das sagte, klang es beinah herzlos. Ich wußte, daß er das nicht so meinte; er hatte versucht, freundlich und zuvorkommend zu klingen. Ich dankte ihm noch einmal und setzte mich ins Auto. Als ich losfuhr, winkten wir ihm zu.

Ich nahm mir einen Tag frei und fuhr Mart und Jack zu einer *estancia* mit Swimmingpool, wo Jack und ich schwimmen und Mart unter einem Sonnenschirm liegen konnte. Ich war verblüfft, wie kräftig und braungebrannt Jack in seiner Badehose aussah. Als er mir den Rücken mit Sonnenöl einrieb, bekam ich fast Lust auf ihn. Als er ins Wasser stieg, achtete ich darauf, ihm nicht zu nahe zu kommen, aber ich hatte ohnehin den Eindruck, daß er die Regeln besser beherrschte als ich.

Ich hätte mit Pablo gern mehr über Frank gesprochen, aber er wollte nicht. Ich könne mir den Rest selbst denken, sagte er. Oder er würde mir irgendwann später einmal davon erzählen, aber es gebe Dinge, die nicht einmal Mart und Jack wüßten, die niemand wüßte, und er sei nicht sicher, ob er je dazu imstande sein würde, darüber zu reden.

»Ich glaube nicht an Gott oder den Teufel oder das Böse«, sagte Pablo, »aber in dieser Zeit war es schwer, nicht das Gefühl zu haben, daß etwas Unnatürliches von seinem Körper Besitz ergriffen hatte.«

»Da ist noch etwas, was ich dich fragen wollte«, sagte ich. »Ich glaube, ich muß dich fragen, ob du den Test gemacht hast.«

Er packte mich und fing an zu flüstern.

»Habe ich nicht. Frank sagte, ich solle es nicht tun. Ich dachte, ich würde es noch tun, und dann habe ich's nicht gemacht. Vielleicht sollte ich.« Er verstummte für einen Augenblick.

»Ich habe die Maklerfirma geerbt und sie verkauft. Das Geld liegt noch immer dort auf einem Bankkonto. Frankie hat sein Haus und sein Bankguthaben seiner Familie hinterlassen. Als ich dich neulich mit meinem Vater reden hörte, habe ich mir überlegt, ob ich mein Geld nicht in Erdölaktien investieren sollte.« Er küßte mich. »Ich liebe dich«, sagte er. »Ich bin hierher zurückgekommen. Ich habe dich ein paar Wochen nach meiner Rückkehr kennengelernt. Ich habe den

Test nicht gemacht. Ich glaube, ich bin sauber. Hast du den Test gemacht?«

»Nein«, sagte ich.

»Ich meine, wir sind doch vorsichtig gewesen, oder nicht?«

»Doch.«

»Ich liebe dich«, sagte er, »und jetzt, da ich es dir erzählt habe, brauche ich dich sogar noch mehr. Aber da sind ein paar Dinge, die am Ende passiert sind, die ich dir nicht erzählt habe. Vielleicht werde ich's dir irgendwann mal erzählen.«

An Jacks und Marts letztem Abend in Argentinien, einem Samstagabend, gingen wir in ein altmodisches Steak-Restaurant im Stadtzentrum. Pablo erzählte ihnen die Geschichte von meiner alten Wohnung, daß ich die Miete noch immer weiterbezahlte, aber ausgezogen war und nie da hinging.

»Das ist ein Fall von Verleugnung«, sagte Jack. »Ein Fall wie aus dem Lehrbuch, frag mich nicht, aus welchem, aber soviel weiß ich, daß jeder Therapeut dir klarmachen würde, daß du sie aufgeben mußt, zulassen mußt, daß jemand anders sie nimmt.«

»Könnten wir vielleicht bitte über etwas anderes reden?« fragte ich.

»Du meinst, wir sollten dich in Ruhe lassen und uns lieber ein anderes Opfer suchen?« fragte Jack.

»So was in der Art.«

Der für unseren Tisch zuständige Kellner, der paraguayisch aussah, schäkerte mit uns und lächelte uns jedesmal zu, wenn er vorbeikam.

»Frag ihn, ob er verheiratet ist«, sagte Jack. »Sag ihm, daß ich scharf auf ihn bin.«

Als er unsere Bestellung für den Nachtisch entgegennahm, fragte Pablo ihn, ob er verheiratet sei. Er sagte uns, er habe zwei Kinder. Ein paar Augenblicke später kam er mit einem Foto zurück, das eine lächelnde Ehefrau mit einem kleinen Gesicht und zwei junge Mädchen zeigte.

»So eine Vergeudung, daß so ein Kerl verheiratet ist«, sagte Jack. Jedesmal wenn der Kellner am Tisch vorbeikam, lächelte er uns strahlender an.

»Ich glaube, der ist andersrum«, sagte Mart. »Ich glaube, deswegen lächelt er so.«

»Gibt's irgendwas, wo wir hinkönnten?« fragte Mart. »Eine Schwulenbar, wo wir nicht gleich verkloppt werden?«

»Und wo vielleicht Kerle wie unser Kellner an der Wand herumstehen?« fügte Jack hinzu.

»Es gibt eine Bar«, sagte ich. »Ich bin da lange nicht mehr gewesen, aber alle haben Angst. Alle starren vor sich hin, als ob gleich jemand ihr großes Geheimnis ausplaudern würde.«

»Es gibt zwei Badehäuser«, fügte Pablo hinzu.

»Badehäuser? Ist das dein Ernst?« fragte Jack. »Können wir dahin?«

»Ihr könnt hin«, sagte ich, »aber ich will nicht hin, und ich will nicht, daß Pablo da hingeht.«

»Ach komm schon, laß uns hingehen. Das ist unser letzter Abend. Was meinst du, Mart?«

»Ich bin dabei«, sagte Mart. »Ich behalte mein T-Shirt an, so daß man meine Kanüle nicht sieht. Ja, laß uns hingehen. Werden Leute dasein?«

»Ja, jetzt ist wahrscheinlich eine gute Zeit«, sagte Pablo.

»Pablo, du willst mit. Ich weiß, daß du mitwillst«, sagte Mart.

Pablo sah mich an. Ich schüttelte den Kopf.

»Ich begleite euch bis zur Tür«, sagte ich.

»Willst du nicht mit rein?« fragte Pablo.

»Wer hat überhaupt gesagt, daß du da reingehst?« fragte ich ihn.

»Komm schon, wir gehen alle«, sagte Mart.

»Lassen wir uns die Rechnung bringen, und dann begleite ich euch bis zur Tür. Ich fahre im Taxi nach Hause, und ihr könnt das Auto haben«, sagte ich zu Pablo. Wir ließen für den Kellner ein hohes Trinkgeld liegen.

Es war ein warmer Abend, und jeder auf der Straße sah schön aus. Mir wurde bewußt, daß Jack und Mart nicht genug von Buenos Aires in den Stunden um Mitternacht gesehen hatten, wenn tiefgebräunte Menschen sich herausputzen und durch die Straßen flanieren, wenn die Argentinier sensationell aussehen. Ich wollte schon sagen, daß sie sich, wenn sie das nächste Mal kämen, in meiner Wohnung einquartierten und dann jede Nacht bummeln gehen könnten, aber ich begriff, daß man Mart gegenüber nicht von einem nächsten Mal sprechen konnte. Ich fragte mich, wie Jack allein sein würde, ohne einen Gefährten, aber er würde wahrscheinlich wegen der Erinnerungen an Mart nicht hierher zurückkommen wollen.

»Du kommst mit uns mit, ja, ach komm schon, ja?« Mart hängte sich, während wir dahinschlenderten, bei mir ein.

»Und wenn ich dich im Dampfraum treffe, oder wenn ich sehe, wie Pablo sich mit irgendeinem Bübchen in eine Kabine verzieht, was soll ich dann deiner Meinung nach tun?«

»Wir werden alle brav sein«, sagte Mart.

Wir gingen scheinbar absichtslos in Richtung Sauna. Am Eingang blieben die anderen drei stehen und sahen mich an.

»Okay, okay, ich komme mit rein«, sagte ich. Pablo packte mich beim Genick.

Anfangs waren wir laut, aber schon bald zeigten die düsteren Regeln des Ortes bei uns ihre Wirkung. Es war merkwürdig, wie still wir wurden, als wir alle anfingen, uns auszuziehen, wie in uns gekehrt, als hätten wir nichts miteinander gemein außer ersten Regungen von Begierde. Wir beobachteten einander, wie wir allmählich anonym wurden, zu Waren auf einem überhitzten, gnadenlosen Fleischmarkt. Mart behielt sein T-Shirt an und wickelte sich ein Handtuch um die Taille. Er sagte, er würde sich an die Bar setzen, und wir würden uns dann später sehen. Ich sagte, ich würde mich zu ihm setzen.

»Schau dir die zwei Mistkerle an«, sagte ich zu ihm, während wir uns entfernten.

»Schau dir uns vier Mistkerle an«, erwiderte er.

Wir bestellten jeder ein Bier und setzten uns an den Tresen. Daß Pablo halb nackt herumstreunte, bereitete mir keine Probleme. Als ein paar Männer in die Bar kamen, um einen Kaffee zu trinken oder sich Zigaretten oder, im Fall eines sehr dunklen Mannes, Kondome zu besorgen, fragte ich mich, ob er sich wohl für sie interessieren würde. Mart redete davon, daß Pablo und ich nach Kalifornien kommen sollten, daß wir bei ihnen wohnen und mit ihrem Auto längere Ausflüge machen könnten, uns Sachen ansehen, in die Wüste fahren. Nach Ansicht der meisten Leute, erklärte ich, sei Argentinien nicht Buenos Aires, es sei alles außer Buenos Aires, und das nächste Mal – ich hatte vom nächsten Mal gesprochen, obwohl ich mir fest vorgenommen hatte, es nicht zu tun – sollten er und Jack nach Patagonien und Mendoza und Feuerland fahren. Er nickte und trank einen kleinen Schluck von seinem Bier.

Nach einer Weile beschloß ich, mich aufzumachen und nachzusehen, was so ablief. Das Haus schien sich allmählich zu füllen. Ich ging in den Hauptraum, wo sich das kleine Schwimmbecken befand, aber ich sah weder Jack noch Pablo. Ich warf einen Blick in die Sauna, und da waren sie auch nicht. Ich ging einen Korridor hinunter auf eine der Kabinen zu, und ich sah Jack an der Wand stehen. Er bemerkte mich nicht. Er sah dunkel und raubtierhaft aus; er hatte eine völlig neue Persönlichkeit angenommen. Ich schlich mich langsam, geduckt, im Halbdunkel auf ihn zu und ging in die Hocke, bis ich mich direkt zu seinen Füßen befand. Er sah mich immer noch nicht. Plötzlich sprang ich auf und machte »Buu« und setzte eine Grimasse auf. Im ersten Augenblick war er erschrocken, und dann lachte er.

»Du siehst hier drin wie ein ganz anderer Mensch aus«, sagte ich.

»Ich weiß«, sagte er, »so wie du gerade eben, aber hast du Pablo gesehen? Er läuft herum, als ob er wirklich Nägel mit Köpfen machen will.«

Ich stellte mich dicht neben Jack, und wir beobachteten Pablo, der mit langsamen Schritten, angespanntem, konzentriertem Blick den Korridor entlang herankam. Mir wurde bewußt, daß wenn ich ihn nicht gekannt hätte, ich ihn augenblicklich begehrt hätte. Er blieb stehen und redete mit uns. Er lächelte und lachte. Ich wollte vorschlagen, schleunigst von hier zu verschwinden, aber ich sagte nichts. Ich sagte, ich würde wieder in die Bar gehen. Aber als ich da ankam, war Mart nicht mehr da. Ich bestellte einen Kaffee.

Vorher war mir ein Typ aufgefallen, der mich beobachtete. Er hatte richtig kurz geschnittenes Haar, als leistete er den Wehrdienst; er war weißhäutig und fleischig. Er kam an die Bar und bestellte einen Kaffee. Ich wußte – ich hatte die Regeln nicht vergessen –, wie wichtig es war, nichts zu sagen, cool zu bleiben. Ich hatte nicht viel Zeit. Wenn einer von den anderen zurückkam, konnte ich die Sache vergessen. Sobald er sich gesetzt hatte, streifte ich sein Bein mit meinem und stellte fest, daß er nicht zurückzuckte. Langsam bewegte er seinen Knöchel, so daß er mein Bein berührte. Ich sah ihn noch einmal an und spürte, daß ich eindeutig Lust auf ihn bekam. Ich rührte mich nicht, machte keine Geste. Ich trank meinen Kaffee, und er trank seinen. Und dann stand ich auf und sah ihn an, als wartete ich darauf, daß er auch aufstehen und mir folgen würde. Als ich mich umdrehte, stand er bereits.

Es war so lange her, daß ich mit irgend jemand anders zusammengewesen war, daß ich den Körper dieses Unbekannten wirklich genoß. Es war eine Erleichterung, mit ihm zusammenzusein, es war irgendwie angenehm, mich nicht um seine Launen oder seine Eltern kümmern zu müssen. Wir redeten nicht viel: An einem Punkt fragte er mich, ob es mir gutgehe, und ich sagte, es gehe mir ausgezeichnet. Sein Körper gefiel mir, und noch mehr gefiel mir der Gedanke, daß ich von ihm nichts anderes brauchte als das und daß, wenn ich fertig war, Pablo mich erwarten würde.

Pablo saß in der Bar, mit Jack und Mart und einem dünnen Jungen namens Jesús. Ich konnte mir nicht schlüssig werden, ob Jesús gerade mit Mart oder Jack zusammengewesen war. Mart versuchte, sich mit Jesús auf spanisch zu unterhalten, und wir lachten alle. Jesús hatte einen weichen flaumigen Schnurrbart.

»Möchtest du gehen?« fragte ich Pablo.

»Ja«, sagte er. »Es ist alles erledigt.«

»Was ist mit Jesús? Möchte er mitkommen?«

»Bis rauf nach Kalifornien«, sagte Mart.

Im Umkleideraum schrieb Mart Jesús seine Telefonnummer auf, und Jesús gab Mart seine Adresse. Er sagte, er habe kein Telefon. Wir duschten und zogen uns wieder an, außer Mart, der sich anziehen mußte, ohne vorher geduscht zu haben, weil seine Kanüle nicht naß werden durfte. Wir schlenderten zurück in Richtung Zentrum. Autos zogen noch immer die Boulevards hinauf und hinunter, Bars und Kinos hatten noch immer geöffnet, und die Straßen waren voller Menschen.

»Ja, wir müssen unbedingt wieder herkommen«, sagte Mart. »Das ist ein echt guter Ort.«

Je länger ich die Regierung bei den Vorbereitungen für die Privatisierung beobachtete, desto beeindruckter und interessierter war ich. Es war so, als sei jede einzelne Maßnahme als Bestandteil einer umfassenden Strategie geplant und jede mögliche Fehlerquelle im voraus ausgeschaltet worden. Bald würden auch die Telefongesellschaft und die staatliche Fluglinie zum Verkauf angeboten werden. Anfang 1988 nahm ich in verschiedenen Ministerien an Besprechungen teil, in denen erörtert wurde, wie die letzten Monate der Kampagne gehandhabt werden sollten. Es wurde beschlossen, daß ich an einer Reihe von Tagungen teilnehmen sollte, die von möglichen Investoren und, was noch wichtiger war, von Wirtschaftsjournalisten besucht werden würden. Für die Abwicklung der täglichen Maßnahmen war ein Public-Relations-Unternehmen aus New York und London verantwortlich. Beamte aus dem Erdölsektor würden auch zur Verfügung stehen. Meine Aufgabe bestand einfach darin, auf den Tagungen für argentinische Funktionäre zu dolmetschen und auf Konferenzen mit möglichst vielen Leuten zu reden, um sicherzustellen, daß negative Gerüchte über die Privatisierung nicht zu lange im Umlauf blieben, und der New Yorker Firma und dem Ministerium Bericht zu erstatten.

Bei der ersten Strategiebesprechung, an der ich teilnahm, war ein Mann von der New Yorker Public-Relations-Firma anwesend. Ich registrierte seinen blaßgrünen Leinenanzug, sein weißes Hemd und seinen blaßgrünen Schlips, seine gebräunte Haut und seine weißen Zähne, sein blondes Haar und sein gewinnendes Lächeln, und er erwiderte meinen Blick und nickte mir zu und kräuselte die Lippen in freundlicher Belustigung. Er sprach in einem trägen, unbekümmer-

ten Tonfall, als beherrsche er das Metier und sei davon über-
zeugt, man könne ruhig davon ausgehen, daß die Welt nichts
Unerwartetes tun würde. Ich hoffte, daß er mich auf eine der
Tagungen begleiten würde. Er gefiel mir.

Er sprach darüber, wie mit den Journalisten und Meinungs-
machern umzugehen sei; wir müßten ihnen klarmachen, daß
wir nichts von ihnen wollten. Er sah keinen Grund, Journalisten Gratistickets oder andere Anreize anzubieten, aber sobald einer von ihnen bereit sei, sich die Mühe zu machen,
über uns zu schreiben, sollten wir alle Register ziehen und
offen und gastfreundlich sein, einfach unsere Sache in der
bestmöglichen Umgebung vortragen. Wir dürften auf keinen
Fall einen furchtsamen oder unterentwickelten Eindruck
machen. Wir sollten uns wie ein großes, reiches Land verhalten, das etwas zu bieten hatte, was die Leute kaufen wollten.
Alles was nach Unterentwicklung und Dritter Welt aussah,
sollte tunlichst ausgeklammert werden. Das meiste davon
mußte für die Beamten übersetzt werden; einer von ihnen
machte sich hektisch Notizen für ein Memo, das Menem persönlich lesen würde. Ich konnte sehen, wie sie sich alle ver-
krampften, als von »Dritter Welt« die Rede war. Ich machte
mir eine Notiz, daß ich dem Amerikaner vorschlagen wollte,
uns dafür besser einen Euphemismus zu überlegen.

Beim anschließenden Lunch saß ich neben dem Amerikaner. Er hieß Tom Shaw. Er fragte mich nach meinem beruflichen Werdegang und wo ich Englisch gelernt hätte. Er war
anders als die anderen Nordamerikaner, die hierhergekommen waren: Er kam nicht aus der Erdölbranche, sondern aus
der Öffentlichkeitsarbeit. Er sagte, er habe einige Jahre lang
als Discjockey gearbeitet, die Jahre, die alle anderen auf dem
College verbracht hätten. Aber seit ungefähr zehn Jahren
mache er das. Mir fiel auf, daß er, als eine große, junge und
gutaussehende Frau den reservierten Speisesaal verließ und

mehrere Männer am Tisch anfingen, über sie zu reden, nicht darauf einging, sondern das Thema wechselte. Als ich wieder zu Hause war, erzählte ich Pablo von ihm. Pablo lächelte und schüttelte den Kopf und seufzte. Er sagte, er wünsche sich, daß solche Typen ins Geschäft seines Vaters kämen, das würde ihm vielleicht helfen, über den Tag zu kommen. Er hätte nicht einmal was dagegen, wenn eine gutaussehende Frau vorbeikäme, selbst das wäre schon etwas.

Pablo erklärte sich einverstanden, daß ich Susan von uns erzählte und daß sie es Jorge weitererzählte. Susan, sagte er, könne gern zu uns zum Essen kommen, aber nicht Jorge, und Donald auch nicht. Er sagte, er könne Donald nicht sehen, und hören auch nicht. Armer Donald, sagte ich. Keiner mag ihn.

Als ich Susan besuchte, erfuhr ich, daß sie nichts von den neuen Plänen gewußt hatte, die Privatisierung marketinggerecht abzuwickeln. Ich erzählte ihr vom Meeting und davon, daß Public-Relations-Unternehmen eingesetzt wurden. Ich begriff, daß man sie völlig übergangen hatte.

»Die werden sehr selbstsicher, diese Erdölleute«, sagte sie. Ihr Tonfall klang bitter. Ich sagte nichts.

»Na ja, wir haben es für sie in die Wege geleitet, haben getan, was wir konnten, und wir dürfen uns nicht beklagen«, sagte sie. »Und wir haben einen Mann aus dir gemacht.«

»Also, das ist leicht übertrieben«, sagte ich. »Zufällig wollte ich dir gerade erzählen, daß ich seit einer ganzen Weile mit Jorges Bruder zusammenlebe, ich meine mit ihm schlafe.«

»Dann hat jeder von uns einen«, sagte sie.

»Stimmt«, sagte ich. »Das heißt, wenn du Jorge noch hast.«

»Hab ich.«

»Hast du was geahnt, von mir und Pablo?«

»Nein, ich dachte, du stündest nur auf Heteros. Ich dachte,

du würdest nachts im Bett liegen und an ihn denken, während er im Nebenzimmer schläft.«

»Er ist nicht hetero. Er schläft nicht im Nebenzimmer.«

»Na, da wird Jorge aber staunen, und seine Mutter, diese alte Schlange, auch.«

»Ich glaube nicht, daß du ihr das erzählen solltest.«

»Sie ist eine alte Hexe.«

Donald saß in der Küche und las eine amerikanische Zeitung. Wir gingen in den Garten, während Susan duschte. Mir fiel auf, daß man aus dem Swimmingpool das Wasser abgelassen hatte.

»Wir wollen ihn reparieren lassen«, sagte Donald, »aber ich glaube nicht, daß wir noch allzu lange hier sein werden.«

»Was meinst du damit?«

»Unsere Zeit ist abgelaufen, oder so was in der Art. Ich glaube, es ist Zeit zu gehen.«

»Susan hat nichts davon gesagt.«

»Nein, man hat mich dazu abkommandiert, es dir zu sagen.«

Wir schlenderten schweigend zur Vorderseite des Hauses.

»Wißt ihr, wo ihr hinkommt?«

»Zurück nach Washington. Wenigstens fürs erste.«

»Und dann?«

»Ich weiß nicht.« Er schwieg. Wir machten kehrt und gingen wieder auf den Garten zu.

»Wie lange weißt du schon, daß meine Frau sich mit deinem Freund Jorge trifft?«

»Trifft?«

»Du weißt schon, was ich meine. Ich meine, mit ihm fickt.«

»Schon lange.«

»Lange macht er's aber nicht mehr. Vielleicht könntest du ihm das ausrichten.«

»Es fällt eigentlich nicht in mein Ressort, Donald, solche Botschaften zu übermitteln.«

»Dann sage ich's ihm vielleicht.«

Wir schlenderten eine Zeitlang schweigend weiter. Und dann gingen wir in die Küche, wo Susan gerade dabei war, den kleinen Beistelltisch herzurichten. An dem Abend waren sie beide in melancholischer Stimmung, bis der Wein zu wirken anfing. Susan erzählte Donald von mir und Pablo.

»Du meinst, er fickt Jorges Bruder? Na, wenn das so ist, krieg ich von seinem Vater regelmäßig einen geblasen, während seine Mutter mir die Zunge in den Arsch steckt. Gibt's auch irgendwelche Schwestern?«

»He, Donald, gib uns eine Chance«, sagte ich.

»Du meinst, ernsthaft?«

»Ja, ernsthaft.«

»Na, das ist gut, weil ich finde, Pablo ist nett. Er ist netter als sein Bruder. Sein Bruder ist ein Arschloch.«

»Hüte deine Zunge, Donald«, sagte Susan.

»Vielleicht solltest du deine auch hüten«, sagte er.

»Vielleicht sollten wir alle unsere Zungen hüten«, sagte ich.

Er fing an zu lachen.

»Wie kann man nur so was Dämliches sagen: ›Vielleicht sollten wir alle unsere Zungen hüten‹?« sagte er. »Du klingst allmählich auch wie ein Arschloch.«

»Wir alle lieben dich, Donald«, sagte Susan mitleidig.

»Es ist alles direkt vor meiner Nase passiert«, sagte er. »An einem Wochenende wollten wir das Schlafzimmer neu streichen, und Jorge ist vorbeigekommen, um mitzuhelfen. Wir haben viel Spaß gehabt, alle drei, nur daß ich keine Ahnung hatte, daß Jorge und Susan, noch ehe die Farbe trocken war, zum Austausch von Körperflüssigkeiten schreiten würden. Ich bin dabei, die Geschichte der letzten zwei Jahre neu zu schreiben, eine Geschichte, in der die beiden sich, kaum daß ich ihnen den Rücken kehre, gegenseitig besteigen.«

»Ich hab gesagt, wir alle lieben dich, Donald«, wiederholte Susan.

»Jeder führt hier was im Schilde«, sagte Donald. »Man kann niemandem trauen. Ich glaube, wir fahren heim und machen einen Laden auf. Etwas Reelles. Ein Schuhgeschäft. Einen Delikatessenladen.«

»Wir alle lieben dich, Donald«, sagte ich. Susan und ich fingen an zu lachen.

»Du bist also bloß 'ne beschissene Schwuchtel. Na ja, das haben wir ja die ganze Zeit gewußt. Eine fettarschige Schwuchtel.«

»Genau das bin ich, Donald, eine fettarschige Schwuchtel.«

»Hör auf, mich Donald zu nennen. Mir paßt dein Ton nicht, wenn du mich Donald nennst.«

»Ich habe nichts dagegen, daß du mich eine fettarschige Schwuchtel nennst.«

»Ich glaube, wir sollten besser alle noch was trinken«, sagte Susan.

An dem Abend sagten sie mir, sie seien der Meinung, daß ich Argentinien verlassen sollte, ich sollte mich mit den britischen und amerikanischen Public-Relations-Firmen unterhalten, ob sich Arbeit für mich finden ließe, das hier sei finsterste Provinz und würde es auch immer bleiben. Ich sagte, ich sei jetzt zufrieden und hätte keine anderen Pläne. Susan schüttelte den Kopf.

»So bist du schon immer gewesen, einerseits hast du den absoluten Riecher, und andererseits mangelt es dir dann wieder an jeglichem Gespür. Ich weiß nicht, was das ist.«

Donald genoß seine neue Rolle als gehörnter Ehemann, der im Begriff stand, seine Frau vom Schauplatz des Verbrechens fortzuschaffen. Er konnte nicht aufhören, davon zu reden.

»Dann kannst du Jorge also sagen, daß er seinen argentinischen Zapfen nehmen und ihn woanders reinstecken soll«, sagte er.

»Ich sag ihm überhaupt nichts«, sagte ich. »Ich kriege ihn kaum noch zu Gesicht. Weiß er, daß du Bescheid weißt?«

»Nein«, sagte Susan. »Donald kann nur hinter seinem Rücken über ihn reden. Er ist nicht unbedingt mutig, mein Donald, das ist eins der Dinge, die ich an ihm mag.«

»Du bist die Mutige«, sagte ich.

»Ich bilde mir nicht ein, besonders viel geleistet zu haben«, sagte Susan, »und Denkmäler wird man mir keine setzen. Oder sonstwem. Und es gibt hier Leute, die der Meinungs sind, Ronald Reagan sei eine Witzfigur, und er ist – er ist ganz zweifellos – eine Witzfigur. Aber wir hatten uns vorgenommen, hier demokratische Strukturen zu schaffen, und wir hatten dabei seine volle Unterstützung, und wir haben unseren Job getan, und jetzt gehen wir. Es war ein Ausgleich für bestimmte Dinge in der Vergangenheit, von denen ich dir mal erzählt habe, Dinge, die passiert sind, als wir jünger waren, und auf die wir nicht stolz sind. Aber jetzt hast du Geld, und du bist noch keine vierzig, und du bist schwul, und du weißt, daß du schwul bist, und du solltest zusehen, daß du hier rauskommst, hier ist für dich nichts zu holen und woanders alles. Diese Mischung in dir, was immer das sein mag, macht dich sehr attraktiv. Werd nicht hier unten alt. Es wäre idiotisch, wenn du das tätest.«

»Ist Pablo beschnitten?« fragte Donald.

»Er hat schöne Brustwarzen«, sagte ich. »Sie werden hart, wenn ich sie lecke.«

»Ich wollte eigentlich etwas sagen«, sagte Susan, »aber ich glaube, ich enthalte mich jeden Kommentars.«

Der Taxifahrer, der mich heimfuhr, fragte sich, wer ich wohl sei, daß ich ein so merkwürdig bewachtes Haus wie das von

Susan und Donald besuchte, und so isoliert wohnte, ohne ein anderes Haus in der Nähe. Ich sagte kaum ein Wort. Ich war zu betrunken. Ich kroch neben Pablo ins Bett, ohne ihn aufzuwecken, und versank in tiefen Schlaf.

Kurze Zeit danach fuhr ich zum erstenmal nach New York. Während ich schnurgerade nach Norden flog, glaubte ich, ich sei unterwegs von einer Welt der Schatten in eine substantielle Welt. Ich ging davon aus, daß alles geordnet und üppig, strahlend und glamourös sein würde. Und statt dessen war es chaotisch und heruntergekommen und gleichzeitig von einem schwindelerregenden Reichtum und pulsierend vor Energie und Erwartung.

Ich glaube, die Amerikaner, die das Erdölgeschäft kannten, waren überrascht, wie wenig ernsten Widerstand es gegen die Privatisierungspläne gegeben hatte. Dieser Gedanke kam mir erstmals eines Abends nach einem dieser vielen Arbeitsessen, an denen ausschließlich Männer teilnahmen und alle freundlich und unbeschwert und halb familiär miteinander umgingen. Nach der Demütigung des Krieges und den Verschleppungen hätte Argentinien absolut alles getan, um den Rest der Welt günstig zu stimmen, und die Privatisierung war der Preis, den der Rest der Welt verlangte. Alles, was das Land an Wertvollem besaß, würde verkauft werden, und das würde Argentinien an ausländische Interessen binden, so daß es nie wieder die Möglichkeit haben würde, sich schlecht zu benehmen. Ich dachte darüber nach, während alle anderen durcheinanderredeten und lachten. Sie fragten mich, woran ich dachte, warum ich so ernst sei.

»An zu Hause«, sagte ich. Wieder einmal bemerkte ich, daß Tom Shaw nicht über dieselben Scherze lachte, auch wenn er stets freundlich und charmant blieb. Er war jünger und sah besser aus als alle anderen. Er wurde dafür bezahlt, jung und gutaussehend zu sein. Im Laufe dieses Wochenendes in New York gelangte ich zu der Überzeugung, daß er schwul war und mich beobachtete. Das schmeichelte mir nicht. Es machte mir angst. Er war zu attraktiv, eine zu große Verlockung, als daß auch die geringste Aufmerksamkeit seinerseits hätte auf die leichte Schulter genommen werden dürfen. Ich achtete darauf, nie neben ihm zu sitzen, aber immer, ob am Tisch oder im Konferenzraum, behielt er mich im Auge.

Irgendwann während einer dieser Tagungen erkannte ich, daß die Privatisierung der Ölindustrie für Argentinien von Nachteil sein würde. Ich merkte, daß es allen Beteiligten ebenso klar war, daß sich aber alle so verhielten, als ob die Details der Privatisierung zu faszinierend seien, als daß es sich gelohnt hätte, dem großen Ganzen allzuviel Aufmerksamkeit zu schenken. Wenn die Industrie in der Hand der Regierung geblieben wäre, wären ihre Entwicklung, die Suche nach neuen Erdölquellen und der Versuch, die Preise zu kontrollieren, zu Angelegenheiten von höchster Priorität geworden. Aber meine Aufgabe bestand nicht darin herauszufinden, ob es eine gute oder eine schlechte Idee war, sondern dafür zu sorgen, daß sich in den Köpfen der Leute, die ins Ölgeschäft investierten, keine Gerüchte über Argentinien oder irgendwelche negativen Vorstellungen über die Industrie festsetzten.

Im Laufe der vergangenen paar Jahre hatte ich vielleicht hundert Leute kennengelernt und betreut, und jetzt tauchten die meisten von ihnen, in Hotelhallen, in Konferenzsälen, bei Arbeitsessen, nach und nach wieder auf. Ich genoß die Kameradschaft, die zwischen uns entstanden war. Ein paar von ihnen wirkten lustiger, lockerer, freundlicher, als sie es in Buenos Aires gewesen waren. Sie verfolgten die Privatisierung mit großem Interesse; die meisten von ihnen besaßen

Erdölaktien und waren jetzt neugierig, wer die neuen Aktien kaufen würde und zu welchem Preis. Ich stellte ein paarmal fest, daß wenn sich spätnachts Gruppen zusammenfanden, das Gepräch sich über kurz oder lang der Frage zuwandte, was werden würde. Männer, die ihre Whiskygläser nicht aus der Hand gaben, fragten mich, wie die Dinge meiner Ansicht nach liefen, und ich wußte, daß ich vorsichtig sein mußte, daß nichts von dem, was ich sagte, vergessen werden würde, daß einer der Anwesenden wahrscheinlich dem Ministerium Bericht erstattete. Meine Aufgabe bestand darin zu sagen, wie wichtig diese Privatisierung für Argentinien war: ein Schritt in einer Gesamtstrategie, die aus einer darniederliegenden südamerikanischen Wirtschaft mit chronischer Inflation, hoher Staatsverschuldung, Rohstoffimporten, regelmäßigen politischen Krisen und besorgniserregender Kriminalität, wie Venezuela oder Kolumbien, ein Land machen würde, das mit den Vereinigten Staaten Geschäfte machen konnte. Wir besäßen die Disziplin und den europäischen Background, diese Reformen durchzusetzen, sagte ich. Es würde keine Inflation oder Devisenspekulationen mehr geben, der Peso würde an den Dollar angebunden werden, und dies würde Entbehrungen für uns bedeuten, aber wir, als Volk, konnten mit solchen Entbehrungen fertig werden. Wir rechneten damit, daß die Privatisierung reibungslos vonstatten gehen würde, und der Erlös würde für Investitionen und zur Tilgung bestimmter Schulden aufgewendet werden. Wie ich ihnen sagte, rechneten wir damit, daß die führenden US-amerikanischen und europäischen Erdölgesellschaften die Aktien kaufen würden.

Mittlerweile war ich monatlich ein- bis zweimal unterwegs. Ich erinnere mich, daß ich gerade erst ein paar Tage von einer Konferenz in Europa zurück war, als Susan und Donald ihre Abschiedsparty gaben. Ich weiß noch, daß ich erschöpft war und einen schweren Katarrh hatte, der einfach nicht weggehen wollte, und ich arbeitete von zu Hause aus, schrieb Berichte zwischen langen Anfällen von Schlafbedürfnis. Ich sagte Pablo, daß sich das alles bald legen und unser Leben sich dann wieder normalisieren würde. Er hatte meistens das Auto, und er kam nach der Arbeit direkt nach Hause und kochte und erledigte die Einkäufe und das Putzen.

Susan und Donald schickten mir, Pablo, Jorge, Señor und Señora Canetto und, wie wir hofften, vielen anderen Leuten handgeschriebene Einladungen. Ich wollte nicht, daß Pablo hinging, und Jorge wollte nicht, daß seine Eltern hingingen. Der Abend versprach eine Übung in Heuchelei zu werden. Donald würde die Eltern mit einem affektierten Lächeln empfangen, sich mit ihnen über die Tugenden ihrer beiden Söhne austauschen und sich dann lachend entfernen. Zumindest malte ich Pablo die Sache so aus. Pablo sagte, wenn seine Eltern hingingen, wolle er auch hin. Wie hätte er ihnen erklären sollen, daß er nicht kam? Er könne auch einfach nicht erscheinen, sagte ich, ohne Erklärung wegbleiben, das würde sehr geheimnisvoll wirken. Vielleicht, sagte er, vielleicht würde er es so machen, aber einstweilen würde er die Einladung annehmen.

Wieder einmal war ich in dem Zimmer, in dem ich Susan und Donald zum erstenmal begegnet war, aber jetzt kannte ich wenigstens die Hälfte der Anwesenden und konnte Donald leicht aus dem Weg gehen und versuchen, nicht zu lange bei Pablo, Jorge und deren Eltern zu bleiben, die herumstanden und jeden anstarrten, als hätten sie ihr ganzes Leben in der Wildnis zugebracht und noch nie vorher Menschen gesehen. Ich war bestürzt, als ich Federico Arenas unter den Gästen sah. Ich fragte Donald, ob sie ihn gut kannten. Als er antwortete, versuchte ich an seinem Gesicht zu erkennen, ob er und Susan von dem Geschäft wußten, aber es war ihm nichts anzumerken. Er sagte, er sei ihnen während ihres Aufenthalts gelegentlich behilflich gewesen. Federico kam herüber und legte wieder einmal den Arm um mich. Er bewunderte meinen Anzug und sagte, er habe viel Gutes über mich gehört. Ich fragte ihn, ob die Möglichkeit bestehe, daß die Zeit vor der Privatisierung je unter die Lupe genommen werden würde. Ich wußte, daß es eine dumme Frage war. Er schüttelte den Kopf. Das ist alles vergessen, sagte er. Zu viele Leute haben zu sehr davon profitiert. Du bist ein richtiger Schwarzseher, sagte er, nicht? Vergiß es einfach, so wie alle anderen, es war nichts, sagte er und wandte sich ab und ging.

Was Donald betraf, hatte ich mich getäuscht. Er ging Pablos Eltern, und ebenso Pablo, aus dem Weg. Er bewegte sich unauffällig und schüchtern durch den Raum und redete hier und da mit Leuten. Als Susan mich fand, befahl sie mir, ihr bis auf weiteres nicht mehr von der Seite zu weichen. Ich fragte sie, was auf der Tagesordnung stehe; sie sagte, es gebe keine Tagesordnung. Ich konnte es nicht erwarten, nach Hause zu fahren. Ich sagte ihr, ich müsse Pablo von seiner Familie loseisen, und als ich ihn gefunden hatte, ging ich mit ihm in den Garten und zeigte ihm den leeren Swimmingpool. Bald zog es ihn wieder zurück zu seinen Eltern.

Ich kann mich nicht erinnern, wann klar wurde, daß Mart im Sterben lag. Es war entweder in dieser Nacht oder am nächsten Tag. Ich erinnere mich, daß der nächste Tag ein Samstag war und daß Susan vorbeikam, und da hatten wir die Nachricht von Jack und von einem Freund von Mart und Jack, der uns gleichfalls angerufen hatte, bereits erfahren. Pablo beschloß, nach San Francisco zu fliegen.

Ich hatte Anfang der folgenden Woche eine Konferenz in

Miami, und so fragte ich Susan, ob sie nicht vorbeischauen wolle, bevor ich abfuhr. Sie sagte, sie bedauerten beide, am vorigen Abend die Party gegeben zu haben. Kaum seien die Einladungen verschickt gewesen, hätten sie gewußt, daß es langweilig werden würde. Sie hätten die Leute, die sie noch sehen wollten, in kleineren Gruppen einladen sollen, oder vielleicht auch das Land verlassen, ohne irgend jemanden zu sehen. Ich spazierte mit ihr hinunter zum Bootshafen, während Pablo noch einmal mit San Francisco telefonierte. Sie trug eine hellblaue Seidenschleife mitten über der Stirn. Sie starrte aufs Wasser, als sei es ein alter Intimfeind.

»Wir haben es beide wirklich schön gefunden, dich hier zu kennen«, sagte sie. »Ich bin hier rausgefahren, weil ich dir das sagen wollte.«

»Und ich habe es schön gefunden, euch zu kennen«, sagte ich.

»Ich habe eine ganze Anzahl von Adressen und Telefonnummern, unter denen du uns erreichen könntest, solltest du uns einmal dringend brauchen. Die Nummer von meiner Mutter dürfte in den nächsten paar Monaten der schnellste Weg sein, uns zu erreichen.«

»Von deiner Mutter?« sagte ich. »Ich wußte nicht, daß du eine Mutter hast. Ich dachte, du seist auf irgendeinem anderen Weg zur Welt gekommen.«

»Du wirst mir fehlen«, sagte sie.

Als wir wieder ins Haus zurückgingen, hatte Pablo schon ein Ticket nach San Francisco gebucht. Er würde an demselben Abend abfliegen. Susan trank noch eine Tasse Kaffee, und dann fuhr sie weg und hupte ununterbrochen, während sie in der Ferne verschwand. Pablo räumte den Mittagstisch ab. Als er in der Küche an der Spüle stand, legte ich einen Arm um ihn. Er drehte sich um und küßte mich; kurz darauf gingen wir nach oben und ließen die langen weißen Vorhänge herunter. Wir liebten uns im Bett und verschliefen dann den Rest des Nachmittags.

Am nächsten Tag rief er aus San Francisco an. Er hatte Mart gesehen, er wurde nicht mehr behandelt. Die Ärzte gaben ihm nicht mehr als ein paar Tage. Er stand unter Morphium, hatte also keine Schmerzen. Jack hatte es endlich geschafft, Marts Mutter zu erreichen, sie und Mart hatten sich seit zwanzig Jahren nicht mehr gesehen, und jetzt wachten sie und Jack bei ihm am Krankenhausbett, rund um die Uhr. Mart hielt ihre Hand fest. Er konnte die Augen nicht von ihr abwenden, er sagte, sie solle ihn heimbringen, und das war schwer und befremdlich für Jack.

Pablo wohnte bei einem Freund. Er sei nicht sicher, ob er gebraucht werde, aber er sei froh, daß er gekommen sei. Mart und Jack hatten sich nach mir erkundigt. Es sei alles sehr traurig, sagte er, er erfahre von immer neuen Leuten, die gestorben oder die krank seien, und von einer Therapie sei nirgendwo die Rede. Er sei müde, sagte er, und er würde jetzt gleich ins Bett gehen. Ich gab ihm die Nummer meines Hotels in Miami und notierte mir seine Nummer, und wir sagten, wir würden uns am nächsten Tag sprechen.

Sonntag nacht flog ich nach Miami und kam am Morgen im Hotel an. Mein Zimmer war nicht fertig, und ich beschwerte mich an der Rezeption und sagte, ich bräuchte mein Zimmer so schnell wie möglich. Die Empfangsdame sah mich mitleidslos an und ließ mich in der Lobby sitzen. Als ich endlich in mein Zimmer konnte, klingelte das Telefon schon. Es war Pablo, der wissen wollte, wie lange ich in Miami bleiben würde. Bis Ende der Woche, sagte ich. Er sagte nichts, bis ich fragte, wie es Mart ginge. Er schläft viel, sagte er, und dann scherzt er, und er macht jeden mit seiner Mutter bekannt. Seine Mutter und Jack schliefen in seinem Zimmer.

Ich sagte ihm, daß ich gerade erst angekommen war und noch kein Auge zugetan hatte. Er schwieg. Ich dachte mir, daß er auch müde sein mußte. Er sagte, er würde mich später anrufen. Ich sagte, ich würde mich jetzt schlafen legen, und ich würde den ganzen Tag dasein, und er könne mich jederzeit anrufen.

Ich rief am Nachmittag zurück, aber es meldete sich nur sein Anrufbeantworter. Ich ließ mir Essen und Zeitungen aufs Zimmer bringen. Ich duschte, und dann lag ich auf dem Bett und döste halb und sah mir halb etwas im Fernsehen an. Einige Zeit später klingelte wieder das Telefon. Ich nahm an, es sei Pablo, aber er war es nicht. Es war eine andere Stimme. Es war Tom Shaw. Er sagte, er sei gerade angekommen und habe festgestellt, daß ich auch hier sei, und da die anderen größtenteils erst am späteren Abend oder am nächsten Morgen eintreffen würden, dachte er, wir könnten zusammen essen gehen. Ich sagte, ich würde um acht in der Hotelbar sein. Er sagte, er würde einen Tisch in einem Restaurant bestellen. Bevor ich mich anzog und nach unten ging, versuchte ich noch einmal, Pablo zu erreichen, aber es meldete sich wieder nur der Anrufbeantworter.

Als Tom Shaw erschien und sich an die Hotelbar setzte, einen trockenen Martini bestellte und darauf bestand, daß ich noch ein zweites Gin Tonic trank, fragte ich mich, ob ich mich, was ihn betraf, nicht vielleicht doch irrte. Vielleicht meinte er, es gehöre zu seinem Job, mich auf diese betörende Weise anzulächeln. Er sah meine Kleidung an, berührte einen Knopf meines Hemdes, redete mit mir in einem Ton voll spöttischer Intimität. Er saß noch keine fünf Minuten neben mir, da war ich mir sicher, daß er fest damit rechnete, daß ich mit ihm ins Bett gehen würde. Wir tranken aus und verließen die Bar; als wir die Lobby durchquerten, merkte ich zum erstenmal, daß er größer als ich war. Als er mir die Tür des Taxis aufhielt und mich zuerst einsteigen ließ, ging mir auf, daß er mich behandelte, als sei ich eine Frau.

Während des Essens war er lustig und attraktiv und ungezwungen, verriet sich aber weiterhin nicht. Er wohne allein in der New Yorker Upper East Side, sagte er. Das sei ungefährlich und langweilig, und genauso habe er es meistens gern. Er liebe Buenos Aires, sagte er. Es sei seine Lieblingsstadt.

»Das Fleisch hat es mir angetan«, sagte er und grinste mich an. »Meistens mag ich es gar, aber es gibt auch Fälle, da mag ich es roh.« Er lachte.

»Ich glaube, ich weiß, was Sie meinen«, sagte ich.

»Das glaube ich auch«, sagte er.

Ich sah ihn aufmerksam an, während er sprach, und mir wurde bewußt, daß ich, wenn ich eine Frau gewesen wäre, ihm nicht getraut hätte. Ich sah auch jetzt keinen Grund, ihm zu trauen. Erst als mir die blonden Haare auf der Haut seines Handgelenks auffielen, verspürte ich ein gewisses Verlangen nach ihm. Er wollte etwas über mein Leben in Buenos Aires erfahren; ich erzählte ihm vom Haus, das ich gemietet hatte, aber ich sagte ihm nichts von der Wohnung, die ich verlassen hatte. Ich erzählte ihm, daß es einen Menschen gebe, der mir viel bedeute, aber ich ging nicht ins Detail. Ich beobachtete ihn, als er ganz wie ein erfahrener Profi die Rechnung verlangte. Er bezahlte per Kreditkarte, und dann standen wir beide auf. Wieder begleitete er mich zum Ausgang und hielt mir die Tür des Taxis auf.

»Hätten Sie Lust, auf einen Schlummertrunk in mein Zimmer zu kommen?« fragte er, während wir zum Hotel zurückfuhren. »Ich habe eine Suite, es ist also ganz komfortabel da oben.«

»Nur einen«, sagte ich, »dann muß ich schlafen.«

Er legte seine Hand auf meinen Schoß und ließ sie da liegen.

»Ich warte seit Monaten darauf, das zu tun.«

»Ich weiß.«

»Sie schleichen sich immer davon.«

»Das werde ich heute nacht auch tun.«

Als ich wieder in meinem Zimmer war, rief ich Pablo an, aber der Anrufbeantworter war noch immer eingeschaltet. Ich sprach ihm aufs Band, er möge mich zurückrufen, dann legte ich mich schlafen. Ich dachte, er würde mich im Laufe der Nacht anrufen, wenn es an der Westküste früher Abend war, aber er tat es nicht. Jacks und Marts Nummer hatte ich nicht, aber selbst wenn ich sie gehabt hätte, wäre es mir unpassend erschienen, sie anzurufen. Vielleicht war Mart tot, und Pablo und die anderen hatten jetzt tausend Dinge zu erledigen.

Am nächsten Tag rief er auch nicht an. Ich ging mehrmals zur Rezeption und fragte nach. Jedesmal wenn ich vom Konferenzsaal in den Speisesaal oder in die Bar ging, teilte ich es der Rezeption mit, damit etwaige Anrufe weitergeleitet werden konnten. Als am folgenden Tag auch kein Anruf kam, wußte ich, daß irgend etwas wirklich nicht stimmte. Ich rief zu Hause an, und niemand nahm ab; ich rief meine Sekretärin an, und niemand hatte eine Botschaft hinterlassen. Vielleicht war es einfach so, daß er es nicht über sich bringen konnte, so kurz nach Marts Tod mit mir zu sprechen. Ich überlegte, ob ich nicht nach San Francisco fliegen sollte. Am Dienstag beschloß ich, Pablos Eltern anzurufen. Ich konnte sagen, ich sei ein Freund aus Nordamerika. Ich probierte verschiedene Stimmen aus, und dann wählte ich. Es meldete sich die Hausangestellte. Sie sagte, Pablo schlafe und dürfe nicht gestört werden. Er sei vergangene Nacht aus Nordamerika zurückgekommen. Ich vermutete, er hatte nicht allein in das leere Haus zurückkehren wollen, und bedauerte, daß ich die Tagung nicht hatte ausfallen lassen und statt dessen mit ihm nach San Francisco geflogen war. Ich hinterließ keine Botschaft für ihn.

An dem Abend rief Tom Shaw bei mir im Zimmer an, während ich auf dem Bett saß und fernsah. Er wollte, daß ich auf einen Drink zu ihm aufs Zimmer kam.

»Ich bin schon ausgezogen«, sagte ich.

»Das klingt cool«, sagte er.

»Im Ernst«, sagte ich.

»Zum Zimmer gehört ein Morgenmantel. Ziehen Sie den an und kommen Sie rüber.«

Ich zappte die Programme durch und dachte ein paar Augenblicke darüber nach.

»Okay.«

Ich duschte und zog mich vollständig an und ging dann mit dem Schlüssel in der Tasche den Korridor hinunter zu seinem Zimmer. Er war im Pyjama. Er trug teuer aussehende orientalische Hausschuhe.

»Sie haben sich angezogen?«

»Wenn ich so einen hübschen Streifenpyjama wie Sie hätte, wäre ich in dem gekommen.«

»Wie sehen denn Ihre Pyjamas aus?«

»Ich trage keine Pyjamas.«

Er machte mir ein Gin Tonic aus seiner Minibar, und wir setzten uns ins Wohnzimmer.

»Wann sind Sie das nächste Mal in New York?« fragte er.

»Ich weiß nicht.«

»Ich würde Ihnen gern die Sehenswürdigkeiten zeigen. Jetzt ist alles ein wenig ruhiger, als es früher einmal war, aber ich könnte mir vorstellen, daß Sie es faszinierend finden würden. Falls Sie es nicht schon kennen, heißt das.«

»Nein, ich kenne es nicht.«

Er ging ins Schlafzimmer und spielte mit der Fernbedienung herum und sah dann eine Minute lang auf den Fernsehbildschirm.

»Es läuft ein guter Film«, sagte er. »Möchten Sie hereinkommen und ihn sich ansehen?«

Wir setzten uns nebeneinander aufs Bett und sahen uns den Anfang des Films an, es war ein düsterer Kriminalfilm, von dem ich noch nie etwas gehört hatte. Ich stellte mein Glas auf den Nachttisch, oder ich hielt es in der Hand. Als ich mein Jackett und meine Schuhe auszog, beugte sich Tom herüber und küßte mich. Ich spürte die Hitze seines Körpers. Als er mein Hemd aufknöpfte und anfing, mit meinen Brustwarzen zu spielen, konnte ich seinen erigierten Penis an meinem Oberschenkel fühlen.

Ich wachte in der Nacht auf. Die Zentralheizung war zu hoch eingestellt; die Luft fühlte sich so trocken an, daß ich nur mit Mühe atmen konnte. Ich ging ins Badezimmer, mußte dort nach Atem ringen. Als ich zurückkam, sah ich Tom an, der nackt auf dem Bett lag. Er sah schön und vollkommen aus: Ich betrachtete ihn, während ich mich anzog. Ich schlich mich aus dem Zimmer. Am nächsten Morgen rief er an, als ich gerade packte, um zum Flughafen zu fahren, und wollte, daß ich mir seine New Yorker Adresse und seine Telefonnummer notierte. Er meinte, ich solle ihn am Wochenende anrufen. Ich sagte, ich sei nicht sicher, ob es klappen würde.

Sobald ich vom Flughafen nach Hause kam, ging ich nach oben. Ich wußte sofort, daß Pablo ausgezogen war. Seine Sachen waren weg; im Kleiderschrank hing nichts mehr von ihm. Er hatte seine Zahnbürste mitgenommen und ein besonderes Shampoo, das er gern benutzte. Und unten, auf dem Küchentisch, lag ein kurzer Brief in seiner krakeligen Handschrift. Er lautete: »In letzter Zeit ist es zwischen uns nicht besonders gut gelaufen. Ich wollte gehen, bevor es schlimmer wird. Vielleicht hätte ich bleiben sollen und darüber reden, aber ich hatte das Gefühl, so ist es am besten. Ich möchte unsere Beziehung beenden. Ich möchte Dir auch für alles danken. Alles Liebe, Pablo.«

Ich ging hinunter ans Wasser und überlegte, was ich tun sollte. Ich hatte immer geglaubt, es würde mit uns ewig so weitergehen. Vielleicht hätte ich mich mehr bemühen sollen. Vielleicht hätte ich in letzter Zeit nicht soviel reisen sollen. Ich ging ins Haus zurück und rief bei seinen Eltern an. Er nahm ab, und dann legte er das Gespräch in ein anderes Zimmer, so daß er ungestört sprechen konnte.

»Ich möchte dich sehen«, sagte ich.

»Nein, ich kann nicht«, sagte er. »Ich habe mich entschieden. Ich bin mir meiner Sache absolut sicher.«

»Danke«, sagte ich. »Freut mich, daß du dir so sicher bist. Das baut mich richtig auf.«

»Das ist es genau, was ich meine, es hat keinen Sinn, daß wir uns sehen. Er ist einfacher, die Sache so zu beenden.«

»Einfacher für dich«, sagte ich. Er sagte nichts.

»Ich habe vor ein paar Tagen angerufen, aber du hast geschlafen«, sagte ich.

»Ich bin seit zwei Tagen zurück. Ich war´bei Mart, direkt bevor er gestorben ist. Es war für alle schlimm. Vielleicht war es so schlimm, weil er so tapfer war. Es ist irgendwie unvorstellbar, daß er unter der Erde liegen soll. Ich habe dauernd das Gefühl, daß jemand einfach auf den Friedhof gehen könnte und ihn ausgraben und mit ihm reden und ihn wieder zum Leben erwecken.«

»Pablo, ich muß mit dir reden.«

»Nein, ich kann mit niemandem reden. Ich glaube, ich gehe zurück nach San Francisco, vielleicht schon in den nächsten paar Tagen. Bei seiner Beerdigung wollte er, daß sie ›Mad About the Boy‹ spielen, während der Sarg zur Kirche gefahren wurde. Es war nicht lustig, wie er es beabsichtigt hatte. Es war unerträglich. Ich konnte es nicht erwarten, daß es vorbei sein würde. Niemand ist auf den Tod gefaßt. Ich dachte, wir alle wären es, aber wir waren's nicht.«

»Können wir uns in der Stadt treffen?«

»Ich ruf dich in ein, zwei Wochen an.«

»Bist du sicher, daß du nicht einfach nur durcheinander bist?«

»Hey, ich bin sicher, ich hab dir doch gesagt, daß ich sicher bin.«

»Du fehlst mir wirklich. Ich möchte dich wirklich sehen.«

»Du wirst dir jemand anders suchen müssen.« Er legte den Hörer auf.

Ich weinte, als ich ins Badezimmer ging. Ich konnte mir nicht vorstellen, was ich den Rest des Tages und am nächsten Tag tun würde. Nach allem, was er gesagt hatte, war klar, daß ich ihn nicht wieder anrufen konnte. Ich versuchte, mich zu erinnern, was ich gemacht hatte, als ich ihn noch nicht gekannt hatte, wie ich meine Tage ausgefüllt hatte. Ich fing an, mir die Zähne zu putzen, als hätte das irgendwie helfen können. Ich meinte, wenn wir uns gegenüberstünden, könnte ich ihn überzeugen, wieder zurückzukommen. Ich weinte noch immer, als ich nach unten ging.

Ich legte mich auf das Sofa und versuchte einzuschlafen. Es war früher Abend. Wie ich so dalag, kam mir eine Idee. Ich griff in die Tasche meines Jacketts und holte Tom Shaws Adresse und Telefonnummer heraus. Ich rief ihn an. Er erkannte meine Stimme, kaum daß er abgenommen hatte. Er lachte.

»Ich weiß nicht, warum«, sagte er, »aber ich hatte so ein Gefühl, daß du vielleicht anrufen würdest.«

»Hast du an diesem Wochenende schon was vor?«

»Wenn du herkommst, ja. Andernfalls nicht.«

»Ich müßte es einrichten können, morgen früh dazusein. Was mache ich dann – einfach mit dem Taxi vom Flughafen zu deiner Adresse fahren?«

»Ja, oder ruf an, wenn du dich verspätest. Oder ruf auf jeden Fall an, damit ich da bin, wenn du kommst.«

Als ich vom Sofa aufstand, bekam ich Probleme mit der Atmung. Ich spürte einen stechenden Schmerz im Rücken, aber er hielt nicht lange an. Ich rief den Flughafen an und bekam einen Platz für einen Nachtflug nach Miami. Ich wußte nicht, wann ich zurückkommen würde. Das Ticket war teuer, aber ich ließ es trotzdem für mich reservieren. Ich packte etwas zum Anziehen, Bücher und Toilettensachen in eine kleine Reisetasche. Ich vergewisserte mich, daß ich meinen Paß und Geld und meine Schlüssel und mein Adreß-büchlein dabeihatte. Ich trug Toms Nummer und Adresse in das Büchlein ein. Ich dachte nicht an Pablo.

Ich schlief ein, sobald ich in der Maschine saß, und war noch immer benommen und schläfrig, als wir in Miami landeten. Ich mußte meilenweit laufen, so kam es mir zumindest vor, bevor ich den Schalter für den Anschlußflug nach New York fand. Ich begriff nicht, warum ich mich nicht einfach zu Hause betrunken hatte, bis zur Besinnungslosigkeit. Ich spielte sogar mit dem Gedanken, wieder zurückzufliegen und Tom Shaw anzurufen und zu sagen, es habe dann doch nicht geklappt. Aber ich stieg in die Maschine. Ich hatte einen Fensterplatz, und ich sah hinaus auf das klare Blau des Meeres und den leuchtendgelben Sand der Strände und dann auf die stille sahnige endlose Wolke, über die wir nordwärts hinwegflogen, und ich war froh, am Leben zu sein, und ich lehnte mich zurück und dachte an Tom Shaws Körper, an sein strahlendes Lächeln, seine Energie, und ich sagte mir, schon halb dösend, daß alles in Ordnung sei.

Auf dem Kennedy Airport konnte ich keine funktionierende Telefonzelle finden, die Kreditkarten nahm; Münzen hatte ich keine. Es war halb zwölf Uhr vormittags. Ich nahm ein Taxi in die Stadt. Als ich mich im Spiegel sah, wußte ich, daß ich mich hätte rasieren sollen. Ich mußte mir die Haare schneiden lassen. Aber das konnte ich alles später tun. Ich hoffte, Tom würde zu Hause sein. Das Apartment war in der East 69th, und der Taxifahrer wollte wissen, auf welcher Höhe das liege, aber ich wußte es nicht, und so mußte er mehrmals herumfahren, bis er die Hausnummer fand. Ich bezahlte ihn und ging an den Empfang und fragte nach Tom Shaw. Der Portier rief im Apartment an und sagte dann, ich solle ins neunte Stockwerk fahren. Im Aufzug geriet ich bei der Vorstellung, ihn wiederzusehen, in eine gewisse Aufregung. Als er die Tür öffnete, trug er Jeans und ein Jeanshemd und weder Schuhe noch Strümpfe. Er wohnte in einem Zweizimmerapartment mit einer kleinen Küche und einem Badezimmer. Das Bett war riesig, und eine Wand des Schlafzimmers bestand ganz aus Spiegeln.

»Sieh einer an, was die Katze angebracht hat«, sagte er. »Du siehst aus, als seist du die ganze Nacht auf den Beinen gewesen.«

»Ich hab die ganze Nacht im Flugzeug gesessen.«

»Warum gehst du nicht in die Wanne und rasierst dich, und ich gehe was fürs Frühstück einkaufen, und dann koche ich Kaffee.«

Ich sah ihm an, daß er nicht wollte, daß ich erklärte, warum ich gekommen war. Bevor er die Wohnung verließ, öffnete er die Tür zum Badezimmer und hängte einen Bademantel an einen Haken.

»Den kannst du anschließend zum Trockenwerden anziehen.«

Wir frühstückten, und dann führte er mich ins Schlafzimmer. Er hatte Creme und Kondome deutlich sichtbar auf dem

Nachttisch liegenlassen. Er zog sich aus, und dann drehte er mich mit dem Gesicht zum Spiegel, während er mir den Bademantel abstreifte. Ich war so müde, daß ich den Drang, Sex zu machen, mich zu befriedigen, viel stärker als jemals zuvor empfand. Es gab nichts, wozu ich in dem Augenblick nicht bereit gewesen wäre. Er ließ mich auf dem Bett liegen und kam mit einem kleinen Spiegel und, wie es aussah, zwei Linien Kokain ins Zimmer zurück.

»Das habe ich noch nie gemacht«, sagte ich.

»Ein Grund mehr, warum es dir gefallen wird.«

Er benutzte einen zusammengerollten Zehndollarschein, um das Kokain zu schnupfen, und dann reichte er ihn mir. Ich schnupfte, und augenblicklich hatte ich einen bitteren Geschmack am Gaumen und ein seltsam taubes Gefühl. Er schlug die Bettdecke zurück, und wir schlüpften zwischen die reinen weißen Laken.

»Wir werden dafür sorgen müssen, daß sich die weite Reise für dich gelohnt hat«, sagte er.

Am späten Nachmittag ging er aus dem Haus und ließ mich schlafend zurück. Als ich aufwachte, konnte ich mich nicht erinnern, wo ich war. Ich streckte die Hand aus und konnte die Lampe nicht finden. Ich stand auf und fand die Tür und öffnete sie und sah hinaus in den Flur, aber ich kam noch immer nicht darauf, wo ich war. Es war niemand da, weder im Wohnzimmer noch in der Küche. Ich ging ins Badezimmer und fing an zu husten. Jedesmal wenn ich hustete, schmeckte ich das Kokain an meinem Gaumen. Ich hatte das Gefühl, überhaupt nicht mehr atmen zu können. Ich stand da und krümmte mich und hustete. Die Uhr zeigte halb acht. Ich ging ins Schlafzimmer zurück und schaltete die Nachttischlampe ein und versank in einen leichten Schlaf. Als Tom zurückkehrte, wachte ich wieder auf.

Er lächelte und war gut gelaunt, als ob ihm meine Ankunft

ein unendliches Vergnügen bereitet habe. Ich hätte ihm beinah erzählt, was passiert war, aber er schien überhaupt nicht neugierig zu sein. Als ich aufstand und unter die Dusche ging, brachte er mir zwei riesige weiche Badetücher herein, die er auf der Heizung vorgewärmt hatte. Er sagte, wir würden essen gehen. Der Spaß fange jetzt erst richtig an, sagte er.

Wir nahmen ein Taxi und fuhren die holprigen, von Schlaglöchern übersäten Straßen von Manhattan hinunter nach Greenwich Village.

»In Buenos Aires«, sagte ich, »schämen sich die Leute, wenn die Straßen in einem so schlechten Zustand sind.«

»Hier schämt sich niemand für irgend etwas«, sagte Tom.

Einen Augenblick lang dachte ich, er sei Pablo. Ich nahm seine Hand.

»Werd mir jetzt bloß nicht so still«, sagte er.

»Ich weiß nicht genau, was ich hier eigentlich mache«, sagte ich.

»Konzentrier dich auf die nächste halbe Stunde, außerdem habe ich etwas Zauberpulver dabei, das wird dir weiterhelfen.«

In einer dunklen Straße voller Menschen ließ er den Taxifahrer anhalten.

»Laß uns aussteigen und etwas herumlaufen«, sagte er.

Zu meinem Erstaunen hatten die Geschäfte, die Kleider und Bücher und Kassetten und noch mehr Kleider verkauften, noch offen. Auf den Straßen gingen Leute mit Tragetaschen in der Hand. Jeder einzelne Passant, den ich sah, während wir dahinschlenderten, wäre in den Straßen von Buenos Aires aufgefallen. Wir gingen in ein Restaurant an einer Ecke: Es hatte eine hohe Decke, und überall standen Pflanzen, und die Frau, die uns an unseren Tisch führte, sah versnobter aus als sämtliche Gäste, die an den Tischen aßen oder an der Bar saßen, und verhielt sich noch herrischer.

»Du siehst aus wie ein Junge vom Land, der gerade über die Brücke oder durch den Tunnel gekommen ist«, sagte Tom.

»Ja, genau das bin ich.«

»Die Frau, die uns zu unserem Tisch geführt hat, kommt wahrscheinlich auch von der Brücke oder aus dem Tunnel, nur daß sie gelernt hat, nicht danach auszusehen.«

»Und wie steht's mit dir?«

»In New Jersey geboren und aufgewachsen.«

»Ist das so schlimm?«

»Das bedeutet, daß ich es nicht erwarten konnte, hier reinzukommen und was zu erleben.«

»Ich habe noch nie Hummer gegessen, vielleicht liegt's daran, daß ich zu nah am Meer lebe.«

»Na, jetzt hast du die Gelegenheit.«

Ich bestellte Hummer mit Ingwer, und Tom bestellte Huhn auf irgendeine Art. Die Kellnerin wirkte nicht amüsiert, als er sagte, den Anfang würden wir mit Bloody Marys machen. Tom wußte immer noch nicht, warum ich hier war und wann ich wieder zurückfahren würde. Ich hatte den Eindruck, daß er mir zu verstehen geben wollte, daß er kein Interesse hatte, mit mir etwas Ernsthaftes anzufangen. Er redete über die Wohnungspreise in New York, sagte, früher sei das hier eine billige Gegend gewesen, aber jetzt wolle jeder hier wohnen. Er selbst würde hier nicht wohnen wollen, sagte er, da sei immer zuviel los. Er komme gern mit Gästen aus Argentinien hierher.

Ich war noch immer müde und schaffte es gerade eben, mich zu konzentrieren. Das fiel ihm auf, und er reichte mir unter dem Tisch ein Päckchen. Er sagte, ich solle auf die Toilette gehen und mir eine Nase reinziehen, dann würde ich mich besser fühlen. Ich steckte das Päckchen in die Tasche und ging auf die Toilette und schloß mich in einer Kabine ein. Es war alles da: das Pulver, der Spiegel, ein winziger Plastiklöffel, um die Linie zu legen. Ich rollte einen Zehndollarschein zusammen und zog. Wieder hatte ich den bitteren Geschmack und das taube Gefühl im Mund. Ich fröstelte, als sei meine Körpertemperatur plötzlich gefallen. Ich wusch mir das Gesicht mit kaltem Wasser und stand dann da und starrte in den Spiegel.

Nach dem Essen schlenderten wir eine Zeitlang durch die Straßen und tranken etwas in einem altmodischen Hotel, wo die Beleuchtung in der Bar so trüb war, daß ich Tom, der mir gegenüber am Tisch saß, kaum erkennen konnte. Das Kokain tat seine Wirkung: Ich registrierte alles, was sich bewegte, ich genoß den Alkohol in meinem Wodka und Tonic, ich war in gesprächiger Laune, äußerte mich über kleinere Details der Inneneinrichtung oder über die Uniform und den Gang des Barkeepers oder darüber, wie gut ich mich fühlte. Und das schien Tom zu freuen. Er lachte und lächelte und zeigte seine strahlendweißen Zähne. Ich war froh, mit ihm zusammenzusein, froh, den ganzen Weg hinauf nach New York geflogen zu sein, um das hier zu erleben.

Später nahmen wir ein Taxi und fuhren zu einer Schwulenbar für ältere freiberufliche Männer, wie Tom es formulierte. Bist du ein Freiberufler, fragte er mich. Ich sagte, das sei ich. Er lachte. Die meisten anwesenden Männer trugen Anzug und Schlips. Das Lokal stand voller Sessel und Sofas, und es herrschte eine fröhliche Atmosphäre. Wir nahmen mehrere Drinks. Tom kannte ein paar der Gäste, und er stellte mich ihnen vor, und wir plauderten alle eine Weile, redeten über Argentinien und New York und ließen unbestimmte scherzhafte Bemerkungen über Sex fallen. Ich hatte den Eindruck, daß diese Männer der samstagabendlichen Jagd nach Sex überdrüssig waren und statt dessen Geselligkeit, leichte Konversation und ein bißchen Lachen suchten. Aber vielleicht kam im Laufe des Abends ein bestimmter Punkt, an dem sie sich strafften und aufhörten, mit Drinks in der Hand herumzustehen und mit Leuten, die sie kannten, zu reden, und sich auf die Suche nach Sex machten. Es war alles so zwanglos und kultiviert wie in einem englischen Club. Ich sagte mir, wenn ich in New York wohnen würde, würde ich immer hierherkommen, es wäre einfacher, hier jemanden kennenzulernen, es wäre einfacher, hier mit dem Gefühl alt zu werden, daß man nicht allein war.

»Du bist schon wieder ganz woanders«, sagte Tom.

»Vielleicht noch einen Drink«, sagte ich.

Er rief den Kellner, und wir ließen uns noch zwei Wodka und Tonic bringen.

»Ich denke, wir sollten bald nach Hause, jetzt, wo ich dir ein bißchen von New York gezeigt habe. Ich glaube, wir haben eine lange Nacht vor uns.« Er legte die Hand in meinen Schoß. »Ich bin sogar sicher.«

Von der Bar gingen wir zu Fuß zu seiner Wohnung. Es fielen erste Regentropfen. Ich war noch immer in Hochstimmung, voller Energie. Ich konnte den Alkohol spüren, der in meinem Blut pochte. Kaum waren wir wieder in der Wohnung, machte Tom noch zwei Linien Koks, und wir zogen uns je eine rein.

»Ich werfe eine Münze«, sagte er. »Einer von uns zieht sich aus, der andere behält seine Sachen an.«

Es ging so aus, daß er seine Sachen anbehalten durfte. Ich zog mich im Badezimmer aus und ließ meine Sachen auf den Fußboden fallen, dann kam ich ins Wohnzimmer zurück. Er steckte den Finger in den Beutel Kokain und tupfte etwas davon auf die Spitze meines Schwanzes und dann auf mein Arschloch. Wir legten uns zusammen auf den dicken Teppich. Er fing an, in meine Brustwarzen zu beißen und sie dann mit Daumen und Zeigefinger zusammenzuquetschen, bis es weh tat, und ich versuchte, ihn daran zu hindern, aber er machte damit weiter, als hinge sein Leben davon ab. Allmählich baute sich in mir das Gefühl auf, daß ich jeden Schmerz ertragen konnte. Er steckte noch einmal den Finger in den Kokainbeutel und betupfte mich mit den winzigen weißen Körnchen. Er legte sich neben mich und küßte mich und erlaubte mir nicht, die Hände unter seine Kleidung zu schieben. Ich fühlte mich unverwundbar, zu allem bereit.

Ich wachte gegen drei Uhr auf, und das Husten wollte nicht wieder aufhören. Jedesmal wenn ich hustete, spürte ich einen stechenden Schmerz im Rücken. Ich fühlte mich heiß und verschwitzt. Ich lag da und versuchte aufzuhören, aber ich hatte keine Kontrolle über meine Atmung. Tom wachte auf.

»Hey, dieser Husten wird allmählich zu einem echten Problem.«

»Vielleicht liegt's am Kokain.«

»Ich finde, es klingt nach was Ernstem.«

Ich lag mit geschlossenen Augen da und versuchte, ruhig zu atmen. Er drehte sich um und versuchte wieder einzuschlafen. Langsam kam der Husten wieder. Ich spürte ein Brennen in der Lunge. Ich war mir dessen bewußt, daß ich ihn störte. Er schaltete die Nachttischlampe ein.

»Du klingst krank«, sagte er. »Bist du damit schon bei einem Arzt gewesen?«

»Nein«, sagte ich. »Ich weiß nicht, was es ist. Ich glaube, es könnte am Kokain liegen.«

»Glaubst du, daß du noch lange weiterhustest?« fragte er.

»Ich weiß nicht.«

»Ich glaube nämlich, ich gehe raus und schlafe im Wohnzimmer auf einer Matratze.«

Er stand auf und nahm zwei Kissen mit und kramte aus einem Einbauschrank eine Matratze hervor, die er dann durchs Zimmer schleifte. Er kam zurück, um sich noch Laken und ein Federbett zu holen. Er zog die Tür, ohne ein Wort zu sagen, hinter sich zu. Ich fing wieder an zu husten. Ich fühlte mich, als stünde ich in Flammen, und ich bedauerte, im Schlafzimmer eines Fremden und nicht in meinem eigenen Haus zu sein. Ich spielte mit dem Gedanken, aufzustehen – es war halb vier – und zum Flughafen zu fahren und den nächsten Flug zurück zu nehmen, aber ich beschloß zu warten und mich etwas auszuruhen. Ich schwitzte. Ich fühlte mich hilflos.

Ich muß eine Weile gedöst haben. Ich wachte um zwanzig vor fünf auf, Toms Lampe war noch an, und ich beschloß zu gehen. Meine Tasche stand im Schlafzimmer in der Ecke. Ich sah nach, ob ich alles Wichtige hatte – Paß, Ticket, Geld, Schlüssel –, und zog mich an. Ich ging ins Badezimmer und sammelte meine Sachen zusammen. Ich stand im Wohnzimmer wie ein langer Schatten und fragte Tom, ob er wach sei. Er murmelte irgend etwas. Ich sagte ihm, daß ich jetzt dann ginge. Er setzte sich auf und fragte, ob ich etwas bräuchte.

»Ich gehe jetzt«, sagte ich.

»Okay.«

»Du brauchst meinetwegen nicht aufzustehen.«

»Okay.«

»Wir sehen uns auf der nächsten Tagung.«

»Fliegst du nach Argentinien?«

»Ja, nach Argentinien. Ich beeil mich jetzt besser, sonst verpasse ich meine Maschine.«

Ich öffnete die Tür und schlüpfte hinaus auf den Korridor und ging dann schnell zum Lift. Auf der Straße winkte ich ein Taxi heran und sagte dem Fahrer, daß ich zum Kennedy wollte. Ich wußte nicht, mit welcher Gesellschaft ich zurückfliegen würde, aber ich sagte ihm, er könne mich an den Flugsteigen der argentinischen Luftlinie absetzen. Da Sonntag war, würde es erst am späten Nachmittag einen Flug nach Buenos Aires geben, stellte ich fest, aber wenn ich zum LaGuardia fuhr, konnte ich eine Maschine nach Miami und von da einen Anschlußflug bekommen. Es würde mehr kosten, aber ich hatte das dringende Bedürfnis, nach Hause zu kommen. Meine Haut brannte, und ich hatte einen schrecklichen Durst. Ich konnte meine Tasche kaum tragen. Ich bezahlte mein Ticket per Kreditkarte.

Kaum bekam ich mein Ticket ausgehändigt, hatte ich das Gefühl zu ersticken. Ich entfernte mich und legte mich auf eine Bank. Ich versuchte verzweifelt, Luft zu holen, ruhig zu atmen. Die Leute sahen mich an, wie ich spuckend und hustend dalag. Schließlich schaffte ich es, aufzustehen und hinauszugehen und ein Taxi zum LaGuardia zu nehmen.

Die Maschine nach Miami war fast ausgebucht. Ich hatte einen Fensterplatz, und ich lehnte mich mit geschlossenen Augen und vor Hitze brennendem Gesicht zurück. Kaum hatte die Maschine abgehoben, fing ich an zu husten. Die Frau neben mir schien das als einen Affront zu empfinden, als habe man mich eigens neben sie gesetzt, um sie zu ärgern. Jedesmal wenn ich hustete, versuchte sie von mir abzurücken. Ich hatte den Kopf zwischen den Knien. Es war so, als versuchte ich, das Kokain aus meinem Organismus auszuhusten. Ich wappnete mich jedesmal innerlich, ich wußte, wie stechend der Schmerz sein würde, als würden meine Lungen gleich explodieren. Eine Stewardeß kam und stand da und sah mich an, dann noch eine. Ich tat so, als seien sie nicht da.

»Leiden Sie an Asthma?« fragte eine von ihnen.

Ich nickte.

»Es ist gleich wieder gut«, sagte ich.

»Könnte ich bitte umgesetzt werden?« fragte die Frau neben mir. Die Stewardeß ging den Gang entlang und besorgte ihr einen neuen Sitzplatz. Sie zog unter viel Gemurmel und

Getue um. Ich lehnte mich zurück und versuchte zu schlafen. Jeder Knochen im Leib tat mir weh, und ich hatte das Gefühl, bald überhaupt nicht mehr atmen zu können. Ich überlegte, ob ich in Miami Zwischenstation machen und dort einen Arzt aufsuchen sollte; vielleicht hatten sie dort mehr Erfahrung mit Leuten, die allergisch auf Kokain reagierten. In Buenos Aires war ich seit Jahren nicht beim Arzt gewesen, seit dem Tod meiner Mutter nicht mehr. Ich wußte, daß es so etwas wie eine ärztliche Schweigepflicht gab. Auf alle Fälle hatte ich die Drogen in New York genommen, nicht in Buenos Aires. Bald schlief ich ein, und als ich aufwachte, war ich wieder am Husten; am Ende jedes Hustenanfalls traf ich einen lauten unkontrollierbaren hohen Ton, bei dem sich alle umdrehten. Ich hatten den verzweifelten Wunsch, zu Hause zu sein.

»Wünschen Sie ärztliche Versorgung, sobald wir gelandet sind?« fragte mich eine der Stewardessen. Ich schüttelte den Kopf. Ich sagte, es würde gleich wieder gut sein. Ich verschwieg bewußt, daß ich einen Anschlußflug nach Buenos Aires gebucht hatte. Ich schloß wieder die Augen, und die Stewardeß entfernte sich. Als das Flugzeug landete und wir unser Handgepäck nahmen und von Bord zu gehen begannen, versuchte ich, überhaupt nicht zu atmen. Ich befürchtete, wenn ich mich nicht konzentrierte, würde ich mich im Gang der Maschine bald vor Husten krümmen.

Als ich meinen Kofferkuli Gänge entlangschob, um die Maschine nach Buenos Aires zu erreichen, merkte ich, daß ich nicht weiterkonnte. Ich stützte mich hustend auf den Wagen, das Geräusch klang in den hallenden Korridoren wie ein heiseres Bellen, und zuletzt kniete ich am Boden, unfähig, einen Atemzug zu machen. Ich wußte nicht, was ich zu Hause tun würde. Es würde Sonntag spätnachts sein, ich nahm nicht an, daß da viele Ärzte Bereitschaft hatten. Ich fragte mich, ob ich nicht gleich direkt in ein Krankenhaus fahren sollte, aber ich wußte nicht, was ich denen dann gesagt hätte.

Langsam stand ich wieder auf und ging auf den Flugsteig zu. Ich dachte an eine starke Schlaftablette, etwas, womit ich den ganzen Heimflug durchschlafen würde. Ich wünschte mir, ich hätte irgendwelche Pillen gehabt. Ich dachte, daß diese Reaktion auf das Kokain ein paar Stunden andauern und dann abklingen würde. Auch diesmal bekam ich einen Fensterplatz, und kaum war das Flugzeug in der Luft, fing ich wieder an zu husten. Während wir nach Süden flogen, schliefen die meisten Leute um mich herum ein, aber von meinem Husten – es kam mir jetzt in diesem Flugzeug lauter vor, als ob gleich meine ganzen Eingeweide hochkommen würden – wachten sie wieder auf. Die Stewardeß fragte mich, ob sie sich erkundigen solle, ob es einen Arzt an Bord gebe, und ich sagte, das sei nicht nötig, aber später, als es schlimmer wurde und alle um mich herum aufgewacht waren und zuhörten, nickte ich ihr zu. Sie ging durch das Flugzeug und fragte herum, aber es war kein Arzt an Bord. Sie brachte mir eine zusätzliche Decke und ein Kissen und setzte meine Platznachbarn um, so daß ich mich über drei Sitze ausstrecken konnte. Sobald ich mich hingelegt hatte, wußte ich, daß ich wirklich krank war, und kränker wurde, und daß es vielleicht doch etwas anderes war, etwas, was das Kokain lediglich ausgelöst hatte. Ich schlief ein und wachte schweißgebadet wieder auf.

Ich schaffte es, vom Flughafen nach Hause zu fahren. Ich dachte, ich würde am Lenkrad sterben, ich würde zusammenbrechen. Ich wußte, daß ich sehr hohes Fieber hatte. Auf der Schnellstraße mußte ich mehrmals an den Rand fahren und husten, bis ich vor Erschöpfung schauderte. Es war mir bis dahin noch nie in den Sinn gekommen, daß ich fürs Gesundsein dankbar sein sollte, aber jetzt betrachtete ich die Zeit, als es mir nicht so ergangen war, als etwas, was ich noch einmal erleben wollte. Als ich zu Hause angekommen war, rief ich das Juan-Fernandez-Krankenhaus an. Ich war im Zentrum so oft daran vorbeigekommen und hatte ihm nie Beachtung geschenkt. Niemand nahm ab. Ich sah noch einmal im Telefonbuch nach und fand noch eine Nummer für Notfälle. Ich schilderte der Frau, die sich meldete, meine Symptome. Vom Kokain sagte ich nichts. Ich sagte ihr, ich sei umfassend krankenversichert. Sie sagte, ich solle jetzt, sofort, zur Notaufnahme kommen, und jemand würde mich untersuchen. Ich bestellte ein Taxi und packte die Dinge, die ich vermutlich benötigen würde, in eine Tasche. Mittlerweile ging ich davon aus, daß sie mich über Nacht dabehalten würden.

Kaum war ich durch die Tür mit der Aufschrift »Notaufnahme« getreten, wurde ich von einem Pfleger angehalten. Er ließ mich da stehen, während er anrief, um festzustellen, ob jemand da sei, und ich fing wieder an zu husten. Vor Schmerz schossen mir Tränen in die Augen. Er drehte sich um und sah mich scharf an, dann wählte er eine andere Nummer. Er brachte mir einen Stuhl zum Sitzen; er klopfte mir beruhigend auf den Rücken. Meine Haut brannte noch immer, und ich war außer Atem. Die Rückreise von New York erschien mir wie ein nicht enden wollender Traum. Ich hätte mich am liebsten auf den Fußboden gelegt und wäre gestorben.

Eine Krankenschwester kam und führte mich einen Korridor entlang und dann durch eine Doppeltür und einen weiteren Korridor entlang. Sie ließ mich in eine durch Vorhänge abgetrennte Kabine eintreten, forderte mich auf, mich auf das schmale Bett zu setzen, und zog die Vorhänge auf. Sie fing an, mir Fragen zu stellen, und schrieb die Antworten auf eine große Karteikarte. Ich erzählte ihr vom Husten und von meinem Aufenthalt in New York, aber wieder sagte ich kein Wort vom Kokain. Sie steckte mir ein Thermometer unter den Arm und las dann die Temperatur ab und sagte, ich hätte vierzig Grad Fieber. Sie sagte, sie würde jetzt einen Arzt holen.

Ich dachte an den Unterschied zwischen jetzt und der Zeit, als ich gesund gewesen war. Geruhsame Abende, essen, Wein trinken, auf dem Sofa liegen, mit Pablo reden, mit ihm ins Bett gehen und Liebe machen und anschließend schlafen. Ich begriff, daß ich seit mindestens einem Tag, vielleicht schon länger, hohes Fieber hatte, und ich sagte mir, daß das gefährlich war, oder zumindest kein gutes Zeichen. Nach einer Weile kam ein junger Arzt und forderte mich auf, Jackett und Hemd auszuziehen. Er forderte mich auf, tief ein- und auszuatmen, und legte mir den kalten Stahl des Stethoskops an die Brust und den Rücken. Er sagte, ich solle mich aufs Bett legen, und kam ein paar Minuten später mit einem älteren Arzt und einer Schwester zurück.

Der Arzt sah mich argwöhnisch an und horchte mir dann Brust und Rücken mit dem Stethoskop ab und sagte, ich hätte eine schwere Lungenentzündung. Ich würde einige Formulare ausfüllen müssen, und dann würde er mir ein Bett besorgen und mit der Behandlung beginnen. Es sieht schlecht aus, sagte er. Sie haben es zu lange schleifen lassen. Er sah auf die Karte und schrieb etwas auf. Wie schlecht, fragte ich. Er sagte, um das herauszufinden, würden sie einige Untersuchungen vornehmen müssen. Ich füllte das Formular aus: Name, Adresse, nächster Angehöriger. Mir wurde bewußt, daß ich gar keinen nächsten Angehörigen hatte. Ich wollte nicht, daß sie sich mit meinen Onkeln in Verbindung setzten, mit keinem von ihnen. Ich trug den Namen meiner Mutter und die Adresse meiner Wohnung ein. Ich gab ihnen alle sonstigen Informationen, die sie haben wollten. Ich stellte mir vor, wie sie in der leeren Wohnung anriefen, um meine Angehörigen zu informieren, und niemand abnahm.

Ein Pfleger brachte mich im Rollstuhl zu einem Krankenzimmer. Ich hielt meine Tasche auf dem Schoß. Es war wie eine Szene aus einem Film, die langen Korridore, die Neonröhren, die flüchtigen Einblicke in Räume, in denen Leute in Betten lagen, die Stille der Nacht. Er schob mich in ein Krankenzimmer mit fünf weiteren Betten, in denen schlafende Gestalten lagen. Eine Schwester kam und zog die Vorhänge um mein Bett zu und flüsterte mir zu, ich solle mich ausziehen und ins Bett legen. Der Arzt, sagte sie, würde gleich kommen. Sobald ich anfing, mich auszuziehen, ging der Husten wieder los. Ich legte mich ohne Schuhe aufs Bett und blieb so, bis er wieder aufhörte. Jetzt war ich sicher, daß ich sterben würde. Langsam zog ich meine Sachen aus und streifte den Pyjama über, den ich mitgenommen hatte. Für Decken war mir zu heiß. Ich wartete darauf, daß der Arzt kam. Allmählich bekam ich Durst, aber als ich aus der Wasserkanne, die neben dem Bett stand, zu trinken versuchte, schaffte ich es nicht zu schlucken. Es verging mehr Zeit, und ich lag da und wartete.

Ich war im Halbschlaf, als ein Arzt und eine Krankenschwester mit einem Instrumentenwagen ankamen. Sie schalteten das Licht über meinem Bett ein. Als ich sah, wie eine der Schwestern eine Spritze vorbereitete, bekam ich Angst. Mit einemmal wollte ich das alles nicht. Ein Arzt forderte mich auf, meine Pyjamahose herunterzustreifen und mich umzudrehen. Er hielt die Spritze in der Hand. Die Schwester betupfte die Haut an meiner Hüfte mit Watte, und der Arzt führte die Nadel ein. Im ersten Moment spürte ich gar nichts, aber dann kam ein scharfer Schmerz, und ich verkrampfte mich. Die Schwester legte mir die Hand auf die Schulter und sagte, ich solle mich entspannen. Die Nadel drang jetzt tiefer ein, ich konnte spüren, wie sie innen etwas zerriß, und dann zog sie der Arzt wieder heraus, und die Schwester preßte mir wieder Watte auf die Haut. Ich zog meine Pyjamahose hoch und legte mich auf den Rücken. Eine andere Nadel, mit einem Tropf verbunden, den die Schwester neben meinem Bett aufstellte, wurde in meinen Arm eingeführt. Der Arzt horchte mir noch einmal die Brust mit dem Stethoskop ab. Sie sprachen kein Wort, weder miteinander noch mit mir. Als sie fertig waren, gingen sie weg, als sei ich gar nicht vorhanden. Die Stationsschwester kam und zog den Vorhang wieder auf.

Ich lag die ganze Nacht schlaflos da und beobachtete alles, was sich im Krankenzimmer und draußen auf dem Korridor bewegte, wie ein Baby, das gerade auf die Welt gekommen ist und die Augen aufgeschlagen hat. Ich beobachtete, wie der Mann im mittleren Bett gegenüber sich nachts beschmutzte und ein paar Krankenschwestern hereinkamen und ihn hinaus ins Badezimmer führten, während sie sein Bett neu bezogen. Ich beobachtete, wie der Junge im Bett neben mir leise auf die Toilette ging und dann wieder hereinkam. Ich beobachtete, wie der Mann im Bett gegenüber aufwachte und sich aufsetzte und die Schwester rief und sich dann hinlegte und wieder einschlief. Und ich beobachtete, wie der Morgen graute und dann die Lichter im Korridor und im Zimmer angingen und dann das Frühstück kam. Ich hatte mich die ganze Nacht nicht bewegt. Eine Schwester kam und maß meine Temperatur und meinen Blutdruck. Sie sagte, ich müsse nüchtern bleiben, da ich für eine Bronchoskopie vorgemerkt sei. Ich fragte sie, was das sei; sie sagte, das sei eine Lungenuntersuchung. Ich fragte sie, wie meine Temperatur sei; sie sagte, sie sei hoch. Sie sah auf meine Karte, und sie konnte nicht glauben, daß ich nicht geschlafen hatte.

Etwa eine Stunde später wurde ich zu einer Art Operationssaal gefahren und erst einmal in einem Vorraum abgestellt. Ich fragte mich, ob sie wieder Nadeln benutzen würden. Ich hatte die Vision, wie sie mir eine Nadel in den Rücken stachen, bis in die Lunge hinein, und irgendeine Flüssigkeit absaugten, die sie dann analysieren konnten. Erst als sie mich in den OP schoben, ging mir auf, daß sie mir einen Apparat in den Rachen stecken würden. Ich fragte den Arzt, ob er mich dafür betäuben könnte. Es war ein großer Mann in den Fünfzigern. Zuerst schien es, als habe er gar nicht zugehört, dann sah er mich an und nickte bekümmert: Wenn ich schlafen wolle, dann sei er sicher, daß er etwas für mich tun könne. Ich sah der Schwester zu, wie sie eine weitere Injektion vorbereitete. Aber als der Arzt mit der Spritze kam, konnte er in meinem linken Arm keine Vene finden. Er sagte, ich solle die Hand öffnen und schließen. Schließlich führte er die Nadel ein. Ich keuchte, und er bat mich stillzuhalten.

Ich wachte in einem kleinen Zimmer mit einem Fenster auf, das auf einen Rasen hinausging. Neben mir stand eine Apparatur mit Schläuchen. Einer davon führte in meinen Arm, ein anderer in meinen Hals. Ich hatte Schmerzen in der Brust und im Rücken. Das Zimmer war weiß gestrichen; es hatte ein Fenster, das auf einen Korridor hinausging. Ich wußte nicht, wieviel Uhr es war oder welcher Tag, aber ich begriff, daß ich meine Sekretärin informieren mußte. Jeder Atemzug strengte mich an. Ich sah am Fenster zwei Gestalten, die zu mir hereinsahen. Ich drehte mich um und starrte sie an, aber ich war zu erschöpft, und ich machte die Augen wieder zu und legte den Kopf auf das Kissen zurück. Als ich einen oder zwei Augenblicke später den Kopf wieder zum Fenster wandte, wußte ich, daß ich einen der Ärzte schon einmal gesehen hatte; es war der amerikanische Arzt, der Mart untersucht hatte. Jetzt hielt er eine große Karteikarte in der Hand, und er sah gerade darauf und nickte, und dann sah er durch das Fenster zu mir herein.

Plötzlich begriff ich, daß ich Aids hatte, das war es, deswegen sah mich der amerikanische Arzt an. Ich machte die Augen wieder zu. Eine Schwester kam, um meine Temperatur zu messen. Ich sagte, ich wolle den behandelnden Arzt sprechen, und sie erklärte, das Team würde später vorbeikommen. Ich fragte sie, wie spät es sei. Sie sagte, es sei vier Uhr. Ich gab ihr meine Büronummer und bat sie, sich mit Luisa in Verbindung zu setzen und ihr zu sagen, sie möge ins Krankenhaus kommen. Ich lehnte mich zurück und dachte, daß das also das Ende sein würde, daß man meinen Körper mit einem Laken zudecken und auf einem Rolltisch in den Leichenraum schieben würde, daß ich davor wochen-, vielleicht monatelang hier oder zu Hause vor mich hin siechen, immer dünner und schwächer werden würde, in Erwartung des langen Martyriums, das damit enden würde, daß ich in der einen Minute noch am Leben war, bei Bewußtsein, voller Erinnerungen, und in der nächsten Minute tot, vollständig ausgelöscht. Ich würde vergehen. Ich fragte mich, ob es etwas gab, was ich in diesem Stadium tun konnte, ob ich anfangen konnte, Schlaftabletten zu horten, ob ich es auf die einfache Weise hinter mich bringen konnte, jetzt.

Ein Arzt kam erst am späten Abend. Ich döste halb, und als ich die Augen aufschlug, sah ich den amerikanischen Arzt am Bett stehen. Er hatte keinen weißen Kittel an. Er trug einen grünen Pullover und ein Hemd mit offenem Kragen. Als er mich in stockendem Spanisch ansprach, merkte ich, daß er es in Kolumbien oder Mexiko gelernt haben mußte. Er stellte sich als Doktor Cawley vor, er sagte, er sei für Infektionskrankheiten zuständig, und er brauche meine Einwilligung, um ein paar Tests bei mir durchzuführen, darunter auf TB und HIV. Das seien mehr oder weniger Routinetests, sagte er. Ich hätte eine schwere Form von Lungenentzündung, und er bräuchte so viele Daten wie irgend möglich.

»Glauben Sie, ich bin HIV-positiv?« fragte ich ihn auf englisch.

»Alles ist möglich«, sagte er. »Jeder in diesem Krankenhaus könnte positiv sein.«

»Ich meine, glauben Sie, daß diese Lungenentzündung mit Aids zusammenhängt?«

»Ich muß einen Test durchführen«, sagte er. »Alles übrige wäre reine Spekulation.«

»Wie lange dauert so ein Test?«

»Wenn ich morgen früh jemanden zum Blutabnehmen vorbeischicke, könnte ich die Resultate wahrscheinlich bis Freitag haben. Der TB-Test geht schneller.«

»Werde ich am Freitag noch hiersein?«

»Ja, die Behandlung Ihrer Lungenentzündung wird eine ganze Weile dauern. Es sieht ziemlich ernst aus.«

»Wie ernst?«

»Das wird sich erst im Laufe der nächsten paar Tage herausstellen. Darf ich Sie nach Ihrem Sexualleben fragen? Sind Sie verheiratet?«

»Nein, ich bin schwul.«

»Sind Sie Risiken eingegangen?«

»Ich glaube nicht.«

»Was meinen Sie damit?«

»Ich meine, daß ich seit ungefähr 1984 keinen ungeschützten Sex mehr gehabt habe.«

»Und davor?«

Ich zuckte die Achseln. Er sah auf die Karte hinunter.

»Kann ich morgen früh meinen Assistenten vorbeischikken?« fragte er.

Ich nickte.

»Haben Sie noch irgendwelche Fragen?«

»Ja, ich habe am Wochenende viel Kokain genommen. Glauben Sie, das hat mir geschadet?«

»Nein, wahrscheinlich nicht. Ich glaube, daß Sie die Lungenentzündung schon seit einer ganzen Weile haben.«

Als er sich abwandte, um zu gehen, lächelte er, und ich sah ihn wieder deutlich vor mir, wie er Mart zum Seitenausgang des Krankenhauses begleitet hatte. Aber dann fiel mir ein, daß es ein anderes Krankenhaus gewesen war.

»Arbeiten Sie nur an diesem Krankenhaus?«

»Nein, ich habe allgemein mit Infektionskrankheiten zu tun. Ich bin ständig unterwegs.« Er lächelte wieder, und dann wurde sein Gesicht ernst, und er verließ das Zimmer.

Als der junge Arzt mir am nächsten Morgen Blut abnahm, versuchte ich zu beten, aber dann wurde mir bewußt, daß ich statt dessen mit meiner Mutter und meinem Vater sprach und sie beide um Hilfe bat, sie möchten bitte machen, daß mit mir alles in Ordnung sei. Zeitweise war ich sicher, daß ich infiziert war, und ich wußte, daß die Testergebnisse positiv sein würden, dann aber ertappte ich mich dabei, daß ich jede Äußerung des Arztes überdachte: Jeder im Krankenhaus könne HIV-positiv sein, der Test sei reine Routine. Mir fiel auf, daß seit ich in dieses Zimmer verlegt worden war, die Schwestern und Ärzte Handschuhe anzogen, wenn sie in meine Nähe kamen. Ich fragte mich, ob Lungenentzündung ansteckend war.

Als meine Sekretärin kam, sah sie überrascht aus und fragte mich, was los sei. Ich erzählte ihr, ich hätte eine Blinddarmentzündung. Ich trug ihr auf, jedem, der anrief, zu sagen, ich sei in Comodoro Rivadavia und würde nächste Woche zurückkehren. Ich bat sie, jeden Tag vorbeizukommen, für den Fall, daß es etwas auszurichten oder wichtige Briefe gebe. Ich nannte ihr eine Reihe von Zeitungen, Zeitschriften und Büchern, die ich haben wollte. Sie schrieb sich alles auf. Ich sagte ihr, am Freitag solle sie nicht kommen.

Alle zwei Stunden, selbst nachts, wurde meine Temperatur gemessen und in mein Krankenblatt eingetragen und wurden die Schläuche überprüft. Ärzte kamen und gingen; weitere Blutproben wurden genommen. Mitunter redeten Ärzte und Schwestern so über mich, als sei ich überhaupt nicht da. Ich schlief und wachte auf und döste und schlief wieder ein. Ich hörte Radio. Ich war kraftlos und außer Atem. Ich verabscheute die Bettpfanne, haßte es, mühsam auf dem Rücken liegend zu scheißen und, wenn ich fertig war, die Schwester zu rufen. Ich haßte Spritzen, die dünne Nadel, die auf mich zukam. Aber vor allem dachte ich an mein Blut, das jetzt untersucht wurde. Ich wußte nicht, wie das Testverfahren aussah, oder warum es so viel Zeit in Anspruch nahm, oder welche Methode sie anwendeten. Ich stellte mir vor, daß mein Blut nachts in irgendeinem Labor stand und langsam seine Botschaften und Signale aussendete. Ich konzentrierte mich darauf, bemühte mich, es durch schiere Willenskraft zu zwingen, gesund zu sein. Ich dachte, wenn ich positiv war, würde ich versuchen, mich umzubringen, und dann dachte ich, ich sollte Pablo anrufen und ihn bitten, mir zu helfen, aber ich glaubte nicht, daß ich das tun könnte, und ich glaubte nicht, daß ich mich umbringen würde. Die Tatsache, daß ich nicht abgemagert war, beruhigte mich. Mit meinem Magen war alles in Ordnung. Ich schwitzte nicht zu stark. Das Fieber kam von der Lungenentzündung. Und jeder konnte eine Lungenentzündung bekommen, genauso wie jeder in diesem Krankenhaus HIV-positiv sein konnte.

Donnerstag wartete ich den ganzen Tag lang, hielt durch das Fenster Ausschau nach Doktor Cawley für den Fall, daß die Testergebnisse früher kämen. Ich sah die Post durch, die Luisa mir brachte, und versuchte, die Zeitungen zu lesen, aber ich war zu müde. Zwei Schwestern kamen mit Seife und heißem Wasser, um mich zu waschen. Sie gingen mit meinem Körper um, als sei er ein Einrichtungsgegenstand, als bedeutete es ihnen nichts, ihn zu berühren. Ich lag da und versuchte, mich nicht zu genieren.

Am Freitag wachte ich mit dem Gedanken auf, daß das der wichtigste Tag meines Lebens werden würde. Wenn das Ergebnis negativ war, versprach ich mir selbst, würde alles anders werden. Ich würde ein besseres Leben führen; ich würde mir überlegen, was zu tun sei. Um die Mittagszeit döste ich etwas ein, und als ich aufwachte, konnte ich mich nicht mehr erinnern, was das Problem war, und dann wurde mir bewußt, daß ich auf das Ergebnis wartete: jemand würde kommen und mir sagen, ob ich leben oder sterben würde. Mich packte eine schreckliche Angst und Unruhe, und ich beobachtete den Korridor andauernd nach Anzeichen des amerikanischen Arztes.

Ich wußte, daß das HIV in erster Linie durch Analverkehr übertragen wurde, dadurch, daß man jemanden in einem kommen ließ. Ich rief mir die Male ins Gedächtnis zurück, als ich das getan hatte, aber das war Jahre her. Eine Schwester kam, um meine Temperatur zu messen; ein Arzt kam, um meine Brust abzuhorchen. Eine andere Schwester nahm mein Krankenblatt mit. Ich lag da und wünschte mir, es wäre vorbei. Ich stellte mir vor, in warmem Wasser zu schwimmen, auf dem Rücken liegend im Meer zu treiben. Ich dachte daran, wie ich mit Pablo zum erstenmal Sex gehabt hatte.

Und dann, es muß gegen fünf gewesen sein, erschien der amerikanische Arzt. Ich lächelte ihm zu und versuchte, mich aufzusetzen. Er lächelte nicht. Ich dachte, er sei gekommen, um mir zu sagen, daß es negativ sei, aber daß ich in Zukunft vorsichtig sein müsse. Ich war absolut sicher, daß alles in Ordnung war. Er machte die Tür hinter sich zu und durchquerte das Zimmer, bis er mit dem Rücken zum Fenster stand.

»Es ist positiv«, sagte er. »Ich habe es zweimal nachgeprüft, und es ist positiv. Es tut mir sehr leid, Ihnen das sagen zu müssen.«

»Das ist ein Alptraum«, sagte ich. Ich wollte die Zeit zurückdrehen, machen, daß es eine Minute früher wäre, daß er das Zimmer noch einmal durchquerte und mir dann sagte, es sei alles in Ordnung. Er stand mit einem gelassenen Ausdruck da.

»Es tut mir sehr leid, Ihnen das sagen zu müssen«, sagte er noch einmal. »Wir waren uns ziemlich sicher, als wir Ihre bestimmte Form von Lungenentzündung identifiziert hatten, aber natürlich mußten wir erst den Test durchführen.«

»Wie lange habe ich es schon?«

»Das Virus? Das ist schwer zu sagen, seit zehn Jahren, acht Jahren, sechs Jahren.«

»Könnte ich es in den letzten zwei Jahren bekommen haben?«

»Ich würde sagen, nein. Das ist sehr unwahrscheinlich.«

»Wie lautet die Prognose?«

»Wir werden uns auf die Behandlung der PCP konzentrieren, das ist die HIV-spezifische Form von Pneumonie, aber das wird Zeit brauchen, und offen gesagt, es könnten weitere Komplikationen auftreten.«

»Nämlich?«

»Ihr Immunsystem ist sehr schwach, und es ist durch die PCP noch zusätzlich geschwächt worden, und diesbezüglich können wir nur äußerst wenig tun.«

»Wollen Sie damit sagen, daß mir nicht viel Zeit bleibt?«

»Ich bin kein Hellseher. Man kann nie wissen, was vielleicht schon morgen kommt, aber momentan, also, momentan können wir lediglich unser Bestes tun.«

»Wieviel Zeit bleibt mir?«

»Das ist immer individuell verschieden. Wenn Sie Mitte Zwanzig wären, wären Sie widerstandsfähiger, aber wir sollten uns darauf konzentrieren, das zu behandeln, was Sie jetzt haben. Morgen vormittag komme ich wieder vorbei, und dann können wir uns vielleicht weiter unterhalten. Noch einmal, es tut mir wirklich leid, daß ich es war, der es Ihnen sagen mußte.«

»Besteht keine Möglichkeit, daß es etwas anderes sein könnte?«

»Ich werde eine zweite Blutuntersuchung durchführen lassen, aber ich würde sagen, nein.«

»Dann werde ich also sterben?«

Er sah mich an und sagte nichts. Er drehte sich um und schaute aus dem Fenster.

»Es sieht nicht gut aus. Ich darf es Ihnen nicht verschweigen. Ich habe draußen eine Beraterin, und sie würde jetzt gern hereinkommen und sich mit Ihnen unterhalten.«

»Was tut sie denn?«

»Ihre Aufgabe ist es, sich mit Ihren Sorgen und Ängsten zu befassen.«

Er ging zur Tür und öffnete sie und sah so aus, als wollte er noch etwas hinzufügen. Er nickte und ging hinaus. Ich lag da und versuchte, mir vorzustellen, das alles sei nicht wirklich passiert. Ich sagte mir: Ich werd damit nicht fertig, immer und immer wieder.

Die Beraterin kam herein und zog einen Stuhl an das Bett heran. Sie fragte mich, ob ich wolle, daß jemand meine Mutter anriefe. Ich sagte ihr, meine Mutter sei tot. Sie sah auf das Krankenblatt und sagte, nein, hier stehen ihr Name und ihre Telefonnummer. Nein, sie ist tot, sagte ich, sie ist vor Jahren gestorben, und ich habe sonst niemand, der mir nahesteht, und Sie können sie anrufen, wenn Sie möchten, aber es wird niemand abnehmen. Die Frau nahm meine Hand. Sie müssen verzweifelt sein, sagte sie, Sie müssen völlig verzweifelt sein. Haben Sie schon geweint, fragte sie. Vielleicht sollten Sie weinen. Ich schüttelte den Kopf und sagte, ich wolle nicht weinen. Ob es einen Freund gebe, fragte sie, den ich vielleicht gern gesehen hätte? Nein, sagte ich ihr, gebe es nicht. Ich würde schon zurechtkommen, sagte ich, ich wolle niemanden sehen. Morgen würde ich möglicherweise anders empfinden, sagte sie. Ich konnte es nicht erwarten, daß sie ging. Sie fragte, ob ich ein Testament gemacht hätte. Es könne eine beruhigende Wirkung auf mich haben, mein Testament zu machen. Ich sagte ihr, ich würde darüber nachdenken und am nächsten Morgen mit ihr weiterreden. Sie sagte, normalerweise sei sie samstags nicht im Krankenhaus, aber sie würde am nächsten Morgen vorbeikommen, für den Fall, daß ich das Bedürfnis haben würde, noch ein wenig zu reden.

Ich lag da und nahm an, daß jemand kommen und mit mir reden würde, daß jemand mir eine Spritze geben würde, die mich einschlafen ließ, daß ich ein oder zwei Stunden fernab von alldem verbringen könnte, irgendwo in der Bewußtlosigkeit. Als es spät wurde, rief ich eine Schwester und sagte, ich bräuchte eine Schlaftablette. Sie sagte, sie würde den diensthabenden Arzt fragen. Als sie nicht zurückkam, klingelte ich noch einmal nach ihr. Sie sagte, sie habe den Arzt gefragt und würde ihn noch einmal fragen. Später kam sie mit einer Pille in einem kleinen Plastikbecher zurück. Ich schluckte die Pille und lehnte mich zurück und versuchte einzuschlafen. Ich träumte, ich sei tot. Ich lag im Stauraum eines Bootes, im Jachthafen vor meinem Haus. Ich war nackt, mein Körper war ganz weiß und gewaschen, bereit, aufs Meer hinausgebracht zu werden, mein Schwanz war ganz schlaff, und meine Augen waren geschlossen, und mein Mund war geschlossen, und ich konnte hören, wie der Motor ansprang und das Wasser am Bootsrumpf rauschte. Zwei Männer unterhielten sich. Ich lag da, tot, reglos. Aber mein Bewußtsein war noch immer da, und ich konnte alles spüren und alles erkennen und mich an alles erinnern. Aber ich konnte mich nicht bewegen und nicht sprechen, und bald würde man mich über Bord heben und hinablassen, und ich würde nichts dagegen unternehmen können. Als ich aufwachte, erkannte ich, daß der Traum Wirklichkeit war, daß wach zu sein keine Erleichterung bedeutete. Ich sah zu, wie draußen im Korridor die Lichter angingen und im Krankenhaus der Morgen begann. Ich dachte an den amerikanischen Arzt, der behaglich und warm in irgendeinem Bett in der Stadt lag und schlief. Ich lag da und wiederholte mir den Satz: »Ich werd damit nicht fertig«, als könnte es mir das Leben retten.

Ich gab die alte Wohnung als meine Adresse an, und ich stellte mir ununterbrochen vor, dorthin zurückzukehren. Ich träumte davon, in der gefliesten Diele zu sitzen und aus dem Fenster zu schauen, ich träumte davon, still und langsam von Zimmer zu Zimmer zu tappen, wie ein gebrechlicher Greis, dem nicht mehr lang zu leben blieb. Ich sagte ihnen, daß ich nach Hause gehen wolle, daß meine Mutter mich pflegen würde. Ich hoffte, Gloria, die Beraterin, die mich von Zeit zu Zeit besuchte, würde dem Krankenhauspersonal nicht verraten, daß meine Mutter gar nicht existierte, daß sie unter der Erde lag. Gloria meinte, ich sei stark; andere Patienten, sagte sie, hätten tagelang geweint und seien durch nichts zu trösten gewesen. Ich hatte überhaupt nicht geweint. Ich fragte lediglich die Ärzte, wann ich nach Hause könne. Ich hatte kein Fieber mehr, und ich konnte essen und trinken und im Bett aufrecht sitzen. Das sei gut, sagte der Arzt, denn bei manchen trete in den ersten Stadien der Behandlung eine

Verschlechterung ein. Meine Sekretärin kam täglich vorbei, und ich sah die Post und die Liste der Anrufe durch. Ich mußte Aufträge ablehnen, aber daß ich krank war, wußte bislang niemand. Sie fragte mich, ob man mir inzwischen die Fäden gezogen habe, und ich erinnerte mich, daß ich ihr gesagt hatte, ich hätte eine Blinddarmentzündung. Ich sagte, ich rechnete jeden Tag damit, daß man sie mir ziehen würde.

Ich bat sie, mir ein paar englische Agatha Christies zu kaufen. Ich hatte seit Jahren keine mehr gelesen, aber ich erinnerte mich, daß ich früher bis tief in die Nacht wach geblieben war, um zu erfahren, wer wirklich der Mörder war, und ich dachte, sie könnten mir von Nutzen sein, wenn ich nachts aufwachte und anfing, darüber nachzudenken, wie ich sterben würde. Luisa brachte mir zwar fünf oder sechs Taschenbücher, aber sie halfen nicht. Wenn ich aufwachte, schaltete sich sofort das Denken ein, und keine noch so spannende Romanhandlung schaffte es, mich von dem Gedanken abzulenken, daß mein Blut Gift war und mein Sperma Gift war, daß mein Körper eine Gefahr für jeden darstellte, der mir zu nahe kam. Ich habe Aids, sagte ich mir immer wieder, ich habe Aids, und ich werde sterben.

Manchmal schien es einfach zu sein: Ich stellte mir den Tod wie ein Einschlafen vor, ein langes Ausruhen. Aber über kurz oder lang schlug es immer um: ein einziger plötzlicher, unerwarteter Moment, und ich begriff, was wirklich geschehen würde, mich durchbohrte, wie eine Nadel in meinem Rückgrat, die scharf umrissene Erkenntnis, daß weitere Krankenhausaufenthalte folgen würden, mit Schmerzen und Kraftlosigkeit und Schwestern, die sich Handschuhe anzogen, bevor sie in meine Nähe kamen. Und bald würde gar nichts mehr sein. Man würde meinen Körper begraben und dort liegenlassen. Manchmal packte mich in diesem Bett das nackte Entsetzen. Ich konnte nicht glauben, daß mir das wirklich widerfuhr. Es war so, wie wenn man finanzielle oder berufliche Sorgen hat und versucht, das Problem aus seinen Gedanken zu verbannen, und dann begreift, daß dieses Problem sich niemals von selbst erledigen oder sich lösen lassen wird.

Ich fragte Gloria, wie lange man mich noch im Krankenhaus behalten würde. Die Ärzte zögerten immer, einen zu entlassen, sagte sie. Es gebe immer noch einen weiteren Test, den sie durchführen wollten; es sei immer leichter, Entscheidungen hinauszuschieben. Aber käme dann der Tag, an dem sie ein Bett bräuchten, würden sie eine Tabelle überfliegen und von einem Augenblick zum anderen beschließen, einen gehen zu lassen. Es passiere gewöhnlich, wenn man es am wenigsten erwarte, sagte sie. Und dann kam es genauso, wie sie gesagt hatte. An einem Dienstag morgen, als ich gerade etwas über zwei Wochen im Krankenhaus lag, kam die Oberschwester herein und sagte, ich könne nach Hause gehen, vorausgesetzt, ich hätte jemanden, der sich um mich kümmere. Ich hatte die Wohnungsschlüssel in der Tasche. Ich sagte, ich hätte jemanden, der sich um mich kümmere. Sie glaubte wahrscheinlich, ich wolle damit sagen, daß ich einen Geliebten hätte, und sie schlug die Augen nieder und schwieg.

Gloria kam und gab mir ihre Telefonnummer für den Fall, daß ich ihre Hilfe brauchen würde. Ich mußte warten, bis ich von Doktor Cawley einen Termin für die folgende Woche bekommen hatte, und dann mußte ich im Zimmer sitzen und auf alle meine Medikamente warten. Bis dahin hatte ich alles geschluckt, was man mir gegeben hatte, aber bevor ich das Krankenhaus verließ, mußte ich mit dem Pharmazeuten jedes einzelne Medikament durchgehen, damit ich wußte, was es war. Ich wünschte mir, Mart und Jack hätten mich jetzt sehen können; ich wünschte mir, jemand, den ich kannte, würde zu Hause sein, wenn ich dort ankam.

Vom Krankenhaus nahm ich ein Taxi zur Wohnung. Ich sah mir die Leute auf der Straße und den Hinterkopf des Fahrers an und dachte über sie nach: Sie waren nicht voll von Krankheitserregern, sie würden nicht bald sterben, sie schlenderten herum und bildeten sich ein, daß sie für immer weiterleben würden. Ich suchte im Vorbeifahren wahllos Leute aus und wünschte mir, sie wären krank, sie hätten Aids, und nicht ich. Gloria hatte mich gefragt, ob ich wütend sei, und ich hatte nein gesagt. Aber jetzt fühlte ich mich durch diesen ganzen Schmerz ausgesondert, ich hatte das Gefühl, mit all diesen Menschen auf der Straße nichts gemein zu haben.

Am Haus angekommen, blieb ich eine Weile, gegen die Wand gelehnt, am Fuß der Treppe stehen. Ich stieg die Treppe hinauf. Ich öffnete die Tür und kehrte in die Wohnung zurück. Sie wirkte dunkler als je zuvor und kleiner. Ich öffnete ein paar Fenster, und ich setzte mich in die Diele, so wie ich es mir vorgenommen hatte, und schloß die Augen. Ich wünschte mir, ich wäre wieder ein Baby oder ein kleiner Junge, ich wünschte mir, ich könnte jetzt in das Schlafzimmer meiner Eltern gehen und mich zwischen sie ins Bett legen, ihnen sagen, daß ich krank war und schlecht geträumt hatte, und da zwischen ihnen liegen, in der Wärme und dem Duft von Parfüm und Lavendel und Talkum, mich dort zusammenkuscheln und einschlafen, und dann aufwachen und wissen, daß alles wieder gut werden würde. Du gabst mir zehn Talente, hörte ich wieder die Stimme aus der Sonntagsschule, und siehe, was ich damit gewonnen habe, vergiftetes Blut, eine grauenvolle Krankheit. Ich saß mit geschlossenen Augen im Sessel in der alten Wohnung, und dann ging ich in mein altes Schlafzimmer und legte mich auf das Bett und versuchte zu schlafen.

Zwei Tage später fuhr ich zum Haus am Jachthafen hinaus und sammelte meine Kleidungsstücke und sonstigen Habseligkeiten zusammen und warf sie auf den Rücksitz des Autos. Als ich im Schlafzimmer in einer Schublade nachsah, fand ich die Telefonnummern, die Susan mir gegeben hatte für den Fall, daß ich mich mit ihr in Verbindung setzen müßte. Ich wählte die Nummer ihrer Mutter; ihre Mutter nahm ab und sagte, Susan sei gerade aus dem Haus gegangen, würde aber in zwanzig Minuten zurück sein. Ich sagte ihr, wer ich war, und sagte, ich würde in zwanzig Minuten noch einmal anrufen. Ich fühlte mich beruhigt und erleichtert, allein das Bewußtsein, daß ich jemandem, den ich kannte, von meiner Krankheit erzählen konnte, hatte ihre Last ein wenig gelindert. Ich ging hinunter ans Wasser und freute mich darauf, Susan meine Neuigkeit zu erzählen, so wie sich andere Leute darauf freuen mochten, einem Freund zu erzählen, daß sie heirateten oder ein Kind erwarteten. Es war ein kalter, windiger Tag, die Leinen schlugen gegen die Mastspitzen der Boote, weiße Wolken trieben über den Himmel, und das Wasser war bräunlich, fast rot. Ich setzte mich auf die steinernen Stufen, und zum erstenmal war ich fast glücklich, froh, jetzt am Leben zu sein, was immer später auch kommen würde. Ich überlegte, daß ich vielleicht wieder hierherziehen sollte, und vielleicht auch wieder anfangen zu arbeiten, daß ich versuchen sollte, ein normales Leben zu führen, als ob alles in Ordnung wäre, anstatt nur auf das Schlimmste zu warten, wie ich es jetzt tat. Ich wußte auch, daß ich mit Pablo würde reden müssen.

Ich ging zum Haus zurück und rief noch einmal bei Susan an. Ich wußte, daß ich ihr alles erzählen würde, aber ich hatte mir nicht überlegt, wie ich beginnen würde. Diesmal meldete sie sich selbst. Ihre Stimme klang warm und ihr Tonfall vertraulich und freundlich. Ich wünschte mir, sie wäre in der Stadt gewesen und ich hätte sie jetzt bald sehen können.

»Susan, ich wollte dir sagen, daß ich Aids habe. Es ist amtlich.«

Plötzlich fing ich an zu weinen. Es war so, als habe nur das eine gefehlt – es auszusprechen –, um zu erkennen, daß es die Wahrheit war, um zu begreifen, was es bedeutete. Sie sagte immer wieder, daß es ihr leid tue, ihr so leid tue.

»Ich habe immer gedacht, du seist vorsichtig gewesen«, sagte sie. »Ich weiß auch nicht, warum.«

»Ich habe keine Ahnung, von wem ich angesteckt worden bin, oder wann«, sagte ich. »Aber die Ärzte meinen, daß es wohl länger her ist.«

»In den Zeitungen hier hat einiges über neue Medikamente gestanden«, sagte sie.

»Ich wäre dir dankbar, wenn du herausfinden könntest, ob es irgend etwas Neues gibt.«

»Ich kenne ein paar Ärzte, ich bin sicher, daß ich dir jedes Medikament besorgen könnte, das überhaupt erhältlich ist.« Ich berichtete ihr von meinem Krankenhausaufenthalt. Sie sagte, sie würde sich wegen Ärzten umhören und sich dann bei mir melden.

Ich sagte ihr, ich würde in der Wohnung sein. An dem Abend rief sie mich von einem Büro in Washington aus an, um zu sagen, daß sie Material habe, das sie mir faxen wolle, und sie habe außerdem den Namen eines amerikanischen Arztes in Buenos Aires, Doktor Cawley. Ich sagte ihr, ich hätte bereits mit ihm gesprochen. Tatsächlich sei er der Arzt, der mir die Diagnose mitgeteilt hätte.

»Alle, mit denen ich gesprochen habe, halten sehr viel von ihm«, sagte sie.

»Er sagt, es gibt kein Heilmittel.« Ich spürte, wie meine Augen sich mit Tränen füllten.

»Ich fax dir alle Informationen, die ich habe«, sagte sie. »Vielleicht solltest du ins Büro rüber und es selbst in Empfang nehmen, wahrscheinlich wäre es dir nicht recht, wenn deine Sekretärin diese Sachen sähe.«

»Ich habe mich von Pablo getrennt«, sagte ich.

»Du hast was getan?«

Ich erzählte ihr, was passiert war.

»Willst du damit sagen, du bist da unten allein?«

»Ja, ich bin allein. Niemand sonst weiß Bescheid. Ich weiß nicht, was ich tun werde.«

»Ich kann dich nicht bitten, hierherzukommen, weil es das Haus meiner Mutter ist, und Donald führt sich zur Zeit wie ein wildes Tier auf, aber wenn du mich brauchst, komm ich runter.«

»Ich komm gut zurecht.«

»Du solltest dich mit Pablo in Verbindung setzen.«

»Ich habe es schon versucht, und ich werde es noch mal versuchen.«

Als wir unser Gespräch beendet hatten, ging ich hinüber ins Büro und stellte mich an das Faxgerät. Bald fing das Papier an, langsam herauszurollen, Seite um Seite, die die Krankheit erklärten und all ihre seltsamen Erscheinungsformen, Augenleiden, und wie sie zu behandeln waren, Gehirnleiden, Magenleiden, Hautleiden, und all die seltsamen neuen Wörter, die ich noch nie gehört hatte und gerade eben aussprechen konnte – Toxoplasmose, Zytomegalie-Virus. Jede Seite enthielt Informationen über, wie es da hieß, durch opportunistische Erreger verursachte Infektionen, aidsspezifische Krankheiten. Ich warf einen kurzen Blick auf den Anfang jedes Abschnitts, überflog die Wörter und die Beschreibungen von Symptomen und Behandlungsformen und fragte mich, welche davon ich bekommen würde, welche sich als erste einstellen würden, welche Wörter ich im Krankenhaus zu hören bekommen würde: würde es mein Gehirn sein oder mein Magen oder meine Augen oder meine Haut?

Die Seiten zu lesen, die aus dem Fax kamen, war, wie einen Blick in eine Märchenbuch-Hölle zu werfen: alle möglichen Strafen, alle verschiedenen Qualen, die überhaupt verhängt werden konnten – nur daß das alles Wirklichkeit war. Einiges davon würde bald eintreten, diese Wörter bezeichneten Realitäten, die ich erleiden würde, die sich in meinem eigenen Körper ereignen würden, während mein Immunsystem von der Krankheit mehr und mehr hinweggespült wurde. Ich saß da und las, auf welche verschiedenen Weisen ich sterben würde.

Als die letzten Seiten herausgekommen waren, wurde die Verbindung unterbrochen, und dann klingelte das Telefon. Es war wieder Susan.

»Ich dachte, diese Informationen könnten dir vielleicht nützlich sein. Ich bin noch immer völlig erschüttert über das, was du mir gesagt hast. Ich glaube, du kannst zumindest insoweit beruhigt sein, daß du da einen sehr guten Arzt hast. Er ist ein angesehener Forscher.«

»Aber die Sache sieht nicht gut aus, oder? Von einem Heilmittel ist nirgendwo die Rede.«

»Nein«, sagte sie. »Ich glaube nicht.«

Es klang wie ein Todesurteil, wie die endgültige Bestätigung von etwas, das ich mir bis dahin nicht in vollem Umfang hatte eingestehen können. Ich fing wieder an zu weinen, und sie blieb am Telefon und hörte meinem Schluchzen zu.

»Tut mir leid«, sagte ich. »Ich weiß gar nicht, warum ich jetzt weine. Ich hätte vor Ewigkeiten weinen sollen.«

»Ist schon okay, ich bin hier, du kannst mich jederzeit anrufen.«

Zu meinem ersten Termin bei Doktor Cawley trug ich Anzug und Schlips, als ginge ich zu einem Vorstellungsgespräch. Als seine Sprechstundenhilfe mir zulächelte, erinnerte ich mich, daß Jack gesagt hatte, Ärzte würden Leute mit Aids dauernd anlächeln. Ich lächelte auch, ich war nur zu gern bereit zu kooperieren. Doktor Cawley trug einen Schlips, der nicht zu seinem Hemd paßte, aber alles an ihm war adrett und blitzblank. Seine Augen gefielen mir. Er sprach auf englisch, fragte mich, ob ich die Krankheit begreifen würde. Ich sagte ja. Er nahm aus einem Ablagekorb, der auf seinem Schreibtisch stand, ein Formular heraus und fing an, auf der Rückseite ein Diagramm zu zeichnen. Er zeichnete ein großes L und setzte dann die Spitze des Kugelschreibers neben das obere Ende des senkrechten Strichs.

»Das«, sagte er, »ist Ihr jetziger Gesundheitszustand.«

Dann zeichnete er eine langsam absteigende Kurve, bis er an das Ende des waagerechten Balkens stieß.

»Das«, sagte er, »ist, wie es weitergehen wird. Verstehen Sie?«

Ich war kurz davor, ihm zu sagen, daß ich kein Idiot war, daß ich kein Diagramm brauchte, um zu begreifen, was das Virus im Körper bewirkte. Er war wie ein kleiner Junge, der ein neues Spiel gelernt hat. Jetzt wollte er mir die Medikamente auflisten, die ich gegenwärtig nahm oder die ich in naher Zukunft möglicherweise brauchen würde. Er nahm ein weiteres Formular aus dem Fach und drehte es um, um auf der Rückseite zu schreiben. Auf diesem Blatt war aber schon ein Diagramm gezeichnet, das den Verfall des Immunsystems veranschaulichte. Er warf es weg und nahm das nächste Blatt. Auch auf diesem war ein Diagramm zu sehen. Offensichtlich klärte er alle seine Patienten auf diese Weise auf. Es sah so harmlos aus, so leicht zu zeichnen. Ich fragte mich, wer die anderen armen Opfer sein mochten, denen er ihren bevorstehenden Tod so beiläufig illustriert hatte.

»Wie geht es Ihnen?« fragte er mich dann. »Ich meine, wie Sie sich seelisch fühlen.«

»Gut, danke.« Ich sah ihn kalt an.

Er sagte mir, daß er mich in vier Wochen noch einmal würde sehen müssen, und er gab mir ein Rezept für den Krankenhausapotheker und eine Liste von Dingen, die durch eine Blutuntersuchung überprüft werden sollten. Dann stand er auf und lächelte und gab mir die Hand. Ich fragte mich, ob er mir die Hand gab, um zu zeigen, daß er trotz meiner ansteckenden Krankheit keine Angst hatte, mich anzufassen. Während ich da stand, dachte ich, daß es eine merkwürdige Weise war, sich seinen Lebensunterhalt zu verdienen, daß man Leuten mit Hilfe von selbstgezeichneten Diagrammen vorführte, wie sie sterben würden. Ich erwiderte sein Lächeln nicht.

Ich fing wieder an zu arbeiten. Ich wohnte in der Wohnung und hatte die ganze Zeit vor, John Evanson anzurufen und ihm die Schlüssel zu seinem lichtdurchfluteten Haus am Jachthafen zurückzugeben und ihm zu sagen, ich könnte da nicht mehr wohnen, aber ich schob es immer wieder auf. Ich flog für ein paar Tage nach New York, um an einem Lunch mit potentiellen Investoren teilzunehmen und anschließend verschiedene Journalisten zu instruieren. Ich sah Tom Shaw ein paarmal. Einmal traf ich mich sogar allein mit ihm auf einen Drink, aber wir redeten über Geschäfte und strategische Fragen. Mir war nicht klar, ob er erkennen konnte, daß ich krank war. Er war in seiner ganzen Art und seinen Reaktionen zu beherrscht, man wurde aus ihm einfach nicht klug. An Sex dachte ich nicht.

Langsam gewöhnte ich mich an die Vorstellung, daß ich sterben würde. Angst bekam ich nur, wenn ich meinte, daß irgend etwas Bestimmtes nicht in Ordnung sei, besonders wenn ich nachts aufwachte. In New York war die Heizung im Hotel zu hoch eingestellt, und ich wachte ein paar Nächte hintereinander schweißgebadet auf. Ich fragte mich, ob es jetzt mit dem Nachtschweiß anfing, und ich lag da und grübelte, ob ich sofort einen Arzt aufsuchen sollte, ob ich in Buenos Aires anrufen und Doktor Cawley meine Symptome schildern sollte. Im Krankenhaus hatte ich abgenommen; oft sah ich in den Spiegel und versuchte abzuschätzen, ob ich wie ein Mann mit Aids aussah. Wenn mir zufällig mein Spiegelbild vor Augen kam, stellte ich fest, daß ich verängstigt, unsicher aussah.

Mein zweiter Termin bei Doktor Cawley war an einem Freitag um acht Uhr morgens. Ich stand früh auf und duschte, und wieder kleidete ich mich sorgfältig, zog die teuersten Sachen an, die ich besaß. Ich trug Haargel auf. Er wollte die Ergebnisse meiner Blutuntersuchungen mit mir durchgehen und vorschlagen, mit der AZT-Behandlung zu beginnen. Meine T-Zellen, sagte er, seien unter hundert. Im günstigsten Fall verlören Patienten jährlich zwischen fünfzig und hundert, sagte er, aber das AZT würde die Zahl für eine Weile wieder nach oben treiben und zu einer allgemeinen Besserung führen, er wisse allerdings nicht, wie lange sie vorhalten würde. Ich verstand, was er sagte. Ich stellte ihm keinerlei Fragen. Er sagte mir, wenn ich irgendwelche Veränderungen in meinen Augen feststellte, solle ich mich umgehend mit ihm in Verbindung setzen, und dann bat er mich, den Oberkörper freizumachen, damit er mich untersuchen konnte.

Hinterher bezahlte ich bei seiner Sprechstundenhilfe und ließ mir einen Termin für zwei Monate später geben. Und dann, als ich die Tür öffnete und gehen wollte, sah ich im kleinen Warteraum Pablo sitzen und eine Zeitschrift lesen. Er hob die Augen, und unsere Blicke begegneten sich. Die Sprechstundenhilfe sagte ihm, er könne jetzt hineingehen. Es war, wie jemandem zu begegnen, der seit Jahren tot ist, der im Traum erscheint. Er sah erschrocken aus. Ich wußte, daß er krank sein mußte. Er stand auf.

»Ich warte hier auf dich«, sagte ich.

Er berührte für einen Augenblick meine Hand, es war eine Geste der Beruhigung, der Bestätigung, und betrat dann das Sprechzimmer. Ich setzte mich hin und wartete auf ihn. Ich fragte mich, was er haben mochte, lediglich das Virus oder auch schon irgendwelche Symptome, ob seine Familie Bescheid wußte, ob er mich würde sehen wollen oder nicht. Ich blätterte in einem Frauenmagazin und ließ es dann offen liegen. Vielleicht war er hier, um die Ergebnisse eines Tests zu erfahren, und vielleicht war mit ihm alles in Ordnung. Wenn er jetzt herauskäme, dachte ich, und mir sagte, daß er mich nicht sehen und nicht mit mir reden wollte, dann würde ich es verstehen, ich würde allein nach Hause gehen. Ich würde genug anderes zu denken haben. Aber angenommen, er würde aus dem Sprechzimmer kommen und sagen, wir sollten draußen ein Stück laufen oder uns irgendwo zusammensetzen, auf eine Tasse Kaffee oder einen Drink, oder zusammen in die Wohnung gehen, dann, das wußte ich, würde schlagartig alles ganz anders aussehen: es würde mich auf eine Weise aufrichten, die ich mir nicht einmal vorzustellen wagte.

Ich wartete. Ich sah auf die Uhr und stellte fest, daß ich schon seit einer halben Stunde wartete. Worüber mochten sie reden? Was mochten sie tun? Ich war nur zehn Minuten drinnen gewesen. Ich ging den Korridor hinunter, um zu sehen, ob das Sprechzimmer noch einen zweiten Ausgang hatte, eine zweite Tür, aber da war nichts. Ich ging zurück und setzte mich und blätterte die Zeitschrift noch einmal durch. Ich fragte mich, ob der Arzt ihn gerade untersuchte, so wie er mich untersucht hatte. Ich stellte mir Pablo ohne Hemd vor, schutzlos, während der Arzt seinem Herzschlag lauschte. Ich hoffte, er sei nicht krank. Ich hatte keine Familie; ich konnte sterben, wie immer es mir paßte. Bei dem Gedanken lächelte ich in mich hinein. Aber er mußte an seine

Mutter und seinen Vater denken, er mußte sich darum sorgen, daß er es ihnen irgendwann würde sagen müssen, daß sie es irgendwann erfahren würden. Vielleicht war es das, worüber er mit dem Arzt redete. Jetzt war er schon eine Dreiviertelstunde drin. Ich hatte Hunger.

Als er herauskam, hatte er einen glasigen Blick und wirkte geistesabwesend. Doktor Cawley kam an die Tür und gab ihm die Hand, und dann sah er mich an, als sei es vollkommen natürlich, daß ich noch immer da saß, und dann lächelte er auch mir zu. Mir fiel beim besten Willen kein Grund zum Lächeln ein. Schweigend verließen Pablo und ich die Klinik.

»Hast du es auch?« fragte mich Pablo auf der Straße.

»Ja«, sagte ich.

»Bist du schon lange bei ihm?«

»Seit ungefähr sechs Wochen.«

»Und so lange weißt du es?«

»Ja.«

»Ich wäre nie auf die Idee gekommen, daß du es auch haben könntest. Ich hab einen richtigen Schrecken bekommen, als ich dich da drin gesehen habe.«

»Ich traute meinen Augen nicht«, sagte ich. »Wenn du nur ein paar Minuten später gekommen wärst, hätten wir uns nie gesehen. Du hättest es mir sagen sollen.«

»Ich hab ein furchtbares Problem«, sagte er. »Ich habe CMV.«

»Was ist CMV?«

»Eine Augenkrankheit.«

»Das ist die, von der man blind wird, wenn sie nicht rechtzeitig behandelt wird, nicht?«

»Ja, genau. Ich hab sie. Ein Augenspezialist hat gestern die Diagnose gestellt. Jetzt muß ich eine Entscheidung treffen. Ich muß mich entscheiden, ob ich mich hier behandeln lasse, was bedeuten würde, daß ich für zwei Wochen ins

Krankenhaus müßte, oder ob ich nach San Francisco fahre und versuche, dort in ein Krankenhaus hineinzukommen, was schwierig werden könnte, weil ich nicht krankenversichert bin.«

»Was spricht gegen hier?«

»Meine Familie. Ich will nicht, daß sie es herausfinden. Irgendwann werden sie's schon erfahren müssen, aber ich will nicht, daß es jetzt passiert. Aber das Hauptproblem ist der Zeitfaktor. Die Behandlung müßte in den nächsten ein bis zwei Tagen beginnen.«

»Du könntest deinen Eltern erzählen, du fährst nach San Francisco.«

»Ja, ich glaube, mir wird nichts anderes übrigbleiben.« Dann blieb er stehen und wandte sich um und sah mich an.

»Ich hab die ganze Zeit nur über mich geredet«, sagte er. »Vielleicht hast du ein schlimmeres Problem.«

»Ich muß wissen, wie lange du es schon weißt«, sagte ich.

»Über mich können wir später reden.«

»Ich hab den Test gemacht, als ich nach San Francisco gefahren bin, als Mart im Sterben lag. Ich hab das Ergebnis an dem Tag erfahren, als er gestorben ist. Aber ich hatte schon seit einer Weile den Verdacht, daß etwas nicht in Ordnung sein könnte.«

»Wem hast du davon erzählt?«

»Ein paar Leuten am Tag der Beerdigung. Und dann bin ich einfach hierher zurückgekommen und hab so getan, als sei gar nichts passiert.«

»Das ist typisch für dich«, sagte ich. Wir lachten.

»Ich möchte, daß du mit zu mir kommst«, sagte ich. »Wir können dort weiterreden.«

Wir fuhren im Taxi zur Wohnung und gingen die Treppe hinauf, als hätten wir unser Leben lang nie etwas anderes getan.

»Ich muß den Arzt anrufen und ihm Bescheid geben«, sagte er.

»Ruf ihn an und sag ihm, du läßt dich hier behandeln.«

Er ging zum Telefon, und ich legte mich aufs Bett und wartete auf ihn. Ich konnte ihn deutlich hören, wie er in der Diele sprach und für den folgenden Tag etwas vereinbarte. Dann kam er zurück und zog die Schuhe aus und legte sich neben mich aufs Bett.

»Vielleicht hätte ich es dir sagen sollen, als du an dem Tag angerufen hast. Ich hab's einfach nicht fertiggebracht«, sagte er.

»Wir müssen jetzt zusammenhalten«, sagte ich.

Wir lagen Brust an Rücken aneinandergeschmiegt, und ich erzählte ihm, was mir passiert war. Er hielt meine Hand fest. Und dann schwiegen wir beide. Im Zimmer war kein Laut zu hören.

»Ich werde eine Kanüle in die Brust bekommen, wie Mart eine hatte«, sagte er, »und ich werde Medikamente im Kühlschrank lagern und sie mir täglich injizieren müssen.«

»Es ist schon komisch. Als Mart hier war, dachten wir, er sei anders als wir, aber das war er gar nicht.«

»Macht's dir was aus, wenn wir nicht miteinander schlafen?« fragte er.

»Nein, das macht nichts. Du mußt mich nur festhalten.«

An dem Abend fuhr er nach Hause und erzählte seinen Eltern, ein Freund in San Francisco habe ihm Geld hinterlassen und er müsse persönlich hin, um die Dokumente zu unterzeichnen. Sein Vater wollte ihn zum Flughafen fahren, aber Pablo sagte, er müsse zuerst ins Zentrum, um ein Paket für einen anderen Freund in San Francisco abzuholen. Seine Mutter fragte ihm wegen des Pakets Löcher in den Bauch: wo er es abholen würde, und wem er es bringen würde, und wie er sicher sein könne, daß es keine Drogen enthalte. Er bedauerte, sich keine bessere Ausrede ausgedacht zu haben. Am nächsten Morgen kam er mit einem kleinen Koffer, den seine Mutter ihm gepackt hatte, bei mir an.

»Mir graut davor, ins Krankenhaus zu gehen«, sagte er. »Ich würde alles tun, um es aufzuschieben.«

»Legen wir uns ein bißchen hin.«

Als es ein Uhr schlug, sagte ich, es sei Zeit, daß wir uns auf den Weg machten.

»Mein Auge treibt wirklich komische Sachen«, sagte er. »An der ganzen Seite ist ein dunkler Schatten.«

»Operieren sie das Auge?«

»Nein, sie füllen einen nur rund um die Uhr mit Medikamenten ab.«

Im Krankenhaus wartete ich auf dem Korridor, während er sich auszog und in den Pyjama schlüpfte. Sein Zimmer war drei Türen von dem entfernt, in dem ich gelegen hatte. Ich stand neben ihm, während er das Anmeldeformular ausfüllte. Als seinen nächsten Angehörigen gab er mich an, und neben »In Notfällen zu benachrichtigen« trug er meine Adresse und meine Telefonnummer ein. Er legte sich ins Bett; die Schwester sagte ihm, der Arzt würde bald vorbeikommen, und befestigte eine Kanüle an seinem Handgelenk, und dann konnte die Behandlung beginnen. Sie ließ uns im Zimmer allein.

»Wenn wir jetzt in San Francisco wären«, fuhr er fort, »würden alle auf der Station die gleiche Behandlung bekommen, und ein paar von den Ärzten und Schwestern wären schwul. Es wäre vielleicht einfacher.«

Er hatte schönes, dichtes schwarzes Haar auf dem Arm. Ich fing an, es zu streicheln und damit zu spielen, und er sah leicht amüsiert hinunter, als ob sein Arm nicht ganz zu ihm gehörte. Er legte sich zurück und machte Schnurrgeräusche. Als der Arzt mit zwei Schwestern hereinkam, um die provisorische Kanüle anzubringen und mit der Behandlung zu beginnen, ging ich aus dem Zimmer und wartete auf dem Korridor. Ich war heftiger in Pablo verliebt, als ich es während unserer ganzen gemeinsamen Zeit je gewesen war. Ich fing an, darüber nachzudenken, wieviel Geld ich hatte, und wieviel er hatte, und wie lange wir vermutlich noch leben würden, und wieviel es kosten würde, uns in San Francisco behandeln zu lassen, und ob wir da hinfahren sollten, wenn Pablo mit seiner Behandlung fertig war. Ich mußte aufhören, Spekulationen anzustellen, ich mußte mir versprechen, ihm gegenüber kein Wort davon zu sagen. Alles, was ich jetzt wollte, war, mit ihm zusammensein, den Tag hier mit ihm verbringen, ihm die Sache leichter machen.

Ich trat von einer Reise nach Comodoro Rivadavia zurück und sagte eine andere Reise nach New York ab. Ich erklärte dem Ministerium, ich sei überarbeitet, und sie schienen das zu akzeptieren. Am ersten Morgen seines Krankenhausaufenthaltes wachte ich auf, als es noch dunkel war, und ich spürte, daß meine Mutter im Zimmer war, daß sie lebendig war und jeden Augenblick beobachtete, alles gewahrte, jedes Detail, jeden Gedanken in meinem Kopf. Sie konnte die Schlacht sehen, die in meinem Körper zwischen dem Virus und dem Immunsystem wütete; sie sah zu, wie das Virus sich in jede Zelle einschrieb. Sie war von Kummer und Mitleid erfüllt. Als ich so im Halbschlaf dalag, meinte ich, sie seufzen zu hören. Ich meinte, wenn ich die Hand ausstreckte, würde ich sie berühren können, aber dann begriff ich langsam, daß niemand im Zimmer war.

Jeden Morgen kaufte ich die Zeitungen und ging ins Krankenhaus, was von der Wohnung aus ein Fußweg von einer knappen halben Stunde war. Ich kaufte Blumen oder Orangensaft, oder Schokolade, oder Obst, und wenn ich ankam, versuchte ich über die Welt da draußen zu reden, über

Dinge, die ich am Vortag gesehen oder gehört hatte, und ihn nicht zu fragen, was sich im Krankenhaus abspielte. Ich wußte, daß er schlecht schlief, er bekam eine Mixtur aus zwei Medikamenten – Foscarnet und Gancyclovir –, und die schien ihm nicht zu bekommen. Ich fing an, die zwei Assistenzärzte, beides leicht übergewichtige, wichtigtuerisch kurz angebundene Mittzwanziger, Foscarnet und Gancyclovir zu nennen. Eine der Schwestern, Patricia, fand das komisch, gab uns aber zu verstehen, das sei ein Witz, den wir vielleicht besser für uns behalten sollten. Oft schlief Pablo, während ich da war, ich tat mein Bestes, damit alles leise war, damit niemand ihn störte. Ich fand es schön, da neben ihm zu sitzen, ihn zu behüten, über ihn zu wachen, ihm die Decken bis hoch unters Kinn zu ziehen oder das Fenster einen Spaltbreit zu öffnen, wenn es im Zimmer zu warm wurde.

Dann wachte er auf und sah mich, wie ich ihn anschaute, und lächelte und versuchte, wieder einzuschlafen. Und dann setzte er sich auf und las die Zeitungen. Ein paarmal brach er fast zusammen und sagte, er könne es nicht fassen, daß das wirklich geschehe. Ich fragte ihn, ob er wisse, wie er sich angesteckt hatte, und er sagte, er glaube, ja: bei einem Mann in San Francisco, mit dem er sich, noch bevor die große Angst ausgebrochen war, eine Zeitlang gelegentlich getroffen hatte und der später gestorben war. Er hatte dem Mann erlaubt, ihn zu vögeln, und der Mann war in ihm gekommen. Sie hatten das ein paarmal getan und sich danach jahrelang nicht mehr gesehen. Er wußte, daß der Mann gestorben war; das hatte ihm keine Ruhe gelassen. Während dieser ersten Woche machte Doktor Cawley, begleitet von Foscarnet und Gancyclovir, die in seiner Gegenwart strammstanden, und zwei Krankenschwestern, deren eine wir die Ente nannten, ein paarmal Visite. Ich wartete solange draußen. Nach der zweiten Visite fragte ich Pablo, ob er sich schon mal vorgestellt habe, Doktor Cawley zu vögeln.

»Doch, hab ich, komisch, daß du fragst.«

»Welche Stellung würdest du ihn dabei einnehmen lassen?«

»Auf allen vieren, dachte ich«, sagte er.

»Mit dem Kopf im Kissen?«

»Nein, den Kopf müßte er hoch in die Luft recken.«

»Komisch«, sagte ich, »mir würde es gefallen, wenn er den Kopf ins Kissen drücken würde.«

»Woran man sieht«, sagte Pablo, »daß keine zwei Menschen gleich sind.«

»Und wie steht's mit Foscarnet und Gancyclovir?«

»Die würde ich mir schenken.«

»Und die Ente?«

»Du bist wirklich abartig«, sagte er.

Obwohl die Besuchszeit offiziell um neun zu Ende war, durfte ich länger bleiben. Manchmal las ich ein Buch, während Pablo dalag und an die Decke starrte. Jeder Behandlungszyklus sollte planmäßig zwei Stunden dauern, aber er dauerte gewöhnlich viel länger. Mit Patricias Hilfe lernte ich, wie ich den Tropf manipulieren konnte, so daß die Medikamente schneller durchliefen. Sie riet mir, mich von niemandem dabei erwischen zu lassen, wie ich das Gerät anfaßte.

»Was würden Foscarnet und Gancyclovir tun, wenn sie mich dabei erwischten?« fragte ich.

»Oder die Ente? Was würde sie tun?« fragte Pablo.

Patricia sagte, wir sollten nicht so laut reden. Während der ersten Woche hatte sie Nachtschicht, und ein paarmal kam sie, wenn sie gerade nichts zu tun hatte, und setzte sich zu uns. Sie hütete sich, irgendwelche Fragen zu stellen. Als Gloria, die Beraterin, kam, um zu sehen, ob sie für Pablo irgend etwas tun konnte, war sie überrascht, mich zu sehen. Eines Morgens erzählten wir ihr die Geschichte unserer Be-

ziehung. Ich glaube, sie hatte bis dahin noch nie zwei Männer kennengelernt, die ineinander verliebt waren. Sie platzte
vor Neugier und Staunen. Als sie anfing, zu viele Fragen
über Pablos Familie zu stellen, mußten wir ihr sagen, daß wir
nicht darüber reden wollten. Wir warfen ihr vor, sie sei in
Doktor Cawley verliebt, und forderten sie auf, uns zu erzählen, was für Phantasien sie mit ihm hatte, aber sie ki-
cherte und weigerte sich und sagte, sie mache sich überhaupt
nichts aus ihm. Er sei nicht ihr Typ, sagte sie.

»Und wie steht's mit Foscarnet und Gancyclovir?« fragte
Pablo sie.

Jeden Morgen wachte ich mit einem Gefühl der Zufriedenheit auf. Ich überlegte mir, was ich ins Krankenhaus
mitnehmen würde, worüber ich reden würde, wenn ich dort
ankam. Nach seiner ersten Behandlungswoche würde sich
Pablo einer kleinen Brustoperation zur Implantation einer
Kanüle unterziehen müssen. Er hatte Doktor Cawley gefragt,
wie lange die Kanüle dort bleiben würde, und der Arzt hatte
ihm gesagt, sie würde für immer da bleiben. Das, glaube
ich, hatte ihm deutlicher als alles andere klargemacht, wie
schlimm es um ihn stand. Er würde nie wieder schwimmen
können oder in Shorts mit freiem Oberkörper herumlaufen.
Auch der Gedanke, daß man ihn aufschneiden würde, beun-
ruhigte ihn. Ich mußte darauf achten, daß ich nicht ununterbrochen herumalberte, daß ich ihm die Möglichkeit ließ, über
seine Ängste und seine Erschütterung zu reden, sich, wenn
er es wollte, mit seiner Krankheit zu befassen. Ich begriff,
daß ich mich, wenn man das alles berücksichtigte, noch vergleichsweise gesund fühlen konnte. Ich konnte hinausgehen
und eine Tasse Kaffee trinken, und ich konnte abends nach
Hause gehen. Pablo war der Patient.

Einmal, als ich dasaß und er von der Toilette zurückkam,
fiel mir auf, daß seine Pyjamahose auf halbmast stand und

ich seinen Hintern sehen konnte. Da wurde mir bewußt, wie sehr ich seinen Körper liebte, wie sehr ich es genoß, in seiner Nähe zu sein, und wie wenig es uns belastete oder Probleme bereitete, zusammenzusein, ohne eine Möglichkeit zum Sex zu haben. Wir hatten Freude daran, jeder in des anderen Aura zu sein, Freude an der Tatsache, daß wir jeder des anderen Körper kannten, daß wir einander besessen hatten. Jetzt brauchten wir es nicht. Wir hatten andere Bedürfnisse.

Die Operation war kurz und einfach und verursachte Pablo keine allzu großen Schmerzen. Der Chirurg hätte ihm gefallen, sagte er. Trotzdem war er anschließend müde und brauchte leichte Schmerzmittel. Die provisorische Kanüle wurde von seinem Handgelenk entfernt; von nun an würden die Medikamente, Foscarnet und Gancyclovir, durch die Kanüle in seiner Brust in seinen Organismus gelangen. Er verbrachte ein paar Tage damit zu lernen, mit der Kanüle umzugehen und sie sauberzuhalten. Es war wichtig, daß sie nicht septisch wurde. Während ich ihn am Tag der Operation beim Schlafen betrachtete, fing ich an mich zu fragen, wie er tot aussehen würde. Vielleicht würde er bis dahin mehr gelitten haben, und sein Gesicht würde magerer sein, aber vielleicht würde er auch so friedlich und entspannt aussehen wie jetzt. Vielleicht würde er einen leichten Tod haben. Er wachte auf und sah mich an und lächelte.

Es war immer noch unklar, ob die Behandlung überhaupt anschlug. Pablo klagte noch immer über einen Schatten am Rand des Gesichtsfeldes. Doktor Cawley sagte, der Spezialist würde sich das Auge ansehen müssen, und die Behandlung würde sich noch weitere vier, fünf Tage hinziehen können, vielleicht auch länger. Wir vereinbarten, daß wir die Medikamente in meinem Kühlschrank aufbewahren würden, und Pablo konnte dann jeden Tag vorbeikommen und sie nehmen. Ich wünschte mir, er würde zurückkommen und wieder mit mir zusammenleben, aber ich behielt es für mich. Manchmal wirkte er distanziert, als habe er entschieden, daß wir nie wieder ein Paar sein würden. Ich wollte nicht, daß er das aussprach, also redete ich mit ihm auch nicht über unsere Beziehung oder unsere gemeinsame Zukunft.

Er machte sich Sorgen wegen seiner Eltern. Er wußte, er würde aufpassen müssen, daß sie die Kanüle in seiner Brust unter keinen Umständen bemerkten. Je näher der Zeitpunkt seiner Entlassung aus dem Krankenhaus und seines Wiedereintritts in die reale Welt rückte, desto wortkarger wurde er. Ich sagte ihm nichts von den Plänen, die ich gehegt hatte, nach San Francisco zu ziehen. Ich glaubte nicht, daß unser Geld gereicht hätte.

Als ich eines Morgens in meinem Haus die Treppe hinunterstieg, sah ich im ersten Stock durch die offene Tür von Señora Beluccis Wohnung Maler arbeiten. Ich war schon ungefähr eine Querstraße vom Haus entfernt, als mir der Gedanke kam, daß ich umkehren und die Arbeiter beauftragen könnte, meine Wohnung zu streichen. Der Malermeister stand im Overall an der Tür, ein stämmiger Mann in den Fünfzigern mit einer leisen Stimme und ruhigen blauen Augen. Er gefiel mir auf Anhieb, und ich fragte ihn, ob er jetzt gleich mit mir hinaufkommen und sich meine Wohnung ansehen könne und mir dann sagen, was es ungefähr kosten würde, sie vollständig zu streichen. Er sagte, er würde mir einen Kostenvoranschlag unter der Tür durchschieben. Ich las ihn, als ich an dem Abend wieder zurückkam. Der Mann schrieb, er könne auf Wunsch sofort anfangen, und die Arbeiten würden ungefähr eine Woche in Anspruch nehmen. Er sagte außerdem, sein Angebot schließe Lohn- und Materialkosten und eine kleine Gewinnspanne ein, und für weniger könne er es nicht machen. Es kam mir teuer vor, aber ich vertraute ihm, oder zumindest hatte er auf mich nicht den Eindruck eines Betrügers gemacht, und am folgenden Morgen erteilte ich ihm den Auftrag.

Er wollte, daß ich mich bezüglich der Farben sofort entschied, aber ich sagte ihm, ich würde ihm am nächsten Morgen Bescheid geben. Er gab mir ein Farbmusterbuch, und ich nahm es mit ins Krankenhaus. Pablo war an dem Tag niedergeschlagen, deprimiert wegen der Kanüle in seiner Brust und weil er ahnte, daß das nur der Anfang seiner Probleme sein würde. Er hatte Doktor Cawley über KS ausgefragt, und jetzt mußte er sich andauernd vorstellen, wie riesige Blutergüsse in seinem Gesicht und überall an seinem Körper auftauchten. Ich zeigte ihm das Farbenbuch, und allmählich erwachte in ihm das Interesse, und er wurde munterer. Weiß sei eine Notlösung, sagte er, er wolle rot- und blaugestrichene Zimmer. Er fing an, eine Liste der Zimmer und eine Liste von Farben aus dem Buch aufzuschreiben. Ich hatte den Eindruck, daß er über die Wohnung auf eine Weise nachdachte, als ginge sie ihn persönlich etwas an. Ich saß da und sah ihm zu und wandte ein, die Farben seien zu grell. Ich wollte alles weiß haben; er sagte, was die Diele anginge, ließe er mit sich handeln, aber das Schlafzimmer müsse blaßblau werden, und das Schlafzimmer meiner Mutter rot, und das Wohnzimmer stahlgrau. Und du solltest sämtliche Möbel rausschmeißen, sagte er, alles.

»Wenn ich die Möbel rausschmeißen würde, würdest du dann dort einziehen?« fragte ich.

»Das andere Haus gefällt mir besser«, sagte er.

»Es ist zu teuer«, sagte ich. »Aber eine Zeitlang könnten wir da wohnen.«

Er sagte nichts. Ich bedauerte, das Thema so direkt angesprochen zu haben. Ich gab dem Maler einen Schlüssel und sagte ihm, er könne anfangen, und ich händigte ihm das

Blatt Papier aus, auf dem Pablo die Farben aufgeschrieben hatte. Ich ging mit ihm durch die Wohnung und sagte ihm, welche Möbel er wegwerfen sollte, darunter den Kleiderschrank und die Kommode meiner Mutter und den Küchentisch und die Eßzimmerstühle. Ich spielte mit dem Gedanken, mein ganzes Schlafzimmer auszuräumen, und beinahe hätte ich dem Maler gesagt, er solle alles rausschmeißen, aber nur beinah. Pablo erzählte ich nichts davon. Ich malte mir statt dessen aus, wie wir zusammen die Wohnung betreten würden, und ich stellte mir vor, wie er sich umsehen und staunen und sich über den neuen Anstrich und die fehlenden Möbel freuen würde.

Doktor Cawley erklärte Pablo, er könne ihn nicht aus dem Krankenhaus entlassen, bevor der Augenspezialist ihn nicht untersucht habe. Er könne sich anziehen und seine Sachen packen, wenn er wolle, aber das Bett würde so lange für ihn freigehalten werden, bis der Spezialist mit Sicherheit sagen konnte, daß das CMV nicht mehr aktiv war. An dem Morgen war ich schon früh da, und ich fuhr mit ihm im Taxi zur Augenklinik. Das Licht des warmen Frühlingstages blendete ihn, und er war sicher, daß das CMV wieder am Werk war, er sagte, er sehe vor dem linken Auge lauter schwarze Gebilde und Fussel. Ihm graute vor der Aussicht, wieder ins Krankenhaus zu müssen. Er sei völlig zufrieden gewesen, sagte er, bis die Möglichkeit seiner Entlassung zur Sprache gekommen sei, und seitdem könne er es nicht mehr erwarten zu gehen. Wir setzten uns ins Wartezimmer. Alle anderen trugen Brillen oder hatten irgendwelche erkennbaren Augenprobleme. Sie müssen sich gefragt haben, was wir da zu suchen hatten.

Der Spezialist war ein sanfter dünner Mann. Er rief Pablo herein und träufelte ihm Tropfen in die Augen und schickte ihn wieder hinaus. Als Pablo wieder hineingerufen wurde, blieb er ungefähr eine halbe Stunde im Behandlungszimmer.

Ich fing an, mir Gedanken wegen der Arbeit zu machen, und mir wurde bewußt, daß ich eine Reihe von Anfragen nicht einmal beantwortet hatte. Ich nahm mir vor, am nächsten Morgen ins Büro zu fahren und gründlich Ordnung zu schaffen. Pablo hatte mit mir nicht besprochen, wo er hingehen würde, wenn man ihn aus dem Krankenhaus entließ. Ich glaubte, daß er gern mit zu mir nach Hause gekommen wäre, aber ich wußte, daß er nicht darüber reden wollte.

Als er herauskam, sagte er nichts, aber ich sah ihm an, daß es keine schlechten Neuigkeiten gab.

»Er sagt, daß die Flecken und Mücken im Auge eine Folge der Infektion sind, es sind Stückchen von abgestorbenem Gewebe«, sagte er, sobald wir die Klinik verlassen hatten. »Er sagt, daß die Krankheit geheilt ist.«

»Du bist ein freier Mann.«

»Ich hätte große Lust, in ein Restaurant zu gehen und richtig gut zu essen.«

Wir fuhren ins Krankenhaus zurück und sammelten seine Sachen zusammen. Patricia kam und schnitt ihm das Namensschild vom Handgelenk und sagte uns, seine Medikamente lägen für ihn abholbereit in der Krankenhausapotheke. Ich trug seinen Koffer den Korridor entlang. Wir fuhren im Taxi zu mir und gingen an den Malern vorbei, die gerade eben erst angefangen zu haben schienen, obwohl sie schon seit Tagen an der Arbeit waren.

»Du solltest ein paar von diesen Wänden einreißen«, sagte Pablo. »Die Zimmer vergrößern, die Wohnung von Grund auf verändern.«

»Ich dachte, das andere Haus gefällt dir besser.«

»Tut es auch. Können wir jetzt da hin?«

»Ich habe diesen Monat die Miete nicht bezahlt, aber ich kann ihm sofort einen Scheck ausschreiben«, sagte ich.

Ich hatte das Auto ein Stück weiter um die Ecke geparkt.

Wir legten unsere Taschen in den Kofferraum und die Schachtel mit den Medikamenten auf den Rücksitz. Wir fuhren zum Haus, in dem John Evanson wohnte, und ich gab den Scheck in einem Umschlag beim Portier ab, und dann fuhren wir zum Jachthafen hinaus. Der Himmel war wolkenlos, und es versprach ein warmer Tag zu werden.

»Warum essen wir nicht zu Hause?« sagte ich. »Wir können unterwegs am Supermarkt anhalten.«

»Ich fühl mich angeschlagen«, sagte er. »Ich weiß nicht, ob ich zum Essen fit genug sein werde.«

»Versuchen wir's einfach«, sagte ich. Ich ließ ihn im Auto sitzen, während ich im Supermarkt Lebensmittel einkaufte.

»Ich werde so langsam wieder ans Arbeiten denken müssen«, sagte ich, während wir das letzte Stück zum Haus fuhren.

»Ich weiß«, sagte er, »ich muß auch ein paar Entscheidungen treffen. Aber das kann noch eine Minute warten. Ich werde mir genau überlegen, was ich tun soll.«

»Ich liebe dich noch immer«, sagte ich.

Er entgegnete nichts. Das Haus sah im Licht der Nachmittagssonne schön aus. Wir packten aus und gingen hinein. Ich öffnete eine Flasche Wein und schenkte ihm ein Glas ein, aber er konnte den Geschmack nicht ertragen. Ich goß ihm ein Glas Wasser ein, und wir prosteten einander zu. Er bat mich dazubleiben, während er einen Anruf machte. Ich sah ihm zu, wie er wählte; er rief San Francisco an. Er sprach mit Jack, aber er erzählte ihm nicht, daß er krank gewesen war oder daß ich krank gewesen war. Er sagte ihm, wir gingen davon aus, daß er uns besuchen käme. Er fragte Jack, wie es ihm ginge, und ich sah, wie sich sein Gesicht verfinsterte. Er reichte mir den Hörer, und ich sprach mit Jack, und er sagte, er fühle sich ohne Mart ziemlich verloren. Er habe geglaubt, auf seinen Tod vorbereitet gewesen zu sein, aber es sei alles viel schlimmer, als er es sich vorgestellt habe. Ich sagte ihm, er sei bei uns jederzeit willkommen, und gab Pablo den Hörer zurück.

Pablo sprach leise, als ob das, was er sagte, ein großes Geheimnis sei. Er erklärte, seine Mutter glaube, er sei in San Francisco und wohne bei Jack. Es sei unwahrscheinlich, daß sie sich meldete, sagte er, aber für den Fall, daß, sollte Jack sagen, Pablo sei gerade spazierengegangen, und ihn dann unter dieser Nummer anrufen, um ihn zu warnen, daß seine Mutter auf dem Kriegspfad sei. Pablo machte *wah-wah-wah*, wie ein Indianer in einem Wildwestfilm. Als er aufgehört hatte zu lachen, sagte er, vielleicht sollte er Jack nicht die Last aufhalsen, sich ein Alibi zur Beruhigung seiner Mutter ausdenken zu müssen, aber Jack schien zu sagen, das sei kein Problem. Pablo sagte, er würde sich bald wieder melden.

Er legte auf, und dann wählte er die Nummer seiner Mutter. Er erzählte ihr, es gehe ihm gut und er überlege sich, noch eine Weile länger zu bleiben, und er gab ihr Jacks Nummer. Er hörte geduldig zu, während seine Mutter sprach. Er sah mich an und machte eine Handbewegung, als dirigiere er ein Orchester. Er hörte noch eine Weile zu, und dann sagte er ihr, er müsse jetzt Schluß machen. Er legte den Hörer auf und streckte sich auf dem Sofa aus.

»Es ist bestimmt nicht richtig, was ich tue«, sagte er. »Früher oder später werde ich meiner Familie sagen müssen, daß ich krank bin, und dann wird es um so schwieriger sein. Versprichst du mir, daß du mir dann helfen wirst, das Ganze durchzustehen?«

»Ja«, sagte ich. »Das verspreche ich dir.«

Ich bereitete das Essen vor und sah ihm zu, wie er versuchte, etwas hinunterzubringen.

»Ich fand es grauenvoll im Krankenhaus«, sagte er. »Mir wird erst jetzt bewußt, wie grauenvoll ich es da fand. Wenn ich je wieder ein Essenstablett sehe, wird mir schlecht. Diese ganzen Ärzte und diese ganzen Korridore sind mir ein Horror. Ich gäbe sonstwas dafür, mir einbilden zu können, daß ich sie nie wieder werde sehen müssen, aber da besteht wohl keine Hoffnung.«

Wir gingen hinunter ans Wasser und sahen zu, wie zwei Halbwüchsige in einem kleinen Segelboot die Leinen losmachten und versuchten, das Segel zu hissen.

»Es ist schwer, sich vorzustellen, wie es wäre, sie zu sein«, sagte Pablo. »So jung und gesund zu sein, noch alles vor sich zu haben.«

»Der Dunkle gefällt mir«, sagte ich.

»Ja, mir auch.«

Wir setzten uns auf den Kai und sahen ihnen zu, wie sie sich mit dem Segel abmühten. Es war kaum ein Wind zu spüren, aber der Himmel füllte sich allmählich mit Wolken. Wir sahen auf das Wasser hinaus und schwiegen. Mir fiel auf, daß Pablo fröstelte. Wir standen auf und machten uns auf den Weg zurück zum Haus.

»Dann bleibst du also eine Weile?« sagte ich.

»Ja.« Er lehnte sich herüber und legte seinen Arm um mich. »Ich bleibe eine Weile. Ist das okay?«

»Ja, in Ordnung.«

Wir gingen ins Haus und schlossen die Tür hinter uns. Er bat mich, die Heizung anzudrehen, und sagte, er würde sich ein bißchen ins Bett legen. Vielleicht, sagte ich, könnten wir, wenn er sich gut genug fühlte, am Abend wieder in die Stadt fahren und ins Kino gehen. Vielleicht, sagte er, vielleicht machen wir das. Er sagte, ich solle ihn in ein bis zwei Stunden wecken, wenn er dann noch schlafe.